NAMORADA PODRE DE RICA

OBRAS DO AUTOR PUBLICADAS PELA EDITORA RECORD

Asiáticos podres de ricos
Namorada podre de rica
Problemas de gente rica

KEVIN KWAN

NAMORADA PODRE DE RICA

Tradução de
Ana Carolina Mesquita
e
Mariana Mesquita

2ª edição

EDITORA RECORD
RIO DE JANEIRO • SÃO PAULO
2022

CIP-BRASIL. CATALOGAÇÃO NA PUBLICAÇÃO
SINDICATO NACIONAL DOS EDITORES DE LIVROS, RJ

K98n
2ª ed.

Kwan, Kevin, 1973-
Namorada podre de rica / Kevin Kwan; tradução de Ana Carolina Mesquita e Mariana Mesquita. – 2ª ed. – Rio de Janeiro: Record, 2022.

Tradução de: Crazy Rich Girlfriend
Sequência de: Asiáticos podres de ricos
Continua com: Rich People Problems
ISBN 978-85-01-11592-8

1. Romance cingapuriano (americano). I. Mesquita, Ana Carolina. II. Mesquita, Mariana. III. Título.

18-52242

CDD: 895.93
CDU: 82-31(592.3)

Vanessa Mafra Xavier Salgado – Bibliotecária – CRB-7/6644

Título em inglês:
China Rich Girlfriend

Copyright © 2015 by Kevin Kwan

Texto revisado segundo o novo Acordo Ortográfico da Língua Portuguesa.

Todos os direitos reservados. Proibida a reprodução, no todo ou em parte, através de quaisquer meios. Os direitos morais do autor foram assegurados.

Direitos exclusivos de publicação em língua portuguesa somente para o Brasil adquiridos pela
EDITORA RECORD LTDA.
Rua Argentina, 171 – Rio de Janeiro, RJ – 20921-380 – Tel.: (21) 2585-2000, que se reserva a propriedade literária desta tradução.

Impresso no Brasil

ISBN 978-85-01-11592-8

Seja um leitor preferencial Record.
Cadastre-se no site www.record.com.br e receba informações sobre nossos lançamentos e nossas promoções.

Atendimento e venda direta ao leitor:
sac@record.com.br

Para meus irmãos e meus primos

Lista de personagens

Nicholas Young — Professor de história na Universidade de Nova York e herdeiro de uma das maiores fortunas da Ásia. Inocentemente levou a namorada para Cingapura, para acompanhá-lo ao casamento de seu melhor amigo. Ele não imaginava o estrago que a viagem poderia fazer na vida dela. Agora, os dois moram juntos em Manhattan, mesmo sabendo que a mãe dele e a avó são contra a união.

Rachel Chu — Uma CNA (Chinesa Nascida na América) e professora de economia, invejada por todas as mulheres solteiras de Cingapura por estar com Nicholas.

Eleanor Young — Mãe de Nicholas (de quem está afastado). Uma mulher supercontroladora que divide seu tempo entre Sydney e Cingapura.

Shang Su Yi — A dominadora avó de Nicholas. A matriarca do clã dos Shangs e dos Youngs mora em Tyersall Park, um palácio em Cingapura, e se recusa a perdoar o neto por não aceitar que ela diga com quem ele deve ou não se casar.

Astrid Leong — A lindíssima, encantadora e impecavelmente elegante prima de Nicholas. Uma "herdeira dupla", destinada a ser a beneficiária de ambos os lados de sua família aristocrática. Mora em Cingapura com o marido Michael Teo, um titã da tecnologia, e com o filho deles Cassian.

Edison Cheng — Primo de Nicholas Young e Astrid Leong. Um esnobe de Hong Kong. Dono de uma personalidade que nem mesmo a própria mãe é capaz de amar, trabalha em um banco privado, porém passa mais tempo ajustando seus ternos de grife em seu alfaiate.

Oliver T'sien — Especialista em arte e antiguidades, cuja verdadeira expertise é conhecer todas as fofocas das famílias mais importantes da Ásia. Naturalmente, ele também é primo de Nicholas.

Kitty Pong — Uma ex-atriz de novelas de Hong Kong que terminou o namoro com Alistair Cheng e fugiu para Las Vegas para se casar com Bernard Tai, um playboy mimado, filho do magnata *Dato'* Tai Toh Lui.

Charlie Wu — Ex-noivo e primeiro amor de Astrid Leong. Um bilionário da tecnologia de Hong Kong.

Goh Peik Lin — A melhor amiga de faculdade de Rachel Chu. Pertence a uma família muito rica de Cingapura, ligada à construção de imóveis, que não tinha ideia de que havia famílias ainda mais ricas do que a dela.

LONDRES, 8 DE SETEMBRO DE 2012, 9:00 GMT

Uma Ferrari vermelha modelo 458 Italia atravessou a vitrine da Jimmy Choo da Sloane Street, por volta das quatro da manhã de hoje. Não houve testemunhas do acidente. A Polícia Metropolitana reportou que dois passageiros foram levados para o St. Mary's Paddington Hospital, onde estão sendo tratados. Eles sofreram ferimentos sérios, porém não correm perigo. A identidade do dono do veículo não será revelada enquanto seguirem as investigações.

— SARAH LYRE, *The London Chronicle*

Prólogo

•

AEROPORTO INTERNACIONAL DE PEQUIM
9 DE SETEMBRO DE 2012, 19:45

— Um momento. Eu estou na primeira classe. Leve-me até a primeira classe — disse Edison Cheng, com desdém, ao comissário de bordo que o acompanhava.
— O senhor *está* na primeira classe, Sr. Cheng — informou o homem trajando um impecável uniforme azul-marinho.
— Mas onde estão as suítes privativas? — perguntou Eddie, confuso.
— Sr. Cheng, sinto informar que a British Airways não possui suítes privativas na primeira classe.* Mas, se o senhor me permitir demonstrar algumas das características especiais do seu assento...
— Não, não, tudo bem — respondeu Eddie, jogando sua pasta de couro de avestruz no assento como um garotinho mimado. *Puta que pariu! Os sacrifícios que tenho que fazer pelo banco!*
Edison Cheng, o "Príncipe dos banqueiros" — famoso nas colunas sociais de Hong Kong pelo seu estilo *bon vivant*, pelo seu guarda-roupa impecável, pela sua esposa elegante (Fiona), por

---

* Para azar de Eddie, apenas a Emirates Airways, a Etihad Airways e a Singapore Airlines possuem suítes privativas a bordo de seus A380. A Emirates oferece inclusive dois sanitários com suntuosos chuveiros para seus passageiros de primeira classe. (Quem gosta de fazer sexo em avião deve anotar essas informações.)

seus filhos fotogênicos e por vir de uma linhagem espetacular (sua mãe é Alexandra Young, dos Youngs de Cingapura) —, não estava acostumado a passar por tamanho inconveniente. Há cinco horas ele havia sido interrompido durante um almoço no Hong Kong Club, embarcado num jatinho corporativo rumo a Pequim e agora nesse voo para Londres. Fazia muitos anos que ele não passava pela experiência indigna de ter de viajar em um *voo comercial*, porém a Sra. Bao estava nesse avião deplorável e tinha de ser assistida.

Mas onde estaria a Sra. Bao? Eddie esperava encontrá-la sentada num assento próximo ao dele, mas o chefe de cabine informara que não havia ninguém com aquele nome na primeira classe.

— Não, não. Ela deveria estar aqui. Você poderia checar a lista de passageiros ou algo assim? — exigiu Eddie.

Minutos depois, Eddie viu-se sendo guiado até a fileira 37, assento E — classe econômica —, onde uma mulher pequena trajando uma camisa de gola rulê de vicunha e calça social cinza estava sentada entre dois outros passageiros.

— Sra. Bao? Bao Shaoyen? — perguntou Eddie em mandarim.

A mulher ergueu o olhar e sorriu, triste.

— O senhor é o Sr. Cheng?

— Sim. Muito prazer em conhecê-la, mas sinto muito que tenhamos nos conhecido nessas circunstâncias. — Eddie sorriu, aliviado.

Eddie administrava as contas da família Bao no exterior fazia oito anos, mas esses clientes eram pessoas tão reservadas que ele não havia conhecido ninguém da família até então. Muito embora aparentasse estar extremamente cansada naquele momento, Bao Shaoyen era muito mais bela do que ele havia imaginado. Com pele de porcelana, olhos grandes que se curvavam para cima e maçãs do rosto altas, que eram realçadas pela maneira que ela usava os cabelos negros — presos num rabo de cavalo baixo —, aquela mulher não parecia ter idade suficiente para ter um filho na universidade.

— Por que a senhora está sentada aqui? Houve algum equívoco? — perguntou Eddie, preocupado.

— Não. Eu sempre viajo de classe econômica — respondeu a Sra. Bao.

Eddie não conseguiu esconder sua surpresa. O marido dela, Bao, Gaoliang, era um dos mais importantes políticos de Pequim e, além disso, havia herdado uma das maiores indústrias farmacêuticas da China. Aquela família não era simplesmente mais um de seus clientes, os Baos eram seus principais e mais ricos clientes.

— Só o meu filho viaja de primeira classe — explicou Bao Shaoyen, percebendo a surpresa de Eddie. — Carlton gosta dessa comida ocidental elegante e, por ele ser um estudante que vive sob pressão, precisa aproveitar todas as oportunidades de descanso. Mas, para mim, a primeira classe é um desperdício. Eu nem toco na comida e nunca consigo dormir nesses voos longos.

Eddie precisou se conter para não expressar seu escárnio. *Típico dos chineses do continente.* Eles gastam até o último centavo com seu imperadorzinho, mas não usam nada para si mesmos. E veja só para onde isso os levou. Carlton Bao, o filho de 23 anos de Bao Shaoyen, deveria estar em Cambridge terminando sua dissertação de mestrado, mas, em vez disso, havia passado a noite anterior bancando o príncipe Harry — gastando 38 mil libras em meia dúzia de casas noturnas chiques de Londres, arrebentando sua Ferrari novinha e destruindo propriedade privada, além de quase ter se matado. Isso nem era o pior de tudo. Eddie havia sido explicitamente instruído a não revelar o pior de tudo a Sra. Bao Shaoyen.

Eddie tinha uma decisão difícil a tomar. Precisava repassar os planos com a Sra. Bao urgentemente, mas preferia fazer uma colonoscopia a ser obrigado a viajar durante 11 horas na *classe econômica*. Deus do Céu, e se alguém o reconhecesse? Uma foto de Edison Cheng apertado na classe econômica iria viralizar numa questão de segundos. Mas ainda assim ele pensou, irritado, que não pegaria bem um dos principais clientes do banco onde ele trabalhava permanecer na classe econômica enquanto ele viajava na primeira classe, deitado em seu assento reclinável, bebendo conhaque envelhecido vinte anos. Eddie fitou o jovem de cabelos espetados próximo demais da Sra. Bao de um lado e, do outro, uma senhora que cortava as unhas e as jogava dentro do saco de vômito e imediatamente uma solução lhe veio à mente.

Baixando o tom de voz, Eddie disse:

— Sra. Bao, eu ficaria encantado de me juntar à senhora nessa cabine, mas, levando em consideração que temos alguns assuntos *altamente* confidenciais a discutir, a senhora me permite arrumar um assento lá na frente? Tenho certeza de que o banco iria insistir para que eu fizesse um upgrade da sua passagem para a primeira classe, por nossa conta, é claro, e então poderemos conversar com *muito mais* privacidade lá.

— Bem, se o banco insiste, então tudo bem — respondeu Bao Shaoyen, hesitante.

Depois que o avião decolou, que os aperitivos foram servidos e eles estavam confortavelmente acomodados em seus assentos suntuosos, de frente um para o outro, Eddie não perdeu tempo e atualizou sua cliente.

— Sra. Bao, eu estive em contato com Londres pouco antes de embarcar. O estado de saúde do seu filho é estável. A cirurgia para reparar o baço perfurado foi um sucesso, e agora a equipe de ortopedia pode assumir o caso.

— Oh! Graças aos deuses — suspirou Bao Shaoyen, relaxando em seu assento pela primeira vez.

— Já contatamos o principal cirurgião plástico de Londres, o Dr. Peter Ashley, e ele estará na sala de cirurgia com a equipe de ortopedia cuidando do seu filho.

— Meu pobre menino — disse a Sra. Bao, os olhos marejados.

— Seu filho teve muita sorte.

— E a garota inglesa?

— Ela ainda está sendo operada. Mas tenho certeza de que ficará bem — respondeu Eddie, abrindo seu sorriso mais otimista.

Fazia menos de trinta minutos, Eddie estivera a bordo de outro avião estacionado num hangar privado do Aeroporto Internacional de Pequim e fora informado sobre os detalhes sórdidos do acidente durante uma reunião de última hora para o gerenciamento da crise. Estavam presentes o Sr. Tin, o chefe de segurança da família Bao, e Nigel Tomlinson, o chefe do banco na Ásia. Os dois homens haviam embarcado no Learjet assim que ele aterrissou, concentrando-se no laptop de Nigel enquanto um funcionário em Londres lhes fornecia os últimos detalhes por meio de uma videoconferência.

— Carlton já saiu da cirurgia. Ele ficou bastante machucado, mas teria sido muito pior caso não estivesse sentado no banco do motorista com o air bag e tudo. Já o estado da garota inglesa é grave. Ela ainda está em coma, e os médicos aliviaram o inchaço do cérebro, que é a única coisa que podem fazer no momento.

— E a *outra* garota? — perguntou o Sr. Tin, estreitando os olhos para enxergar o outro homem na pequena tela de *pop up*.

— Fomos informados de que ela morreu com o impacto.

Nigel suspirou.

— E ela era chinesa?

— Acreditamos que sim, senhor.

Eddie balançou a cabeça.

— Que situação de merda. Precisamos localizar os familiares imediatamente, antes que as autoridades entrem em contato com eles.

— Como é possível três pessoas caberem numa Ferrari? — perguntou Nigel.

O Sr. Tin girou seu telefone nervosamente no console de madeira.

— O pai do Carlton Bao está numa visita oficial ao Canadá com o premier da China e não pode ser interrompido. Tenho ordens da Sra. Bao para não deixarmos que nenhum escândalo chegue aos ouvidos dele. Ele não poderá nunca ser informado sobre a garota que morreu. Você entendeu? Há muitas coisas em jogo, dada sua posição política, e esse momento é especialmente delicado, pois o partido está prestes a mudar de liderança, algo que só acontece a cada dez anos.

— É claro, é claro — assentiu Nigel. — Vamos dizer que a namorada dele era a garota inglesa. Pelo que o Sr. Bao sabe, havia apenas *uma* garota no carro.

— E por que o Sr. Bao tem que saber sobre a garota inglesa? Não se preocupe, Sr. Tin, já lidei com situações muito mais delicadas envolvendo alguns filhos de xeques — orgulhou-se Eddie.

Nigel lançou um olhar de reprovação para Eddie. O banco se orgulhava de sua discrição acima de tudo, e ali estava um de seus funcionários tagarelando sobre outros clientes.

— Temos uma equipe tática a postos em Londres, a qual estou liderando pessoalmente, e posso lhe assegurar que faremos de tudo para conter essa situação — disse Nigel antes de se virar para Eddie. — Quanto você acha que será necessário para manter a Fleet Street em silêncio?

Eddie suspirou, tentando fazer uns cálculos rapidamente.

— Não é só a imprensa que está em jogo. Os policiais, o motorista da ambulância, os funcionários do hospital, os familiares. Teremos que calar a boca de um monte de gente. Eu sugiro 10 milhões de libras para começar.

— Bem, assim que aterrissar em Londres, você levará a Sra. Bao para o escritório imediatamente. Precisamos que ela assine a retirada do dinheiro antes de ir ao hospital ver o filho. Estou imaginando o que devemos dizer se o Sr. Bao perguntar por que precisamos de tanto dinheiro — ponderou Nigel.

— Fale que a garota precisou de novos órgãos — sugeriu o Sr. Tin.

— Podemos dizer também que tivemos que pagar à butique — completou Eddie. — Esses Jimmy Choos são caros pra caramba, sabia?

HYDE PARK, 2
LONDRES, 10 DE SETEMBRO DE 2012

Eleanor Young bebericava seu chá matinal, elaborando sua mentirinha inocente. Ela estava em Londres de férias com três de suas amigas mais próximas — Lorena Lim, Nadine Shaw e Daisy Foo — e, após dois dias em companhia das amigas o tempo todo, ela precisava desesperadamente de algumas horas só para si. A viagem acabara sendo uma distração extremamente necessária para todas elas — Lorena estava se recuperando de um susto devido a uma reação alérgica ao botox, Daisy tinha brigado mais uma vez com a nora para decidir em qual pré-escola matricular os netos e Eleanor estava deprimida porque seu filho, Nicky, não falava com ela há mais de dois anos. E Nadine... bem, Nadine estava chocada com o estado do novíssimo apartamento de sua filha.

— *Alamaaaaaaak!* Cinquenta milhões de dólares e eu nem consigo dar descarga! — gritou Nadine ao entrar no salão de café da manhã.

— O que você esperava, já que tudo é tão tecnológico? — perguntou Lorena, rindo. — Pelo menos o vaso sanitário ajudou você a *suay kah-cherng*?*

— Não, *lah*! Eu fiquei acenando sem parar para todos aqueles sensores idiotas, mas nada aconteceu! — Sentindo-se derrotada, Nadine se deixou cair numa poltrona moderna que parecia ser feita de uma pilha de cordas vermelhas de seda.

— Não quero criticar, mas acho que esse apartamento da sua filha não é tão moderno, ele tem é o preço terrivelmente inflado! — comentou Daisy entre uma mordida e outra em sua torrada coberta de *rousong*.

— *Aiyah*, ela está pagando pelo nome e pela localização, nada mais — fungou Eleanor. — Eu teria escolhido um apartamento com uma bela vista para o Hyde Park, e não para a Harvey Nichols.

— Ah, você conhece a minha Francesca, *lah*! Ela não está nem aí para o parque. Ela quer é cair no sono olhando para a loja de departamento favorita dela! Graças a Deus que ela finalmente se casou com alguém que pode pagar pelos seus excessos de gastos — suspirou Nadine.

As mulheres ficaram em silêncio. As coisas não estavam sendo fáceis para Nadine desde que seu sogro, Sir Ronald Shaw, acordou de um coma de seis anos e colocou um freio no excesso de gastos da família. Sua filha perdulária, Francesca (certa vez eleita uma das Cinquenta Mulheres Mais Bem-Vestidas pelo *Singapore Tattle*), não respondeu bem ao receber um orçamento fixo para comprar roupas e decidiu que sua melhor saída seria embarcar num caso ardente com Roderick Liang (do Liang Finance Group), que havia acabado de se casar com Lauren Lee. A alta sociedade de Cingapura ficou escandalizada, e a avó de Lauren, a famosa Sra. Lee Young Chien, retaliou se certificando de que todas as famílias tradicionais do sudeste da Ásia fechariam as portas para os Shaws e para os Liangs. No final, um Roderick extremamente derrotado decidiu se arrastar de volta para sua mulher em vez de fugir com Francesca.

---

* Em *hokkien*, "lavar seu traseiro".

Ao se ver na posição de pária social, Francesca fugiu para a Inglaterra e rapidamente garantiu seu futuro ao se casar com "um iraniano judeu herdeiro de meio bilhão de dólares".* Desde que havia se mudado para Hyde Park, 2, o condomínio luxuoso escandalosamente caro mantido pela família real do Qatar, ela finalmente estava falando com a mãe de novo. Naturalmente, isso deu às mulheres uma desculpa para visitar os recém-casados. Mas é claro que elas só queriam conhecer o famoso apartamento e, mais importante, ter um lugar para ficar de graça.**

Enquanto as mulheres discutiam a agenda de compras do dia, Eleanor disparou sua mentirinha:

— Não posso sair para fazer compras hoje de manhã. Tenho um café da manhã com aqueles Shangs chatos. Preciso me encontrar com eles pelo menos uma vez quando venho, senão eles se sentem insultados.

— Você não deveria ter falado que estava vindo — disse Daisy.

— *Alamak*, você sabe que a Cassandra Shang iria descobrir mais cedo ou mais tarde! Parece que ela tem um radar. Se ficasse sabendo que eu estive na Inglaterra e não fiz uma visita aos pais dela, ela falaria na minha cabeça para sempre. Fazer o que, *lah*? Essa é a maldição de ser casada com um Young — disse Eleanor, fingindo lamentar sua situação.

Entretanto, muito embora estivesse casada com Philip Young havia mais de trinta anos, seus primos — os Shangs Imperiais, como eram conhecidos por todos — jamais estenderam a ela nenhuma cortesia. Se Philip tivesse vindo com ela, eles com certeza teriam sido convidados para o palácio da família Shang em Surrey, ou no mínimo para jantar na cidade. Mas sempre que Eleanor ia a Londres sozinha, os Shangs não se manifestavam.

É claro que, fazia muito tempo, Eleanor já havia desistido de se encaixar no clã esnobe do marido, mas mentir a respeito dos Shangs

---

* De acordo com Cassandra Shang, também conhecida como "Radio Um da Ásia".
** Mulheres com a tradição de Eleanor preferem dividir um quarto com seis pessoas ou dormir no chão da casa de algum conhecido a gastar dinheiro com hotéis. Essas mesmas mulheres não hesitariam em gastar 90 mil dólares num colar de pérola do Pacífico quando estivessem de férias.

foi a única maneira de fazer com que as outras não se intrometessem em seus planos. Se ela dissesse que iria se encontrar com outra pessoa, suas amigas *kay poh** com certeza iriam querer ir junto. Porém a simples menção aos Shangs as fazia evitar perguntar muito.

Enquanto as senhoras decidiam passar a manhã provando amostras de delícias gourmet na famosa ala de alimentação da Harrods, Eleanor, vestida de forma discreta, com uma calça caramelo da Akris, um casaco MaxMara e seus óculos Cutler and Gross com aros dourados,** deixou o prédio na Knightsbridge e caminhou os dois quarteirões até o hotel Berkeley, onde um Jaguar prata esperava por ela. Ainda meio paranoica pensando que suas amigas podiam tê-la seguido, Eleanor olhou em volta antes de entrar no sedã e ser levada para seu destino final.

Na Connaught Street, em Mayfair, Eleanor desceu do carro em frente a uma fileira de casas elegantes. Nada na fachada georgiana daquelas construções de tijolinhos ou na porta preta reluzente sugeria o que havia ali. Ela apertou o botão do interfone, e uma voz respondeu quase que imediatamente:

— Em que posso ajudar?

— Sou Eleanor Young. Tenho uma reunião marcada às dez horas — respondeu ela, num sotaque de repente mais britânico.

Antes mesmo que ela terminasse de falar, ouviu-se o *clic* de várias travas se abrindo e um homem forte de aparência intimidadora surgiu na porta. Eleanor adentrou numa antecâmara clara, onde havia uma bela jovem sentada atrás de uma mesa azul-cobalto da Maison Jansen. A jovem abriu um sorriso meigo, cumprimentando-a.

— Bom dia, Sra. Young. Por favor, aguarde um minuto. Ele já foi chamado.

Eleanor assentiu. Ela conhecia muito bem o procedimento. Toda a parede do fundo daquela antecâmara consistia em portas de vidro com molduras de aço, que davam para um jardim privativo, de

---

* Em *hokkien*, "intrometidas".
** Eleanor, que normalmente não usava roupas de grife e fazia questão de dizer que havia se cansado de coisas de marca nos anos setenta, reservava algumas peças-chave para ocasiões especiais como a daquele dia.

onde um homem careca usando terno vinha, cruzando o jardim, para encontrá-la. O elegante porteiro a conduziu em direção a ele, dizendo:

— Sra. Young para o Sr. D'Abo.

Eleanor percebeu que os dois homens usavam discretos fones de ouvido. O careca a acompanhou por uma trilha coberta por um teto de vidro, que dividia o jardim, passando por arbustos bem podados até chegar ao prédio adjacente. Este, sim, um bunker ultramoderno de vidro fumê.

— Sra. Young para o Sr. D'Abo — repetiu o homem em seu microfone e então ouviu-se o *clic* de outra porta se abrindo devagar. Após um rápido passeio de elevador, Eleanor se sentiu aliviada pela primeira vez naquela manhã ao pisar, finalmente, na elegante recepção do Liechtenburg Group, um dos bancos privados mais exclusivos do mundo.

Eleanor mantinha várias contas em diferentes instituições financeiras, assim como muitos outros asiáticos abastados. Seus pais, que haviam perdido grande parte de sua primeira fortuna ao serem forçados a ir para o campo de concentração de Endau durante a ocupação japonesa em Cingapura na Segunda Guerra Mundial, tinham deixado um mantra para seus filhos: *nunca coloquem todos os ovos em uma única cesta*. Eleanor se lembrou daquela lição durante as décadas seguintes, ao ir construindo sua própria fortuna. Não importava que Cingapura, sua cidade natal, havia se tornado um dos polos financeiros mais seguros do mundo. Eleanor — assim como muitos de seus amigos — ainda mantinha sua fortuna distribuída ao redor do mundo, em paraísos seguros e não mencionados.

Entretanto, a conta no Liechtenburg Group era sua joia da coroa. Eles administravam a maior parte de seus bens, e Peter D'Abo, seu banqueiro, frequentemente oferecia a ela a maior taxa de retorno. Pelo menos uma vez por ano Eleanor arrumava uma desculpa para ir a Londres, onde revisava sua carteira de investimentos com Peter (e não era nem um pouco chato o fato de ele se parecer com seu ator favorito, Richard Chamberlain, na época em que ele fez *Pássaros feridos*. Por diversas vezes, Eleanor viu-se sentada em frente ao banqueiro, em sua mesa de ébano reluzente, imaginando-o usando a batina de padre, enquanto Peter explicava em que novo esquema havia aplicado seu dinheiro).

Eleanor conferiu o batom uma última vez no pequeno espelho de seu porta-batom Jim Thompson de veludo enquanto esperava na recepção. Ficou admirando o vaso alto com copos-de-leite lilás, seus caules verdes entrelaçados numa espiral e se perguntou quantas libras deveria sacar de sua conta nessa visita. O dólar de Cingapura estava em baixa essa semana, portanto poderia ser melhor pagar seus gastos em libras nesse momento. Daisy havia pagado o almoço ontem e Lorena, o jantar; portanto era sua vez de mimar as amigas hoje. As três haviam combinado de se revezar nas despesas da viagem, sabendo que a situação da pobre Nadine não era muito boa.

As portas duplas começaram a se abrir, e Eleanor se levantou, ansiosa. Mas, em vez de Peter D'Abo, ela viu uma senhora chinesa sair acompanhada de Eddie Cheng.

— Minha nossa, tia Elle! O que a senhora está fazendo aqui? — perguntou Eddie, sem conseguir se conter.

É claro que Eleanor sabia que o sobrinho de seu marido trabalhava para o Liechtenburg Group, mas Eddie era chefe da filial de Hong Kong, e ela jamais esperava encontrá-lo aqui! Ela havia aberto sua conta em Londres justamente para evitar *jamais* correr o risco de encontrar alguém que pudesse conhecê-la. Corando, ela disse:

— Oh... olá. Estou só esperando uma amiga para tomar o café da manhã. *Aiyoh, aiyoh, aiyoh, fui pega no flagra!*

— Ah, claro. Café da manhã — comentou Eddie, percebendo a saia justa em que a tia se encontrava. *Ora, mas é claro que essa cadela tem uma conta com a gente.*

— Cheguei há dois dias. Vim com a Nadine Shaw. Viemos visitar a Francesca. *Agora a família inteira vai ficar sabendo que eu tenho dinheiro numa conta na Inglaterra.*

— Ah, sim. A Francesca Shaw. Ela não se casou com um árabe? — perguntou Eddie, todo educado. *Ah Ma está sempre preocupada achando que tio Philip não tem o suficiente para viver bem. Espere só até ela ficar sabendo DISSO!*

— Um judeu iraniano. Um rapaz muito bonito. Eles acabaram de se mudar para um flat no Hyde Park, 2 — respondeu Eleanor. *Graças a Deus que ele nunca vai saber o número da minha conta de 16 dígitos.*

— Uau! Ele deve estar muito bem de vida — comentou Eddie, sarcástico. *Meu Deus, vou ter que fazer a cabeça do Peter D'Abo para ele me dar o número da conta dela. Não que ele vá me dizer muita coisa, aquele almofadinha.*

— Imagino que ele tenha uma condição muito boa, afinal é um banqueiro, como você — revidou Eleanor.

Ela percebeu que a senhora chinesa estava bastante ansiosa para ir embora e se perguntou quem seria ela. Para uma chinesa do continente, ela estava vestida de maneira simples e elegante. Deve ser uma de suas clientes importantes. E é claro que Eddie estava fazendo a coisa certa ao *não* apresentá-la. *O que estariam os dois fazendo em Londres?*

— Bem, espero que aproveite o seu *café da manhã* — disse Eddie dando uma piscadela enquanto ia embora, acompanhando a senhora.

Mais tarde naquele mesmo dia, depois de Eddie ter acompanhado a Sra. Bao Shaoyen até a UTI do St. Mary's Paddington Hospital para visitar Carlton, ele a levou para jantar no Mandarin Kitchen em Queensway, pensando que o macarrão com lagosta poderia alegrá-la, mas as mulheres aparentemente perdem o apetite quando não conseguem parar de chorar. Shaoyen não tinha se preparado para ver o filho. A cabeça dele estava muito inchada, parecia uma melancia, e havia tubos saindo de todos os lados — do seu nariz, da sua boca, do pescoço. Suas pernas estavam quebradas, ele havia sofrido queimaduras de segundo grau nos braços, e a parte que não estava coberta por bandagens parecia ter sido esmagada, como quando se pisa em uma garrafa de plástico. Ela queria ficar com ele, mas os médicos não deixaram, pois o horário de visitas havia acabado. Ninguém havia lhe dito que ele estava tão mal. Por quê? Por que o Sr. Tin não havia lhe contado isso? E onde estava seu marido? Ela estava furiosa com ele. Furiosa por ter de enfrentar aquela situação sozinha, enquanto ele estava viajando, participando de eventos e trocando apertos de mãos com canadenses.

Eddie se remexeu em sua cadeira, desconfortável, enquanto Shaoyen soluçava descontroladamente. Por que ela não conseguia se acalmar? Carlton havia *sobrevivido*! Depois de algumas cirurgias plásticas, ele ficaria novinho em folha. Talvez até melhor. Com Peter Ashley, o Michelangelo de Harley Street, fazendo sua mágica, o filho dela acabaria se tornando o Ryan Gosling chinês. Antes de chegar a Londres, Eddie achou que poderia resolver essa confusão em um ou dois dias e ainda ter tempo de comprar um terno novo na Joe Morgan e talvez uns dois pares de sapatos na Cleverleys. Mas parecia que as coisas estavam esquentando. Alguém tinha vazado a notícia para a imprensa asiática, e eles estavam ávidos em busca de informações. Eddie teria de procurar seu contato na Scotland Yard. Teria de acionar seus contatos na Fleet Street. Aquilo tudo estava prestes a virar um escândalo, e ele não tinha tempo para mães histéricas.

E quando Eddie achava que nada pior poderia acontecer, viu pelo canto dos olhos, um rosto conhecido. Era a maldita tia Elle de novo, entrando no restaurante com a Sra. Q. T. Foo, aquela mulher que ele esqueceu o nome da família da L'Orient Jewelry e a cafona da Nadine Shaw. *Puta que pariu! Por que todos os chineses que estavam em Londres tinham que jantar nos mesmos restaurantes?* Era só o que faltava — as maiores fofoqueiras da Ásia testemunhando o descontrole de Bao Shaoyen. Mas espere um minuto — talvez isso não fosse necessariamente algo ruim. Depois dessa manhã no banco, Eddie sabia que mantinha Eleanor em rédeas curtas. Ele poderia forçá-la a fazer quase tudo. E, nesse momento, ele precisava de alguém de confiança para cuidar de Bao Shaoyen enquanto ele resolvia toda a situação. Se a senhora Bao fosse vista jantando em Londres com as principais socialites da Ásia, isso poderia contar a seu favor e despistar os repórteres.

Eddie se levantou e caminhou em direção à mesa redonda no meio do salão. Eleanor foi a primeira a vê-lo se aproximando e enrijeceu o maxilar, irritada. *É claro que Eddie Cheng jantaria aqui. Se esse idiota mencionar que me viu hoje de manhã, processo o Liechtenburg Group!*

— Tia Elle, é você?

— Ah, meu Deus, Eddie! O que você está fazendo em Londres? — suspirou Eleanor, fingindo surpresa.

Eddie abriu um largo sorriso, abaixando-se para dar um beijo em seu rosto. *Nossa, ela merece um Oscar!*

— Estou aqui a negócios. Que surpresa agradável vê-la em Londres.

Eleanor soltou o ar, aliviada. *Graças a Deus ele está fingindo também.*

— Senhoras, vocês conhecem meu sobrinho de Hong Kong? A mãe dele é a irmã do Philip, Alix, e o pai dele é o famoso cirurgião Malcolm Cheng.

— Claro, claro. Que mundo pequeno, *lah*! — disseram as mulheres, animadas.

— Como anda sua querida mãe? — perguntou Nadine, ansiosa, muito embora jamais tenha conhecido Alexandra Cheng pessoalmente.

— Bem, muito bem. Mamãe está em Bangcoc agora visitando a tia Cat.

— Claro, claro, sua tia da Tailândia — comentou Nadine, impressionada, sabendo que Catherine Young era casada com um aristocrata tailandês.

Eleanor teve de se segurar para não revirar os olhos. Eddie Cheng não perdia uma oportunidade de mencionar o nome de alguém importante.

Falando agora em mandarim, ele disse:

— Deixem-me apresentá-las à Sra. Bao Shaoyen.

As mulheres educadamente cumprimentaram a novata com um aceno de cabeça. Nadine percebeu na mesma hora que ela estava usando um cardigã de cashmere Loro Piana, uma saia lápis de corte impecável da Céline, sapatos de salto baixo Robert Clergerie e uma bela bolsa de couro estruturado de uma marca que ela não conseguiu identificar. *Veredicto: estilo enfadonho, mas inesperadamente elegante para uma chinesa do continente.*

Lorena ficou interessada no anel de brilhantes dela. Aquele diamante deve ter entre 8 e 8,5 quilates, Cor D, grau de pureza VVS1 ou VVS2, lapidação brilhante, acompanhado de dois diamantes amarelos triangulares de 3 quilates cada, incrustados com platina. Apenas Ronald Abram, em Hong Kong, tinha aquela montagem em particular. *Veredicto: não era muito vulgar, mas ela poderia ter adquirido uma pedra melhor se tivesse comprado na L'Orient.*

Daisy, que não dava a mínima para o que as outras pessoas vestiam e estava ligeiramente mais interessada nos laços de sangue, perguntou em mandarim:

— Bao? Teria alguma relação com os Baos de Nanquim?

— Sim. Meu marido é Bao Gaoliang — respondeu a Sra. Bao sorrindo. *Finalmente alguém que fala mandarim corretamente! Alguém que sabe quem somos.*

— *Aiyah*, que mundo pequeno. Conheci seu marido na última vez que ele esteve em Cingapura com a delegação chinesa! Senhoras, Bao Gaoliang é o ex-governador da Província de Jiangsu. Venham, venham, vocês dois têm que se juntar a nós. Já íamos fazer nosso pedido! — convidou Daisy, educadamente.

Eddie ficou radiante.

— É muita generosidade da parte de vocês. Na verdade, estamos mesmo precisando de companhia. É que os últimos dias foram bastante desgastantes para a Sra. Bao. O filho dela sofreu um acidente de carro dois dias atrás em Londres...

— Ai, Meu DEUS! — gritou Nadine.

Eddie continuou.

— Infelizmente não poderei ficar para o jantar, pois tenho que resolver algumas questões importantes e urgentes para a família Bao, mas tenho certeza de que a Sra. Bao vai apreciar muito a companhia de vocês. Ela não conhece Londres muito bem, por isso está meio perdida aqui.

— Não se preocupe, vamos cuidar bem dela — falou Lorena imediatamente.

— Estou tão aliviado! Tia Elle, pode me mostrar o melhor local para pegar um táxi?

— É claro! — respondeu Eleanor, acompanhando o sobrinho até a entrada do restaurante.

Enquanto as senhoras consolavam Bao Shaoyen, Eddie falou francamente com a tia.

— Eu sei que estou pedindo um grande favor. Posso contar com a sua ajuda para distrair a Sra. Bao e mantê-la ocupada por algum tempo? E o mais importante: posso contar com sua absoluta discrição? Precisamos nos assegurar de que suas amigas jamais discutam os problemas da Sra. Bao com a imprensa asiática. Terei uma dívida eterna com a senhora.

— *Aiyah*, pode confiar cegamente em nós. Minhas amigas jamais fariam fofoca — garantiu-lhe Eleanor.

Eddie assentiu solicitamente, tendo certeza de que todas elas iriam fofocar via mensagens de texto com suas amigas na Ásia assim que ele fosse embora. Aqueles colunistas irritantes com certeza iriam mencionar o nome de Sra. Bao em suas colunas diárias, e todos pensariam que Shaoyen estava em Londres para fazer compras e se deliciar com a gastronomia londrina.

— Agora, eu posso contar com a *sua* discrição? — perguntou Eleanor, olhando no fundo dos olhos dele.

— Acho que não estou entendendo o que a senhora está querendo dizer, tia Elle — respondeu Eddie, dando um sorriso maroto.

— Estou falando sobre o meu *café da manhã*... hoje mais cedo?

— Ah, não se preocupe. Eu já me esqueci disso. Fiz um juramento de manter sigilo quando entrei para o mundo dos bancos privados e *jamais* sonharia em quebrá-lo. O que podemos oferecer no Liechtenburg Group senão confiança e discrição?

Eleanor voltou para o restaurante se sentindo aliviada por essa inesperada mudança de rumo. Ela e o sobrinho estavam quites. Quando voltou ao salão, havia sobre a mesa um prato enorme de macarrão oriental com lagosta, mas ninguém estava comendo. Todas as mulheres olharam para Eleanor de maneira estranha. Ela imaginou que estivessem morrendo de curiosidade para saber o que Eddie havia dito lá fora.

Daisy sorriu quando Eleanor se sentou, dizendo:

— A Sra. Bao estava nos mostrando fotos do belo filho dela em seu telefone. Ela está muito preocupada com o rosto dele. Mas eu estou tentando tranquilizá-la, já que os cirurgiões plásticos de Londres estão entre os melhores do mundo.

Daisy passou o telefone para ela, e os olhos de Eleanor se arregalaram ao ver a imagem.

— Ele não é uma graça? — perguntou Daisy num tom alegre demais para aquela situação.

Eleanor ergueu os olhos do telefone e disse, sem afetação:

— Ah, sim, ele é muito bonito.

Nenhuma das outras senhoras falou mais nada sobre o filho da Sra. Bao pelo restante da noite, mas todas estavam pensando a mesma coisa. Não podia ser coincidência. O filho acidentado de Bao Shaoyen era a cara da mulher que havia distanciado Eleanor de seu filho Nicholas.

Sim, Carlton Bao era a cópia de Rachel Chu.

Parte Um

*Todos dizem ser milionários hoje em dia.
Mas você não é um milionário de verdade
até gastar seus milhões.*

CONVERSA ESCUTADA NO JOCKEY CLUBE DE HONG KONG

1

O Mandarin

•

HONG KONG, 25 DE JANEIRO DE 2013

No início de 2012, dois irmãos encontraram o que parecia ser um conjunto de pergaminhos chineses antigos embaixo de um baú enquanto limpavam o sótão da casa de sua falecida mãe, no bairro de Hampstead em Londres. Por coincidência, a irmã tinha uma conhecida que trabalhava na Christie's, então ela levou os pergaminhos até lá — em sacolas de supermercado — e os deixou na sala de leilão na Old Brompton Road, na esperança de que a amiga pudesse "dar uma olhada e ver se eles valiam alguma coisa".

Quando o especialista em Pinturas Chinesas Clássicas abriu um dos rolos de seda, quase teve um ataque cardíaco. Ele tinha em suas mãos uma imagem tão detalhada que o fez se lembrar imediatamente de um conjunto de pergaminhos que se acreditava estar perdido para sempre. Será que esses pergaminhos eram *O Palácio das Dezoito Perfeições*? Acreditava-se que a obra de arte, criada pelo artista Yuan Jiang, da Dinastia Qing, em 1693, teria sido retirada secretamente da China durante a Segunda Guerra do Ópio em 1860, quando muitos dos palácios reais foram saqueados, e havia ficado perdida para sempre.

Os funcionários da Christie's se apressaram para desenrolar os pergaminhos e descobriram 24 partes, cada uma delas com quase 2 metros de comprimento e em perfeito estado de conservação.

Colocados lado a lado, se estendiam por quase 11 metros, praticamente ocupando o piso de duas oficinas. Finalmente, o especialista pôde confirmar que, sem dúvida, se tratava da obra mítica descrita em todos os textos clássicos chineses que ele havia passado grande parte de sua carreira estudando.

O Palácio das Dezoito Perfeições havia sido um retiro imperial opulento durante o século VIII, situado nas montanhas a norte de onde hoje fica Xian. Dizia-se que ele havia sido uma das mais maravilhosas residências reais jamais construídas, com jardins tão vastos que era necessário montar a cavalo para ir de um muro a outro. Nestes antigos pergaminhos de seda, os pavilhões adornados, pátios e jardins que se espalhavam em uma bela paisagem montanhosa haviam sido pintados em cores vivas e estavam tão bem preservadas que pareciam quase elétricas em sua iridescência.

Os funcionários da casa de leilão ficaram em silêncio ao redor da pintura, bestificados. Um achado daquela importância era o mesmo que descobrir uma pintura perdida de Da Vinci ou Vermeer. Quando o diretor internacional de Arte Asiática chegou correndo para ver a obra de arte, sentiu que iria desmaiar e deu alguns passos para trás, com medo de cair em cima da delicada pintura. Contendo as lágrimas, finalmente disse:

— Ligue para François em Hong Kong. Diga a ele que coloque Oliver T'sien no próximo voo para Londres.

O diretor então declarou:

— Precisamos fazer um tour com essa belezura. Vamos começar com uma exposição em Genebra, depois Londres e então em nosso showroom no Rockefeller Center, em Nova York. Vamos dar aos maiores colecionadores do mundo a chance de vê-la. E somente depois disso vamos levá-la para Hong Kong e vendê-la logo antes do Ano-Novo chinês. A essa altura os chineses vão estar babando de ansiedade.

E foi exatamente assim que, um ano depois, Corinna Ko-Tung se viu sentada no Clipper Lounge do Mandarin Hotel em Hong Kong, esperando impacientemente a chegada de Lester e Valerie Liu. Seu cartão de visitas ricamente adornado a identificava como "consultora de arte", mas, para alguns seletos clientes, ela era bem mais do que isso. Corinna pertencia a uma das famílias de maior renome em Hong Kong e secretamente transformara suas conexões em um lucrativo negócio. Para clientes como os Lius, ela fazia desde redefinir a arte que eles penduravam em suas paredes às roupas que usavam — tudo isso para dar a eles lugar nos mais exclusivos clubes de elite, para colocar seus nomes nas mais seletas listas de convidados, e seus filhos, nas melhores escolas da cidade. Resumindo, ela era uma consultora especial para novos-ricos.

Corinna observou os Lius subindo as escadas e caminhando em direção ao mezanino que tinha vista para o lobby. O casal era uma visão e tanto, e ela tinha de se parabenizar por isso. A primeira vez que encontrara os Lius, eles vestiam Prada da cabeça aos pés. Para os recém-chegados de Cantão, isso era o nível máximo de sofisticação, mas, para Corinna, isso cheirava a chineses do continente sem noção. Graças ao seu toque de mágica, Lester entrou no Clipper Lounge em um sofisticado terno Kilgour of Savile Row de três peças, enquanto Valerie estava elegantemente vestida numa parca prateada de lã de carneiro persa J. Mendel, com pérolas negras do tamanho correto e botas Lanvin de camurça cinza. Mas havia algo destoando em seu visual — a bolsa estava errada. Estava na cara que o brilhante acessório *ombré* era feito a partir do couro de algum réptil em extinção, mas, para Corinna, parecia com o tipo de bolsa que uma amante usaria. Ela fez uma anotação mental para mencionar isso no momento apropriado.

Valerie chegou à mesa se desculpando profusamente.

— Sinto muito pelo atraso. Nosso motorista nos levou para o *Landmark* Mandarin Oriental por engano.

— Não tem problema — respondeu Corinna, sendo educada. A falta de pontualidade era uma das coisas que mais a irritava, porém, com o valor que os Lius estavam pagando, ela não iria reclamar.

— Fiquei surpresa por você ter marcado aqui. Não acha que o salão de chá do Four Seasons é muito mais agradável? — perguntou Valerie.

— Ou até o Peninsula — completou Lester, lançando um olhar de desgosto para o lustre dos anos 1970 que pendia do teto.

— O Peninsula recebe muitos turistas, e o Four Seasons é onde os novos-ricos vão. O Mandarin é onde as *melhores* famílias de Hong Kong têm se encontrado para tomar chá há gerações. Minha avó, Lady Ko-Tung, me trazia aqui pelo menos uma vez por mês quando eu era pequena — explicou Corinna, pacientemente, complementando: — Você também precisa deixar o "Oriental" subentendido. Nós que somos daqui o chamamos apenas de "o Mandarin".

— Ah! — exclamou Valerie, sentindo-se ligeiramente repreendida. Ela olhou ao redor, reparando nas paredes forradas de carvalho, no assento de couro perfeitamente macio das cadeiras, e seus olhos se arregalaram. Aproximando-se de Corinna, ela sussurrou:

— Você viu quem está ali? Aquelas não são Fiona Tung-Cheng e a sogra, Alexandra Cheng, tomando chá com os Ladoories?

— Quem são essas pessoas? — perguntou Lester, um pouco alto demais.

Valerie fez o marido se calar, falando em mandarim:

— Pare de olhar! Eu te conto depois!

Corinna sorriu, satisfeita. Valerie aprendia rápido. Os Lius eram clientes relativamente novos, mas eram o tipo favorito de Corinna — ela os chamava de *Realeza Vermelha*. Diferentemente dos chineses do continente recém-tornados milionários, esses herdeiros da classe no poder — conhecidos na China como *fuerdai*, ou "ricos de segunda geração" — tinham boas maneiras, dentes limpos e nunca haviam passado pela privação experimentada pela geração de seus pais. As tragédias do Grande Salto para a Frente e a Revolução Cultural eram uma história muito longínqua para eles. Uma quantia obscena de dinheiro chegou às suas mãos fácil demais, tão fácil que eles estavam prontos para gastar tudo.

A família de Lester controlava uma das maiores seguradoras de grande porte na China, e ele conheceu Valerie, filha de um anestesista, nascida em Xangai, quando ambos estudavam na Universidade de Sydney. Com uma fortuna crescente e um gosto cada vez mais refinado, o casal na casa dos 30 e poucos anos estava ansioso por imprimir seu nome na sociedade asiática. Com casas em Londres, Nova York, Sydney e Xangai e uma propriedade recém-construída que lembrava um cruzeiro à beira da Deep Water Bay em Hong

Kong, eles estavam ansiosamente preenchendo suas paredes com obras de arte dignas de museus, na esperança de que a revista *Hong Kong Tattle* fizesse uma matéria com eles em breve.

Lester foi direto ao assunto:

— E então, por quanto você acha que esses pergaminhos vão acabar sendo vendidos?

— Bem, era exatamente isso que eu queria discutir com vocês. Sei que disseram que estavam preparados para chegar a 50 milhões, mas tenho o pressentimento de que hoje à noite quebraremos todos os recordes. Vocês estariam dispostos a chegar a 75? — perguntou Corinna, com cautela, sentindo o terreno.

Lester nem piscou. Pegou um dos *petit fours* na bandeja de prata e disse:

— Tem certeza de que vale isso tudo?

— Sr. Liu, esse é a obra de arte chinesa mais valiosa que um dia chegou ao mercado. É uma oportunidade única...

— Vai ficar tão lindo na rotunda! — falou Valerie, sem conseguir se conter. — Vamos pendurá-la de maneira que a pintura fique panorâmica, e vou mandar pintar as paredes do primeiro andar e do segundo em cores que combinem exatamente com as da pintura. Eu amo esses tons turquesa.

Corinna ignorou os comentários de Valerie e continuou:

— Além do valor da obra em si, o valor que advém do fato de possuí-la é incalculável. Pense em quanto o seu perfil ficará valorizado, e o da família de vocês, quando todos ficarem sabendo que a adquiriram. Vocês terão derrotado os maiores colecionadores do mundo. Fiquei sabendo que representantes dos Bins, Wangs e Kuoks foram autorizados a fazer ofertas. E que os Huangs chegaram agora de Taipei. Que momento propício para vir para cá, não? Também fiquei sabendo por fontes confiáveis que Colin e Araminta Khoo enviaram na semana passada uma equipe especial de curadores do Museu do Palácio Nacional em Taipei para examinar a obra.

— Oh! Araminta Khoo. Ela é tão linda e chique! Eu li tudo o que saiu sobre a festa de casamento incrível que eles deram. Você a conhece? — perguntou Valerie.

— Eu fui ao casamento — respondeu Corinna.

Valerie balançou a cabeça, maravilhada. Ela tentou imaginar aquela mulher de meia-idade discreta, que sempre usava a mesmas três calças Armani, no evento mais glamoroso da Ásia. Algumas pessoas eram muito sortudas por nascerem na família certa.

Corinna continuou seu sermão.

— Então deixem-me explicar. O leilão de hoje à noite irá começar às oito em ponto, e eu consegui assentos na ala VVIP. É lá que vocês irão permanecer durante todo o leilão. Eu estarei lá embaixo, no piso onde o leilão estará acontecendo, trabalhando exclusivamente para vocês.

— Não vamos ficar com você? — perguntou Valerie, confusa.

— Não, não. Vocês ficarão nesse *lounge* especial, de onde poderão acompanhar tudo o que está se passando no leilão.

— Mas não seria mais emocionante estar no piso onde todo a movimentação estiver acontecendo? — insistiu Valerie.

Corinna balançou a cabeça.

— Confie em mim. Vocês não vão querer ser vistos no piso. O *lounge* VVIP é onde vão querer estar. É lá que todos os maiores colecionadores também estarão, e sei que vocês irão aproveitar...

— Espere um pouco — interrompeu Lester. — Então qual o sentido de comprar essa maldita obra de arte? Como as pessoas ficarão sabendo que nós fizemos o lance vencedor?

— Em primeiro lugar, vocês serão vistos por todos que estarão no *lounge* VVIP, portanto as pessoas irão suspeitar e, amanhã cedo, uma das minhas fontes no *South China Morning Post* irá publicar uma nota não confirmada dizendo que o Sr. e a Sra. Lester Liu da família da Seguradora Harmony adquiriram a pintura. Confiem em mim, essa é a maneira de fazer isso com classe. Será melhor para vocês deixar que as pessoas especulem. É do seu interesse que a nota não seja confirmada.

— Oh! Você é brilhante, Corinna! — gritou Valerie, animada.

— Mas, se não for confirmado, como as pessoas vão ficar sabendo? — Lester ainda não estava entendendo.

— *Hiyah*, que lerdeza. Todos vão ver a pintura quando fizermos a festa de inauguração no mês que vem — disse Valerie repreendendo o marido e dando-lhe um tapinha no joelho. — Eles irão confirmar com seus próprios olhos invejosos!

*

O Centro de Convenções e Exibições de Hong Kong, no porto de Wan Chai, possuía tetos sobrepostos que pareciam gigantescas arraias nadando no fundo do mar. Naquela mesma noite, um desfile de jovens atrizes, socialites, bilionários de baixo escalão e todo o tipo de gente que Corinna Ko-Tung considerava desinteressante passou pelo Grande Hall, ocupando os assentos mais visíveis no leilão do século, enquanto, ao fundo do salão, ficava a imprensa internacional e curiosos de plantão. Lá em cima, no elegante *lounge* VVIP, Lester e Valerie estavam no sétimo céu, ao lado dos verdadeiros magnatas, degustando champanhe Laurent-Perrier e canapés preparados pelo Café Gray.

Quando o leiloeiro finalmente subiu ao púlpito de madeira polida, as luzes do salão diminuíram. Uma cortina gigantesca cobria a parede em frente ao palco e, no momento certo, ela começou a se abrir, revelando todo o esplendor dos pergaminhos. Enaltecida por um sistema de iluminação de ponta, a pintura parecia brilhar. A multidão suspirou e, quando as luzes voltaram ao normal, o leiloeiro deu início à sessão sem demora.

— Um conjunto de 24 pergaminhos raríssimos da dinastia Qing, pintados em cores sobre seda com a representação de O *Palácio das Dezoito Perfeições*, de Yuan Jiang. Assinado pelo artista e datado de 1693. Vamos começar com um lance de... um milhão?

Valerie sentiu a adrenalina correndo em suas veias ao ver Corinna erguer a placa azul, confirmando seu primeiro lance. Um mar de plaquinhas começou a se erguer pelo salão, e o preço iniciou sua escalada estratosférica. Cinco milhões. Dez milhões. Doze. Quinze milhões. Vinte milhões. Em pouco minutos, os lances chegaram a 40 milhões. Lester se inclinou para a frente em sua cadeira, analisando cada lance do leilão como um jogo de xadrez, e Valerie cravou as unhas no ombro dele, nervosa.

Quando os lances atingiram 60 milhões, o telefone de Lester tocou. Era Corinna, parecendo agitada.

— *Suey doh sei*,* os lances estão subindo rápido demais! Vamos ultrapassar nosso limite de 75 milhões daqui a pouco. Você quer continuar?

---

* Em cantonês, "tão horrível que eu poderia morrer!".

Lester respirou fundo. Qualquer gasto acima de 50 milhões com certeza chamaria a atenção dos contadores do pai, e ele teria de dar algumas explicações.

— Continue dando lances até que eu diga para parar — ordenou ele.

A cabeça de Valerie girava de excitação. Eles estavam tão perto. Logo, logo ela teria algo que até mesmo *Araminta Khoo* invejaria! Ao atingir a marca dos 80 milhões, os lances finalmente esfriaram. Nenhuma placa foi erguida no salão, com exceção da de Corinna, e parecia haver apenas mais dois ou três compradores por telefone competindo com os Lius. Os lances agora aumentavam de meio em meio milhão, e Lester fechou os olhos, rezando para conseguir levar a obra por menos de 90 milhões. Valia a pena. Valia a bronca que ele levaria do pai. Ele iria se defender dizendo que havia comprado para a família uma obra de arte que iria valer para eles um bilhão em publicidade.

De repente houve uma comoção no fundo do salão. Murmúrios foram ouvidos quando a multidão, de pé, começou a abrir caminho. Mesmo num salão repleto de celebridades em trajes de gala, um zum-zum-zum tomou conta do local quando uma mulher chinesa impressionantemente bela, com cabelos negros, pele branquíssima e lábios vermelhos, trajando um vestido de veludo preto de um ombro só, emergiu da multidão. Cercada por dois cães borzois brancos com coleiras cravejadas de diamantes, a mulher começou a caminhar bem devagar até o púlpito, enquanto todas as cabeças se viravam para acompanhá-la.

Pigarreando discretamente ao microfone, o leiloeiro recuperar a atenção dos presentes.

— Tenho 85,5 milhões. Quem dá 86?

Um dos representantes que segurava um telefone assentiu. Corinna imediatamente levantou sua plaquinha para cobrir o lance. E então a mulher de vestido de veludo ergueu a dela. Do *lounge* VVIP, o diretor da Christie's da Ásia se virou para seus colegas, impressionado, e disse:

— Pensei que ela estivesse apenas em busca de publicidade. — Esticando-se para tentar ver melhor, ele observou: — A placa dela é a número 269. Alguém descubra quem ela é. Ela é qualificada para fazer lances?

Oliver T'sien, que fazia lances em nome de um cliente anônimo, estivera atento à mulher desde que ela havia entrado no salão. Ele riu:

— Não se preocupe, ela é qualificada.

— Quem é ela? — Quis saber o diretor.

— Bom, o nariz e o queixo dela foram afinados, e parece que ela também fez implantes nas bochechas, mas tenho quase certeza de que a mulher da placa 269 é ninguém menos do que a Sra. Tai.

— Carol Tai, a viúva de *Dato'* Tai Toh Lui, aquele ricaço que morreu no ano passado?

— Não, não. Trata-se da mulher do Bernard, o filho do *Dato'*, que herdou os bilhões do pai. Essa mulher de preto é a estrela da televisão, antigamente conhecida como Kitty Pong.

WAN CHAI, HONG KONG, 20:25

Aqui é o correspondente especial Sunny Choy para a CNN International. Estou falando ao vivo do Centro de Convenções e Exibições de Hong Kong, onde os maiores colecionadores do mundo estão fazendo lances milionários para adquirir O Palácio das Dezoito Perfeições. *O valor chegou à faixa dos 90 milhões de dólares. Só para colocar em perspectiva, o vaso Qianlong foi vendido em Londres em 2010 por 85,9 milhões de dólares. Mas isso foi em Londres. Na Ásia, o maior preço atingido até hoje foi de 65,4 milhões de dólares por uma pintura de Qi Baishi em 2011. Assim, os pergaminhos já quebraram DOIS recordes mundiais. Há dez minutos, a atriz antes conhecida como Kitty Pong, casada com o bilionário Bernard Tai, agitou o leilão ao entrar no salão acompanhada por dois cachorros enormes com coleiras cravejadas de diamantes e começar a fazer lances. Nesse momento, outros quatro potenciais compradores também estão fazendo lances. Fomos informados de que um deles representa o Getty Museum, em Los Angeles, outro representa Araminta Lee Khoo e há suspeitas não confirmadas de que o terceiro represente a família da seguradora Liu. Até o momento, desconhecemos a identidade do quarto potencial comprador. É com você, Christiane.*

UPPER GUDAURI, REPÚBLICA DA GEÓRGIA, 00:30

— Tem uma mulher ridícula de vestido preto com dois cachorros que *não para de dar lances*! — esbravejou Araminta em seu laptop, sem reconhecer Kitty Pong na transmissão ao vivo do leilão. Depois de um longo dia esquiando nas montanhas do Cáucaso, seus músculos doíam, e aquele leilão estava atrasando seu tão merecido banho na enorme banheira do chalé de inverno do casal.

— Em quanto está o lance agora? — perguntou Colin, sonolento, deitado no tapete preto e branco de couro de iaque em frente à lareira.

— Não vou dizer. Sei que você não vai gostar.

— Não. É sério, Minty, em quanto está?

— Shhhhh! Estou dando um lance — disse Araminta, fazendo o marido se calar e retomando a conversa com o funcionário da Christie's ao telefone.

Colin se levantou e foi até a mesa, onde sua esposa mantinha ligados o computador e o telefone via satélite. Ele piscou duas vezes diante do vídeo, sem saber se acreditava ou não no que estava vendo.

— *Lugh siow, ah?** Você vai mesmo pagar 90 milhões por um rolo de pergaminhos velhos?

Araminta olhou para ele, irritada.

— Eu não falo nada quando você compra aquelas pinturas enormes feitas com merda de elefante, então agora fique caladinho.

— Peraí! Meus Chris Ofilis custam na faixa de 2 ou 3 milhões cada. Pense em quantos quadros com merda de elefante a gente poderia comprar...

Araminta colocou a mão sobre o telefone.

— Faça alguma coisa de útil. Pegue outro chocolate quente para mim, com bastante marshmallow, por favor. Esse leilão não vai terminar até que eu diga que terminou!

— Onde você vai pendurar isso? Não temos mais nenhuma parede livre em casa — continuou Colin.

---

* Em *hokkien*, "você está doida?".

— Sabe que eu acho que esses pergaminhos ficariam incríveis no lobby do hotel novo que a minha mãe está construindo no Butão? PUTA MERDA! A cadela de vestido preto não desiste! Quem é ela? Ela parece uma Dita Von Teese chinesa!

Colin balançou a cabeça.

— Minty, você está ficando muito nervosa. Passe esse telefone para cá. Eu faço os lances, se você quer tanto assim esses pergaminhos. Tenho muito mais experiência nisso do que você. O mais importante é definir o seu limite. Qual é o seu limite?

SUPERMERCADO JELITA, CINGAPURA, 20:35

Astrid Leong estava no supermercado quando seu telefone tocou. Ela estava tentando montar uma refeição para a folga do cozinheiro, na noite seguinte, e Cassian, seu filho de 5 anos, estava em pé na parte da frente do carrinho fazendo sua melhor imitação de Leonardo DiCaprio na proa do *Titanic*. Como sempre, Astrid estava um pouco envergonhada de usar seu telefone em público, mas, vendo que era seu primo Oliver T'sien ligando de Hong Kong, não tinha como não atender. Ela virou seu carrinho em direção à seção de congelados e atendeu a ligação.

— Oi! Tudo bem?

— Você está perdendo o leilão do ano! — relatou o primo, alegremente.

— Ah. Era hoje? Me diga qual foi o estrago.

— Ainda está acontecendo! Você não vai acreditar! A Kitty Pong fez uma aparição e tanto e tem dado lances como se o mundo fosse acabar hoje.

— *Kitty Pong?*

— Sim, num vestido Madame X com dois borzois em coleiras cravejadas de diamantes. Um espetáculo e tanto.

— E desde quando *ela* virou colecionadora de arte? O Bernard está com ela? Eu não sabia que ele gastava dinheiro com coisas que não fossem barcos ou drogas.

— O Bernard não está aqui. Mas se a Kitty conseguir arrematar a pintura, eles na mesma hora serão conhecidos como "os" colecionadores de arte asiática do mundo.

— Hum... de fato estou perdendo todo o agito.

— Então... restam Kitty, Araminta Lee, um casal da China continental para quem Corinna Ko-Tung está trabalhando e o Getty Museum. Os lances estão em 94 milhões pela pintura. Sei que você não definiu um limite, mas preciso ter certeza de que você quer continuar.

— Noventa e quatro? Pode continuar. Cassian, largue essas ervilhas congeladas!

— Noventa e seis agora. Opa. MeuDeusdocéu! Acabamos de chegar à marca dos 100 milhões! Vai continuar?

— Claro.

— Os chineses do continente finalmente saíram da jogada... — coitadinhos, parece que eles acabaram de perder seu primogênito. Estamos em 105 agora.

— Cassian, não adianta implorar, eu não vou deixar você comer comida de micro-ondas. Pense na quantidade de conservante que tem nessa carne... ponha isso de volta no lugar!

— Estamos quebrando todos os recordes aqui, Astrid. Ninguém nunca pagou uma fortuna dessas por uma pintura chinesa. Cento e dez. Cento e quinze. Agora é Araminta contra Kitty. Vai continuar?

Cassian agora estava preso dentro do freezer de sorvete. Astrid olhou para o filho, desesperada.

— Preciso desligar. Compre a pintura. Como você disse, é uma obra que o museu deveria ter, portanto não importa quanto eu tenha que pagar por ela.

Dez minutos depois, quando Astrid estava na fila do caixa, seu telefone tocou de novo. Ela sorriu envergonhada para o caixa e atendeu a ligação.

— Desculpe te incomodar de novo, mas chegamos a 195 milhões agora. Sua vez de dar o lance — falou Oliver, um pouco ansioso.

— *Sério?* — disse Astrid, enquanto tirava das mãos de Cassian uma barra de chocolate que ele tentava dar para o caixa.

— Sério. O Getty desistiu em 150, e Araminta, em 180. Agora é só você contra a Kitty, e parece que ela está determinada a comprar essa pintura. Nesse momento não posso recomendar em sã consciência que você continue. Sei que a Chor Ling lá no museu ficaria horrorizada ao saber que você gastou tudo isso.

— Ela nunca vai saber. Farei uma doação anônima.

— Mesmo assim, Astrid. Sei que o lance não é o dinheiro, mas, com essas cifras, estamos beirando à loucura.

— Droga. Você está certo. Cento e noventa e cinco milhões é loucura. Deixe que Kitty Pong compre, já que ela quer tanto assim essa obra — disse Astrid, pegando um bolo de cupons de desconto em sua bolsa e entregando-o ao caixa.

Trinta segundos depois, o leilão de *O Palácio das Dezoito Perfeições* havia terminado. No valor de 195 milhões, foi a obra de arte chinesa mais cara a ser vendida em leilão. A multidão explodiu em aplausos enquanto Kitty Pong posava para as câmeras. Um de seus cachorros começou a latir. O mundo inteiro ficaria sabendo que Kitty Pong, ou Sra. Bernard Tai, como ela gostava de ser chamada agora, tinha de fato chegado.

2

Cupertino, Califórnia

•

9 DE FEVEREIRO DE 2013 — NOITE DO
ANO-NOVO CHINÊS

— Os meninos voltaram do jogo de futebol. Fique longe do Jason, ele vai estar nojento de suor — disse Samantha Chu, alertando a prima Rachel assim que escutou as vozes graves vindas da garagem. As duas estavam sentadas em banquinhos de madeira na cozinha dos tios de Rachel, Walt e Jin, fazendo bolinhos cozidos no vapor para o banquete do ano-novo chinês.

O irmão de 21 anos de Samantha cruzou a porta correndo, passando na frente de Nicholas Young.

— Fizemos os irmãos Lins comerem poeira! — anunciou Jason, triunfante, pegando dois Gatorades na geladeira e dando um deles para Nick.

— Ei, onde estão os adultos? Eu esperava ver mais tias histéricas brigando por espaço na bancada da cozinha.

— Papai foi pegar a tia-avó Louise na casa de repouso, e a mamãe, a tia Flora e a tia Kerry foram para o Rancho 99 — explicou Samantha.

— De novo? Ainda bem que não fui escolhido para levá-las até lá dessa vez. Aquele lugar vive infestado de *fobbies*.* E o estacio-

---

*Gíria para *"Fresh off the boat"* (recém-saídos dos barcos, numa tradução livre), em referência aos imigrantes da Ásia, usada principalmente pela segunda, terceira ou quarta geração de americanos descendentes de asiáticos, para denotar sua superioridade.

namento parece mais uma concessionária da Toyota! O que elas foram comprar dessa vez? — perguntou Jason.

— Tudo. O tio Ray ligou. Ele decidiu trazer a família inteira, e você sabe como aqueles meninos comem! — explicou Samantha, enquanto pegava uma colherada de carne de porco moída para rechear a massa do bolinho e passá-lo para Rachel.

— Pode se preparar, Jase. Tenho certeza de que a tia Belinda vai comentar sobre a sua tatuagem nova — provocou Rachel, enquanto fazia pequenas dobrinhas nos cantos dos bolinhos, moldando-os numa meia-lua perfeita.

— Quem é tia Belinda? — quis saber Nick.

Jason fez uma careta:

— Cara! Você ainda não conheceu a tia, né? É a mulher do tio Ray. Ele é um cirurgião-dentista cheio da grana, e eles têm uma mansão em Menlo Park, por isso a tia Belinda age como se fosse a rainha de Downtown Abbey. Ela é extremamente controladora e todos os anos deixa minha mãe louca porque só resolve de última hora se ela e seus filhos mimados vão nos agraciar ou não com sua presença.

— É Down*ton* Abbey, Jase — corrigiu-o Samantha. — E ela não é tão ruim assim. É que ela é de Vancouver.

— Você quer dizer Hongcouver — brincou Jason, jogando a garrafa de Gatorade vazia no saco plástico da Bed Bath and Beyond que estava em cima da bancada servindo de saco para coleta de lixo reciclável.

— Tia Belinda vai *amar* você, Nick, principalmente quando perceber que você fala igualzinho àquele cara de *Um lugar chamado Notting Hill*!

Às seis e meia da tarde, 22 integrantes do clã Chu haviam chegado a casa. A maioria das tias e dos tios mais velhos estava sentada ao redor da mesa de madeira, coberta por uma toalha de plástico grosso, enquanto os adultos mais jovens permaneciam sentados com os filhos ao redor de três mesas dobráveis de *mahjong* espalhadas pela sala de estar. (Os Chus adolescentes e as crianças estavam deitados em frente à televisão assistindo a um jogo de basquete e comendo um monte de pasteizinhos fritos.)

Quando as tias começaram a servir os pratos com pato assado, camarões-pistola empanados, *gai lan* no vapor com cogumelos negros e macarrão chinês com porco acebolado no molho *barbecue*, tia Jin olhou em volta.

— O Ray ainda não chegou? Não podemos mais esperar, senão a comida vai esfriar!

— A tia Belinda ainda deve estar decidindo qual vestido Chanel usar — alfinetou Samantha.

Logo depois a campainha tocou, e Ray e Belinda Chu entraram na casa com os quatro filhos adolescentes, todos usando camisas polo Ralph Lauren em tons diferentes. Belinda vestia uma calça social de cintura alta creme, uma blusa laranja iridescente com mangas bufantes de organza, seu cinto Chanel de ouro e o par de brincos de pérola grandes, mais adequados a uma noite no San Francisco Opera.

— Feliz ano-novo a todos! — anunciou tio Ray alegremente, enquanto presenteava seu irmão mais velho, Walt, com uma caixa de peras japonesas, e sua mulher entregava um prato Le Creuset para tia Jin, cheia de cerimônia.

— Será que você poderia esquentar isso para mim no forno? Cento e quinze graus por vinte minutos.

— *Hiyah*, não precisava trazer nada — disse tia Jin.

— Não, não. Esse é o meu jantar. Estou seguindo uma dieta de alimentos crus agora — anunciou Belinda.

Quando todos finalmente se acomodaram em seus assentos e começaram a se servir com vontade, tio Walt olhou para Rachel, satisfeito.

— Ainda não me acostumei a ver você aqui nessa época do ano. Normalmente você só vem no dia de Ação de Graças!

— Tudo acabou contribuindo a nosso favor. Nick e eu tivemos que resolver alguns assuntos de última hora do casamento — explicou Rachel.

Tia Belinda exclamou de repente:

— Rachel Chu, não acredito que já estou aqui há dez minutos e você AINDA NÃO ME MOSTROU SEU ANEL DE NOIVADO! Venha aqui agora mesmo! — Rachel se levantou e caminhou obedientemente até a tia, esticando a mão para que ela examinasse seu anel.

— Nossa, é tão... *bonito*! — exclamou tia Belinda, mal escondendo a surpresa. — *Esse Nick não é rico? Como a pobre da Rachel acabou se contentando com esse anelzinho? Não deve ter mais de 1,5 quilate!*

— É um anel simples, exatamente como eu queria — disse Rachel de forma modesta, olhando para o enorme anel no dedo da tia.

— Sim, é muito simples, mas combina perfeitamente com você — falou tia Belinda. — Onde você comprou esse anel, Nick? Em Cingapura?

— Minha prima Astrid me ajudou. Comprei com o amigo dela, Joel,* em Paris — respondeu ele, educadamente.

— Hum. Imagine fazer uma viagem a Paris para comprar isso — murmurou tia Belinda.

— Ei, vocês não ficaram noivos em Paris? — comentou a prima mais velha de Rachel, Vivian, que morava em Malibu, toda animada. — Acho que a minha mãe comentou algo sobre uma trupe de mímicos durante o pedido.

— *Mímicos?* — Nick olhou para Vivian, horrorizado. — Eu te garanto que não havia mímico nenhum!

— *Hiyah*, então nos conte como foi! — exclamou tia Jin.

Nick olhou para Rachel.

— Acho que a Rachel conta essa história melhor do que eu.

Rachel respirou fundo, enquanto todos ao redor da mesa olhavam para ela, ansiosos.

— Tá legal. Lá vai. Na última noite da nossa viagem a Paris, Nick organizou um jantar surpresa. Ele não queria me dizer para onde iríamos, por isso pressenti que estava tramando alguma coisa. Acabamos indo para uma linda residência histórica, numa ilha no meio do rio Sena...

— Para o Hôtel Lambert, bem na ponta da Île Saint-Louis — completou Nick.

---

* Joel Arthur Rosenthal, mais conhecido como JAR de Paris, cujas joias confeccionadas à mão estão entre as mais cobiçadas do mundo. Se Belinda tivesse um olhar mais apurado, teria notado que se tratava de um impecável anel de diamante, que era sustentado por uma finíssima base de ouro branco, entrelaçada por minúsculas safiras. (Nick nem sonhava em contar a Rachel quanto havia desembolsado pelo anel.)

— Exatamente. E havia uma mesa de jantar à luz de velas para duas pessoas no terraço. O brilho da lua refletia no rio enquanto uma violoncelista tocava Debussy. Tudo estava perfeito. Nick havia contratado um chef franco-vietnamita de um dos melhores restaurantes de Paris para preparar o jantar mais delicioso do mundo, mas eu estava tão nervosa que perdi completamente o apetite.

— Resumindo, um cardápio com seis pratos não foi exatamente a melhor escolha. — Nick riu.

Rachel assentiu.

— Cada vez que o garçom levantava um cloche de prata, eu achava que iria ver um anel. Mas nada aconteceu. Quando o jantar terminou e a violoncelista estava guardando seus apetrechos, pensei: *acho que não será hoje*. Mas quando estávamos nos preparando para ir embora, ouvimos buzinas tocando no rio. Era um desses barcos turísticos *Bateaux-mouche*, e todos os passageiros estavam na parte superior. Quando a embarcação passou sob o Hôtel, os alto-falantes explodiram em música, e as pessoas começaram a pular como gazelas. Eram todos dançarinos do Paris Opera Ballet que o Nick havia contratado para fazer uma performance só para mim.

— Que coisa linda! — exclamou tia Belinda, finalmente impressionada. — E depois? Nick pediu você em casamento?

— Nãããão! O show acabou e fomos descendo as escadas. Eu ainda estava extasiada por ter assistido àquela performance incrível, mas um pouquinho decepcionada por não ter rolado um pedido de casamento. Então, quando descemos, a rua estava deserta, a não ser por um cara sentado perto de uma árvore, olhando para o rio. O cara começou a tocar violão, e eu reconheci a música. Era "This Must Be The Place", dos Talking Heads. No nosso primeiro encontro, ouvimos um artista de rua tocando a mesma música no Washington Square Park. Quando o cara começou a cantar, percebi que era *exatamente o mesmo artista do parque*!

— Não acredito! — Samantha cobriu a boca com as mãos, enquanto todos estavam hipnotizados com a história.

— O Nick tinha arrumando um jeito de encontrar o cara em Austin e o levou para Paris. Ele não usava mais *dreadlocks* loiros, mas eu jamais esqueceria aquela voz. E, antes que eu me desse conta do que estava acontecendo, Nick se ajoelhou e estava segurando uma caixinha de veludo vermelho. Foi aí que eu me descontrolei completamente! Comecei a gritar, e, antes que ele terminasse de falar, eu gritei *sim, sim, sim*, e todos os bailarinos começaram a comemorar como doidos!

— Esse é o pedido de casamento mais lindo que já ouvi! — disse Samantha, enxugando as lágrimas.

Quando Samantha ficou sabendo o que havia acontecido com Rachel em Cingapura, ficara furiosa com Nick. Como ele pôde não perceber que Rachel estava sendo maltratada? Rachel saiu do apartamento de Nick assim que os dois voltaram da Ásia, e Samantha ficou aliviada por sua prima ter se livrado dele. Mas à medida que os meses foram passando e Rachel começou a sair com Nick de novo, Samantha percebeu que estava mudando de ideia. Afinal de contas, ele havia defendido Rachel e sacrificara o relacionamento com a própria família para ficar com ela. Ele havia esperado pacientemente, dando a Rachel o tempo de que ela precisava para se recuperar. E, agora, finalmente os dois iriam se casar.

— Muito bem, Nick! Estamos todos ansiosos para o grande dia no próximo mês, em Montecito! — exclamou tio Ray.

— Decidimos passar mais algumas noites no Ojai Valley Inn and Spa — comentou tia Belinda, gabando-se e olhando ao redor da mesa para ter certeza de que todos a haviam escutado.

Rachel riu consigo mesma, ciente de que seus parentes não tinham a menor ideia do que Belinda falava.

— Parece ótimo! Bem que eu gostaria que nós tivéssemos tempo para fazer algo parecido. Vamos ter que esperar até o fim do semestre, em maio, para nossa lua de mel.

— Mas você e o Nick não acabaram de ir para a China? — perguntou tio Ray.

Tia Jin tentou fazer sinal para Ray do outro lado da mesa, para que ele mudasse de assunto, mas a esposa dele deu um beliscão em sua perna esquerda.

— Ai! — gritou ele antes de perceber que havia cometido uma gafe.

Belinda mencionara que Rachel e Nick haviam estado em Fuzhou mais uma vez, seguindo outra pista falsa em busca do pai dela, mas esse, aparentemente, era outro segredo de família, da longa lista dos assuntos sobre os quais não se deve falar.

— Sim, fizemos uma viagem rápida — respondeu Nick, sendo vago.

— Bem, vocês dois são muito corajosos. Eu não suporto a comida daquele lugar. Não quero nem saber se a comida agora é "gourmet" ou não, todos os animais que eles usam estão envenenados com carcinogênicos. E olhem para esse pato que vocês estão comendo! Aposto que também está cheio de hormônios de crescimento — disse tia Belinda enquanto comia um pedaço de nabo.

Rachel olhou para o pato assado, subitamente perdendo o apetite.

— É verdade. Podemos confiar na comida de Hong Kong, mas não na da China continental — disse tia Jin, tirando a gordura do pato assado com seu hashi.

— Isso não é verdade! — exclamou Samantha. — Por que vocês ainda têm tanto preconceito em relação à comida chinesa? No ano passado, quando estive lá, provei alguns dos melhores pratos que já comi na vida. Vocês com certeza jamais comerão um bom *xiao long bao** até provarem um em Xangai.

Na cabeceira da mesa, a tia-avó Louise, o membro mais velho do clã Chu, falou de repente:

— Rachel, tem alguma notícia do seu pai? Já o encontrou?

O primo Dave cuspiu um pedaço de carne que estava em sua boca, de tão surpreso. De repente, todos na mesa ficaram em silêncio. Algumas pessoas se entreolhavam furtivamente. O rosto de Rachel endureceu um pouco, então ela respirou fundo e respondeu:

— Não. Ainda não o encontramos.

Nick apertou a mão dela e explicou:

— Achamos que tivéssemos recebido uma pista promissora no mês passado, mas não deu em nada.

---

* *Dumplings* recheados com carne e molho apimentado que, devido à sua crescente popularidade na culinária internacional, têm feito muitos desavisados ao redor do mundo ficarem com a boca ardendo.

— As coisas são difíceis lá — disse tio Ray, tentando pegar outro camarão empanado, mas conseguindo levar apenas um tapa da esposa.

— Pelo menos agora temos certeza de que o pai da Rachel mudou de nome. Porque toda a documentação oficial sobre ele vai até 1985, pouco antes de ele se formar pela Universidade de Pequim — explicou Nick.

— Por falar em universidade, vocês sabiam que a filha da Penny Shi, que foi a oradora da turma em Los Gatos, não conseguiu entrar em *nenhuma* das universidades da Ivy League para as quais se inscreveu? — comentou tia Jin, tentando mudar de assunto. Foi terrível mencionar o pai de Rachel na frente de Kerry, mãe dela, pois a pobre já havia sofrido o bastante ao longo das três últimas décadas sendo mãe solteira.

Primo Henry, ignorando o comentário de tia Jin, entrou na conversa, oferecendo ajuda.

— Minha empresa trabalha com uma advogada maravilhosa baseada em Xangai. O pai dela é funcionário do alto escalão do governo e tem muitos contatos. Quer que eu veja se ela pode ajudar?

Kerry, que havia permanecido em silêncio até então, bateu seu hashi na mesa e disse:

— *Hiyah*, isso tudo é uma perda de tempo. Não adianta caçar fantasmas!

Rachel olhou para a mãe por um momento, então se levantou da mesa e saiu sem dizer uma palavra.

Foi a vez de Samantha falar, com a voz embargada:

— Ele não é um fantasma, tia Kerry. Ele é o pai dela, e a Rachel tem o direito de ter algum tipo de relacionamento com ele. Eu nem imagino como seria a minha vida sem o meu pai. Será que não seria injusto culpar Rachel por querer encontrá-lo?

3

Scotts Road

•

CINGAPURA, 9 DE FEVEREIRO DE 2013

— Quando você chegar, entre imediatamente na garagem — disse Bao Shaoyen para Eleanor ao telefone. Eleanor seguiu as instruções, parando na guarita de segurança para explicar que tinha ido ali para fazer uma visita aos Baos, que haviam alugado recentemente uma unidade no novíssimo condomínio na Scotts Road.

— Ah, sim, Sra. Young. Por favor, mantenha-se à esquerda e siga as setas — disse o atendente de uniforme cinza escuro.

Eleanor desceu a rampa em direção à impecável garagem subterrânea que parecia estranhamente vazia. *Eles devem ter sido os primeiros inquilinos a se mudar para cá*, pensou ela, virando à esquerda e se aproximando de uma porta metálica branca, em cuja uma placa se lia UNIDADE 01 ESTACIONAMENTO AUTOMATIZADO (APENAS PARA RESIDENTES). A porta se ergueu rapidamente, e uma luz verde começou a piscar. Quando ia entrar na câmara, um letreiro piscou PARE. POSIÇÃO DE ESTACIONAMENTO CORRETA. *Que estranho... será que devo estacionar aqui?*

De repente, o chão começou a se mexer. Eleanor levou um susto e, num reflexo, agarrou o volante. Apenas após alguns segundos, ela percebeu que havia parado sobre uma plataforma giratória que estava virando seu carro lentamente 90 graus. Quando a plataforma parou, todo o piso começou a se erguer. *Meu Deus, é um elevador drive-in!* À direita havia uma parede em vidro e, à medida que o elevador subia, toda a glória noturna dos arranha-céus iluminados de Cingapura se revelou para ela.

Esse apartamento high-tech deve ter sido ideia de Carlton, pensou Eleanor. Desde que havia sido apresentada a Bao Shaoyen em Londres, em setembro do ano anterior, ela passara a conhecer a família muito bem. Eleanor e suas amigas ajudaram Shaoyen e seu marido, Gaoliang, durante aquelas semanas tensas em que Carlton fazia uma cirurgia atrás da outra no St. Mary's Paddington Hospital e, assim que o jovem foi considerado fora de perigo, Eleanor sugeriu que ele terminasse de se recuperar em Cingapura, e não em Pequim.

— O clima e a qualidade do ar daqui serão muito melhores para ele. Além disso, temos alguns dos melhores fisioterapeutas do mundo. Conheço todos os médicos mais renomados de Cingapura e vou me certificar de que o Carlton receba o melhor atendimento — insistira Eleanor, e os Baos concordaram, agradecidos.

É claro que ela não revelou os verdadeiros motivos por trás de todo aquele altruísmo — tê-los por perto permitiria que descobrisse tudo sobre a família.

Eleanor estava acostumada a ver muitas pessoas mimadas, mas jamais havia conhecido alguém que conseguisse controlar a mãe daquela forma. Shaoyen havia trazido três empregadas de Pequim para ajudar na recuperação de Carlton, mas ainda assim insistia em fazer ela mesma praticamente tudo que fosse para ele. E, desde que chegara a Cingapura, em novembro do ano passado, a família já havia se mudado três vezes. Daisy Foo havia feito o que considerava um favor para os Baos usando os contatos de sua família para conseguir a suíte Valley Wing no Shangri-La a um preço camarada — mas Carlton não havia gostado muito de um dos melhores hotéis de Cingapura. Os Baos então se mudaram para um apartamento mobiliado em Hilltops, num luxuoso arranha-céu em Leonie Hill e, um mês depois, eles se mudaram novamente para um prédio ainda mais exclusivo, em Grange Road. E agora moravam nesse prédio com esse elevador ridículo.

Eleanor se lembrou de ter lido sobre esse lugar nos classificados do *Business Times* — era o primeiro condomínio de luxo na Ásia com elevadores para carros biometricamente controlados e "garagens *en suite*" em todos os apartamentos. Apenas expatriados que não estavam nem aí para os gastos da empresa, ou chineses do continente com muito dinheiro, iriam querer viver num lugar como esse. Carlton, que obviamente se enquadrava na última categoria, conseguira exatamente o que queria.

Cinquenta níveis acima, o chão finalmente parou de se mexer, e Eleanor se viu olhando para uma sala de estar luxuosíssima. Shaoyen estava de pé do outro lado de uma parede de vidro acenando para ela, com Carlton — numa cadeira de rodas — ao seu lado.

— Bem-vinda, bem-vinda! — disse Shaoyen, animada, quando Eleanor entrou no apartamento.

— *Alamak*, tomei o maior susto da vida! Achei que estava tendo um surto de vertigem quando o piso começou a se mexer!

— Desculpe, Sra. Young. A ideia foi minha. Achei que a senhora iria gostar da novidade de andar num elevador para carros — explicou Carlton.

Shaoyen olhou para Eleanor, resignada.

— Espero que agora você entenda por que tivemos que nos mudar para cá. A van para deficientes vem até este andar, e assim o Carlton pode sair sozinho do carro e entrar no apartamento sem dificuldades em sua cadeira de rodas.

— Sim, é muito conveniente — disse Eleanor, sem engolir que o acesso para portadores de necessidades especiais tivesse sido o motivo para que eles tenham se mudado para aquele apartamento. Ela se virou para observar a garagem mais uma vez, mas percebeu que a parede de vidro agora estava branca.

— Uau! Que inteligente. Achei que você teria que ficar olhando para o seu carro o dia inteiro. Seria horrível se você tivesse um Subaru velho.

— Ora, você pode ficar olhando para o seu carro se quiser — disse Carlton, tocando a tela de seu iPad mini. A parede imediatamente ficou transparente de novo, mas, dessa vez, refletores especiais fizeram com que seu jaguar de 12 anos parecesse uma peça de museu. Eleanor estava secretamente agradecida por seu motorista, Ahmad, ter dado um polimento no carro no dia anterior.

— Imagine como um Lamborghini Aventador ficaria lindo ali — sugeriu Carlton, lançando um olhar esperançoso para a mãe.

— Você nunca mais vai encostar no volante de um carro esportivo — disse Shaoyen, exasperada.

— É o que veremos — murmurou Carlton baixinho, olhando para Eleanor de maneira conspiradora. Eleanor sorriu, pensando no quanto ele parecia diferente. Nas primeiras semanas depois de sua mudança para Cingapura para continuar o tratamento de reabilitação, Carlton parecia catatônico. Praticamente não fazia nenhum contato visual ou conversava com ela. Mas, hoje, o jovem na cadeira de rodas já estava conversando e até fazendo piadas. Talvez os médicos estivessem dando Zoloft ou algo assim para ele.

Shaoyen conduziu Eleanor para a sala de estar formal, um espaço agressivamente moderno com janelas do chão ao teto e paredes ônix. Uma empregada chinesa entrou trazendo uma bandeja com um elaborado jogo de chá Flora Danica, que Eleanor achou que não tinha nada a ver com o restante da decoração.

— Venha, venha. Vamos tomar um chá. É tão bonito da sua parte passar a noite de Ano-Novo com a gente quando deveria estar com o seu marido — falou Shaoyen, educadamente.

— Bem, Philip vai chegar bem tarde hoje. Nossa família não celebra o Ano-Novo hoje, e sim amanhã. E, por falar em maridos, Gaoliang está por aqui?

— Ele acabou de sair. Teve que ir a Pequim para participar de várias atividades oficiais durante os próximos dias.

— Que pena. Bem, você terá que guardar um pouco disso para ele — disse Eleanor, entregando a Shaoyen uma sacola plástica da OG.*

— Oh! Não precisava ter se preocupado! — disse Shaoyen, tirando da sacola plástica meia dúzia de potinhos diferentes. — Nossa, o que são esses doces? Parecem deliciosos.

— São apenas algumas delícias tradicionais do Ano-Novo feitas pelos cozinheiros da minha sogra. Tarteletes de abacaxi, cartas de amor, biscoitos de amêndoas e *nyonyas*.

---

* *Oriental Garments*, mais conhecida como OG, é uma rede de loja de departamentos estabelecida em 1962. Oferece roupas de qualidade a preços justos, acessórios e itens domésticos. É a loja preferida das senhoras de Cingapura de determinada geração, que afirmam usar apenas lingerie da Hanro, mas que compram secretamente todas as suas roupas íntimas da Triumph lá.

— É muita bondade sua. *Xiè xiè!** Espere um pouquinho, tenho algo para você — disse Shaoyen, correndo até outro cômodo.

Carlton olhou para as sobremesas.

— É muita bondade da senhora trazer esses doces, Sra. Young. Qual devemos provar primeiro?

— Eu começaria com algo não muito doce, como os biscoitos de amêndoas *kueh bangkit,* e depois experimentaria os tarteletes de abacaxi — aconselhou Eleanor.

Ela estudou o rosto de Carlton por um momento. A cicatriz em sua bochecha esquerda estava fininha agora e, de certa forma, acrescentava certo charme ao seu rosto perfeito. Ele era um jovem bonito e, depois de todas as cirurgias reconstrutoras, ainda se parecia tanto com Rachel Chu que olhar para ele, às vezes, era desconcertante. Mas, por sorte, seu sotaque britânico, tão parecido com o de Nicky, era muito mais agradável do que o terrível sotaque americano de Rachel.

— A senhora se incomoda se eu lhe revelar um segredo, Sra. Young? — sussurrou Carlton de repente.

— Claro que não — disse Eleanor.

Carlton deu uma olhada em direção ao corredor para checar se a mãe estava voltando, então se levantou devagarinho da cadeira de rodas e tentou dar alguns passos.

— Você está andando! — exclamou Eleanor, impressionada.

— Shhhh! Fale baixo! — pediu Carlton, sentando-se novamente.
— Não quero que a minha mãe veja até que eu consiga atravessar a sala com segurança. Minha fisioterapeuta acredita que estarei caminhando dentro de um mês e correndo até o verão.

— Meu Deus! Estou tão feliz por você!

Shaoyen entrou na sala.

— Qual o motivo de tanta comoção? Carlton lhe contou sobre a *mazi* dele vir nos visitar?

— Nãããão? — respondeu Eleanor, com o interesse aguçado.

— Ela não é minha namorada, mãe — falou Carlton.

— Está bem. A *amiga* do Carlton vem nos visitar na semana que vem. — Shaoyen se corrigiu.

---

* Em mandarim, "obrigada"

Carlton suspirou, envergonhado.

— *Aiyah*, Carlton é tão bonito e tão inteligente, é claro que ele teria uma amiga! Que pena, eu tinha muitas moças bonitas fazendo fila para *gaai siu** — disse Eleanor, de forma maliciosa.

Carlton ficou envergonhado.

— Gosta da vista, Sra. Young? — perguntou ele, tentando mudar de assunto.

— Sim. É muito bonita. Sabia que dá para ver o meu apartamento daqui?

— Sério? Qual é? — perguntou Shaoyen, interessada, caminhando até a janela. Fazia três meses que eles estavam em Cingapura, e ela achava um pouco estranho Eleanor nunca tê-los convidado para ir à casa dela.

— É aquele no topo daquela colina ali. Você consegue ver a torre que parece ter sido construída em cima daquela mansão antiga?

— Sim, sim!

— Em que andar a senhora mora? — perguntou Carlton.

— Moro na cobertura.

— Legal. Tentamos ficar com a cobertura daqui, mas já estava ocupada — gabou-se Carlton.

— Mas esse apartamento é grande o suficiente, não acha? O andar todo é de vocês? — perguntou Eleanor.

— Sim. São 325 metros quadrados, com quatro quartos.

— Céus! Vocês devem estar pagando os olhos da cara de aluguel.

— Bem, optamos por comprar o apartamento em vez de ficar pagando aluguel — explicou Carlton, com um sorriso de satisfação.

— Oh! — exclamou Eleanor, surpresa.

— É. E agora que já estamos aqui e acabamos gostando muito do apartamento, decidimos comprar o de cima e o de baixo para transformá-lo num tríplex...

— Não, não. Estamos ainda estamos estudando a possibilidade — interrompeu-o Shaoyen, rapidamente.

— Como assim, mãe? Assinamos o contrato há dois dias! Agora não dá mais para voltar atrás!

---

* Em cantonês, "apresentar".

Shaoyen apertou os lábios para se controlar e forçou um sorriso. Ela estava obviamente desconfortável pelo fato de o filho ter revelado tantos detalhes. Eleanor tentou tranquilizá-la.

— Shaoyen, acho que vocês fizeram um ótimo negócio. Os preços nessa região vão subir muito ainda. Os imóveis em Cingapura estão ficando mais valorizados até do que os de Nova York, Londres ou Hong Kong.

— Foi exatamente o que falei — falou Carlton.

Shaoyen não disse nada, mas estendeu a mão para servir uma xícara de chá para Eleanor.

Eleanor sorriu ao aceitar o chá, enquanto a calculadora em sua cabeça começava a trabalhar. Com sua localização privilegiada, esse flat deve ter custado aos Baos, miseravelmente, algo em torno dos US$ 15 milhões — provavelmente mais com a garagem suspensa —, e agora eles pretendiam comprar mais dois andares. Eleanor sabia que os Baos eram cheios da grana, afinal o banqueiro deles era Eddie Cheng, mas ela obviamente subestimou quão ricos eles eram.

Daisy Foo estivera certa o tempo todo. Assim que conheceu Shaoyen em Londres, declarou:

— Aposto que esses Baos são mais ricos do que Deus. Você não faz ideia do quão ricos esses chineses do continente se tornaram. Parece que tem um século que o Peter e a Annabel Lee eram os únicos continentais bilionários. Agora há centenas deles. Meu filho me disse que, em cinco anos, a China terá mais bilionários do que os Estados Unidos.

Sr. Wong, o detetive particular com quem Lorena a havia colocado em contato, cruzara a China durante os últimos meses tentando desenterrar cada podre dos Baos, e agora Eleanor estava mais ansiosa do que nunca para ler o relatório.

Depois que Carlton e Shaoyen haviam comido boa parte das sobremesas de Ano-Novo, a anfitriã entregou uma sacola de compras vermelha e dourada a Eleanor.

— Aqui está. Uma lembrancinha de ano-novo para você. *Xin nian kuai le.**

---

* Em mandarim, "Feliz Ano-Novo".

— *Aiyah*, não precisava, *lah*! O que é isso? — Quis saber Eleanor, tirando da sacola uma caixa com bordas laranja e marrom, imediatamente reconhecendo a loja. Ao abrir a caixa, ela viu uma bolsa Birkin da Hermès.

— Gostou? Sei que você prefere usar cores neutras, por isso escolhi a Himalaya Niloticus Crocodile branca — explicou Shaoyen.

Eleanor sabia que aquela bolsa, tingida nos tons chocolate, bege e branco, do gato himalaio, custava pelo menos 100 mil dólares.

— *Alamak!* Isso é um exagero! Não posso aceitar esse presente!

— É só uma lembrancinha — disse Shaoyen, tímida.

— Agradeço o gesto, mas não posso aceitar. Sei quanto custa. Você deveria estar guardando esse dinheiro para si mesma.

— Não, não. Você tem que aceitar — disse Shaoyen enquanto abria o fecho e erguia a alça da bolsa. As iniciais E. Y. estavam gravadas no couro.

Eleanor suspirou.

— Isso é demais. Preciso pagar por isso...

— Não, não. Seria um insulto. Isso não é nada comparado a toda a bondade com que nos tem presenteado durante esses últimos meses.

Mas você não sabe o que estou tramando, pensou Eleanor. Ela se virou para Carlton e disse:

— Me ajude. Isso é um absurdo!

— Não é nada de mais.

— É sim. Você sabe que não posso aceitar um presente tão generoso quanto esse da sua mãe.

Carlton deu de ombros.

— Venha aqui, Sra. Young. Vou mostrar uma coisa à senhora.

Ele guiou a própria cadeira de rodas para fora da sala, sinalizando para que Eleanor o seguisse. No final do corredor, ele abriu a porta de um dos quartos de hóspedes e acendeu a luz. Eleanor estudou o quarto. Não havia quase nenhuma mobília, mas era praticamente impossível caminhar ali dentro.

Sacolas e caixas Hermès cobriam todo o piso. Sobre cada caixa havia uma bolsa Birkin ou Kelly — em todas as cores do arco-íris e nas mais variadas combinações possíveis de couro exótico. Em todas as paredes havia armários feitos sob medida com prateleiras cobertas de bolsas Hermès, todas estrategicamente iluminadas. Havia mais de cem bolsas naquele quarto. A calculadora na cabeça de Eleanor começou a pifar.

— Esse é o quarto de presentes da minha mãe. Ela vai dar uma Hermès para cada médico, enfermeira e fisioterapeuta do Camden Medical Centre que me ajudou nesses últimos meses.

Eleanor olhou para as bolsas apertadas naquele quarto, boquiaberta.

— Minha mãe tem uma fraqueza. E agora a senhora sabe qual é — disse Carlton, rindo.

Shaoyen mostrou a Eleanor algumas das bolsas mais valiosas — customizadas especialmente para ela. Em seu íntimo, Eleanor achava aquilo tudo um desperdício de dinheiro. — *Imagine quantas ações do Noble Group ou da CapitaLand ela poderia ter comprado!* — Mas na frente da Sra. Bao e de seu filho, ela fez uma encenação cheia de "oh" e "ah" ao ver todas aquelas bolsas.

Eleanor agradeceu a Shaoyen novamente o presente luxuoso e começou a se preparar para ir embora. Carlton a acompanhou até o hall de entrada e disse:

— Tome o elevador dessa vez, Sra. Young. Vou mandar o carro sozinho para o térreo, e ele estará esperando a senhora assim que chegar ao saguão.

— Muito obrigada, Carlton. Acho que eu teria um ataque de pânico se tivesse que andar nesse elevador de carros mais uma vez!

Shaoyen e Carlton acenaram para Eleanor enquanto ela entrava no elevador. As portas se fecharam, mas, em vez de descer imediatamente, o elevador ficou parado por mais alguns instantes. Do outro lado, Eleanor escutou Carlton gritar.

— Ai! Ai! Está doendo de verdade, mãe! O que foi que eu fiz?

— *BAICHI!** Como você ousa contar a Eleanor Young tantos detalhes sobre os nossos negócios? Não aprendeu nada, não? — gritou Shaoyen em mandarim.

Então o elevador começou sua rápida descida, e Eleanor não pôde ouvir mais nada.

---

* Em mandarim, "idiota".

4

Ridout Road

•

CINGAPURA

De: Astrid Teo <astridleongteo@gmail.com>
Data: 9 de fevereiro de 2013, 22:42
Para: Charlie Wu <charles.wu@wumicrosystems.com>
Assunto: Feliz ano-novo!

Oi!

Queria só desejar feliz Ano-Novo! Cheguei agora do jantar anual *yee sang** com meus sogros e me lembrei do ano em que fui jantar na sua casa e um dos ingredientes eram folhas de ouro 24 quilates. Me lembro de ter contado isso à minha mãe, sabendo que ela ficaria horrorizada. ("Deus do Céu, esses Wus não têm mais o que inventar para gastar dinheiro. Quer dizer então que agora eles literalmente estão comendo dinheiro?!" foi o comentário dela.)

---

* *Yee sang*, ou "peixe cru", servido em Cingapura no Ano-Novo, consiste em um prato cheio de peixe cru, legumes ralados em conserva e uma variedade de temperos e molhos. No momento exato, os participantes do jantar se levantam e jogam para cima os ingredientes usando seu hashi e desejando aos demais um ano de prosperidade e abundância. Conhecido como "jogada da prosperidade", acredita-se que, quanto mais alto se joga a comida, mais rico você fica.

Desculpe ter ficado tanto tempo sem escrever, é
que esses últimos meses foram uma loucura. Comecei a
trabalhar. Bem, mais ou menos... estou ajudando o Fine Arts
Museum, trabalhando nos bastidores de algumas aquisições
importantes à medida que o museu é ampliado. (Por favor,
isso é segredo. Eles queriam me oficializar como curadora ou
batizar uma das novas alas com o meu nome, mas eu não quis
nada disso. Não tenho o menor interesse em ver o meu nome
impresso numa parede. Na verdade, acho isso até um pouco
mórbido.)

    E por falar em aquisições, a empresa nova do Michael está
a todo vapor! Ele comprou duas *startups* americanas no ano
passado, o que me deu uma boa desculpa para acompanhá-lo
em duas viagens à Califórnia e ver o meu irmão. Alex e Salimah
têm três filhos agora e moram numa casa linda em Brentwood.
Esse ano minha mãe finalmente concordou em ir para Los
Angeles comigo para conhecer os netos (papai ainda se recusa
a reconhecer Salimah e "aquelas crianças"). É claro que a
mamãe ficou apaixonada por eles. Eles são adoráveis.

    Mas não posso falar o mesmo do Cassian, que tem dado
muito trabalho. Passamos pela terrível fase dos 2 anos,
mas ninguém tinha me preparado para a dos 5 anos! Você
tem que jogar as mãos para o céu por ter meninas. Agora
estamos tentando decidir se esperamos mais um ano ou se o
colocamos na ACS agora. (É claro que o Michael acha que ele
não deve estudar na ACS, prefere que ele vá para uma escola
internacional. O que você acha sobre esse assunto?)

    Ah, em outubro nós nos mudamos para uma casa nova em
Ridout Road. Sim, finalmente! Embora não tenha sido difícil
convencer o Michael a deixar o nosso pequeno flat agora que
ele tem dinheiro para comprar a própria casa. É um daqueles
bangalôs lindos projetados pelo Kerry Hill nos anos 90 —
construções tropicais modernas construídas ao redor de áreas
verdes, com piscinas etc. Contratamos um jovem arquiteto
local, que foi aprendiz do Peter Zumthor, para fazer algumas
mudanças e um paisagista italiano fantástico para fazer a

paisagem ficar mais parecida com a Sardenha do que com Bali. (Sim, ainda me sinto inspirada pela nossa viagem a Cala di Volpe há tantos anos.)

Então é claro que fazer a mudança e organizar tudo virou um trabalho de tempo integral, embora teoricamente eu tenha contado com uma equipe inteira de designers. Mas adivinhe só... Já estamos com mais de 800 metros quadrados agora que o Michael começou a colecionar artefatos históricos e Porsches antigos. O que foi projetado para ser a nossa sala de estar agora parece um salão de carros. Dá para acreditar nisso? Há dois anos eu não conseguiria nem convencer meu marido a comprar um terno novo!

Enfim... Como você está? Eu te vi na capa da última edição da *Wired*. Estou tão orgulhosa de você! Como estão as meninas? E a Isabel? Pelo que pude entender no seu último e-mail, vocês estão indo muito bem. O que eu te disse? Uma semana nas Maldivas sem telefone ou wi-fi revigora qualquer casamento.

Se você estiver planejando vir a Cingapura esse ano, me avise! Eu faço um tour do meu novo showroom de carros com você!

Beijos e abraços,
A.

De: Charlie Wu <charles.wu@wumicrosystems.com>
Data: 10 de fevereiro de 2013, 01:29
Para: Astrid Teo <astridleongteo@gmail.com>
Assunto: Re: Feliz ano-novo!

Oi, Astrid.

O trabalho no museu é perfeito para você. Sempre achei que você iria se dar bem no meio cultural. Que bom que finalmente está morando numa casa espaçosa. Não sei se você vai achar que estou com muita sorte esses dias: minha filha mais nova, Delphine (4), virou uma exibicionista (outro dia ela tirou a roupa e ficou correndo em volta da Lane Crawford por dez minutos até as babás conseguirem pegá-la. Suspeito que elas estavam ocupadas demais para notar, fazendo compras na liquidação de ano-novo), e a mais velha, Chloe (7), está numa fase moleca. Ela achou meus DVDs antigos de *Northern Exposure* e por algum motivo ficou apaixonada pela série (muito embora eu ache que ela é jovem demais para realmente entendê-la). Agora ela quer ser piloto ou xerife. A Isabel não está muito satisfeita com nada disso, mas pelo menos ela parece bem mais feliz comigo.

Feliz ano da Serpente para você e para a sua família!

Atenciosamente,
Charlie

Esta mensagem e quaisquer documentos contidos nela contêm informações da Wu Microsystems ou de suas subsidiárias e podem ser confidenciais. Se você recebeu esta mensagem por engano, não deverá ler, copiar, distribuir ou usar a informação nela contida. Se você recebeu esta mensagem devido a algum erro, favor notificar o emitente imediatamente e deletar a mesma.

De: Astrid Teo <astridleongteo@gmail.com>
Data: 10 de fevereiro de 2013, 07:35
Para: Charlie Wu <charles.wu@wumicrosystems.com>
Assunto: Re:Re: Feliz ano-novo!

Meu Deus! Eu me lembro como se fosse ontem da gente assistindo a vários episódios seguidos de *Northern Exposure* em Londres! Eu era completamente obcecada pelo John Corbett. Como ele deve estar agora? Lembra da ideia que você teve inspirada no Adam como chef no Brick? Você cismou de procurar um restaurante de beira de estrada capenga no meio do nada (numa estrada remota em Orkney Islands ou no nordeste do Canadá) e encontrar um chef genial treinado nos melhores restaurantes de Paris para trabalhar lá. Nós iríamos servir a comida mais deliciosa e inovadora, mas não faríamos nenhuma reforma no lugar. Pensamos em servir a comida em pratos descartáveis e cobrando bem baratinho. Eu seria a garçonete e usaria apenas Ann Demeulemeester. E você ficaria atendendo no bar e serviria só o melhor uísque e os vinhos mais raros, mas tiraríamos todos os rótulos para que ninguém soubesse disso. As pessoas apareceriam lá de vez em quando como quem não quer nada e provariam a melhor comida do mundo. Ainda acho essa ideia brilhante! Não se preocupe muito com as meninas. Acho o nudismo uma coisa linda nas crianças (mas talvez você deva mandá-la para a Suécia no verão). Minha prima Sophie também teve uma fase bem moleca (Ah! Só que ela tem mais de 30 anos agora, e eu nunca a vi usando maquiagem... ops!).

Beijos e abraços,
A.

PS.: por que suas respostas estão cada vez mais minimalistas? Seus últimos e-mails têm sido extremamente curtos comparados aos meus. Se eu não soubesse quão importante e ocupado você é dominando o mundo, ficaria ofendida!

De: Charlie Wu <charles.wu@wumicrosystems.com>
Data: 10 de fevereiro de 2013, 09:04
Para: Astrid Teo <astridleongteo@gmail.com>
Assunto: Re: Re: Re: Feliz ano-novo!

John Corbett está com a Bo Derek desde 2002. Acho que está tudo bem com ele.

Atenciosamente,
C.

PS.: não estou dominando o mundo (o seu marido é que está). Tenho me mantido muito ocupado caçando um chef genial que esteja disposto a morar na Patagônia e cozinhar para seis clientes por mês.

Esta mensagem e quaisquer documentos contidos nela contêm informações da Wu Microsystems ou de suas subsidiárias e podem ser confidenciais. Se você recebeu esta mensagem por engano, não deverá ler, copiar, distribuir ou usar a informação nela contida. Se você recebeu esta mensagem devido a algum erro, favor notificar o emitente imediatamente e deletar a mesma.

5

Tyersall Park

•

CINGAPURA, MANHÃ DO ANO-NOVO CHINÊS

Três sedãs Mercedes classe S no mesmo tom cinza metálico, placas TANO1, TANO2 e TANO3, estavam parados no trânsito matutino a caminho de Tyersall Park. No carro da frente, Lillian May Tan, matriarca da família cujo sobrenome estava tão orgulhosamente estampado nas placas dos carros, olhava para os enfeites vermelhos e dourados típicos da decoração do ano-novo que dominavam cada fachada ao longo da Orchard Road. A cada ano, a decoração parecia ficar mais elaborada e menos elegante.

— Meu Deus, o que é isso?

Sentada no banco do carona, Eric Tan estudava o telão de dez andares de altura, que exibia uma animação capaz de causar um ataque epiléptico em quem a assistisse, e soltou uma risada:

— Vovó, acho que era pra ser uma cobra vermelha... entrando num... túnel dourado.

— É uma cobra meio estranha — comentou a nova esposa de Eric, Evie, em sua voz esganiçada.

Lilian May se absteve de comentar com o que achava que aquela criatura gorducha se parecia. Mas, ao ver aquilo, ela se lembrou de algo que vira muitos anos antes, quando seu falecido marido — que Deus abençoe sua alma — a levou a um interessante espetáculo em Amsterdã.

— Devíamos ter pegado a Clemenceau Avenue! Agora estamos presos nesse engarrafamento da Orchard Road! — exclamou Lilly May, estressada.

— *Aiyah*, não importa o caminho, vai estar engarrafado de qualquer jeito — Geraldine, falou sua filha.

No primeiro dia do ano-novo, os cingapurianos participam de um ritual muito peculiar. Na ilha inteira, as pessoas vão às casas de seus familiares e amigos para desejar feliz ano-novo, trocar *ang pows** e se deliciar com quitutes típicos da data. Os dois primeiros dias do ano-novo são cruciais, e existe um protocolo rígido a ser seguido, as pessoas organizam as visitas por ordem de senioridade — demonstrando respeito aos mais velhos, mais estimados (e normalmente mais ricos) primeiro. Filhos adultos que não moram mais com os pais devem visitá-los, os irmãos mais novos devem ir à casa de cada irmão mais velho em ordem descendente de idade, primos de segundo grau visitam primos de primeiro grau e, depois de passar o dia inteiro dirigindo pela cidade para prestar respeito à família do pai, as pessoas precisam repetir todo o processo no dia seguinte, dessa vez com a família da mãe.** Em famílias grandes, o processo envolvia complicadas planilhas de Excel, aplicativos para planejar *ang pows* e muita vodca russa para combater a dor de cabeça que é executar isso tudo.

Os Tans se orgulhavam de sempre serem os primeiros a chegar a Tyersall Park no dia do Ano-Novo. Muito embora esses descendentes do magnata do século XIX Tan Wah Wee fossem primos de terceiro grau dos Youngs e tecnicamente não devessem ser os primeiros a

---

* Em *hokkien*, "pacote vermelho". Esses envelopes vermelhos com desenhos dourados em alto-relevo são recheados de dinheiro e distribuídos por casais durante o ano-novo chinês. São entregues para pessoas solteiras, principalmente para crianças, para trazer boa sorte. Os valores variam de acordo com a renda de quem está presenteando, mas pode-se afirmar com segurança que o valor mínimo numa residência mais abastada é de 100 dólares. Ao final daquela semana, muitas crianças chegam a ganhar milhares de dólares e, para várias delas, todo o seu dinheiro para o restante do ano depende desse ritual. Mudando a tradição, os *ang pows* em Tyersall Park são feitos de papel-manteiga rosado e sempre contêm um valor nominal, porém simbólico. Isso explica a geração de crianças levadas ao Tyersall Park todo Ano-Novo que falavam, decepcionadas, *Kan ni nah — só 2 dólares!*
** Se seus pais forem divorciados e se eles casaram de novo, ou se você vem de uma daquelas famílias nas quais seu vovô se casou várias vezes, você está fodido.

chegar, haviam estabelecido a tradição de chegar pontualmente às dez da manhã desde os anos 1960 (principalmente porque o falecido marido de Lillian May não queria perder a chance de ficar lado a lado dos VIPs que apareciam cedo).

Enquanto os veículos finalmente cruzavam a avenida Tyersall e passavam pela estrada de pedrinhas, Geraldine fez as últimas recomendações a Evie referente aos parentes.

— Evie, certifique-se de cumprimentar Su Yi em *hokkien* como eu te ensinei e não se dirija a ela, a menos que ela fale com você primeiro.

— Certo — disse Evie, observando as palmeiras elegantes que margeavam o caminho em direção a casa mais majestosa que ela já havia visto e ficando cada vez mais nervosa.

— E evite fazer contato visual com as criadas tailandesas dela. Tia Su Yi sempre tem duas criadas ao seu lado que jogam mau-olhado nas pessoas — acrescentou Eric.

— Meu Deus...

— *Aiyah*, parem de assustar a pobre menina! — grunhiu Lillian May.

Quando a família saiu do carro e se preparava para entrar na casa, Geraldine sussurrou um último alerta para a mãe:

— Lembre-se.... NÃO mencione o Nicky de novo. Você quase fez com que a tia Su Yi sofresse um AVC no ano passado quando perguntou onde ele estava.

— O que faz você pensar que o Nicky não vai estar aqui esse ano? — perguntou Lillian May enquanto se inclinava ao lado do Mercedes para se olhar no espelho retrovisor e arrumar os cabelos.

Geraldine olhou em volta antes de continuar:

— *Aiyah*, você nem sabe da última! A Monica Lee me contou que a sobrinha dela, Parker Yeo, ficou sabendo pelo Teddy Lim que o Nicky está de casamento marcado com aquela garota no mês que vem! Em vez de fazerem uma festa tradicional aqui, eles vão se casar na Califórnia. *Na praia!* Você acredita nisso?

— *Hiyah*. Que horror! Pobre Su Yi. E pobre Eleanor. Que humilhação. Ela se esforçou tanto para tornar o Nicky o neto mais favorecido... e tudo foi por água abaixo.

— Lembre-se, mamãe, *um ngoi hoi seh, ah.** Não faça nenhum comentário!

— Fique tranquila, não vou falar nada com Su Yi — prometeu Lillian May. Ela parecia feliz por finalmente estar em Tyersall Park, neste esplendoroso oásis, longe das decorações bregas de Ano-Novo que tomavam conta do restante da ilha. Para Lillian, cruzar a porta principal era como entrar numa máquina do tempo. Aquela casa seguia à risca todas as tradições mantidas pela exigente anfitriã, e se transformava para acomodar as festas de maneira sutil. As orquídeas brancas que normalmente saudavam os visitantes na antiga mesa de pedra na entrada haviam sido substituídas por um grande arranjo de peônias cor-de-rosa. Na sala de estar da parte superior na parede cinza incrustada de lápis-lazúli, estampado em um pergaminho de seis metros de altura, em caligrafia tradicional, estava um poema de Xu Zhimo — composto em homenagem ao marido de Su Yi, Sir James Young —, e as cortinas de voal branco que normalmente balançavam em frente às portas da varanda haviam sido substituídas por painéis de seda num tom rosado bem discreto.

No jardim de inverno, lindamente banhado de sol, o ritual do chá de Ano-Novo estava começando. Su Yi, esplendorosa em um vestido de seda turquesa de gola alta e usando um colar de pérolas cultivadas, estava sentada numa cadeira de vime perto das portas de vidro, acompanhada de suas fiéis damas tailandesas, enquanto três de seus filhos se posicionavam de pé, enfileirados em frente a ela, como crianças esperando para lhe entregar o dever de casa. Felicity e Victoria observavam enquanto o irmão delas, Philip, oferecia a delicada xícara de chá para a mãe, usando ambas as mãos, e formalmente lhe desejava saúde e prosperidade. Depois que Su Yi tomou um gole do chá *oolong* com folhas de tâmaras vermelhas, era a vez de Eleanor. Enquanto ela começava a servir o chá fumegante do bule Qing adornado com dragões, os primeiros convidados da manhã começaram a chegar.

— *Hiyah*, os Tans chegam cada ano mais cedo! — comentou Felicity, irritada.

---

* Em cantonês, "não jogue uma praga na morte", que quer dizer "não piore a situação".

Victoria balançou a cabeça, reprovando a cena.

— Essa Geraldine não quer perder a comida. A cada ano que passa ela está mais gorda. Fico assustada só de imaginar a taxa de triglicerídeos dela.

— E o inútil do Eric Tan... ele não se casou com uma garota indonésia? Será que ela tem a pele muito escura? — comentou Felicity.

— Ela é metade indonésia, metade chinesa. A mãe dela é uma das irmãs Liem, então aposto que ela deve ter a pele mais clara do que todas nós juntas. Não comente nada... mas a Cassandra me alertou de que a tia Lillian May acabou de voltar dos Estados Unidos e está de peruca nova. Ela acha que assim fica parecendo mais jovem, mas a Cassandra acha que ela ficou a cara de um *pontianak*,* sussurrou Victoria.

— Meu Deus! — Felicity riu.

Alguns segundos depois, Lillian May entrou, seguida de uma fila de filhos e filhas, com seus respectivos cônjuges, e netos. A matriarca da família Tan se aproximou de Su Yi, fez uma reverência e a agraciou com a tradicional saudação de Ano-Novo:

— *Gong hei fat choy!***

— *Gong hei fat choy*! Como vai você? — perguntou Su Yi, olhando através de seus óculos escuros bifocais.

Lillian May pareceu surpresa.

— Su Yi, sou *eu*. Lillian May Tan!

Su Yi parou por um instante antes de continuar, sem rodeios:

— Oh, não reconheci você com esse novo penteado. Pensei que aquela inglesa terrível de *Dinastia* tinha vindo me visitar.

Lillian não sabia se achava graça ou se ficava ofendida, porém todas as pessoas na sala explodiram em gargalhadas.

Logo depois, outros integrantes da família estendida dos Young--T'sien-Shang começaram a chegar, e todos andavam para todos os

---

* Fantasma do sexo feminino com cabelos que parecem um ninho de rato e que vive numa bananeira. Proveniente da mitologia indonésia e malaia. Reza a lenda que as *pontianaks* são espíritos de mulheres que morreram no parto. Elas matam suas vítimas enfiando as unhas afiadas em sua barriga e devorando seus órgãos internos. Que delícia!

** Congratulações e desejos de prosperidade — a saudação apropriada em cantonês.

lados dizendo *gongheifatchoy* uns para os outros, entregando *ang pows* para as crianças, elogiando as roupas dos parentes, comentando sobre quem tinha engordado ou quem estava magro demais, se atualizando sobre quais casas foram vendidas e por quanto, mostrando fotos das viagens, de seus netos ou de seus procedimentos cirúrgicos mais recentes enquanto devoravam tarteletes de abacaxi.

Quando os convidados começaram a se dispersar em direção à escadaria e à sala de estar no andar superior, Lillian May aproveitou a oportunidade para cumprimentar Eleanor.

— Eu não queria cumprimentá-la na presença da Felicity e da Victoria, que morrem de inveja de você, mas preciso dizer que esse seu vestido lilás é incrível! Você com certeza é a mulher mais elegante da festa!

Eleanor sorriu de forma educada.

— Você também está muito bonita. É um vestido e tanto... o cafetã é solto?

— Eu o comprei quando fui visitar minha irmã em São Francisco. É de um estilista maravilhoso que eu descobri. Qual é mesmo o nome dele... deixe eu me lembrar... Eddie Fisher. Não, não é isso... Eileen Fisher! Nossa, peguei um inverno fora de época na Costa Oeste! Não se esqueça de levar roupas mais quentes para a viagem.

— Que viagem? — perguntou Eleanor, franzindo o cenho.

— Ué! Para a Califórnia.

— Eu não vou para a Califórnia.

— Mas com certeza você e o Philip vão para... — disse Lillian, mas parou de repente.

— Para onde?

— Céus, que idiotice a minha... desculpe, confundi você com outra pessoa — gaguejou Lillian. — *Geik toh sei!** Estou ficando velha. Oh, veja, Astrid e Michael estão aqui! E a Astrid não está linda? E o pequeno Cassian está uma fofura de gravata-borboleta. Preciso apertar aquelas bochechinhas agora!

Eleanor engoliu em seco. Aquela tal Lillian May não sabia mentir! Alguma coisa estava prestes a acontecer na Califórnia, e

---

* Em cantonês, "isso é extremamente irritante".

Eleanor começou a pensar em todas as possibilidades. Por que ela e Philip iriam querer ir para aquele quinto dos infernos? A menos que houvesse algum evento importante envolvendo o Nicky. Será que ele finalmente iria se casar? Sim, sim, com certeza era isso que ia acontecer. É claro que a pessoa que poderia saber de todos os detalhes era Astrid, que nesse exato momento estava de pé na escadaria enquanto Lillian May acariciava seu vestido. De longe, parecia que Astrid usava um vestido branco com detalhes azuis nas mangas e na gola, mas, quando Eleanor chegou um pouco mais perto da sobrinha, percebeu que os detalhes em azul eram na verdade bordados em seda que lembravam os desenhos das antigas louças chinesas.

— *Aiyah*, Astrid. Todos os anos venho a essa festa só para ver o seu vestido! E esse ano você realmente se superou! Você com certeza é a mulher mais elegante da festa. O que está usando? É Balmain? Chanel? Dior? — suspirou Lillian May.

— Oh, esse é só um pequeno experimento que meu amigo Jun* desenhou para mim.

— É absolutamente divino! E Michael... um magnata! Meu filho me disse que você é o Steve Gates de Cingapura!

— Ha, ha. Não, *lah*, tia — respondeu Michael, educado demais para corrigir a velha senhora.

— É verdade. Toda vez que eu abro o *Business Times*, vejo o seu rosto. Você pode me dar umas dicas de investimento? — perguntou Eleanor, juntando-se ao grupo.

— Tia Elle, pelo que meus amigos no G.K. Goh me dizem, *a senhora* é que deveria nos dar umas dicas sobre investimentos! — disse Michael, sorrindo e desfrutando da recente adoração que a família de sua mulher agora tinha por ele.

— Bobagem, *lah*. Sou peixe pequeno comparada a você. Com licença, mas preciso pegar a sua mulher emprestada por alguns instantes — disse Eleanor, agarrando o cotovelo de Astrid e cami-

---

* Jun Takahashi, a força criativa por trás da marca Undercover. O protótipo do vestido de Astrid foi, possivelmente, a inspiração para sua coleção outono-inverno de 2014.

nhando com ela até um quarto atrás do piano que mais parecia uma galeria. O jovem pianista, que tinha cara de quem havia acabado de sair do primeiro ano do Raffles Music College, suando em seu terno, tocava Chopin.

Astrid sabia, pelo jeito que a tia a segurava, que o assunto era sério. Falando alto para ser ouvida por cima da música, Eleanor disse:

— Quero que você me diga a verdade. O Nicky vai se casar na Califórnia?

Astrid respirou fundo.

— Sim.

— E quando vai ser isso?

— Não quero mentir para a senhora, mas prometi para o Nicky que não daria nenhum detalhe, então a senhora vai ter que perguntar a ele.

— Você sabe muito bem que faz dois anos que o meu filho se recusa a atender qualquer telefonema meu!

— Bom, isso é problema de vocês dois. Não quero me meter nessa história.

— Você já está metida nessa história, goste disso ou não, porque vocês dois vivem guardando segredos! — exclamou Eleanor, irada.

Astrid suspirou. Ela odiava aquele tipo de situação.

— Acho que a senhora sabe perfeitamente por que eu não posso contar nada.

— Ora, eu tenho o direito de saber!

— Sim, mas não tem nenhum direito de sabotar o casamento dele.

— Eu não vou sabotar nada! Você *precisa* me contar! Eu sou A MÃE DELE. QUE DROGA! — explodiu Eleanor, esquecendo-se por um instante de onde estava. O pianista parou de tocar, chocado, e de repente todos os olhares estavam direcionados para as duas. Astrid podia ver que até sua avó estava olhando para elas, irritada.

Astrid apertou os lábios, recusando-se a falar.

Eleanor olhou para ela, contrariada.

— Isso é inacreditável!

— Não. O que é inacreditável é a senhora achar que o Nicky vai querer vê-la no casamento dele! — rebateu Astrid, com a voz trêmula, dando as costas à tia.

*

Três semanas antes do Ano-Novo, os chefs das casas dos Youngs, dos Shangs e dos T'siens se reuniam na cozinha de Tyersall Park para iniciar a maratona de preparação dos quitutes para o Ano-Novo. Marcus Sim, o aclamado chef confeiteiro da família Shang baseado na casa deles na Inglaterra, estava em Tyersall Park para preparar todos os tipos de sobremesas *nyonya*, *kueh lapis* de todas as cores do arco-íris, *ang koo kuehs* delicadamente esculpidos e, é claro, seus famosos biscoitos *kueh bangkit* com amêndoas Marcona. Ah Lian, cozinheiro dos T'siens havia muitos anos, supervisionava a equipe responsável pela preparação dos tarteletes de abacaxi, dos *nien gaos* doces e dos bolinhos salgados *tsai tao kueh* de rabanete. E Ah Ching, o chef de Tyersall Park, inspecionava o almoço de Ano-Novo, no qual havia o gigantesco presunto cozido (com seu famoso molho de brandy e abacaxi) de todos os anos.

Mas, pela primeira vez em muitos anos, Eleanor não aproveitou o almoço. Ela mal tocou no presunto cozido que Geraldine Tan afirmou estar "ainda mais suculento do que no ano passado", nem conseguiu comer seu *nien gao* favorito — cortado em meia-lua, coberto com uma massinha frita de maneira que o bolo ficasse dourado e crocante por fora e adocicado e macio por dentro, derretendo na boca. Mas, naquele dia, ela simplesmente não tinha apetite para nada. Seguindo o protocolo dos lugares, ela estava presa entre o bispo See Bei Sien e olhava feio para o marido do outro lado da mesa, que comia outro pedaço de presunto enquanto conversava com a mulher do bispo. *Como ele consegue comer num momento como esse?* Uma hora antes, ela havia perguntado a Philip se ele sabia alguma coisa sobre o casamento do Nicky, e ele a havia deixado chocada ao responder:

— É claro.

— O QUEÊÊÊÊ???? Por que não me disse nada, *lah*?

— Não havia nada para contar. Eu sabia que nós não iríamos.

— Como assim? ME CONTE TUDO! — exigiu Eleanor.

— O Nicky me ligou quando eu estava em Sydney e me perguntou se eu gostaria de ir ao casamento dele. Eu perguntei se você também estava convidada, e ele disse que não. Então desejei boa sorte e falei que não iria sem você — explicou Philip calmamente.

— Onde é o casamento? E quando?
— Não sei.
— *Alamak!* Como você pode não saber se ele te convidou?
Phillip suspirou.
— Nem pensei em perguntar. Não era uma informação relevante, já que nós não iríamos.
— Mas por que você nem me contou sobre essa conversa?
— Porque eu sabia que você ficaria irritada e não iria entender.
— Você é um imbecil! Um completo imbecil! — repreendeu-o Eleanor.
— Viu? Eu sabia que você ficaria irritada.

Eleanor mexeu o macarrão de um lado para o outro no prato, fervilhando de raiva por dentro enquanto fingia prestar atenção no bispo, que reclamava da mulher de um pastor que estava gastando milhões tentando ficar famosa. Na mesa das crianças, a babá de Cassian estava tentando convencê-lo a terminar sua refeição.

— Não quero macarrão! Quero sorvete! — protestou o garoto.
— É Ano-Novo chinês. Nada de sorvete para você hoje — repreendeu-o a babá, séria.

De repente, Eleanor teve uma ideia. Ela sussurrou para um dos empregados:

— Por favor, você poderia dizer a Ah Ching que minha garganta ficou irritada por causa de toda essa comida pesada e que preciso desesperadamente de um sorvete?
— Sorvete, senhora?
— Sim. De qualquer sabor. Qualquer um que ele tenha na cozinha. Mas não me sirva aqui. Encontro você na biblioteca.

Passados quinze minutos, após entregar cinco notas novinhas de 100 dólares para a babá de Cassian, Eleanor estava sentada à mesa laqueada de preto da biblioteca, observando enquanto o garoto devorava o sorvete de uma grande vasilha de prata.

— Cassian, quando a sua mãe não estiver em casa, peça a Ludivine que ligue para mim. Meu motorista levar você para tomar sorvete sempre que quiser.
— Sério? — perguntou Cassian, arregalando os olhos.

— Com certeza. Esse será o nosso segredinho. Quando a sua mãe vai viajar? Ela contou que vai para os Estados Unidos?

— Hum-hum. Em março.

— E para onde ela vai? Para Cupertino? São Francisco? Los Angeles? Disneylândia?

— Los Angeles — revelou Cassian, enquanto devorava outra colherada de sorvete.

Eleanor suspirou, aliviada. Março. Ela dispunha de tempo suficiente então. Eleanor acariciou a cabeça do menino e sorriu enquanto ele deixava pingar sorvete misturado com calda de chocolate em sua camisa Bonpoint. *Bem feito para a Astrid. Isso é o que ela ganha por esconder as coisas de mim.*

6

Morton Street

•

NOVA YORK

10 DE FEVEREIRO DE 2013, 18:38 PST

Mensagem de texto para o celular pessoal de Nicholas Young (do qual seus pais não possuem o número)

ASTRID: Sua mãe descobriu sobre o casamento. Feliz Ano-Novo.
NICK: Que merda! Como ela descobriu?
ASTRID: Não tenho certeza de quem vazou. Ela veio falar comigo na casa da Ah Ma. O negócio foi feio.
NICK: Sério?
ASTRID: Foi. Ela perdeu a cabeça e fez uma cena quando eu falei para ela que não ia dar nenhum detalhe.
NICK: Então ela não sabe quando, onde etc.?
ASTRID: Não, mas tenho certeza de que vai acabar descobrindo. Se prepare.
NICK: Vou reforçar a segurança. Vou contratar ex-soldados do Mossad.
ASTRID: Certifique-se de que todos sejam de Tel Aviv, bem bronzeados, musculosos e sarados.
NICK: Não. Precisamos de caras barra-pesada. Acho que vou ligar para o Putin e perguntar quem ele me recomenda.

ASTRID: Estou com saudades. Tenho que ir. Ling Cheh está chamando para o almoço.

NICK: Por favor, deseje a Ling Cheh *gong hei fat choy* e guarde um pouco de *tsai tao kueh* para mim.

ASTRID: Vou guardar todos os pedaços crocantes para você!

NICK: Minha parte favorita!

10 DE FEVEREIRO DE 2013, 9:47 EST

Mensagem deixada na caixa postal de Nicholas Young, em Nova York

Nicholas? Você está aí? Feliz Ano-Novo. Você está comemorando em Nova York? Espero que tenha ido fazer alguma coisa. Se não conseguir encontrar *yee sang* em Chinatown, coma um prato de macarrão chinês pelo menos. Passamos o dia na casa da Ah Ma. Estava todo mundo lá. Todos os seus primos. A nova esposa indonésia do Eric Tan é muito bonita e tem a pele bem branca. Acho que ela deve fazer clareamento. Fiquei sabendo que eles deram uma festa ridícula que foi pura ostentação, tipo a do Colin e da Araminta, só que em Jacarta. É claro que foi a família dela que praticamente pagou pela festa. Aposto que, de agora em diante, a família dela vai bancar todos os filmes inúteis do Eric. Nicky, por favor me ligue quando receber essa mensagem. Preciso conversar com você sobre um assunto.

11 DE FEVEREIRO DE 2013, 8:02 EST

Mensagem deixada na caixa postal de Nicholas Young, em Nova York

Nicky? Você está em casa? *Alamak*, isso está ficando ridículo. Você não pode continuar me ignorando dessa maneira. Por favor, me ligue. Tenho algo muito importante para falar com você. Juro que é algo que você vai querer saber. Por favor, me ligue assim que possível.

12 DE FEVEREIRO DE 2013, 11:02 EST

Mensagem deixada na caixa postal de Nicholas Young, em Nova York

Nicky? Você está em casa? Ele não está... é o papai. Por favor, ligue para a sua mãe. Ela precisa falar com você urgentemente. Preciso que você deixe os seus ressentimentos de lado e ligue para ela. É Ano-Novo. Por favor, seja um bom filho e ligue para casa.

Foi Rachel quem ouviu as mensagens primeiro. Eles haviam acabado de chegar da Califórnia e, depois de deixar as malas em casa, Nick saiu para comprar uns sanduíches na La Panineria enquanto Rachel desfazia as malas. Foi por isso que ela ouviu as mensagens enquanto eram deixadas no telefone fixo.

— Não tinha mortadela, então trouxe para você um panini de prosciutto e fontina com mostarda de figo e outro de muçarela, tomate e pesto. Acho que a gente pode dividir os dois — disse Nick, ao voltar para o apartamento. Quando entregou a embalagem com os sanduíches para Rachel, ele percebeu que havia algo errado.

— Tudo bem?

— Acho que você deveria ouvir as mensagens de voz — sugeriu Rachel, entregando o telefone sem fio para ele.

Enquanto Nick escutava os recados, Rachel foi até a cozinha e começou a desembalar os sanduíches. Ela se deu conta de que seus dedos tremiam e ficou irritada consigo mesma por não conseguir se decidir se deixava os paninis no papel-manteiga ou se os colocava em pratos. Ela não tinha ideia de que escutar novamente a voz de Eleanor Young após todo aquele tempo a deixaria tão abalada. O que ela estava sentindo? Angústia? Medo? Rachel não tinha certeza.

Nick entrou na cozinha e falou:

— Sabe que eu acho que essa é a primeira vez na vida que o meu pai me manda uma mensagem de voz? Sou sempre eu que ligo para ele. Minha mãe deve estar infernizando a cabeça dele.

— Parece que a novidade se espalhou! — comentou Rachel, forçando um sorriso e tentando disfarçar o nervosismo.

Nick riu.

— A Astrid me mandou uma mensagem me alertando sobre isso quando estávamos na casa do seu tio, mas eu não quis comentar nada que pudesse estragar o nosso Ano-Novo. O clima já estava tenso com toda aquela conversa sobre o seu pai. Eu deveria ter previsto que isso ia acontecer.

— O que você vai fazer?

— Absolutamente nada!

— Você vai mesmo continuar ignorando as ligações dela?

— Claro. Não vou entrar no jogo dela.

Inicialmente, Rachel se sentiu aliviada, mas então ficou em dúvida se essa seria a melhor maneira de o namorado lidar com a situação. Ignorar Eleanor havia causado inúmeros problemas a eles na primeira vez. Será que Nick estava cometendo o mesmo erro de novo?

— Tem certeza de que não deveria conversar pelo menos com o seu pai... tentar colocar as coisas em pratos limpos antes do nosso casamento?

Nick pensou na sugestão por um instante.

— Acho que não há nada para esclarecer. Meu pai já nos deu sua bênção quando nós conversamos no mês passado. Pelo menos *ele* está feliz por nós.

— Mas e se essa mensagem não tiver nada a ver com o nosso casamento?

— Escute, se os meus pais quisessem realmente falar alguma coisa muito importante comigo, eles teriam dito na mensagem. Ou a Astrid teria me contado. Isso é apenas mais uma artimanha que minha mãe inventou, uma última tentativa para impedir nosso casamento. Preciso tirar o chapéu para ela... ela simplesmente não desiste! — disse Nick, irritado.

Rachel foi até a sala e se sentou no sofá. Ali estava uma jovem que cresceu sem nunca ter conhecido o pai. Apesar de detestar Eleanor

Young, não podia deixar de se sentir triste por Nick ter se afastado da mãe. Ela sabia que não tinha culpa, mas não conseguia deixar de se sentir mal por ser parte do motivo pelo qual os dois haviam se distanciado. Ela pensou um pouco antes de, finalmente, falar:

— Gostaria que as coisas não precisassem ser assim. Nunca imaginei que poderia colocar você nessa situação.

— Você não me colocou em situação nenhuma. Isso é tudo culpa da minha mãe. Ela só pode culpar a si mesma.

— Eu jamais poderia me imaginar numa situação em que os pais do meu futuro marido não seriam convidados para o nosso casamento, assim como grande parte da família dele...

Nick se sentou ao lado de Rachel.

— Nós já conversamos sobre isso. Vai ficar tudo bem. A Astrid e o Alistair estão vindo, e eles são os primos com quem sou mais ligado. Você sabe que eu sempre detestei aqueles casamentos chineses tradicionais, com um milhão de convidados. Nossa cerimônia será bem mais reservada. Apenas nossos amigos mais próximos e a sua família estarão presentes. Eu, você e a família que nós dois escolhemos. Ninguém mais no mundo importa.

— Tem certeza?

— Absoluta — afirmou Nick enquanto lhe beijava o pescoço.

Rachel suspirou e fechou os olhos, desejando que ele realmente estivesse certo do que estava falando.

Duas semanas depois, os estudantes que se inscreveram no curso "O Reino Unido entre guerras: a geração perdida redescoberta, desconstruída e restaurada, da New York University", presenciaram um espetáculo bem curioso. No meio da aula do professor Young, duas mulheres muito loiras, extremamente bronzeadas e altas entraram na sala usando trajes idênticos — suéter de cashmere azul-marinho, calça social branca sem nenhum vinco e chapéu de marinheiro branco com bordas douradas. As duas foram até a frente da sala e se dirigiram diretamente ao professor.

— Sr. Young? Sua presença está sendo requisitada. Por favor, nos acompanhe — pediu uma das mulheres com forte sotaque norueguês.

Sem entender o que estava acontecendo, Nick respondeu:

— Ainda tenho 25 minutos de aula. Por favor, esperem lá fora e então poderemos conversar quando minha aula acabar.

— Infelizmente isso não será possível, Sr. Young. O assunto de extrema urgência, e fomos instruídas a levar o senhor imediatamente.

— Imediatamente?

— Sim, imediatamente — respondeu a outra mulher, com um sotaque africânder que a fazia soar mais séria do que a norueguesa.

— Por favor, venha com a gente, agora.

Nick já estava começando a ficar irritado com aquela interrupção quando de repente pensou: provavelmente aquilo era algum tipo de brincadeira. Algum amigo devia estar lhe pregando uma peça por causa do casamento. Era a cara do seu melhor amigo, Colin Khoo, fazer isso. Nick havia dito a Colin que não queria despedida de solteiro nem nada do tipo, mas aquelas duas loiras pareciam fazer parte de algum esquema elaborado.

— E se eu me recusar? — perguntou ele, sorrindo.

— Então não nos restará escolha a não ser lançar mão de medidas mais extremas — respondeu a norueguesa.

Nick se esforçou para não rir. Estava rezando para que elas não começassem a fazer um striptease em plena sala de aula. Sua sala viraria um tremendo caos, e ele perderia completamente a atenção dos seus alunos. Sem falar na credibilidade que ele havia conquistado com tanto esforço, já que não parecia ser muito mais velho do que a maioria deles.

— Me deem apenas alguns minutos para terminar a aula — pediu Nick, finalmente.

— Tudo bem — assentiram as mulheres.

Dez minutos depois, Nick saiu da sala enquanto seus alunos pegavam seus telefones para tirar fotos, mandar mensagens e tweets relatando que seu professor estava sendo tirado da sala de aula por duas loiras esculturais vestidas de marinheiro. Em frente ao prédio na University Place havia uma SUV BMW prateada com vidros fumê. Nick entrou no carro um pouco relutante e, quando o sedã começou a acelerar pela Houston Street em direção à West Side Highway, ele se pegou imaginando para onde estaria sendo levado.

Na rua 52, o carro pegou uma das saídas que seguia para o Manhattan Cruise Terminal, onde os navios de cruzeiros que visitavam Nova York ancoravam. Ancorado no Pier 88 havia um superiate que parecia ter pelo menos cinco andares. Seu nome era *The Odin*. *Meu Deus, Colin tem muito tempo sobrando e muito dinheiro disponível!* — pensou Nick olhando para o navio, cujo casco azul-marinho parecia brilhar com o reflexo do sol na água do mar. Ele subiu pela plataforma e entrou no foyer do iate, um átrio com elevador de vidro, que parecia ter sido roubado de uma loja da Apple. As duas mulheres escoltaram Nick até o elevador, que subiu um andar apenas e abriu a porta.

— A gente podia ter subido de escada — brincou Nick.

Quando saiu do elevador, ele esperava encontrar o salão repleto de amigos como Colin Khoo, Mehmet Sabancı e alguns de seus primos, mas, em vez disso, viu-se sozinho no que parecia ser o deque principal do iate. As mulheres o escoltaram por diversos ambientes suntuosos, por salões com painéis dourados de sicômoro, por banquetas forradas com pele de baleia e por um salão com um teto que brilhava como uma instalação de James Turrell.

Nick agora achava que aquela visita não tinha nada a ver com uma despedida de solteiro surpresa e já estava considerando suas opções de fuga quando eles chegaram a portas deslizantes guardadas por dois marinheiros* altos e musculosos. Os homens empurraram as portas, fazendo-as deslizar, revelando uma sala de jantar a céu aberto. No final do deque, usando um blazer de piquê branco, calças brancas de montaria e botas F.lli Fabbri, estava ninguém menos que Jacqueline Ling.

— Ah, Nicky. Chegou bem na hora do suflê! — exclamou ela.

Nick se aproximou da antiga amiga de sua família, sentindo-se ao mesmo tempo impressionado e irritado. Ele deveria ter percebido que todo aquele ar escandinavo tinha algo a ver com Jacqueline, cujo marido de muitos anos era o bilionário norueguês Victor Normann.

— E que tipo de suflê é esse? — perguntou Nick, entrando na brincadeira e se sentando em frente à beldade, conhecida nas colunas sociais como a "Catherine Deneuve chinesa".

---

* Igualmente loiros, provavelmente suecos.

— Acredito que seja de couve com Emmentaler. Você não acha que esse frenesi em torno da couve é pouquinho demais? Eu gostaria de saber quem é responsável pelas relações públicas da indústria da couve. Essa pessoa deveria ganhar um prêmio! Mas me diga, você não está nem um pouquinho surpreso em me ver?

— Na verdade, estou bastante desapontado. Por um momento imaginei que tivesse sido sequestrado e que seria forçado a ser dublê num filme do James Bond.

— Você não gostou de conhecer Alannah e Mette Marit? Eu sabia que você não viria se eu tivesse simplesmente ligado e te convidado para almoçar.

— Claro que eu teria vindo, só que num momento mais apropriado... espero que você me ofereça um novo emprego quando a NYU me demitir por abandonar minha classe no meio da aula.

— *Hiyah*, não seja um estraga-prazeres! Você não faz ideia de como foi difícil encontrar um lugar para ancorar essa besta. Eu achava que Nova York era uma cidade de muitos recursos, mas você sabia que a maior marina daqui só comporta navios de até 180 pés? Onde as pessoas param seus iates?

— Bem, esse é um dos grandes. Lürssen, não é?

— Na verdade é um Fincantieri. Victor não quis que seu bebê fosse construído em nenhum lugar perto da Noruega, com aqueles jornalistazinhos escrutinando cada passo dele, por isso escolheu um estaleiro italiano. É claro que Espen* projetou esse, assim como todos os nossos barcos.

— Tia Jacqueline, não acho que a senhora tenha me trazido aqui para falar sobre barcos. Por que não vai direto ao assunto? — pediu Nick, tirando a ponta de uma baguete ainda morna e afundando-a em seu suflê.

— Nicky, eu já pediu para você não me chamar de tia. Você faz com que pareça que estou passando da validade! — disse Jacqueline, fingindo estar horrorizada, enquanto colocava uma mecha de seus cabelos negros para trás.

---

* Ela se refere a Espen Oeino, um dos maiores arquitetos navais do mundo, que projetou superiates para ricaços como Paul Allen, o emir do Qatar e o sultão de Omã.

— Jacqueline... você não precisa que eu diga que não parece ter nem um dia a mais do que 40 anos — falou Nick.

— Trinta e nove, Nicky.

— Tudo bem, 39. — Ele riu. Nick tinha de admitir que, mesmo estando sentada sob a luz do sol e usando uma maquiagem bem leve, Jacqueline era uma das mulheres mais atraentes que ele conhecia.

— Aí está seu belo sorriso! Por um momento, temi que você estivesse virando uma daquelas pessoas rabugentas. Meu filho Teddy está sempre de cara fechada... eu nunca deveria tê-lo mandado para Eton.

— Não acho que Eton tenha alguma coisa a ver com isso — declarou Nick.

— Acho que você está certo. Ele carrega aqueles genes recessivos esnobes dos Lims, do lado do meu falecido marido. Mudando de assunto, você sabia que Cingapura inteira andou falando de você no Ano-Novo chinês?

— Eu sinceramente duvido que Cingapura *inteira* tenha falado de mim, Jacqueline. Já não moro lá há mais de uma década, nem conheço tanta gente assim.

— Você entendeu o que eu quis dizer. Espero que não se importe se eu falar francamente. Sempre gostei muito de você, não quero vê-lo tomar uma decisão equivocada.

— E qual seria essa decisão equivocada?

— Se casar com Rachel Chu.

Nick revirou os olhos, irritado.

— Sinceramente, não quero discutir esse assunto com você. Vai ser uma perda de tempo para nós dois.

Ignorando-o, Jacqueline continuou:

— Eu estive com sua Ah Ma na semana passada. Ela me convidou para uma visita, e nós tomamos chá em sua varanda. Ela está muito chateada com o seu afastamento, mas ainda está disposta a te perdoar.

— Perdoar *a mim*? Ah, isso é ótimo.

— Vejo que ainda está relutante em ver as coisas do ponto de vista dela.

— Não estou nem um pouco relutante. Não posso nem me *imaginar* vendo as coisas do ponto de vista dela. Não entendo por que a minha avó não pode simplesmente ficar feliz por mim, por que não pode confiar na minha decisão de passar o resto da minha vida com a Rachel.

— Não tem nada a ver com confiança.

— Tem a ver com o quê então?

— Tem a ver com respeito, Nicky. Sua Ah Ma te ama demais e sempre teve como objetivo proteger seus interesses. Ela sabe o que é melhor para você e pede apenas que você respeite seu desejo.

— Eu respeitava a minha avó, mas sinto muito. Não consigo respeitar o desdém dela. Não vou dar uma de cachorrinho adestrado e me casar com alguém de alguma das cinco famílias na Ásia que seriam aceitáveis para ela.

Jacqueline suspirou e balançou levemente a cabeça.

— Tem tanta coisa que você não sabe sobre a sua avó, sobre a sua própria família.

— Bom, então por que não me conta? Assim acabamos com esse mistério.

— Escute, só posso comentar algumas coisas. Mas posso dizer o seguinte: se você escolher seguir com esse casamento no mês que vem, posso te garantir que a sua avó irá tomar todas as medidas cabíveis.

— E o que isso quer dizer? Que ela vai me tirar do testamento dela? Pensei que ela já tivesse feito isso — falou Nick, rindo.

— Perdoe-me por dizer isso, mas a arrogância da juventude está deixando você cego. Não acho que esteja compreendendo o que significa ter os portões de Tyersall Park fechados para você definitivamente.

Nick riu.

— Jacqueline, você parece um personagem do Trollope.

— Pode rir, mas você está sendo extremamente tolo. Um sentimento de merecimento foi cultivado em torno de você, e isso está afetando sua decisão. Você realmente sabe o que significa ser deserdado da sua fortuna?

— Estou sobrevivendo muito bem.

Jacqueline sorriu.

— Não estou falando dos 20 ou 30 milhões que o seu avô deixou de herança. Isso *é teet toh lui*.* Hoje em dia, você não consegue nem comprar uma casa decente em Cingapura com esse dinheiro. Estou falando sobre o seu verdadeiro legado: Tyersall Park. Você está preparado para perdê-lo?

— Tyersall Park vai ser transferido para o meu pai, e algum dia será meu — disse Nick, cheio de razão.

— Então me deixe contar uma novidade para você... há muito tempo, o seu pai perdeu qualquer chance de herdar Tyersall Park.

— Isso é apenas fofoca.

— Não é não, Nicky. É verdade. E, além dos advogados da sua avó e do seu tio-avô Alfred, sou provavelmente a única pessoa que sabe disso.

Nick balançou a cabeça, sem acreditar.

Jacqueline suspirou.

— Você acha que sabe de tudo. Sabia que eu estava com a sua avó no dia que o seu pai anunciou que iria para a Austrália? Não, porque na época você estava estudando fora. Sua avó ficou furiosa com o seu pai, e também muito triste. Imagine uma mulher da idade dela, uma viúva, sofrer uma desonra dessas. Lembro que ela chorou e disse: "Qual o sentido de ter essa casa e todas essas coisas materiais quando meu único filho está me abandonando?" Foi quando ela decidiu mudar o testamento e deixar a casa para você. Ela descartou seu pai e depositou todas as esperanças em você.

Nick não conseguiu esconder a surpresa. Seus parentes especulavam à boca pequena sobre o conteúdo do testamento da avó havia anos, mas aí estava um detalhe que ele jamais imaginou.

— Mas é claro que suas atitudes nos últimos tempos sabotaram esse plano. Eu soube por fontes seguras que a sua avó está planejando mudar o testamento de novo. Como você vai se sentir se Tyersall Park passar para um dos seus primos?

— Se a Astrid herdar Tyersall Park, vou ficar muito feliz por ela.

— Você conhece a sua avó... ela vai querer que a casa fique com um dos homens. Não vai ficar com nenhum dos Leongs, porque

---

* Em *hokkien*, "troco".

ela sabe que eles já são donos de muitas propriedades, mas poderia muito bem passar para um dos seus primos tailandeses. Ou para um dos Chengs. Como você se sentiria se Eddie Cheng se tornasse o senhor de Tyersall Park?

Nick olhou para Jacqueline, assustado.

Ela parou de falar por alguns minutos, pensando com muito cuidado no que iria dizer.

— Você sabe alguma coisa sobre a minha família, Nicky?

— Como assim? Eu sei que seu avô foi Ling Yin Chao.

— Na década de 1900, meu avô era o homem mais rico do Sudoeste Asiático, reverenciado por todos. A casa dele em Mount Sophia era maior do que Tyersall Park, e eu nasci naquela casa. Eu cresci num ambiente muito parecido com o que a sua família proporcionou a você, num luxo que não existe mais hoje em dia.

— Espere um pouco... você não vai me dizer que a sua família perdeu todo o dinheiro, vai?

— Claro que não. Mas meu avô teve várias esposas e muitos filhos, por isso a fortuna foi partilhada. Juntos, ainda estaríamos no topo da lista da *Forbes*, mas não quando somos tanto e gastando a fortuna que gastamos hoje em dia. Mas olhe para mim. Sou *mulher*. Meu avô era um homem à moda antiga. Para homens como ele, as mulheres não tinham o direito de herdar nada, elas deveriam se casar. Antes de morrer, ele colocou todos os bens dele num fundo familiar e disse que apenas os homens nascidos sob o sobrenome Ling poderiam se beneficiar daquela fortuna. Eu tinha que me casar com um homem rico e assim o fiz, mas meu falecido marido morreu jovem demais e acabei ficando com dois filhos e *teet toh lui*. Você sabe o que é viver entre as pessoas mais ricas do mundo e sentir que você não tem nada comparado a elas? Acredite em mim, Nicky... você não faz a menor ideia do que é nascer em berço de ouro e então perder tudo.

— Mas não podemos dizer que você está passando necessidade — falou Nick, gesticulando para se referir ao iate.

— É verdade, eu consegui manter certos padrões, mas isso não veio tão facilmente como você imagina.

— Agradeço pela sua história. Mas a diferença entre nós é que eu não preciso de tudo isso. Não preciso de um iate, de um avião ou de uma casa grande. Passei metade da minha vida em casas grandes demais e me sinto aliviado por levar a vida que levo hoje em Nova York. Estou totalmente satisfeito com a minha vida do jeito que ela é.

— Acho que você me entendeu mal. Como posso explicar de uma forma mais simples? — Jacqueline pressionou os lábios e olhou para suas unhas bem-feitas, como se não tivesse certeza do que falar. — Sabe... eu cresci achando que havia nascido num certo mundo. Toda a minha identidade foi construída com base no fato de que eu pertencia a essa família... que eu era uma *Ling*. Mas, no momento que me casei, percebi que não era mais considerada uma Ling. Não no sentido mais puro. Todos os meus irmãos, meios-irmãos e primos idiotas herdariam centenas de milhões do fundo do meu avô, mas eu não tinha direito a nenhum centavo. Então percebi que não era o fato de não ter direito ao dinheiro que me incomodava, e sim a perda dos privilégios. Era perceber que me tornara insignificante, mesmo entre meus familiares. Se você insistir nesse casamento, pode ter certeza de que irá sentir um forte abalo. Você pode agir como se não estivesse nem aí na minha frente, mas, quando acontecer, você não vai nem acreditar. As portas que estiveram abertas para você durante toda a sua vida de repente irão se fechar, porque, aos olhos dos outros, você não é nada sem Tyersall Park. E eu iria odiar ver isso acontecer. Você é o herdeiro por direito. Quanto aquela propriedade vale hoje em dia? Vinte e quatro hectares na área mais nobre do coração de Cingapura... é como ser dono do Central Park em Nova York. Não dá nem para imaginar o valor. Se a Rachel soubesse do que você está abrindo mão...

— Bem, eu certamente não estou interessado em ter nada disso se não puder dividir minha vida com ela — declarou Nick, irredutível.

— Mas quem disse que você não poderia ficar com a Rachel? Por que não continua vivendo com ela como está? Só não se case agora. Não esfregue isso na cara da sua avó. Volte para casa e faça as pazes com ela. Ela já tem mais de 90 anos. Quanto tempo mais acha que ela vai viver? Depois que ela se for, você poderá fazer o que quiser.

Nick ficou em silêncio, pensativo.

Eles escutaram uma leve batida à porta, então um garçom entrou trazendo uma bandeja de prata com café e doces.

— Obrigada, Sven. Nick, prove esse bolo de chocolate delicioso. Tenho certeza de que você vai achá-lo bem interessante.

Nick deu uma mordida no bolo, reconhecendo imediatamente o sabor do bolo chiffon de chocolate da casa de sua avó.

— Como você conseguiu arrancar a receita de Ah Ching? — perguntou ele, surpreso.

— Não consegui. Escondi uma fatia na minha bolsa quando fui almoçar com a sua avó na semana passada e a mandei diretamente para o Marius, o chef genial que temos a bordo. Ele passou três dias fazendo alguns estudos e experimentos e, depois de vinte tentativas, conseguimos. O que acha?

— É perfeito.

— E como você se sentiria se nunca mais pudesse comer esse bolo de chocolate de novo?

— Aí você teria que me convidar para voltar ao seu iate.

— Esse iate não é meu, Nicky. Nada disso é meu. E não pense que não sou lembrada disso todos os dias da minha vida.

7

Belmont Road

•

CINGAPURA, 1º DE MARÇO DE 2013

O homem com a metralhadora bateu de leve no vidro fumê do Bentley Arnage de Carol Tai.

— Abaixe o vidro, por favor — falou ele, de forma autoritária.

Quando o vidro desceu, o homem verificou o interior do veículo, observando atentamente Carol e Eleanor Young no banco de trás.

— Seus convites, por favor — pediu ele, estendendo a mão com luvas de kevlar. Carol entregou os cartões ao homem.

— Por favor, estejam com as bolsas abertas e prontas para inspeção quando chegarem à entrada — instruiu o homem, gesticulando para que o motorista seguisse o caminho. Eles passaram pelas barreiras de segurança e se viram acompanhando outros sedãs luxuosos que tentavam chegar a casa com portas laqueadas de vermelho na Belmont Road.

— *Aiyah*, se eu soubesse que estaria tão *lay chay*,* não teria vindo — reclamou Carol.

— Eu disse que não valia a pena. Não era assim antes — falou Eleanor, observando de cara feia o engarrafamento e se lembrando das antigas festas de chá e joias da Sra. Singh. Gayatri Singh, a filha

---

* Em *hokkien*, "cheio".

mais nova de um marajá, possuía uma das coleções de joias mais famosas de Cingapura, comparável à da Sra. Lee Young Chien e à de Shang Su Yi. Todos os anos, ela retornava de sua viagem anual à Índia com outra coleção de joias surrupiadas de sua mãe idosa e, nos anos 1960, começou a convidar as amigas mais próximas — mulheres das famílias da elite de Cingapura — para tomar chá em sua casa e "celebrar" suas novas aquisições.

— Na época em que a Sra. Singh comandava a celebração, era muito agradável. Ela fazia uma reunião com apenas algumas senhoras simpáticas em seus lindos sáris na sala de estar. Todas nós nos revezávamos para ver as joias da Sra. Singh enquanto fofocávamos e comíamos docinhos indianos — relembrou Eleanor.

Carol observou a longa fila de mulheres que tentavam entrar pela porta principal.

— Isso não parece uma reunião informal e descontraída. *Alamak*, quem são essas mulheres vestidas como se estivessem indo para um coquetel?

— São as *novatas*. As novas-ricas da sociedade cingapuriana sobre as quais ninguém nunca ouviu falar. A maioria é de *chindos** — explicou Eleanor, fazendo pouco-caso.

Desde que a Sra. Singh havia desistido de contar seus quilates e começou a passar grande parte de sua estada na Índia estudando as escrituras Vedas, sua nora Sarita — uma antiga atriz de Bollywood que não fez muito sucesso — havia assumido a organização do evento, e a festa de chá das senhoras passou a envolver uma exibição glamorosa para angariar fundos para a obra de caridade que Sarita decidisse ajudar no momento. O evento era acompanhado de perto por todas as revistas de fofoca, e todos que podiam pagar o exorbitante valor da entrada tinham a honra de poder caminhar pelo moderno e elegante bangalô da família Singh, além de apreciar as joias, que atualmente consistiam em uma exibição temática.

A exibição daquele ano era voltada aos trabalhos do famoso ourives norueguês Tone Vigeland, e enquanto Lorena Lim, Nadine

---

* Chineses ricaços + indonésios = chindos.

Shaw e Daisy Foo olhavam as vitrines de vidro da antiga sala de jogos transformada agora em uma "galeria", Nadine não conseguiu deixar de manifestar seu desdém:

— *Alamak*, quem quer ver essa *gow sai** escandinava? Pensei que iríamos ver as joias da Sra. Singh.

— Fale baixo! Aquela *ang moh*** ali é a curadora. Aparentemente ela é um nome famoso do Austin Cooper Design Museum em Nova York — alertou Lorena.

— *Aiyah*, não me importa se ela é o próprio Anderson Cooper! Quem quer pagar 500 dólares para ver joias feitas de prego enferrujado? Eu vim aqui para ver rubis enormes!

— Nadine tem razão. Isso é um desperdício de dinheiro, mesmo que tenhamos conseguido as entradas de graça com o meu banqueiro do OCBC — comentou Daisy.

Eleanor entrou na galeria, apertando os olhos por causa da claridade e colocou os óculos escuros imediatamente.

— Eleanor! — disse Lorena, surpresa. — Não sabia que você vinha!

— Não estava planejando vir, mas a Carol ganhou entradas do banqueiro dela do UOB e me convenceu a vir com ela. Ela precisa se animar.

— Onde ela está?

— No toalete, é claro. Você sabe que ela tem a bexiga fraca.

— Bem, aqui não há nada que vá alegrá-la, a não ser que ela goste de ver joias capazes de fazer você ter tétano — disse Daisy.

— Eu falei para a Carol que isso seria uma perda de tempo! Hoje em dia a Sarita Singh quer só impressionar suas amigas metidas a artistas. Há três anos, vim com Felicity e Astrid, a convite da própria Sarita, para uma exibição de joias vitorianas de luto. Só tinha broches e joias negras feitas para os cabelos de pessoas mortas. *Hak sei yen*!*** Só mesmo a Astrid para ter gostado daquilo.

---

* Em *hokkien*, "merda de cachorro".
** Em *hokkien*, "ruiva", uma gíria para se referir a qualquer caucasiano, independentemente da cor dos cabelos.
*** Embora essa frase em cantonês seja traduzida como "é de matar", é usada para descrever qualquer coisa feia ou assustadora.

— Vou dizer o que estou apreciando agora: sua Birkin nova! Nunca imaginei que veria você usando uma dessas. Você não disse uma vez que só as continentais metidas a besta usavam essas coisas? — perguntou Nadine.

— Engraçado você dizer isso... essa bolsa foi um presente da Bao Shaoyen.

— *Wah, ah nee ho miah!** Eu disse que os Baos tinham muito dinheiro! — exclamou Daisy.

— Bem, você está certa. Os Baos têm mais dinheiro do que você pode imaginar. Meu Deus, o que já vi aquele povo gastando durante os poucos meses que está aqui! Nadine, se você acha que a Francesca é perdulária, deveria ver como o Carlton gasta dinheiro. Nunca na minha vida vi um rapaz tão obcecado por carros esportivos! Inicialmente a mãe dele jurou que nunca mais iria deixá-lo colocar as mãos em outro carro esportivo, mas toda vez que vou lá, eles têm um carro novo em sua garagem suspensa exótica. Ele aparentemente está comprando carros e mandando para a China e diz que vai ter muito lucro revendendo os carros para os amigos.

— Bem, parece que a recuperação do Carlton foi impressionante! — comentou Lorena.

— Sim, ele praticamente não precisa mais das muletas para andar. Ah, e caso você ainda esteja pensando em juntá-lo com a Tiffany, pode esquecer. Parece que ele já tem namorada. Uma modelo ou algo do tipo. Ela mora em Xangai, mas vem visitá-lo todos os fins de semana.

— Carlton é tão charmoso e bonito. É natural que haja uma fila de garotas tentando fisgá-lo — disse Nadine.

— Ele pode ser isso tudo, mas vejo agora por que Shaoyen perde o sono por causa do filho. Ela me confessou que os últimos meses foram os mais tranquilos da vida dela em anos! Ela teme que, quando ele estiver completamente recuperado e eles voltarem para a China, não haverá como detê-lo!

Sussurrando, Lorena perguntou:

— Por falar em China, você se encontrou com o Sr. Wong?

---

* Em *hokkien*, "que sorte a sua!".

— É claro. *Aiyah*, o Sr. Wong engordou tanto. Acho que ser detetive particular deve ser *zheen ho seng lee*.*

— Então está tudo bem? Você leu o dossiê?

— É óbvio! E você não vai acreditar no que eu descobri sobre os Baos — disse Eleanor, sorrindo.

— O quê? O quê? — perguntou Lorena, se aproximando um pouco mais.

Nesse momento, Carol entrou na galeria e foi direto para o lado de Lorena e Eleanor.

— *Alamak*, tem uma fila enorme para o banheiro! Como está a exibição?

Daisy segurou o braço dela e falou:

— Acho que tinha coisas mais interessantes para ver no *jambun*** do que nessa exibição. Venha, vamos ver se pelo menos a comida está boa. Aposto que tem *samosas* apimentadas.

Enquanto as senhoras caminhavam em direção à sala de jantar, uma mulher indiana de cabelos brancos como a neve que usava um sári simples de cor creme saiu de uma das salas e olhou para elas.

— Eleanor Young, é você tão misteriosa assim por trás desses óculos escuros? — perguntou a mulher, numa voz suave e elegante.

Eleanor tirou os óculos escuros:

— Ah! Sra. Singh! Não sabia que estava de volta.

— Sim, sim. Estou me escondendo da multidão. Me diga, como está Su Yi? Perdi a festa *Chap Goh Meh**** na outra noite.

— Ela está muito bem.

— Ótimo. Estou querendo visitá-la desde que voltei de Cooch Behar, mas estou com um jet lag terrível. E como está o Nicky? Ele voltou para o Ano-Novo?

— Não, esse ano, não — respondeu Eleanor, forçando um sorriso.

---

* Em *hokkien*, "um negócio bastante rentável".
** Em malaio, "sanitário".
*** Em *hokkien*, "décima quinta noite", uma celebração ocorrida no décimo quinto dia do primeiro mês lunar, que marca oficialmente o término das celebrações de Ano-Novo. Na noite em questão, as moças solteiras jogam laranjas no rio sob a lua cheia, na esperança de encontrar bons maridos, enquanto todos os demais cingapurianos planejam suas dietas.

A Sra. Singh olhou para ela de forma compreensiva.

— Bem, tenho certeza de que vai voltar no ano que vem.

— Sim, claro — disse Eleanor, tratando de apresentar suas amigas. A Sra. Singh sorriu para todas.

— Me digam. Vocês estão gostando da exibição da minha nora?

— É bem *interessante* — comentou Daisy.

— Para ser sincera, eu preferia quando a senhora exibia as suas joias — respondeu Eleanor.

— Venha comigo — chamou a Sra. Singh, com um sorrisinho malicioso. Ela guiou as mulheres por uma escadaria, depois por um corredor repleto de quadros de antigos reis indianos em molduras banhadas a ouro. Logo elas chegaram a uma porta toda trabalhada, incrustada de turquesa e madrepérola, guardada por dois seguranças.

— Não contem a Sarita, mas resolvi fazer minha própria festinha — explicou ela, abrindo a porta.

Do outro lado ficava a sala privativa da Sra. Singh, uma área espaçosa que se abria para uma varanda luxuosa repleta de limeiras. Um mordomo oferecia xícaras fumegantes de *chai*, enquanto um músico tocava melodias tranquilas na cítara. Diversas senhoras com sáris brilhantes se espalhavam nos sofás, enquanto outras estavam sentadas de pernas cruzadas sobre o tapete de seda, admirando fileiras e mais fileiras de joias organizadas em bandejas verdes no chão. Era como estar numa festa do pijama dentro do cofre de uma Harry Winston.

Daisy e Nadine ficaram de queixo caído, e até Lorena — cuja família tinha uma rede de joalherias espalhadas pelo mundo todo — ficou impressionada com a variedade e magnificência das peças. Ali havia facilmente centenas de milhões em joias espalhadas pelo chão.

A Sra. Singh entrou elegantemente.

— Por favor, senhoras, sintam-se à vontade. Não fiquem com vergonha de experimentar as joias de que gostarem.

— A senhora está falando sério? — perguntou Nadine, com o coração começando a acelerar.

— Sim, claro. No que diz respeito às joias, sigo o pensamento de Elizabeth Taylor: devem ser usadas e aproveitadas, não observadas por trás de caixas de vidro.

Antes mesmo que a Sra. Singh terminasse a frase, Nadine já havia pegado uma das maiores peças — um colar composto de 12 voltas de pérolas e diamantes incrivelmente grandes.

— Oh, meu Deus! Isso tudo é um colar só!

— Sim. É mesmo uma bobagem. Acredite ou não, Garrad fez essa peça para o meu avô para o jubileu da rainha Victória e, como ele pesava mais de 130 quilos, o colar caiu perfeitamente sobre a barriga enorme dele! Mas como é possível usar uma joia dessas em público nos dias de hoje? — comentou a Sra. Singh, enquanto fechava o colar no pescoço de Nadine.

— Nossa, isso é que é joia! — elogiou Nadine, animada. Bolhinhas de saliva se formavam ao redor de sua boca enquanto ela se admirava num espelho de corpo inteiro. Seu torso estava completamente coberto de pérolas e diamantes.

— Acredite em mim, você vai ficar com dor nas costas se usar esse colar por mais de 15 minutos — alertou a Sra. Singh.

— Ah! Mas vale a pena. Vale a pena! — exclamou Nadine, eufórica, enquanto experimentava um bracelete de rubis.

— Ah, desse eu gosto! — falou Daisy, pegando um broche lindíssimo em formato de pena de pavão, incrustado de lápis-lazúli, esmeraldas e safiras, que reproduziam perfeitamente as cores originais de um pavão.

— Esse era da minha querida mamãe — suspirou a Sra. Singh. — Cartier desenhou para ela no início dos anos 1920. Lembro que ela costumava usá-lo nos cabelos!

Duas empregadas entraram trazendo bandejas de *gulab jamun** frescos, então as senhoras começaram a saboreá-los sem culpa em um cantinho na varanda. Carol terminou de comer a sobremesa em duas mordidas e olhou para a bandeja de prata, parecendo arrependida.

— Eu pensei que isso tudo me deixaria feliz, mas acho que eu devia ter ido à igreja.

---

* Bolinhos fritos embebidos em xarope de rosas.

— *Aiyah*, Carol. O que está acontecendo? — perguntou Lorena.

— Adivinhe, Lor. É o meu filho. Desde que o *Dato'* morreu, eu mal vi o Bernard ou conversei com ele. É como se eu não existisse mais. Eu só vi minha netinha duas vezes desde que ela nasceu. A primeira vez foi no Gleneagles Hospital, e a segunda quando eles voltaram do enterro do *Dato'*. Agora o Bernard nem retorna mais as minhas ligações. As empregadas me falaram que ele ainda está em Macau, mas que a mulher dele viaja todo dia para um lugar diferente. A bebê não tem nem 3 anos e ela já larga a criança por aí! Toda semana eu abro o jornal e vejo notícias dela. Que ela esteve nessa ou naquela festa, ou que comprou alguma coisa. Vocês ouviram falar sobre a pintura que ela comprou por quase 200 milhões?

Daisy olhou para ela, solidária.

— *Aiyah*, Carol. Com o passar dos anos, aprendi a parar de dar ouvidos a essas histórias sobre os gastos dos meus filhos. *Wah mai chup*.* Chega um determinado momento em que você tem que deixar que eles façam suas próprias escolhas. Afinal de contas, eles podem arcar com o que compram.

— Mas é exatamente essa a minha preocupação. Eles não podem arcar com esses gastos. De onde estão tirando todo esse dinheiro?

— O Bernard não assumiu o controle dos negócios depois que o *Dato'* morreu? — perguntou Nadine, subitamente mais interessada na história de Carol do que no *sautoir* de diamantes conhaque que ela segurava contra a luz do sol.

— É claro que não. Você acha que o meu marido seria tolo de colocar o Bernard no controle enquanto eu ainda estou viva? Ele sabia muito bem que, se pudesse, aquele menino venderia a minha casa comigo dentro e depois me deixava na sarjeta. Depois que o Bernard fugiu com a Kitty para se casar com ela em Las Vegas, o *Dato'* ficou furioso. Ele proibiu todo mundo na empresa de dar ao Bernard acesso a qualquer dinheiro e fechou completamente o acesso dele ao fundo. Bernard não pode tocar no principal, só nos rendimentos anuais.

---

* Em *hokkien*, "não estou nem aí".

— Então como eles conseguiram comprar essa pintura? — perguntou Lorena.

— Eles devem estar fazendo empréstimos. Os bancos sabem muito bem quanto ele vai herdar um dia, portanto devem estar felizes em dar o dinheiro para ele agora — sugeriu Eleanor, enquanto segurava uma adaga incrustada de pedras preciosas.

— *Aiyah!* Que vergonha! Não posso nem imaginar meu filho pegando empréstimo em um banco — murmurou Carol.

— Bem, se você diz que no momento ele não tem dinheiro nenhum, garanto que é isso que deve estar acontecendo. Foi o que um dos primos do Philip fez. Ele estava vivendo como o sultão de Brunei, e só quando o pai morreu foi que perceberam que ele estava hipotecando a casa e dando como garantia todos os bens para arcar com seu estilo de vida nababesco e duas amantes, uma em Hong Kong e outra em Taipei! — contou Eleanor.

— Bernard não tem dinheiro. Ele só ganha cerca de 10 milhões por ano para se sustentar — confirmou Carol.

— Então eles com certeza devem estar fazendo muitos empréstimos, porque aquela Kitty parece estar gastando como uma *siow tsah bor** — disse Daisy. — O que é isso com que você está brincando, Elle?

— Uma adaga indiana diferente — respondeu Eleanor.

Na verdade, eram duas adagas apontadas para direções opostas que se encaixavam num estojo incrustado de joias. Distraída, Eleanor havia aberto a trava de um dos lados e estava tirando e enfiando a faca novamente no estojo. Olhando ao redor, à procura da anfitriã, Eleanor disse, quando a encontrou:

— Sra. Singh, conte-me a respeito dessa linda arma.

A Sra. Singh, que estava sentada num dos cantos da varanda conversando com outra convidada, olhou para ela.

— Ah, isso não é uma arma. É uma relíquia hindu muito antiga. Tome o cuidado de não abri-la, Eleanor, pois ela traz muito infortúnio! Na verdade, você nem deveria estar tocando nela. Existe um espírito maligno preso dentro do estojo, mantido dentro dele

---

* Em *hokkien*, "maluca".

pelas duas facas. Um grande mal irá cair sobre o seu primogênito se você o libertar. E nós não queremos que nada de ruim aconteça com o nosso doce Nicky, não é mesmo? Portanto, por favor, deixe essa relíquia quieta.

As senhoras olharam para ela horrorizadas e, pela primeira vez em sua vida, Eleanor ficou completamente sem palavras.

8

Salão de Baile Diamante, Hotel Ritz-Carlton

•

HONG KONG, 7 DE MARÇO DE 2013

COLUNA SOCIAL DA *REVISTA PINNACLE*
Por Leonardo Lai

Na noite passada, uma multidão de estrelas iluminou o Décimo Quinto Baile Pinnacle da Fundação Ming. O evento foi organizado com muito amor por Connie Ming, a primeira mulher do segundo homem mais rico de Hong Kong, Ming Ka-Ching. Os tíquetes, que custavam HK$ 25 mil cada, se esgotaram rapidamente quando houve rumores de que a duquesa de Oxbridge, prima de Sua Majestade Rainha Elizabeth II, estaria presente e que os Quatro Reis Celestiais* se reuniriam para fazer um tributo à lendária Tracy Kuan, que recebeu o Prêmio Pinnacle desse ano.

 O tema foi "Nicholas e Alexandra", o casal de monarcas romântico e trágico da Rússia, e não havia palco mais perfeito para isso do que o Salão de Baile Diamante do Ritz-Carlton, no terceiro

---

* Quatro cantores pop dos anos 1990 — Jacky Cheung, Aaron Kwok, Leon Lai e Andy Lau — que dominavam o cenário musical na Ásia naquela década, lotando estádios e tornando aceitável para os machões asiáticos pintarem os cabelos e usarem blazers brilhantes.

andar do prédio mais alto de Hong Kong. Os convidados foram surpreendidos pela transformação do espaço em "São Petersburgo no inverno", com um oceano de cristais Swarovski pendendo do teto, árvores cobertas de "neve" e arranjos com ovos Fabergé em todas as mesas. Oscar Liang, o *enfant terrible* da cozinha *fusion* cantonesa, se superou com seu suculento e original porco Ekaterinburg — leitão recheado de trufas cobertas com folhas de ouro, embebido em vinho antes de ser assado sobre grãos de café russos.

Nesse fabuloso cenário, a elite de Hong Kong tirou dos cofres suas joias mais lindas. A anfitriã suprema, Connie Ming, usou um colar de diamantes canário com seu tomara que caia Oscar de la Renta preto e branco. Ada Poon usou os famosos rubis Poon sobre vestido de chiffon cor-de-rosa Elie Saab, e a estrela mais famosa da China, Pan TingTing, arrancou suspiros de todos com seu vestido branco estilo Imperatriz, usado por Audrey Hepburn no filme *Guerra e paz*. Os Irmãos Kai brigaram (novamente) e por pouco não houve uma crise quando a Sra. Y. K. Loong foi direcionada para a mesa errada, onde os filhos da segunda família de seu falecido marido estavam sentados (o processo para divisão dos bens será retomado esse mês). Mas tudo isso não foi nada quando Tracy Kuan fez sua aparição num trenó puxado por oito modelos (sem camisa) de abdomes definidos e usando uniformes de cossaco. Tracy, num corset branco de couro e pele Alexander McQueen, encantou a plateia numa apresentação acompanhada pelos Quatro Reis Celestiais, que cantaram ao vivo dessa vez. A plateia pediu bis três vezes!

O Business Pinnacle do ano, Michael Teo, fotogênico titã da tecnologia, cuja escalada meteórica tem sido muito comentada, também foi homenageado. Depois que os preços das ações de sua pequena empresa de software ficaram mais altos que o Monte Fuji, há dois anos, Michael pegou os lucros e abriu sua própria financiadora, que lucrou zilhões lançando as maiores *startups* asiáticas, como o aplicativo de mensagens Gong Simi. A pergunta que não quer calar é onde Michael escondeu sua linda esposa cingapuriana esse tempo todo? A linda Astor Teo estava absolutamente divina num vestido preto rendado (vintage Fontana), embora faltasse um pouco de brilho aos seus brincos de diamantes e água-marinha (com todo o dinheiro que o marido dela tem ganhado ultimamente, está na hora de renovar as joias da esposa!).

Sir Francis Poon, que ficou com o Prêmio Pinnacle de Filantropia, teve a maior surpresa da noite quando a Sra. Bernard Tai (também conhecida como a antiga atriz de novela Kitty Pong), tomada de emoção após o vídeo mostrado por ele sobre suas missões de resgate médico, subiu ao palco e deixou a plateia chocada ao anunciar espontaneamente uma doação de 20 milhões de dólares para sua fundação! A Sra. Tai usava um Guo Pei vermelho de tirar o fôlego, com esmeraldas que devem valer um bilhão de dólares, além de uma cauda feita com penas de pavão. Mas parece que ela não vai precisar de penas para voar para o topo das colunas sociais...

Astrid se sentou numa poltrona do SilverKris Lounge no Aeroporto Internacional de Hong Kong para esperar o embarque de seu voo para Los Angeles. Ela pegou seu iPad para dar uma última olhada nos e-mails, e uma mensagem instantânea brilhou na tela:

CHARLIE WU: Foi bom te ver ontem à noite.
ASTRID LEONG TEO: Também gostei de te ver.
CW: O que vai fazer hoje? Vamos almoçar?
ALT: Desculpe! Já estou no aeroporto.
CW: Que viagem rápida!
ALT: Sim, foi por isso que não te liguei avisando que vinha. Foi só uma parada antes da minha viagem para LA.
CW: O maridão está planejando comprar outra empresa no Vale do Silício essa semana?
ALT: Não. O maridão já voltou para Cingapura. Vou para a Califórnia para o casamento do Nicky, em Montecito. (Shhh, é segredo! Ninguém na minha família sabe que estou indo, só o meu primo Alistair, que está viajando comigo.)

CW: Então o Nicky finalmente vai se casar com aquela garota sobre quem a família não parava de falar uns dois anos atrás?
ALT: Sim, a Rachel. Ela é ótima.
CW: Por favor, dê a ele meus votos de felicidades. O Michael não vai para o casamento?
ALT: Iria parecer um pouco suspeito se nós dois fôssemos para os Estados Unidos de novo depois de uma viagem recente. E a propósito, ele ficou impressionado ontem à noite ao te conhecer. Aparentemente ele é um grande fã seu e ficou impressionado por ter sido eu a apresentar você a ele.
CW: Ele não sabe que nós já fomos noivos?
ALT: Claro que sabe, mas não acho que ele tinha se dado conta de quem meu ex-noivo era até ontem à noite. Ele associa você com o pessoal da tecnologia, então não imaginava que nós dois realmente nos conhecíamos. Subi muito no conceito dele por causa de você!
CW: Ele é um cara legal. E parabéns de novo pelo prêmio. Ele fez umas aquisições realmente muito inteligentes.
ALT: Você devia ter falado isso para ele! Por que estava tão quieto ontem?
CW: Estava?
ALT: Você não falou quase nada e parecia doido para ir embora.
CW: Eu estava tentando evitar a Connie Ming, que está tentando me convencer a financiar o baile do ano que vem! E, além do mais, acho que não esperava te ver lá.
ALT: Claro que eu estaria lá para apoiar o Michael!
CW: Claro, mas não achei que você frequentasse bailes de gala beneficentes, principalmente em Hong Kong. Não era regra na sua família nunca comparecer a esse tipo de evento?
ALT: A regra não é tão rígida agora que sou uma dona de casa entediada. Quando eu era mais nova, meus pais não queriam fotos minhas estampadas em todos os cantos por temerem pela minha segurança e não queriam que eu fosse associada com o pessoal que é arroz de festa, "Lixo Internacional Chinês", como minha mãe costumava dizer.
CW: Pessoas como eu.

ALT: KKK!

CW: A noite de ontem foi especialmente recheada de pessoas que a sua mãe desaprovaria.

ALT: Não foi tão ruim assim.

CW: Sério? Eu te vi sentada na mesma mesa que a Ada Poon.

ALT: Tá bom, confesso. ISSO foi péssimo.

CW: Hahaha!

ALT: Ada e a amiga *tai tai** dela me ignoraram totalmente durante a primeira hora.

CW: Você falou para elas que era de Cingapura?

ALT: A biografia do Michael estava no programa, e todos sabiam que eu era a mulher dele. Sei que o pessoal de Hong Kong ficou um pouco sensível demais depois que o aeroporto de Cingapura foi eleito o melhor do mundo.

CW: Na minha opinião, a área de compras no seu aeroporto ainda é melhor. Quem precisa de cinema de graça e jardins de orquídeas quando se pode ir da Loewe à Longchamp dando menos de dez passos? Bom, mas o verdadeiro motivo pelo qual aquelas senhoras te deram um gelo foi porque você não estudou no St. Paul, no St. Stephen ou no Diocesan. Elas não sabiam como encaixar você na hierarquia.

ALT: Mas cortesia deveria ser regra. Afinal, a gente estava num evento beneficente! Aquelas mulheres não paravam de contar vantagem sobre quem pagou mais caro em multas por ter um sótão irregular. Foi uma chatice. Mas depois que a duquesa fez seu discurso, ela foi até a minha mesa e disse: "Astrid! Eu estava mesmo achando que era você. O que está fazendo aqui? Vou almoçar com os seus pais na semana que vem na

---

* Um termo em cantonês que significa "esposa suprema" (deixando subentendido que o homem possui diversas esposas), mas que não é mais interpretado assim desde que a poligamia foi banida em Hong Kong, em 1971. Atualmente, *tai tai* se refere a uma mulher rica, normalmente alguém da alta sociedade em Hong Kong. Um pré-requisito para ser *tai tai* é ser casada com um homem muito rico, o que permite que ela tenha bastante tempo livre para ir a almoços, fazer compras, frequentar o salão de beleza, fofocar, fundar uma instituição de caridade para animais, comparecer a chás, fazer aulas de tênis, agendar tutores para seus filhos e aterrorizar suas empregadas, mas não necessariamente nessa ordem.

casa do Stoker e da Amanda. Você também vai estar em Chatsworth?" E isso foi o suficiente. Daí em diante, as *tai tais* não me deixaram em paz!

CW: Aposto que não!

ALT: As mulheres de Hong Kong me fascinam. Elas são completamente diferentes das mulheres de Cingapura. É uma opulência estudada de tirar o fôlego. Acho que nunca vi TANTAS joias juntas ao mesmo tempo. Parecia mesmo a Revolução Russa, quando todos os aristocratas fugiram do país com todas as joias que tinham, algumas costuradas às roupas.

CW: Elas realmente exageraram, não é? O que você achou de todas aquelas tiaras?

ALT: Acho que uma mulher não deveria usar uma tiara a menos que ela esteja em sua família há muitas gerações.

CW: Não sei se você acompanha nossa coluna de fofocas, mas tem um idiota chamado Leonardo Lai...

ALT: Hahaha, sim! Minha prima Cecilia acabou de me mandar o artigo.

CW: Esse Leonardo obviamente NÃO FAZ IDEIA de quem você é e não escreveu nem o seu nome direito. E aparentemente está preocupado por você não ter muitas joias. KKK!

ALT: Ainda bem que ele escreveu meu nome errado! Minha mãe ficaria furiosa se soubesse que saí em uma coluna de fofocas. Acho que esse Leonardo não ficou muito impressionado com as joias originais do tempo do Império. Minhas joias pertenceram à imperatriz Maria Feodorovna.

CW: Claro que sim! Elas imediatamente chamaram minha atenção... Pareciam algo que eu compraria para você em nossos tempos em Londres, naquela lojinha de joias antigas na Burlington Arcade que você adorava visitar. Você era sem dúvida a mulher mais bem-vestida da noite.

ALT: Você é um doce. Mas fala sério, eu não estava nada parecida com aquelas fashionistas de Hong Kong que usaram vestidos feitos especialmente para a festa no estilo Catarina, a Grande, ou sei lá quem.

CW: Você sempre se veste para superar a si mesma, e é por isso que está sempre deslumbrante. Você e a Kitty Pong, é claro.

ALT: Você é engraçado. Na verdade, achei que ela estava fantástica! O vestido dela era bem Josephine Baker.

CW: Ela estava nua, a não ser pelas penas e pelas esmeraldas.

ALT: O vestido funcionou. Mas roubar a cena do Francis Poon foi muito feio. Fiquei com medo de que o pobre do Sr. Poon tivesse um ataque cardíaco quando ela correu até o palco e tirou o microfone da mão dele enquanto ele fazia o discurso.

CW: Ada Poon deveria ter pulado lá e dado um tapa na cara da Kitty Pong, como toda boa terceira esposa.

ALT: Ela estava pesada demais para pular com todas aquelas joias.

CW: Eu fico me perguntando o que aconteceu com o Bernard Tai. A Kitty está em toda parte, mas ele nunca aparece? Será que ainda está vivo?

ALT: Ela provavelmente deixou o marido acorrentado em algum calabouço por aí, com uma mordaça na boca!

CW: Astrid Leong! Assim você me deixa chocado!

ALT: Desculpe. Tenho lido muito Marquês de Sade ultimamente. E será que eu posso perguntar onde estava a SUA esposa? Algum dia vou conhecer a lendária Isabel Wu?

CW: A Isabel é esnobe demais para ir a esses eventos. Ela só comparece a dois ou três dos bailes tradicionais por ano.

ALT: KKK! Bailes tradicionais. Não quero nem te contar o que me veio à cabeça agora!

CW: Sr. Francis Poon?

ALT: Você é terrível! Ah... meu primo está me chamando. Temos que embarcar.

CW: Por que você ainda pega voos comerciais? Nunca vou entender isso.

ALT: Somos Leongs. É por isso. Meu pai acha que seria uma vergonha se a família viajasse em aviões particulares, já que é um "servo do povo". E, além do mais, ele diz que é mais seguro viajar num avião comercial grande do que num pequeno.

CW: Acho muito mais seguro viajar no seu próprio avião, com uma equipe dedicada. Você chegaria na metade do tempo e sofreria menos jet lag.
ALT: Eu não sou afetada por jet lag, lembra? Além disso, não temos o $$$ de Charlie Wu.
CW: Essa foi boa! Vocês Leongs poderiam me comprar qualquer dia desses. Boa viagem.
ALT: Foi bom falar com você. Na próxima vez que viermos a Hong Kong, prometo avisar com antecedência.
CW: Ok.
ALT: Eu e o Michael vamos levar você para jantar. Tem um ótimo restaurante teochew em Hutchison House. Meu primo vive falando dele.
CW: Não, não, não... na minha cidade, eu é que levo vocês para jantar.
ALT: Brigamos sobre isso depois. Beijos.

Charlie desligou o computador e virou a cadeira para olhar pela janela. Do seu escritório no 55º andar das Wuthering Towers, ele tinha uma visão privilegiada do aeroporto e podia ver cada voo saindo do aeroporto Internacional de Hong Kong que ia para o Leste. Ele fitou o horizonte, observando todos os aviões que decolavam à procura de Astrid. *Eu não deveria ter mandado mensagem para ela hoje,* disse ele a si mesmo. *Por que eu continuo fazendo isso comigo? Cada vez que ouço a voz dela, cada vez que leio um e-mail ou uma mensagem dela, é uma tortura. Eu tentei parar. Mas, depois de vê-la entrando naquele salão, depois de tanto tempo, usando nada além de renda negra sobre a pele clara, fiquei completamente enfeitiçado pela sua beleza.*

Quando Charlie finalmente viu o Airbus 380 voando pelo céu, pegou-se inexplicavelmente passando a mão no telefone e ligando para seu hangar particular.

— Johnny, ah? Será que você poderia, por favor, preparar o avião para daqui a uma hora? Preciso ir para Los Angeles.

Vou fazer uma surpresa para Astrid no desembarque com rosas vermelhas, exatamente como eu fazia quando estudávamos em Londres. Dessa vez Astrid terá quinhentas rosas vermelhas espe-

rando por ela quando sair do avião. Vou levá-la para almoçar no Gjelina, depois talvez possamos alugar um carro e ir até algum spa maravilhoso onde poderemos passar alguns dias. Vai ser como nos velhos tempos, quando íamos de jatinho para a França e dirigíamos pelo Vale do Loire explorando castelos antigos, indo a degustações de vinho. Mas no que eu estou pensando? Sou casado com Isabel, e Astrid é casada com Michael. Sou um grande idiota. Por um momento, tive a chance de reconquistá-la, quando o inseguro do marido dela estava se achando pobre demais para sustentá-la, mas, em vez disso, eu o tornei rico. Deus do céu, no que eu estava pensando quando fiz isso? E agora eles estão juntos de novo, felizes e apaixonados. E aqui estou eu, com uma mulher que me odeia, me sentindo um merda.

9

The Locke Club

•

HONG KONG, 9 DE MARÇO DE 2013

Kitty Pong estava animadíssima ao subir no elevador lotado. Fazia muito tempo que ela ouvia falar desse lugar e finalmente iria almoçar ali. Localizado no quinto andar de um prédio comercial na Wyndham Street, o Locke Club era o clube mais exclusivo de Hong Kong — o top do top —, e seus membros eram considerados a nata da sociedade de Hong Kong e do *jet set* internacional. Diferentemente de outros restaurantes exclusivos,* onde fama e conta bancária recheada garantiam passe livre, o Locke tinha suas próprias regras. Não havia nem mesmo lista de espera para membros — era necessário ser convidado para se juntar ao seu seleto grupo. E só de fingir estar interessado em fazer parte daquilo poderia significar que você jamais seria convidado.

No tempo que Kitty fazia um pequeno papel na novela *Many Splendid Things*, cansou de ouvir Sammi Hui, a estrela da produção

---

* Numa cidade onde as pessoas são quase tão obcecadas por comida quanto por status, o segredo mais bem guardado talvez seja a informação de que a melhor comida da cidade não é encontrada nos restaurantes com estrelas Michelin, e sim nos clubes exclusivos. Esses estabelecimentos que só permitem a entrada de membros são santuários de luxo escondidos no topo de prédios comerciais, onde os ricos e famosos se reúnem para jantar longe dos olhos e das lentes dos *paparazzi*. Esses clubes normalmente possuem listas de espera de mais de um ano e apenas os melhores *concierges* dos mais renomados hotéis conseguem comprar seu acesso, se você for fabuloso o bastante para isso.

televisiva, contar vantagens sobre seus almoços no Locke e que ela havia almoçado no mesmo salão que a rainha do Butão ou da mais nova amante de Leo Ming. Kitty mal podia esperar para ver em qual dos maravilhosos salões iria almoçar e quais importantes personalidades estariam comendo nas mesas ao seu lado. Estariam todos eles saboreando a especialidade da casa — sopa de tartaruga servida em tigelas de madeira de cânfora?

Foi uma tremenda sorte ter se sentado à mesma mesa que Evangeline de Ayala no Baile Pinnacle. Evangeline era a jovem e glamorosa esposa de Pedro Paulo de Ayala, herdeiro da mais antiga família de corretores das Filipinas, e, embora o casal tivesse acabado de chegar a Hong Kong (via Londres, Pedro Paulo havia trabalhado no Rothschild), suas conexões aristocráticas — sem mencionar o sobrenome — os havia tornado os novos membros famosos do clube. Evangeline aparentemente ficara impressionada com a generosa doação da ex-atriz à fundação de Sir Francis Poon e, quando sugeriu que se encontrassem no Locke para um almoço, Kitty se perguntou se finalmente seria convidada para fazer parte do clube. Afinal de contas, em apenas dois meses, ela havia se transformado na maior filantropa e colecionadora de arte de Hong Kong.

A porta do elevador finalmente se abriu, e Kitty entrou no salão principal do clube, com suas lustrosas paredes cobertas de ébano e uma escadaria de aço e mármore negro que levava à sala de jantar. Uma das recepcionistas sorriu para ela.

— Boa tarde. Posso ajudá-la?

— Sim. Tenho um almoço com a Srta. de Ayala.

— Sra. de Ayala? — perguntou a mulher.

— Exatamente, eu quis dizer senhora — corrigiu-se Kitty, nervosa.

— Sinto dizer que ela ainda não chegou. A senhora pode ficar à vontade em nossa sala de espera. Nós iremos acompanhá-la até o salão assim que a Sra. de Ayala chegar.

Kitty foi até uma sala com paredes cobertas de seda e se sentou no meio do sofá Le Corbusier vermelho para poder ficar bem visível a todos que passassem por ali. Algumas das mulheres que saíam do elevador a encaravam ao passar por ela, e Kitty tinha certeza de que era por causa da roupa que havia escolhido com todo o cuidado.

Ela havia optado por um vestido sem mangas Giambattista Valli preto e vermelho com estampa de flores, uma *clutch* Céline vermelha de couro de ovelha e sapatilhas vermelhas Charlotte Olympia com fivela dourada. A única joia que usava era um par de brincos de rubi Solange Azagury-Partridge. Mesmo o vestido tendo uma fenda lateral, seu estilo era mais para modesto, e nenhuma *tai tai* poderia criticá-la naquele dia.

Kitty não sabia, mas uma das mulheres no elevador era Rosie Ho, que estava indo encontrar Ada Poon e mais algumas antigas colegas dos tempos da Maryknoll para almoçar. Rosie entrou eufórica no salão, anunciando:

— Meninas, vocês não vão adivinhar quem está na sala de espera nesse exato momento. Três tentativas! Rápido, rápido!!!

— Mas você tem que dar alguma pista — disse Lainey Lui.

— Ela está usando um vestido florido e definitivamente fez cirurgia de redução de mama.

— Meu Deus! É aquela amiga lésbica da Bebe Chow? — tentou Tessa Chen, rindo.

— Não. Melhor ainda...

— *Hiyah!* Diga logo! — imploraram as mulheres.

— É a *Kitty Pong*! — anunciou Rosie, triunfante.

O rosto de Ada ficou pálido.

Lainey comentou:

— Mut laan yeah?* Como ela ousa aparecer aqui depois do papelão de ontem à noite?

— Quem foi o idiota que a convidou para aparecer aqui? — perguntou Tessa.

Ada se levantou devagar e sorriu para suas amigas:

— Vocês podem me dar licença um minutinho? Por favor, continuem comendo. Não deixem essa deliciosa sopa de tartaruga esfriar.

Evangeline de Ayala entrou na sala de espera usando um lindo Lanvin preto e branco e deu dois beijinhos em Kitty.

— Desculpe pelo atraso. Não tenho nenhuma outra desculpa além do fato de estar sempre no horário de Manila.

---

* Em cantonês, "como assim?".

— Não se preocupe. Eu estava aqui admirando as obras de arte — disse Kitty educadamente.

— Muito legal, não é? Você coleciona?

— Estou começando agora, por isso aproveito sempre para aprender — disse Kitty de forma modesta, se perguntando se Evangeline não sabia mesmo ou se estava apenas fingindo não saber que ela recentemente havia adquirido a obra de arte mais cara de toda a Ásia.

Elas se aproximaram da recepção e foram cumprimentadas de forma calorosa pela mesma recepcionista com quem Kitty havia falado.

— Boa tarde, Sra. de Ayala. A senhora nos acompanha para o almoço hoje?

— Sim. Só nós duas — respondeu Evangeline.

— Maravilha. Por favor, me acompanhem — disse a mulher, guiando-as pela escada de mármore. Quando elas entraram no salão, Kitty percebeu que algumas pessoas as encaravam. O gerente do clube caminhou apressadamente em direção a elas, com um ar imponente.

Meu Deus, ele está vindo me dar as boas-vindas ao clube pessoalmente, pensou Kitty.

— Sra. de Ayala, eu sinto muitíssimo, mas parece que houve um grande mal-entendido com o nosso sistema de reservas. Infelizmente estamos completamente lotados hoje e não poderemos acomodá-las para o almoço.

A recepcionista pareceu surpresa com a explicação do gerente, mas não disse nada.

Evangeline parecia confusa.

— Mas eu fiz a reserva há dois dias, e ninguém me ligou para dizer nada.

— Sim, estou ciente disso. Sentimos muitíssimo, mas, se a senhora me permite, fiz uma reserva para as senhoras no Yung Kee da Wellington Street. Há uma mesa linda pronta para recebê-las, e espero que nos permita oferecer o almoço para compensar esse inconveniente.

— Mas com certeza o senhor poderia conseguir uma mesa aqui para um almoço rápido, não? Somos só nós duas, e estou vendo algumas mesas vazias perto das janelas — disse Evangeline, esperançosa.

— Infelizmente essas mesas estão reservadas. Peço desculpas novamente e espero que aproveitem o Yung Kee. Peçam o famoso ganso assado — sugeriu o gerente enquanto acompanhava Evangeline e Kitty de forma autoritária em direção à escadaria.

Evangeline saía do clube perplexa:

— Que bizarro! Sinto muitíssimo, nunca passei por algo parecido antes. Mas o Locke, de fato, tem umas regras estranhas. Vou mandar uma mensagem para o meu motorista avisando que tivemos uma mudança de planos.

Quando Evangeline pegou o telefone, viu que seu marido estava tentando ligar para ela.

— Oi, amor. Tudo bem? Aconteceu uma coisa muito estranha agora — disse ela e então deu um pulo, assustada com a quantidade de xingamentos que começou a jorrar do outro lado da linha.

— Nada! Não fiz nada! — falou ela, na defensiva.

Kitty conseguia ouvir o marido de Evangeline gritando.

— Não sei explicar... não entendi o que aconteceu — repetia ela, ficando cada vez mais pálida. Finalmente desligou o telefone e olhou para Kitty, desnorteada.

— Desculpe, mas não estou me sentindo muito bem. Você se incomoda se adiarmos o almoço para outro dia?

— Claro que não. Está tudo bem? — perguntou Kitty, preocupada com a nova amiga.

— Era meu marido. Fomos excluídos, não somos mais membros do Locke Club.

Depois que o motorista de Evangeline a pegou, Kitty permaneceu na calçada, tentando entender o que havia acabado de acontecer. Ela acordara tão feliz e ansiosa naquela manhã e agora estava tão triste pelos planos do almoço terem dado errado. Pobre Evangeline. Que coisa horrível. Ela estava prestes a ligar para seu motorista quando notou uma mulher grisalha usando uma calça horrorosa sorrindo para ela.

— Tudo bem com você? — perguntou a mulher.

— Sim — respondeu Kitty, um pouco confusa. Será que ela conhecia aquela mulher de algum lugar?

— Eu estava almoçando no Locke e foi impossível não ver o que aconteceu no salão — explicou a mulher.

— Sim. Muito estranho, não foi? Estou me sentindo péssima pela minha amiga.

— Como assim?

— Ela não sabia que não era mais membro do clube e estava tentando me levar para almoçar lá. Acho que ela deve estar muito envergonhada agora.

— *Evangeline de Ayala* foi expulsa do clube? — perguntou a mulher, sem acreditar.

— Oh... você a conhece? Sim, assim que saímos do clube, o marido dela ligou dando a má notícia. Ele deve ter feito algo muito errado para ser excluído sem nenhum aviso.

A mulher ficou calada por um instante, como se estivesse tentando ter certeza de que Kitty estava mesmo falando sério.

— Pobrezinha, você está por fora. Realmente não entendeu nada do que aconteceu, não foi? Em toda a história do clube, apenas três pessoas foram expulsas até hoje. Agora quatro. Os Ayalas obviamente foram expulsos porque Evangeline estava tentando levar *você* para lá.

Kitty parecia incrédula.

— Eu? Que tolice! Foi a primeira vez que pisei no Locke... o que eu tenho a ver com isso?

A mulher balançou a cabeça.

— O fato de você não perceber a verdade me deixa extremamente triste. Mas acho que posso ajudá-la.

— Como assim me ajudar? Quem é você?

— Sou Corinna Ko-Tung.

— Como Ko-Tung Park?

— Sim, e também Ko-Tung Road e a ala Ko-Tung no Queen Mary Hospital. Agora venha comigo, você deve estar faminta. Vou explicar tudo enquanto tomamos *yum cha*.*

Corinna guiou Kitty pela On Lan Street e por um beco atrás da New World Tower. Elas pegaram o elevador de serviço, subiram

---

* Em cantonês, "beber chá". Mas em Hong Kong normalmente significa um almoço com chá e *dim sum*.

até o terceiro andar e chegaram à porta dos fundos do restaurante Tsui Hang Village, onde os VIPs podiam entrar sem ser notados.

O gerente reconheceu Corinna imediatamente e foi ao encontro dela, fazendo uma reverência.

— Sra. Ko-Tung, que honra recebê-la para o almoço hoje.

— Obrigada, Sr. Tong. Por favor, podemos ir para um salão privativo?

— Certamente. Por favor, me acompanhem. Como vai a sua mãe? Por favor, mande lembranças para ela — disse o gerente, enquanto a guiava por um corredor.

As duas foram guiadas para um salão decorado em tons de bege, com uma mesa redonda e uma televisão de tela plana ligada na CNBC, sem som.

— Vou informar ao chef que a senhora está aqui. Tenho certeza de que ele vai querer trazer todos os pratos especiais.

— Por favor, agradeça a ele antecipadamente. Agora, será que o senhor poderia, por favor, desligar a televisão? — pediu Corinna.

— Ah, claro. Me desculpe — disse o gerente, lançando-se em direção aos controles remotos como se eles fossem a coisa mais ofensiva do mundo.

Depois que toalhas quentes foram trazidas, duas xícaras de chá foram servidas e o garçom deixou o salão, Kitty falou:

— Você deve vir sempre aqui.

— Faz muito tempo que não apareço aqui. Mas achei que seria um local conveniente para conversarmos sem sermos incomodadas.

— Eles sempre tratam você tão bem assim?

— Geralmente. O fato de a minha família ser dona do terreno onde essa torre foi construída também ajuda.

Kitty estava impressionada. Mesmo depois de se tornar a Sra. Bernard Tai, jamais fora tratada com tamanha reverência em lugar nenhum.

— Você realmente acha que os Ayalas foram expulsos do Locke por minha causa?

— Eu não acho. Eu *sei* — respondeu Corinna. — Ada Poon faz parte do comitê de membros.

— Mas o que ela tem contra mim? Acabei de fazer uma doação pra lá de generosa à fundação do marido dela.

Corinna suspirou. Aquilo ia ser mais difícil do que ela havia imaginado.

— Eu não estava no Baile Pinnacle, pois não participo desse tipo de evento. Mas, na manhã seguinte, meu telefone não parou de tocar. *Todo mundo* estava comentando sobre o que você fez.

— E o que eu fiz?

— Você insultou os Poons gravemente.

— Mas eu estava apenas tentando ser generosa...

— Você pode até ver dessa maneira, mas os demais presentes viram de outra forma. Sir Francis Poon tem 86 anos e é venerado por todo mundo. Aquele prêmio era o grande momento dele, o ponto alto de décadas de trabalho humanitário, mas, quando você invadiu o palco e anunciou uma doação milionária bem no meio do discurso dele, isso foi visto como uma grande afronta pessoal. Você ofendeu a família dele, os amigos dele e, talvez o mais importante, a esposa dele. Era a noite da Ada também, e você roubou os holofotes.

— Nunca tive a intenção de fazer isso — declarou Kitty.

— Seja honesta com você mesma, Kitty. *É claro que essa era a intenção*. Você queria toda a atenção para si, exatamente como quando comprou *O Palácio das Dezoito Perfeições*. A multidão na Christie's gosta de um espetáculo, mas a sociedade de Hong Kong, não. Suas atitudes nos últimos meses são vistas como tentativas desesperadas de comprar seu lugar no topo da sociedade. Bem, muitas pessoas fizeram exatamente isso, mas existe o jeito certo de fazer e o jeito errado.

Kitty estava indignada.

— Sra. Ko-Tung, sei perfeitamente o que estou fazendo. Faça uma busca no meu nome no Baidu. Veja todas as notícias de revistas e jornais. Vários blogs e colunas de fofoca vivem falando de mim. São as minhas fotos que estampam as revistas todos os meses. Mudei completamente o meu estilo no último ano e, na semana passada, a *Orange Daily* dedicou três páginas falando das roupas que usei no tapete vermelho.

Corinna balançou a cabeça.

— Você não percebe que essas revistas estão explorando você? É claro que o leitor da *Orange Daily* que vive em Yau Ma Tei deve achar a sua vida um sonho, mas, para pessoas de certo nível da sociedade de Hong Kong, não importa se você usa alta-costura e milhões em diamantes. Nesse nível, todos podem fazer isso. Todos são ricos. Qualquer um pode fazer uma doação de 20 milhões se realmente estiver disposto. Para essas pessoas, ter fotos publicadas em colunas sociais o tempo inteiro é algo ruim, e não bom. Denota uma atitude desesperada. Acredite em mim, estar na *Tattle* não vai ajudar a sua imagem. Não vai ajudar você a virar membro do Locke Club, nem renderá um convite para a festa anual da Sra. Ladoorie em sua villa, na Repulse Bay.

Kitty não sabia se deveria ou não acreditar em Corinna. Como uma mulher cujos cabelos pareciam ter sido cortados por um reles cabeleireiro em Mong Kok poderia ousar lhe dar conselhos sobre imagem?

— Sra. Tai, vou lhe contar um pouco sobre o que eu faço. Eu aconselho pessoas que querem assegurar um lugar na elite da Ásia, entre as pessoas que realmente exercem influência.

— Com todo respeito, sou casada com Bernard Tai. Meu marido é um dos homens mais ricos do mundo! Ele exerce muita influência.

— É *mesmo*? Então por onde ele anda nos últimos tempos? Por que ele não vai a nenhum dos eventos para os quais sou convidada? Por que não estava no almoço dos Líderes* em honra aos Cinquenta Líderes de Maior Influência na Ásia, na última quinta-feira? Ou na festa que a minha mãe organizou para a duquesa de Oxbridge, ontem à noite? Por que vocês não estavam lá?

Kitty não sabia o que responder e sentiu uma onda de humilhação tomar conta de si.

— Sra. Tai, se me permite ser bem franca, os Tais nunca tiveram uma boa reputação. *Dato'* Tai Toh Lui era um especulador de uma empresa malaia. Os outros milionários o desprezavam. E agora o filho é visto como um playboy que herdou uma fortuna, mas que

---

* Refere-se aos chefes executivos de Hong Kong, que supostamente são os líderes do governo.

jamais trabalhou um dia sequer na vida. Todos sabem que Carol Tai ainda controla tudo. Ninguém leva Bernard a sério, principalmente depois de ele ter se casado com uma antiga atriz pornô que virou atriz de novelas da China continental.

Para Kitty, ouvir aquilo foi como levar um tapa na cara. Ela abriu a boca para protestar, mas Corinna continuou:

— Não me interessa se isso é verdade ou não. Não estou aqui para julgar você. Mas acho que preciso dizer que é isso o que todos em Hong Kong têm falado a seu respeito. Todos, exceto Evangeline de Ayala, que nós duas sabemos ser nova aqui.

— Ela foi a primeira pessoa a ser legal comigo desde que me casei — disse Kitty, triste. Ela olhou para o guardanapo em seu colo antes de continuar: — Não sou tão tola quanto você imagina. Sei muito bem o que as pessoas falam de mim. Todo mundo me trata mal, mesmo antes do Baile Pinnacle. Eu me sentei do lado da Araminta Lee no desfile da Viktor & Rolf em Paris no ano passado, e ela fingiu que eu nem existia. O que eu fiz para merecer isso? Várias outras socialites têm um passado manchado, algumas têm um histórico muito pior do que o meu. Por que estou sendo deixada de lado?

Corinna fitou Kitty por alguns instantes. Ela havia achado que a mulher seria muito mais mercenária, não estava preparada para descobrir tamanha inocência na garota sentada à sua frente.

— Você quer mesmo que eu diga?

— Sim, por favor.

— Para começar, você é chinesa do continente. Você sabe muito bem o que a maioria das pessoas em Hong Kong pensa sobre os continentais. Gostando ou não, só por isso você já tem que se esforçar mais do que as outras para superar os preconceitos. E você tem jogado contra si mesma desde o início. Tem muita gente que jamais irá perdoar você por ter partido o coração do Alistair Cheng.

— Alistair?

— Sim. Alistair Cheng é extremamente popular. Quando você terminou com ele, todas as garotas que o adoram e todos que respeitam a família dele se viraram contra você.

— Eu não achava que a família do Alistair era *tão* especial assim.

Corinna riu.

— Alistair nunca levou você a Tyersall Park?
— Tie o quê?
— Meu Deus, você nunca nem chegou perto dos portões do palácio, não é?
— Do que você está falando? Que palácio?
— Ah, esqueça... O que importa é que a mãe do Alistair é Alix Young e, por causa dela, ele tem parentesco com quase todas as famílias mais influentes da Ásia. Os Leongs da Malásia, os aristocráticos T'siens, os Shangs, que são donos de praticamente tudo. Sinto muito ter que falar isso, mas você apostou suas fichas no cavalo errado.
— Eu não fazia a menor ideia — disse Kitty, baixinho.
— E como poderia? Você não foi criada convivendo com essas pessoas. Não aprendeu como se comportar corretamente como os nascidos em berço de ouro. Mas ainda há esperança. Se trabalharmos juntas, posso ensinar você a virar o jogo. Vou te contar os segredos dessas famílias.
— E quanto isso vai custar?
Corinna tirou uma pasta de couro de sua surrada bolsa Furla e a entregou para Kitty.
— Eu cobro uma taxa anual, e o meu contrato é, obrigatoriamente, de pelo menos dois anos.
Kitty observou o cronograma e as taxas e deu uma gargalhada.
— Você deve estar brincando!
Corinna de repente ficou mais séria. Ela sabia que havia chegado o momento certo de fechar o negócio.
— Sra. Tai, vou te fazer uma pergunta. O que a senhora realmente quer da vida? Porque a trajetória que eu vejo é a seguinte: a senhora vai continuar viajando pela Ásia nos próximos anos, indo a bailes de gala e a eventos beneficentes e tendo suas fotos publicadas em todas as revistas. Com o passar do tempo, a senhora pode até conseguir fazer amizade com outras chinesas do continente ricas ou com esposas *gweilo** de banqueiros ou empresá-

---

* Um termo ofensivo em cantonês, normalmente aplicado aos estrangeiros caucasianos, cuja tradução literal é "demônio estrangeiro". Hoje em dia, em Hong Kong, o termo é frequentemente usado para se referir aos estrangeiros em geral e não é considerado depreciativo.

rios expatriados. Pode até mesmo ser convidada para fazer parte do comitê de alguma obra de caridade criada por essas esposas entediadas. Sua caixa de correio estará sempre cheia de convites para coquetéis da butique Chopard ou para exposições de arte em Sheung Wan. É claro que, de vez em quando, você pode até ser convidada para uma das festas de Pascal Pang, mas a verdadeira sociedade de Hong Kong estará eternamente fechada para você. Jamais será convidada para ser membro dos seletos clubes ou para comparecer às festas exclusivas nas melhores casas... e não estou falando da mansão de Sonny Chin na Bowen Road, não. Seus filhos jamais serão aceitos nas melhores escolas e nunca vão brincar com as crianças das famílias mais influentes. Você nunca vai conviver com as pessoas que movimentam a economia, que têm contatos com os políticos mais influentes em Pequim, que influenciam a cultura, ou seja, as pessoas que realmente importam na Ásia. Quanto isso vale para você?

Kitty permaneceu em silêncio.

— Aqui. Vou te mostrar algumas fotos — disse Corinna, colocando um iPad em cima da mesa. Ela começou a passar as fotos em um dos álbuns, e Kitty reconheceu algumas das figuras mais influentes da cidade em poses casuais com Corinna. Numa das fotos, Corinna tomava café da manhã com um magnata que agora vivia em Cingapura. Em outra, aparecia na formatura do filho de Leo Ming na escola St. George, em Vancouver. Em outra foto, estava na sala de parto do Matilda Hospital, segurando o bebê de uma famosa socialite de Hong Kong.

— Você pode me apresentar a essas pessoas?

— Esses são alguns dos meus clientes.

Os olhos de Kitty se arregalaram.

— Ada Poon? *Ela* é uma das suas clientes?

Corinna sorriu.

— Vou te mostrar uma foto de como ela era antes de começar a trabalhar comigo.

— Meu Deus... olhe só para a roupa dela. E esses dentes! — Kitty riu.

— Sim. O Dr. Chan fez um trabalho excelente nos dentes dela, não acha? Sabia que, antes de se tornar a terceira Sra. Francis Poon, ela trabalhava na Chanel da Canton Road? Foi assim que ela conheceu o Sr. Francis. Ele entrou na loja para comprar um presentinho para a esposa e saiu de lá com um presentinho para si mesmo.

— Que interessante. Eu achei que ela era de alguma família importante de Hong Kong.

Corinna escolheu as palavras com cuidado:

— Posso te contar sobre o passado de Ada, pois há fatos bem conhecidos. Mas veja que qualquer pessoa pode subir no conceito da sociedade em Hong Kong. O que conta é a percepção, além da reinvenção da história pessoal. Vamos mudar o foco da sua imagem. Qualquer pessoa pode ser perdoada. *Tudo* pode ser esquecido.

— Então você vai melhorar a minha imagem? Vai mudar a percepção que Hong Kong tem sobre mim agora?

— Sra. Tai, eu vou mudar a sua vida.

10

Arcadia

•

MONTECITO, CALIFÓRNIA,
9 DE MARÇO DE 2013

Rachel guiou as amigas pelo longo corredor e abriu a porta.

— Aqui está — disse ela, sussurrando, enquanto gesticulava para que Goh Peik e Sylvia Wong-Swartz olhassem lá dentro.

Peik Lin deu um gritinho ao ver o vestido de noiva de Rachel num manequim no meio do quarto.

— Oh!!! *É maravilhoso! Simplesmente maravilhoosooo*!

Sylvia contornou o vestido, inspecionando-o de todos os ângulos.

— Não é nada do que eu esperava, mas é lindo. A sua cara. Ainda não consigo acreditar que o Nick te levou para Paris para comprar o vestido e você acabou achando esse na liquidação da Temperley do Soho!

— É que eu não me apaixonei por nenhum vestido em Paris. Todos os que eu vi eram exagerados demais, e eu não queria ter que lidar com todo o trabalho que um vestido de alta-costura demanda. Ter que voar um milhão de vezes para Paris para fazer todas as provas... — disse ela, tímida.

— Ah, coitadinha! Imagine que tortura ter que viajar para Paris para provar o vestido — falou Sylvia, brincando.

Peik Lin deu um tapinha no braço de Sylvia.

— *Aiyah*. Eu conheço a Rachel desde os 18 anos. Ela é muito prática... nunca vamos conseguir mudá-la. Pelo menos esse vestido poderia se passar por alta-costura.

— Espere até você me ver nele. Fica lindo no corpo — declarou Rachel, animada.

— Hum... essa frase não é muito Rachel Chu. Quem sabe ainda não podemos transformá-la numa fashionista?

Samantha, prima de Rachel, entrou afobada no quarto, com um *headset* na cabeça e um ar autoritário.

— Aí está você! Estou te procurando por todo canto. Todos já chegaram. Estamos só esperando você para começar o ensaio.

— Desculpe. Não sabia que vocês estavam me esperando — falou Rachel.

— Encontrei a noiva! Já estamos voltando! — disse Samantha no microfone enquanto guiava as garotas pelo jardim, em direção ao pavilhão onde a cerimônia seria celebrada. Sylvia ficou maravilhada com as montanhas de um lado e o oceano Pacífico do outro.

— Como foi mesmo que vocês acharam esse lugar maravilhoso?

— Tivemos muita sorte! Mehmet, um amigo do Nick, comentou sobre Arcadia. Os donos são amigos da família dele. Eles vêm para cá uma vez por ano só, no verão, e passam algumas semanas aqui. Nunca cederam o lugar para nenhum evento, mas abriram uma exceção para nós.

— Mehmet é aquele fortão com lindos olhos castanhos? — perguntou Samantha.

— Ele mesmo. Nós o chamamos de Casanova turco — disse Rachel.

— Imagine quão rico você tem que ser para manter uma propriedade como essa o ano inteiro para desfrutá-la por apenas algumas semanas! — comentou Sylvia, impressionada.

— E por falar em gente rica, algumas mulheres que chegaram para o casamento parecem saídas das páginas da *Vogue China*. Uma delas é alta e magra, parece até modelo, e está usando botas que com certeza valem mais do que o meu Prius. Outra está usando um vestido de linho incrível e tem sotaque britânico... a tia Belinda já está grudada na coitada — comentou Samantha.

Rachel riu.

— Acho que Araminta Lee e Astrid Leong chegaram.

— Hoje em dia ela usa o nome Araminta Khoo — corrigiu-a Peik Lin.

— Ah! Mal posso esperar para conhecer todas essas mulheres sobre as quais tanto ouvi falar. É como se uma edição da *Vanity Fair* se tornasse realidade! — disse Sylvia, animada.

As mulheres passaram pelo pórtico de pedra na entrada do pavilhão, onde todos os que participariam da cerimônia estavam reunidos. A equipe encarregada da decoração ainda estava dando os retoques finais numa treliça de bambu com jasmim, que seguia até o altar e formava um arco onde o casal faria seus votos.

Belinda Chu correu em direção a Rachel parecendo estressada.

— A designer responsável pelas flores disse que elas estarão lindíssimas amanhã, a tempo para a cerimônia, mas não estou convencida disso. Olhe como alguns desses botões são pequenos! Vão demorar dias para abrir! Você vai ter que acelerar o processo com secador de cabelo! Tsc, tsc, tsc. Você devia ter usado o meu florista, que faz os arranjos de todas as melhores famílias de Palo Alto.

— Tenho certeza de que vai dar tudo certo — disse Rachel, com toda a calma, enquanto piscava para Nick, que estava de pé em frente ao arco conversando com Mehmet, Astrid e um dos responsáveis pelo cerimonial.

Astrid cumprimentou Rachel com um abraço caloroso.

— Está tudo tão lindo que dá até vontade de casar de novo!

O celular de Nick começou a tocar, mas, como ele não reconheceu o número, ignorou a ligação e colocou o telefone no modo vibratório. O rapaz que estava perto de Nick acenou para Rachel timidamente, e ela ficou surpresa ao perceber que se tratava de Colin Khoo. Ela não o havia reconhecido com os cabelos escuros descendo até os ombros.

— Nossa! Agora, sim, você está *mesmo* a cara de um surfista polinésio! — exclamou Rachel.

— Pode crer! — respondeu Colin enquanto beijava a noiva no rosto.

Araminta, que se destacava dos demais usando uma jaqueta safári vintage Yves Saint Laurent e sandálias estilo gladiador Gianvito Rossi, cumprimentou Rachel em seguida, com dois beijinhos.

— Aquela é a herdeira. Foi no casamento dela que a Rachel estava quando tudo começou — sussurrou tia Jin para Ray Chu.

— E quem é o rapaz que está do lado dela, de jeans rasgados e chinelos?

— É o marido. Ouvi dizer que ele também é bilionário — sussurrou Kerry Chu.

— Igual aos meus pacientes de hoje em dia. Nunca sei se são sem-teto ou donos do Google — comentou Ray.

Depois que todos foram apresentados entre si e Jason Chu havia tirado várias fotos com a modelo e a linda prima de Nick, Astrid — que ele jurava que era a bonitona de *O clã das adagas voadoras* —, Samantha começou a posicionar todos em seus lugares para a caminhada até o altar.

— Vamos lá, pessoal. Depois que o Mehmet se certificar de que todos os convidados estão sentados, a cerimônia pode começar. Jase, você vai ter que acompanhar a tia Kerry até o altar primeiro, antes de levar a mamãe. Depois que guiar a mamãe para o lugar certo, pode se sentar ao lado dela. Agora preciso do Alistair Cheng. Onde está você? — perguntou Samantha, checando a planilha em seu iPad assim que Alistair se identificou. — Muito bem. Você vai acompanhar a Astrid Leong até o altar, já que ela está representando a família do Nick. Ali está ela. Acha que vai se lembrar dela amanhã?

— Creio que sim, afinal ela é minha prima — respondeu Alistair.

— Desculpe. Não me toquei que vocês eram primos! — Samantha achou graça.

O telefone de Nick começou a vibrar novamente, e ele procurou o aparelho no bolso da calça, irritado. Era o mesmo número, mas dessa vez era uma mensagem de texto.

Desculpe... tentei de tudo para segurar a sua mãe. Com amor, papai.

Nick leu o texto mais uma vez. O que será que o pai dele quis dizer? Samantha começou a dar outras ordens.

— Ok. Agora é a vez do noivo entrar com o padrinho. Nick e Colin, vocês dois vão estar na área à esquerda do pavilhão enquanto os convidados se sentam. Quando escutarem o violoncelo, venham caminhando para...

— Com licença um minuto — pediu Nick, afastando-se do arco. Ele parou mais adiante, tentando desesperadamente ligar para o pai. Dessa vez, a ligação caiu direto na caixa postal. "Desculpe. A pessoa para quem você está ligando ainda não ativou a caixa postal. Tente novamente mais tarde."

Droga. Nick tentou ligar para o número habitual do pai, em Sydney, enquanto sentia calafrios subirem pelo seu corpo.

Colin se aproximou dele.

— Tudo bem?

— Hum. Não sei. Você não leva seguranças quando viaja?

Colin revirou os olhos.

— Sim. É uma chatice, mas os pais da Araminta insistem nisso.

— E onde eles estão nesse momento?

— Tem uma equipe posicionada do lado de fora dos portões, e aquela mulher ali é a guarda-costas pessoal da Araminta — respondeu Colin, indicando a mulher de cabelos espetados, camuflada entre os parentes de Rachel. — Eu sei que ela parece uma mulher comum, mas serviu às Forças Especiais Chinesas e consegue estripar uma pessoa em menos de dez segundos.

Nick mostrou a mensagem do pai a Colin.

— Será que você poderia, por favor, ligar para os seus seguranças e pedir um reforço para amanhã? Eu pago o que for. Precisamos nos assegurar de que apenas as pessoas que estão na lista de convidados entrem na propriedade.

Colin riu.

— Hum. Acho que é um pouco tarde para isso.

— Como assim?

— Olhe para a frente.

Nick ficou olhando para a frente por alguns segundos.

— Não. Aquela não é a minha mãe. É uma das primas da Rachel, de Nova Jersey.

— Vire a cabeça um pouco mais para cima. Para o céu...

Nick olhou para o céu azul.

Puta que pariu.

*

— Viv, o Ollie está pronto? — perguntou Samantha, abaixando-se para entregar ao priminho de Rachel a almofada azul com as alianças. O garoto segurou a almofada por dois segundos, antes de ela subitamente voar de suas mãos. Os galhos dos carvalhos começaram a tremer e um ruído ensurdecedor tomou conta do local. Saído do nada, um helicóptero preto e branco sobrevoou o pórtico e pairou sobre o imenso jardim, preparando-se para pousar. Samantha e Rachel observaram, horrorizadas, enquanto o vento destruía tudo, como um tornado.

— Afastem-se das treliças. Vai cair tudo! — gritou um funcionário enquanto todos corriam para se proteger. O arco começou a cair quando a treliça foi destruída. Pedaços de bambu começaram a voar, e as flores perderam todas as suas pétalas. Tia Belinda começou a gritar quando um galho de jasmim a acertou no rosto.

— *Hiyah*, está tudo arruinado! — gritou Kerry Chu.

Quando os motores do AugustaWestland AW109 finalmente pararam, a porta da frente se abriu e um homem usando óculos escuros pulou para abrir a porta da cabine. Uma chinesa usando calças elegantes de chiffon saltou da aeronave.

— Jesus. *Claro* que é tia Eleanor! — falou Astrid.

Rachel ficou paralisada, observando enquanto Nick corria pelo jardim em direção à mãe. Colin e Araminta correram para perto de Rachel, seguidos por uma chinesa com cabelos estranhos, que por algum motivo empunhava uma arma.

— Vamos voltar para a casa — disse Colin.

— Não, não. Está tudo bem — falou Rachel.

Ao ver quão absurda era aquela situação, ela de repente percebeu uma coisa: não tinha absolutamente nada a temer. A mãe de Nick era quem estava com medo. Tinha tanto medo de que esse casamento acontecesse que se deu ao trabalho de alugar um helicóptero e pousar exatamente onde a cerimônia iria acontecer! Rachel se pegou involuntariamente caminhando até onde Nick estava. Ela queria ficar ao lado dele. Nick correu em direção à mãe, enfurecido.

— O que você está fazendo aqui?

Eleanor olhou calmamente para o filho e disse:

— Eu sabia que você ia ficar bravo. Mas eu não tinha outra forma de falar com você, já que se recusou a retornar as minhas ligações!

— Então você achou que poderia impedir meu casamento com essa... essa invasão? Você está completamente louca!

— Nicky, pare de usar esse linguajar. Eu não vim até aqui para impedir o seu casamento. Não tenho a menor intenção de fazer isso. Na verdade *eu quero* que você se case com a Rachel...

— Vamos chamar a segurança... você vai ter que deixar o local imediatamente!

A essa altura, Rachel já estava ao lado dele. Nick olhou para ela rapidamente, preocupado, e a noiva sorriu para ele.

— Olá, Sra. Young — cumprimentou ela. Em sua voz havia uma confiança renovada.

— Olá, Rachel. Será que poderíamos, por favor, conversar em particular? — perguntou Eleanor.

— Não! Rachel não irá conversar com você em particular! Você não acha que já fez o suficiente? — interrompeu-a Nick.

— *Alamak!* Vou pagar para consertar tudo. Na verdade, você deveria me agradecer por aquele arco de bambu não existir mais... poderia ter causado um acidente durante a cerimônia. Me escute. Juro que não estou aqui para destruir o seu casamento. Vim até aqui para pedir o seu perdão. Quero lhe dar a minha bênção.

— É um pouco tarde para isso. Por favor, NOS DEIXE EM PAZ!

— Eu sei reconhecer quando minha presença não é bem-vinda e irei embora sem problemas. Mas senti que precisava consertar o que fiz com a Rachel antes que ela subisse ao altar. Você quer mesmo privá-la de conhecer o pai antes do casamento?

Nick fitou a mãe como se ela fosse louca.

— Do que você está falando?

Eleanor ignorou o filho e olhou fundo nos olhos de Rachel.

— Estou falando do seu *verdadeiro* pai, Rachel. Eu o encontrei! Era isso o que eu vinha tentando contar a vocês dois durante o último mês!

— Eu não acredito em você! — falou Nick.

— Não me importa se você acredita em mim ou não! Conheci a esposa do pai da Rachel por intermédio do seu primo Eddie quando estava em Londres no ano passado... se quiser, pode perguntar a ele você mesmo. Tudo não passou de uma tremenda coincidência, mas consegui ligar os pontos e tive a certeza de que ele é mesmo o seu pai, Rachel. O nome dele é Bao Gaoliang, e ele é um dos políticos mais influentes de Pequim.

— Bao Gaoliang... — Rachel pronunciou o nome devagar, sem acreditar.

E nesse momento ele está no Four Seasons Biltmore, em Santa Bárbara, e espera poder ver a sua mãe Kerry novamente. E está louco para conhecer você. Venha comigo, Rachel. Eu levarei todos vocês até ele.

— Essa é mais uma das suas armações! Você não vai levar a Rachel a lugar nenhum.

Rachel colocou a mão sobre o braço de Nick:

— Tudo bem. Eu quero conhecer esse cara. Vamos ver se ele é mesmo o meu pai.

Rachel não falou nada durante o curto trajeto de helicóptero até o hotel. Ela apertou a mão de Nick e olhou pensativa para a mãe, sentada à sua frente. Percebeu pela expressão de Kerry que tudo aquilo era ainda mais difícil para ela, já que era a primeira vez em mais de três décadas que iria rever o homem que tinha sido o amor de sua vida, que a havia salvado de um marido violento e do terror da família dele.

Enquanto desembarcavam, Rachel precisou respirar fundo antes de seguir até o hotel.

— Tudo bem? — perguntou Nick.

— Acho que sim... é que tudo está acontecendo rápido demais — disse Rachel.

Ela não havia imaginado as coisas dessa forma. Na verdade, não tinha ideia de como as coisas iriam acontecer. Depois da decepção que tomou conta dela ao voltar das duas viagens que fizera à China, havia começado a perder as esperanças de que um dia encontraria o pai. Ou quem sabe o encontraria dali a muitos anos, quando estivesse viajando para algum lugar remoto... Jamais imaginou que o veria pela primeira vez num resort em Santa Bárbara um dia antes de seu casamento.

Rachel e a mãe foram guiadas pelo lobby do hotel, primeiro por um corredor e depois para fora da construção novamente. Enquanto caminhavam pelo elegante jardim, em direção a uma das suítes exclusivas, era como se Rachel estivesse flutuando num sonho nebuloso, como se o tempo estivesse acelerado e tudo parecesse surreal. O cenário era iluminado demais, tropical demais para uma ocasião tão importante. Mas, antes que pudesse realmente se preparar, pararam em frente à suíte e então Eleanor bateu à porta.

Rachel respirou fundo.

— Estou aqui do seu lado — sussurrou Nick, apertando o ombro de Rachel delicadamente para encorajá-la.

A porta foi aberta por um homem com fone de ouvido, que Rachel presumiu ser um guarda-costas. No quarto havia outro homem com camisa social e jaqueta amarela, sentado em frente à lareira. Seus óculos emolduravam um rosto de compleições claras e cabelos negros, meticulosamente penteados para a esquerda, com alguns fios grisalhos nas têmporas. Será que aquele homem era realmente seu pai?

Kerry permaneceu parada à porta, hesitante, mas, quando o homem se levantou e caminhou para a luz, ela colocou as mãos sobre a boca e abafou um grito.

— Kao Wei!

O homem caminhou até a mãe de Rachel e observou seu rosto por alguns segundos, antes de lhe dar um abraço apertado.

— Kerry Ching. Você está ainda mais bonita do que eu me lembrava — disse ele em mandarim.

Kerry começou a soluçar violentamente, e Rachel percebeu que seus olhos estavam cheios de lágrimas ao ver sua mãe chorando encostada ao peito daquele homem. Depois de alguns instantes, quando conseguiu se controlar, Kerry se virou para a filha e disse:

— Rachel, esse é o seu pai.

Rachel não conseguia acreditar que estava ouvindo aquelas palavras. Ela permaneceu parada na porta, sentindo-se com 5 anos outra vez.

Do lado de fora, Eleanor se virou para o filho e falou, com a voz embargada:
— Vamos. Eles precisam de um pouco de privacidade.
Nick, também com os olhos marejados, respondeu:
— É a frase mais sensata que escuto você falar em muito tempo, mãe.

11

Four Seasons Biltmore

•

SANTA BÁRBARA, CALIFÓRNIA

Sentada confortavelmente no *lounge* do hotel, com sua xícara de água quente com limão, Eleanor continuou contando para Nick toda a história sobre como descobriu quem era o verdadeiro pai de Rachel.

— Bao Shaoyen ficou tão agradecida a todas nós em Londres. O imprestável do seu primo Eddie foi embora alguns dias depois, quando já tinha comprado alguns ternos novos, e Shaoyen não conhecia absolutamente ninguém em Londres. Então nós tomamos conta dela. Todos os dias, nós a levávamos ao hospital para visitar o Carlton enquanto ele se recuperava de suas muitas cirurgias. Nós a levamos a vários dos excelentes restaurantes chineses, e a Francesca até a levou ao Bicester Village outlet um dia. Parecia que Shaoyen havia chegado ao sétimo céu quando descobriu que havia uma loja da Loro Piana lá. Meu Deus, você tinha que ter visto a quantidade de cashmere que aquela mulher comprou! Acho que ela teve que comprar três malas grandes no outlet da Tumi para conseguir levar tudo.

"Assim que o Carlton saiu da UTI, eu encorajei Shaoyen a levá-lo para Cingapura para continuar com as terapias de reabilitação. Eu até liguei para o Dr. Chia no NUH e pedi a ele que mexesse os pauzinhos para encaixar Carlton nos melhores programas de fisioterapia. É claro que o pai dele veio de Pequim para visitá-lo e eu acabei conhecendo bastante a família nos meses seguintes. Enquanto isso, o detetive particular da tia Lorena começou a cavar tudo o que podia sobre a família."

— Tia Lorena e seus detetives! — disse Nick, tomando um gole de seu café.

— *Alamak*, você deveria ser grato por Lorena ter contratado o Sr. Wong! Se ele não tivesse investigado nem pagado as pessoas certas, jamais teríamos descoberto a verdade. Descobrimos que Bao Gaoliang mudou de nome logo depois de se formar na faculdade. Kao Wei era um apelido de infância. O verdadeiro nome dele era Sun Gaoliang. Ele cresceu em Fujian, mas os pais deram a ele o sobrenome do padrinho dele, que era um respeitado oficial do partido na Província de Jiangsu, porque assim ele poderia se mudar para lá e ter mais chances de construir uma carreira bem-sucedida.

— E como você deu a notícia para os Baos?

— Em determinado momento, Shaoyen teve que voltar para a China para resolver assuntos particulares e Gaoliang ficou sozinho com Carlton em Cingapura. Certa noite, eu o levei para comer *kai fun* no Wee Nam Kee* e perguntei sobre sua juventude. Ele me contou que havia estudado em Fujian e então eu perguntei diretamente: "Você conhece uma mulher chamada Kerry Ching?" Gaoliang ficou pálido e respondeu: "Não conheço ninguém com esse nome", e de repente pareceu estar com pressa para terminar de jantar e ir embora. Foi quando eu finalmente o confrontei com a verdade e falei: "Gaoliang, por favor, fique tranquilo. Você pode ir embora se quiser, mas, antes, por favor, me escute. Sinto que o destino nos colocou frente a frente. Meu filho está noivo de uma mulher chamada Rachel Chu. Por favor, me deixe mostrar a você uma foto dela e acho que você vai entender que algo incrível aconteceu."

---

* Frango com arroz, típico da província de Hainan, que pode ser considerado uma comida típica de Cingapura. (Sim, Eleanor está pronta para que os *foodie bloggers* comecem a atacar sua escolha de restaurante. Ela havia escolhido o Wee Nam Kee especificamente porque ficava a cinco minutos da casa dos Baos e o estacionamento custava 2 dólares depois das seis horas da tarde. Se ela o tivesse levado ao Chatterbox, que Eleanor pessoalmente preferia, parar no Mandarin Hotel teria sido um pesadelo, e ela teria de desembolsar 15 dólares para estacionar o Jaguar. E ela preferia MORRER a ter de fazer isso.)

— E qual foto da Rachel você tem? — perguntou Nick.

— Uma foto da carteira de motorista dela que consegui com o primeiro detetive particular que contratei em Beverly Hills — respondeu Eleanor, corando de leve. — Bem, continuando, Gaoliang ficou chocado quando viu a foto. Ele perguntou imediatamente: "Quem é essa garota?" É tão óbvio. Ela é a cara do Carlton, só que de cabelo comprido e maquiagem, é claro. Por isso eu falei: "Essa garota é filha de uma mulher chamada Kerry Chu. Ela atualmente mora na Califórnia, mas morava em Xiamen quando era casada com um homem chamado Zhou Fang Min", e foi aí que ele se abriu.

— Uau! Você devia trabalhar com isso — disse Nick, erguendo as sobrancelhas.

— Pode rir quanto quiser, mas a Rachel não teria encontrado o pai se não fosse pela minha interferência.

— Não, não. Isso foi um elogio, eu não estava sendo sarcástico.

— Sei que você ainda está bravo comigo pelo que aconteceu, mas quero que saiba que tudo o que fiz foi pelo seu bem.

Nick balançou a cabeça, indignado.

— Como você espera que eu reaja? Você quase destruiu o amor da minha vida. Não confiou na minha escolha e tirou as piores conclusões a respeito da Rachel desde o começo. Você estava convencida de que ela era uma aproveitadora antes de conhecê-la.

— *Hiyah!* Quantas vezes vou ter que pedir desculpas? Eu me enganei sobre ela. E sobre você. Aproveitadora ou não, eu não queria que você se casasse com a Rachel porque sabia que, assim que a sua avó estivesse ciente dos seus planos, você ficaria com o coração partido. Eu sabia que Ah Ma jamais abençoaria esse casamento e queria poupá-lo da ira dela. Sei como é. Já fui a nora indesejada. E eu nem era filha de uma mãe solteira da China continental! Acredite em mim, eu sei muito bem o que é sofrer com a rejeição dela. Mas você nunca viu esse lado da sua avó. Eu o protegi disso tudo. Ela se apaixonou por você no dia em que você nasceu, e eu não queria que isso mudasse.

Nick notou as lágrimas que se formavam nos olhos da mãe e suavizou sua linguagem corporal. Um garçom passou por eles, e Nick fez sinal para chamá-lo:

— Com licença, você poderia, por favor, nos trazer outra xícara de água quente com rodelas de limão à parte? Obrigado.

— Bem quente, por favor — completou Eleanor, enquanto enxugava as lágrimas com lenços de papel, que ela sempre carregava na bolsa.

— Bem, acho que você sabe que Ah Ma planeja me tirar do testamento. Jacqueline Ling me contou isso há algumas semanas.

— Aquela Jacqueline! Sempre fazendo o trabalho sujo da sua Ah Ma. Mas nunca dá para ter certeza do que Ah Ma vai fazer. E, de qualquer maneira, não tem tanta importância, porque você tem a Rachel. Eu realmente estou falando do fundo do coração quando digo que estou feliz por ela ser sua futura esposa.

— Nossa. Como o seu tom mudou! Acho que agora que você descobriu que a Rachel é filha de um político influente na China não a desaprova mais.

— Ele não é simplesmente um político, é muito mais do que isso.

— Como assim?

Eleanor olhou ao redor para ter certeza de que ninguém estava escutando.

— O pai de Bao Gaoliang fundou a Millennium Pharmaceuticals, uma das maiores indústrias da China. As ações dessa companhia são supervalorizadas na Bolsa de Valores de Xangai.

— E daí? Não consigo entender por que você fica tão impressionada com isso. Todo mundo que você conhece é rico.

Eleanor se aproximou do filho e falou baixinho:

— *Aiyah!* Eles não são como essas pessoas ricas com quem estamos acostumados, que são donos de algumas centenas de milhões. Eles estão entre *os mais ricos* da China! Estamos falando de bilhões e bilhões. E, o mais importante, eles têm apenas um filho... e agora uma filha.

— Então *é por isso* que de repente você está feliz com o nosso casamento! — grunhiu Nick, quando percebeu o verdadeiro interesse da mãe.

— É claro! Se a Rachel agir direitinho agora, vai herdar metade da fortuna, e você vai se beneficiar também!

— Fico feliz em poder contar com você sempre que tenha alguma coisa relacionada a dinheiro.

— Estou apenas cuidando de você! Agora que a sua posição no testamento de Ah Ma é tão incerta, você não pode me culpar por querer o melhor para o meu filho.

— Não. Acho que não posso — disse Nick baixinho.

Embora estivesse frustrado com a mãe, ele percebeu que nunca iria conseguir mudá-la. Assim como muitos de sua geração, toda a sua existência girava em torno de adquirir fortuna e preservá-la. Parecia que todas as amigas da mãe participavam do mesmo jogo para ver quem, depois de morrer, conseguiria deixar mais casas, os maiores conglomerados e o mais recheado portfólio de ações para os filhos.

Eleanor se aproximou de Nick.

— Agora tenho que contar a você algumas coisas que precisa saber sobre os Baos.

— Não quero ouvir nenhuma fofoca.

— *Aiyah!* Não é fofoca! São detalhes importantes que fiquei sabendo quando convivia com eles e algumas coisas que o Sr. Wong descobriu...

— Pare agora mesmo! Não quero saber — disse Nick, enfático.

— *Aiyah*, preciso contar para o seu próprio bem!

— Dá um tempo, mãe. A Rachel conheceu o pai tem vinte minutos e você já quer me contar os segredos da família dele? Tudo o que quase destruiu o meu relacionamento? Isso não é justo com a Rachel e não é assim que eu quero começar o meu casamento.

Eleanor suspirou. Aquele menino era impossível. Era cabeça-dura demais para perceber que ela estava tentando ajudá-lo. Bom, ela teria de esperar outra oportunidade. Espremendo mais um pouco de limão em sua água, sem fazer contato visual com o filho, ela perguntou:

— Então... há alguma chance de que sua pobre mãe possa ir ao casamento do seu único filho amanhã?

Nick ficou em silêncio por alguns instantes.

— Vou falar com a Rachel. Não sei se ela está pronta para estender o tapete vermelho para você depois que destruiu toda a decoração do casamento. Mas vou perguntar.

Eleanor se levantou, animada.

— Vou falar com o *concierge* agora mesmo! Vou dar um jeito. Nem que eu tenha que mandar trazer todas as glicínias do mundo. Farei de tudo para que o casamento dela seja perfeito.

— Tenho certeza de que ela ficaria feliz com isso.

— Preciso ligar para o seu pai. Ele tem que entrar no avião agora. Ainda dá tempo de ele chegar para a cerimônia.

— Mãe, eu disse que ainda vou perguntar para a Rachel. Não prometi nada — falou Nick.

— *Aiyah!* Claro que ela vai deixar eu ir! Só de olhar para o rosto dela sei que é do tipo que perdoa. Essa é uma das qualidades dela, não tem as maçãs do rosto altas. Mulheres que têm as maçãs do rosto altas são muito *gow tzay*.* Você pode fazer uma coisa por mim?

— O quê?

— Por favor, vá ao cabeleireiro e dê um jeito nesse cabelo antes da cerimônia! Está grande demais. Não suporto ver você parecendo um *chao ah beng*** no dia do próprio casamento.

---

* Não há palavra em português capaz de traduzir corretamente essa expressão, que descreve as pessoas que são ao mesmo tempo mandonas, implacáveis e impossíveis de lidar.
** Em *hokkien*, "malandro fedorento".

12

Arcadia

●

MONTECITO, CALIFÓRNIA

O sol do entardecer iluminava o pico das montanhas de Santa Ynez, dando um tom dourado em tudo ao redor. As treliças de bambu haviam sido completamente restauradas e estavam gloriosas como antes, formando um luxuoso toldo de glicínias e jasmins sobre o altar e envolvendo os convidados que tomavam seus lugares no pórtico com seu delicado perfume. O pavilhão neoclássico era o pano de fundo, e carvalhos de mais de 200 anos emolduravam os jardins, fazendo com que o cenário parecesse uma pintura de Maxfield Parrish.

No momento certo, Nick emergiu do pavilhão com seu padrinho, Colin, e se posicionou ao lado de um arco majestoso de orquídeas brancas. Ele correu os olhos pelos cerca de cem convidados, percebendo que o pai — que havia acabado de chegar de Sydney e estava usando um terno cinza amarrotado — se sentara ao lado de Astrid, enquanto sua mãe ocupava um lugar na fileira logo atrás, fofocando com Araminta, que, alguns minutos antes, havia causado uma comoção ao entrar com um vestido Giambattista Valli verde-esmeralda, com uma gola desconstruída que descia até o umbigo.

— Sossegue! — disse Astrid quando Nick olhou para ela. O primo não conseguia parar de mexer nas abotoaduras. Ela não pôde deixar de pensar no garotinho magrela com short de futebol que costumava correr com ela pelos jardins de Tyersall Park, escalando árvores e pulando em poças. Eles viviam inventando jogos e mergulhando em mundos de fantasia. Nick era Peter Pan, e ela, Wendy. E agora aqui estava ele, todo adulto e elegante em seu smoking Henry Poole azul-celeste, pronto para criar um novo mundo com Rachel. Certamente algo iria acontecer quando a avó descobrisse sobre o casamento, mas, naquela noite, pelo menos, Nick poderia curtir a emoção de se casar com a mulher dos seus sonhos.

As portas da entrada do pavilhão se abriram e um pianista começou a tocar uma melodia vagamente conhecida enquanto as damas de honra — Peik Lin, Samantha e Sylvia, usando vestidos de seda cor de pérola — caminhavam até o altar. Tia Belinda, num vestido St. John de lamê dourado com bolero combinando, subitamente reconheceu que a música era "Landslide", do Fleetwood Mac, e começou a soluçar descontroladamente em seu lencinho Chanel. Tio Ray, perplexo pelo comportamento da esposa, fingiu não perceber e continuou olhando para a frente, enquanto tia Jin se virava para olhar para ela.

— Desculpe, desculpe... Stevie sempre me emociona — sussurrou Belinda, tentando se controlar.

Depois da música ao piano, outra surpresa aguardava os convidados: as luzes de dentro do pavilhão diminuíram, e uma cortina desceu, revelando músicos da Orquestra Sinfônica de São Francisco. O maestro ergueu a batuta, e as delicadas notas de abertura de "Appalachian Spring", de Aaron Copland, começaram a tocar enquanto Rachel subia a escadaria de braços dados com seu tio Walt.

Os convidados exclamaram baixinho, mostrando-se encantados com a noiva, que estava lindíssima num vestido justo de crepe com delicadas pregas que se abriam pelo corpete e uma saia drapeada na frente. Seus cabelos longos e brilhantes estavam soltos e ondulados, presos dos lados com duas presilhas de diamante em formato de penas. Ela era uma noiva moderna e simples com um toque de glamour hollywoodiano de 1930.

Rachel segurava o buquê de tulipas brancas e copos-de-leite sorrindo para todas as pessoas que conhecia. E então ela viu a mãe sentada ao lado de Bao Gaoliang, na fileira da frente. É claro que ela havia insistido com tio Walt, que durante toda a sua vida tinha sido o mais próximo de um pai que ela conhecia, que a levasse ao altar. Mas ver a mãe e o pai juntos a deixou emocionada.

Os pais dela estavam ali. *Os pais dela*. Rachel se deu conta de que aquela era a primeira vez na vida que podia usar o termo com propriedade, e seus olhos se encheram de lágrimas. *Lá se vai minha maquiagem*. No dia anterior, pela manhã, Rachel quase havia desistido da ideia de conhecer seu verdadeiro pai, mas, ao final do dia, tinha descoberto não só que seu pai estava vivo e ali com ela como também tinha um meio-irmão. Aquilo era muito mais do que ela poderia ter desejado e, numa reviravolta do destino, ela devia agradecer a Nick por tudo isso.

Bao Gaoliang não conseguiu deixar de sentir certo orgulho ao ver a filha caminhar com graça em direção ao altar. Ele a conhecia fazia apenas um dia, mas já conseguia sentir uma ligação inexplicável com ela, algo que jamais tinha sido capaz de construir com o filho. Carlton e Shaoyen possuíam uma ligação especial que ele nunca havia conseguido penetrar. Subitamente, ele ficou apreensivo ao pensar na conversa que seria obrigado a ter com a família quando voltasse para a China. Ele ainda tinha de discutir tudo o que Eleanor Young havia descoberto com Shaoyen, que achava que ele estava na Austrália em uma missão diplomática. *Como ele iria explicar tudo isso para sua mulher e seu filho?*

— Não tenho nem palavras para dizer como você está maravilhosa! — sussurrou Nick quando a noiva parou ao seu lado.

Rachel, emocionada demais para dizer qualquer coisa, simplesmente assentiu. Ela olhou fundo nos olhos daquele homem generoso, lindo e sexy com quem estava prestes a se casar e se perguntou se estava sonhando.

Depois da cerimônia, quando os convidados seguiam para uma recepção dentro do pavilhão de música, Eleanor foi para perto de Astrid e começou a tecer comentários.

— A única coisa que faltou nessa cerimônia foi um bom pastor metodista. Onde está Tony Chi quando você precisa dele? Não gostei muito daquele ministro Unitário. Você notou que ele estava usando brincos? Que tipo de pastor é esse?

Astrid, que não conversava com Eleanor desde sua entrada estilo *Apocalypse Now* no dia anterior, olhou séria para a tia:

— Da próxima vez que você quiser dar um balde de sorvete para o meu filho, fique com ele pelo resto do dia. Você nem imagina quanto tempo levamos para acalmar a euforia que todo aquele açúcar causou nele.

— Desculpe, *lah*. Mas você sabia que eu *precisava* descobrir algumas coisas sobre o casamento. Viu? No final deu tudo certo, não foi?

— É... foi. Mas você podia ter evitado muito sofrimento.

Recusando-se a pedir desculpas, Eleanor tentou mudar o assunto.

— Ah, você ajudou a Rachel a escolher o vestido?

— Não. Mas ela está linda, não está?

— Achei muito simples.

— Acho que é de uma simplicidade maravilhosa. Parece algo que Carole Lombard usaria num jantar na Riviera Francesa.

— Eu acho o seu vestido muito mais lindo — disse Eleanor, admirando o vestido Gaultier azul da sobrinha

— *Aiyah*, você já me viu com ele tantas vezes...

— Bem que vi que estava reconhecendo esse vestido. Você não estava usando essa roupa no casamento do Araminta?

— Eu uso o mesmo vestido em todos os casamentos.

— E por que você faz isso?

— Você não se lembra que, no casamento da Cecilia Cheng, há alguns anos, as pessoas ficaram comentando sobre o meu vestido na frente dela? Eu me senti tão mal que, desde aquele dia, uso o mesmo vestido em todos os casamentos.

— Você é engraçada. Não é de admirar que se dê tão bem com o meu filho e compartilhe de suas ideias esquisitas.

— Vou considerar isso um elogio, tia Elle.

*

O jardim atrás do pavilhão havia sido transformado num salão de baile a céu aberto. Centenas de velas em antigos globos de cristal pendiam dos eucaliptos que cercavam o jardim, enquanto holofotes iluminavam a pista de dança.

Astrid se debruçou na balaustrada de pedra e olhou para o jardim, desejando que seu marido estivesse ali para dançar com ela sob a luz do luar. O telefone dentro de sua miniaudière começou a vibrar, e ela achou que Michael havia lido seus pensamentos. Ansiosa, tirou o telefone da bolsa e viu a seguinte mensagem:

Espero que você esteja aproveitando o casamento. Adivinhe só... Tive que vir a San Jose a trabalho. Se você for ficar na Califórnia por mais alguns dias, vamos nos encontrar? Talvez em São Francisco? Posso mandar meu avião te pegar. Tem um restaurante italiano em Sausalito que sei que você iria amar.
CHARLES WU
+852 6775 9999

Os convidados começaram a se reunir no terraço para ver a primeira dança dos recém-casados, mas, antes que a música começasse a tocar, Colin bateu com uma colher em sua taça de champanhe para chamar a atenção de todos.

— Olá a todos. Sou Colin, o padrinho do Nick. Não se preocupem, não vou entediá-los com um longo discurso. Só achei que, num dia tão especial, esse querido casal merecia uma surpresinha.

Nick olhou para Colin como se perguntasse ao amigo *O que você está aprontando?*

Rindo de orelha a orelha, Colin continuou:

— Alguns meses atrás, eu e minha mulher encontramos uma amiga da Rachel no Churchill Club. — Ele olhou para Peik Lin, que levantou sua taça de champanhe. — E, conversando, descobrimos que, durante toda a faculdade, houve *uma certa música* que Rachel adorava, e que deixava Peik Lin doida. E adivinhem só? Era uma das músicas favoritas do Nick também. Então, se o Nick e a Rachel acham que vão dançar ao ritmo de alguma valsa romântica tocada pela Orquestra Sinfônica de São Francisco, estão muito enganados.

Senhoras e senhores, por favor recebam o Sr. e a Sra. Young na pista de dança pela primeira vez, acompanhados de uma das maiores cantoras do mundo.

Depois daquelas palavras, uma banda subiu ao pequeno palco no canto do jardim, seguida por uma mulher mignon com cabelos loiros platinados. A multidão começou a gritar, excitada.

Nick e Rachel olharam para Colin e depois para Peik Lin, boquiabertos.

— Não acredito! Você sabia alguma coisa sobre isso?? — exclamou Rachel.

— Não! — respondeu Nick enquanto guiava Rachel para a pista de dança. As primeiras notas da famosa música encheram o ar, e a multidão gritou, animada.

Philip e Eleanor Young estavam nos degraus que levavam ao jardim, observando o filho dançar com sua mulher, tão natural e graciosamente. Philip olhou para a esposa:

— Finalmente seu filho está feliz. Não custa nada você sorrir também.

— Eu estou sorrindo, *lah*. Estou sorrindo. Inclusive sorri tanto para todos esses parentes chatos da Rachel que meu rosto está até doendo. Por que esses CNAs falam com a gente como se fôssemos o melhor amigo deles? Eu estava preparada para ser odiada por todos.

— E por que eles iriam odiar você? Você acabou fazendo um grande bem para a Rachel.

Eleanor começou a dizer algo, mas mudou de ideia.

— Diga logo, querida. Você sabe que não está se aguentando. Você passou a noite inteira tentando me dizer alguma coisa.

— Não tenho certeza se a Rachel vai achar que fiz uma boa ação quando conhecer a família dela.

— O que você quer dizer com isso?

— O Sr. Wong me mandou um e-mail com um novo relatório ontem à noite. Preciso mostrá-lo a você. Sinceramente, acho que cometi um grande erro me envolvendo com os Baos — suspirou Eleanor.

— Bom, acho que é um pouquinho tarde para se arrepender, querida. Agora eles são nossos parentes.

Eleanor olhou para o marido, horrorizada. Era a primeira vez que ela parava para pensar nisso.

Nick e Rachel dançavam no ritmo da música, eufóricos de tanta felicidade.

— Dá para acreditar que conseguimos? — perguntou Nick.

— Na verdade, não. Acho que, a qualquer minuto, outro helicóptero vai pousar aqui.

— Chega de helicópteros e de surpresas, prometo — disse Nick enquanto rodopiava com ela. — De agora em diante, vamos ser um casal comum.

— Ah, por favor! Quando decidi subir ao altar com você, Nicholas Young, eu sabia que estava destinada a uma vida cheia de surpresas. E não há nada que eu queira mais no mundo do que isso. Mas você tem que me dar pelo menos uma pista de onde será nossa lua de mel no verão.

— Bem, eu tinha grandes planos que envolviam o sol da meia-noite e alguns fiordes, mas o seu pai me perguntou se poderíamos visitá-lo em Xangai quando começassem as férias de verão. Ele está ansioso para que você conheça o seu irmão e jura que vai nos levar para os lugares mais românticos da China. O que você acha dessa ideia?

— Acho que é a ideia mais maravilhosa do mundo — respondeu Rachel, com os olhos brilhando de alegria.

Nick deu um abraço apertado nela.

— Eu te amo, Sra. Young.

— Eu também te amo. Mas quem disse que vou usar o seu nome?

Nick franziu o cenho, parecendo uma criança ofendida, mas então sorriu:

— Você não precisa usar o meu nome, querida. Pode ser Rachel Rodham Chu se quiser.

— Sabe o que percebi hoje? Rachel Chu é o nome que a minha mãe me deu, mas não é meu verdadeiro nome. E, embora o sobrenome do meu pai seja Bao, não é o nome verdadeiro dele também.

O único nome que é meu de verdade é Rachel Young, e essa é uma escolha que *eu* estou fazendo.

Nick beijou Rachel, e os convidados começaram a aplaudir. Então ele gesticulou para que todos os acompanhassem na pista de dança e, enquanto Cyndi Lauper cantava, os noivos se juntaram a ela:

If you're lost, you can look and you will find me
Time after time.

Parte Dois

Se você quiser saber o que Deus pensa sobre o dinheiro, basta observar as pessoas para quem ele o deu.

— DOROTHY PARKER

1

GRUPO DE CONSULTORIA KO-TUNG ANÁLISE DE IMPACTO SOCIAL

Preparado para a Sra. Bernard Tai por Corinna Ko-Tung
Abril de 2013

Vamos ser completamente francos e começar com o óbvio: seu antigo nome era Kitty Pong, e você não nasceu em Hong Kong nem em nenhuma das ilhas vizinhas que formam a antiga colônia da Coroa britânica de Hong Kong. Lembre-se disso, pois, para a coroa que você pretende impressionar, dinheiro não significa nada. Especialmente hoje em dia, quando jovens chineses do continente de 20 e poucos anos roubam todos os holofotes com seus milhões de dólares nos bolsos. A velha guarda bolou novas maneiras de se diferenciar. Atualmente, o mais importante são suas relações de parentesco e quando sua família fez fortuna. De que província da China se origina a sua família? Qual dialeto fala? Faz parte dos fechados clãs Chiu-Chow ou da classe de emigrantes de Xangai? Você é da segunda, terceira ou da quarta geração de ricos? E como essa fortuna foi gerada? Foi por meio da indústria têxtil ou do mercado imobiliário? (Pré-Li Ka-Shing ou depois de 1997?) Cada detalhe, por menos importante que pareça, é alguma coisa. Por exemplo, você pode possuir 10 bilhões de dólares e ser considerado um nada pelos Keungs, que estão gastando suas últimas centenas de milhões, mas podem traçar sua linhagem até o duque de Yansheng.* Nos próximos meses, pretendo mudar a sua história. Vamos pegar os detalhes mais vergonhosos de sua biografia e transformá-los em pontos fortes. Faremos isso de várias formas. Vamos começar.

APARÊNCIA

Rosto e corpo
Primeiro de tudo, a redução das mamas foi uma das melhores coisas que você fez, e a proporção do seu corpo agora é perfeita. Antes da cirurgia, seu corpo de ampulheta só servia para colocar mais lenha nos rumores envolvendo suas atividades cinematográficas extracurriculares, mas agora você tem o tipo físico considerado ideal para o estilo de mulher que tenta ser — delicadamente magra, com apenas um toque de transtorno alimentar controlado. <u>Por favor, não perca mais peso.</u>

Também preciso parabenizar seu cirurgião pelo excelente trabalho que ele fez no seu rosto (me lembre de pegar o nome dele com você para passar para algumas das minhas outras clientes, é claro). As curvas arredondadas das suas bochechas foram reduzidas e o seu nariz foi lindamente reconstruído. (Pode admitir: você copiou o nariz da Cecilia Cheng Moncur, não foi? Eu reconheço aquele nariz aquilino em qualquer lugar.) Mas agora você corre o risco de ficar muito perfeita, e isso pode deixar suas competidoras com inveja. Então, por favor, evite outros procedimentos no futuro próximo. Chega de preenchimentos por enquanto, e as injeções de botox na testa também não serão mais necessárias, pois eu gostaria de ver algumas linhas finas se formarem entre suas sobrancelhas. Podemos até apagá-las no futuro, mas, neste momento, pequenas rugas no cenho podem fazer com que você demonstre mais empatia.

---

* Um descendente direto de Confúcio, que também era conhecido como o "duque sagrado de Yen".

Cabelos
Seus longos cabelos pretos são uma de suas mais belas características, mas os rabos de cavalo altos e os penteados dramáticos que têm usado ultimamente lhe dão uma aparência agressiva. Quando você entra num lugar, as mulheres pensam imediatamente: "Essa mulher vai roubar meu marido, meu filho ou meu tapete de ioga." Recomendo a você que use seus cabelos soltos na maioria das ocasiões e opte por um rabo baixo para ocasiões mais formais. Seus cabelos também precisam de uma cor diferente, algumas luzes castanhas iriam suavizar seus traços. Quem sabe Ricky Tseung do ModaBeauty no Seymour Terrace em Mid-Levels não dê um jeito nisso? Sem dúvida você está acostumada aos salões caros localizados em hotéis de luxo, mas confie em mim! Ricky é uma pessoa que você deve ter sempre por perto. Ele não é apenas uma barganha, ele é *o* cabeleireiro preferido das mulheres das melhores famílias — Fiona Tung--Cheng, Sra. Francis Liu, Marion Hsu. Quando você encontrá-lo pela primeira vez, não diga absolutamente **nada** a seu respeito (ele já vai saber bastante). Com o passar do tempo, vou criar anedotas que você pode dividir com ele (por exemplo, que sua filha canta "Wouldn't It Be Loverly" com um sotaque perfeito; sobre os gatos siameses doentes que você acolheu; que você paga, anonimamente, a quimioterapia de uma professora aposentada etc.). Essas histórias vão chegar aos ouvidos das mulheres certas. *Nota: você não precisa dar gorjeta para o Ricky, já que ele é o dono do salão. Mas, de vez em quando, você pode levar uns chocolates Cadbury para ele. Ele ama chocolates caros!*

Maquiagem
Em relação à maquiagem, infelizmente, precisamos de uma transformação completa. A pele branca como leite e os lábios vermelhos cereja não combinam mais com você — agora que é uma esposa e mãe respeitável, é imperativo que não pareça mais o objeto de desejo dos adolescentes. Precisamos criar uma pele que seja satisfatória e que não ofereça ameaças a outras mulheres. Você vai querer que sua cor e sua compleição passem a ideia de

que gastou apenas um minuto se arrumando, pois estava ocupada plantando tulipas no jardim. Vou acompanhá-la até Germaine, meu consultor de beleza na Elizabeth Arden da Sogo Causeway Bay. (Não é necessário que você compre todos os novos produtos de beleza na Arden — são muito caros. Podemos escolher dermocosméticos novos na Mannings Pharmacy, mas você vai ter que comprar um ou dois batons na Arden para poder conseguir uma consulta e uma transformação gratuita no visual. Acho que tenho também um cupom de desconto — me lembre disso.)

Outras sugestões
Pare de usar esmalte vermelho e de qualquer tom de vermelho (sim, cor-de-rosa é um tom de vermelho). Isso não é negociável — você precisa se lembrar de que temos a tarefa hercúlea de apagar qualquer coisa que lembre garras ou que chame atenção para as suas mãos. Se eu pudesse fazer você usar luvas brancas ou deixar um rosário enrolado na sua mão o tempo inteiro, eu faria. De agora em diante, deve se acostumar a usar tons neutros nas unhas ou apenas uma base. Para ocasiões especiais, o tom "Nostalgia" de Jin Soon é um rosa clarinho que eu permito.

Para evitar ser confundida com uma daquelas garotas que têm um motorista e um apartamento de um quarto em Braemar Hill, você vai parar de usar perfumes ou produtos perfumados. Vou lhe dar um óleo essencial feito com ylang-ylang, sálvia e outro ingrediente secreto que vai fazer com que você tenha o perfume de quem acabou de assar tortas de maçã.

GUARDA-ROUPA

Sei que você tem trabalhado com um estilista de moda famoso de Hollywood, que apresentou a alta-costura a você e lhe garantiu um estilo *avant-garde*. Bem, esse estilo já atingiu seus objetivos — você foi notada! Mas uma das minhas metas mais urgentes é tirar você das páginas de todas as revistas. Conforme mencionei mais de uma vez, as pessoas que você agora pretende cativar prezam pela invisibilidade mais do que tudo. Qual foi a última vez que você viu fotos da Jeannette Sang ou da Helen Hou-Tin em alguma festa? Vou te dizer a resposta: UMA OU DUAS VEZES POR ANO, NO MÁXIMO! Já se falou mais do que o necessário sobre as suas roupas, e você tem sido mais vista do que a Vênus de Milo. Agora é chegado o momento de evoluir em uma nova persona: *Sra. Bernard Tai — mãe dedicada e humanitária em ascensão.*

(Por favor, jamais refira a si mesma novamente como "filantropa". É o cúmulo da pretensão. Se alguém perguntar o que você faz, responda: "Sou mãe em tempo integral e faço alguns trabalhos de caridade.")

Meus assistentes e eu fizemos uma avaliação completa do seu guarda-roupa, e você vai ver que todas as roupas e acessórios considerados apropriados permaneceram onde estavam. Já os inapropriados foram transferidos para o segundo, terceiro e quarto dormitórios de hóspedes (alguns também para a sala de karaokê). Espero que não fique muito alarmada com a rigorosa seleção que fizemos. Sei que um traje seu custa mais do que um semestre inteiro em Princeton, mas eles conferem a você o mesmo que as universidades durante o verão: CLASSE ZERO. Pelos meus cálculos, restaram 12 roupas consideradas apropriadas para serem usadas em público, além de três bolsas. (Na verdade, quatro — vou permitir que você use alguma *clutch* Olympia Le Tan em ocasiões especiais, somente por conta da nobre conotação.) Por favor, veja o APÊNDICE A, que lista todos os estilistas e as marcas aprovados para estarem em seu novo guarda-roupa. Se o estilista **não** estiver listado lá, não deve ser considerado durante o próximo ano, com apenas uma exceção: você nunca mais na sua vida deverá vestir Roberto Cavalli. De forma alguma. Por favor, não me ache rígida demais: eu elaborei essa lista para que você se vista de maneira elegante — mas sem ser muito notada — no dia a dia. Como Coco Chanel disse: "Vista-se de maneira impecável e notarão a mulher."

Para alguns grandes eventos (e você só irá participar de alguns no próximo ano), nós iremos escolher um vestido elegante que tenha um quê bem discreto de requinte. (Por favor, pesquise no Google "rainha Rania da Jordânia" para você ver alguns exemplos.)

JOIAS

A grande maioria de suas joias é tão grande e tão exuberante que ultrapassa a barreira da vulgaridade e só pode ser descrita como obscena. A senhora não percebe que, na sua idade, pedras grandes só servem para fazê-la parecer mais velha? O ditado diz: "Quanto maiores os diamantes, mais velha a mulher e maior a quantidade de amantes." A senhora não precisa parecer uma matrona sexagenária que foi bombardeada com joias por um marido que tem namoradas em todas as províncias da China. Todas as peças que <u>não foram listadas</u> abaixo — especialmente o anel de diamante de 55 quilates que lhe foi dado por Sua Majestade a Sultana de Bornéu — devem ser mantidas no cofre. Joias para a noite, durante ocasiões formais, serão negociadas caso a caso, e suas joias do dia a dia agora estarão restritas às seguintes:

- Aliança de casamento (não a da Tiffany, e sim a que você usou no casamento na Little Chapel of the West, em Las Vegas).
- Solitário de diamante de 4,5 quilates da Graff.
- Brincos de pérola Mikimoto.
- Brincos de pérolas negras do Taiti Lynn Nakamura.
- Colar de pérolas champanhe K.S. Sze.
- Brincos de diamante de 3 quilates em formato de pera (para ser usado apenas com roupas extremamente casuais — o que cria uma justaposição extremamente bonita e torna o tamanho das pedras aceitável).
- Anel de rubis da L'Orient.
- Broche de orquídea Carnet.
- Anel de quartzo Pomellato Madera.
- Bracelete de tênis em diamante e jade Edward Chiu.
- Relógio de pulso Tank Américaine vintage da Cartier.

Você deve adquirir alguns itens baratos e num tom divertido para sua coleção — como colares de orações tibetanas, um colar de brinquedo ou um bracelete de borracha que mostre apoio a alguma causa humanitária. Isso vai solidificar ainda mais a ideia de que você é a Sra. Bernard Tai e não precisa provar nada para ninguém!

ESTILO DE VIDA

Design de interiores e decoração
Kaspar von Morgenlatte fez um trabalho admirável no seu apartamento, mas a decoração está um pouco fora de moda e é bastante perturbadora. (Se me lembro bem, o conceito de design encomendado pelo seu marido no início do ano 2000 deveria evocar um apartamento de um rei do cartel boliviano em Miami Beach. O que foi feito com impressionante sucesso. Gostei particularmente do "contorno de corpo feito de giz" em madrepérola incrustada no piso de ébano e das "marcas de bala" da Trompe l'oeil na cabeceira da sua cama, mas acho que esse estilo seria inapropriado se você quisesse fazer uma festa infantil em casa, por exemplo, principalmente com todas aqueles quadros de Lisa Yuskavage pendurados.)

Em vez de tentarmos fazer uma transformação completa no apartamento, o que levaria muito tempo, acho que você deveria começar a procurar uma casa nova. Morar numa cobertura na Optus Tower pode passar uma mensagem errada por ora — você não é o segundo filho de um magnata nem o diretor de operações de um banco suíço. O prédio pode ter sido desenhado por aquele famoso arquiteto americano (superestimado, na minha opinião), mas não é considerado um dos prédios das "famílias boas". Gostaria de vê-la se mudando para uma casa em dos bairros da parte sul da ilha — Repulse Bay, Deep Water Bay ou mesmo até Stanley. Isso vai dizer que você é uma esposa séria e uma mãe comprometida (esqueça os expatriados franceses em Stanley, que deveriam ser mais comprometidos).

Coleção de arte
Eu esperava ver O *Palácio das Dezoito Perfeições* num lugar de honra no seu apartamento. Onde está a obra? Gostaria de suge-

rir que você somasse algumas obras de arte importantes à sua coleção. Os artistas contemporâneos chineses estão completamente supervalorizados no momento, sem falar dos americanos. Mas a fotografia alemã pode ser uma opção interessante para você — acho que iria conferir à sua coleção uma solenidade extremamente necessária e certa notoriedade entre os colecionadores sérios se você adquirisse algumas das imagens épicas de plantas medicinais de Thomas Struth, os estudos das bibliotecas municipais na Saxônia de Candida Höfer ou um lindo grupo de torres de armazenamento de água de Bernd und Hilla Becher.

Vida doméstica
Fico muito feliz ao ver que seus ajudantes são bem tratados e que dormem em quartos apropriados. (Você não iria acreditar se soubesse quantas pessoas eu conheço que obrigam seus ajudantes* a dormir em espaços não muito maiores do que despensas e ainda assim possuem closets só para sapatos, roupas ou estatuetas de porcelana da Lladro.) Em vez de fazê-los usar uniformes de empregada francesa, posso sugerir um uniforme moderno composto por blusa azul-marinho e calça de algodão branca da J.Crew? Lembre-se: seus ajudantes domésticos irão conversar com outros ajudantes domésticos durante as folgas e ter a reputação de madame benevolente só irá ajudar a sua causa.

TRANSPORTE

Automóveis
Você não deve mais andar de Rolls-Royce com motorista. Sempre achei que, a menos que você tenha mais de 60 anos ou a cabeça grisalha de Sua Majestade, a rainha Elizabeth II, ser visto num Rolls é totalmente ridículo. Em vez disso, por favor,

---

* Na Ásia, a nova geração da elite usa o termo "ajudante" para se referir às pessoas que seus pais chamam de "empregados" e seus avós, de "servos".

compre um Mercedes Classe S, um Audi A8 ou um BMW Série 7 como todas as outras pessoas. (Se você se considerar corajosa o suficiente, compre um Volkswagen Phaeton.) Podemos discutir a possibilidade de um Jaguar daqui a um ano, dependendo da sua posição na sociedade até lá.

Aeronave
Seu Gulfstream V é perfeitamente aceitável. (Por favor, não compre o GVI ainda, pelo menos até Yolanda Kwok receber o dela. Ela ficará furiosa se você fizer um *upgrade* antes dela e vai barrar sua entrada como membro no Chinese Athletic Association.)

RESTAURANTES

Os restaurantes que você frequenta são deploráveis. São frequentados por expatriados, atrizes de novela, alpinistas sociais e — o pior de todos — *foodies*. Como parte da minha campanha para associá-la apenas aos círculos mais estabelecidos, você não pode mais correr o risco de ser vista em nenhum dos famosos "destinos gastronômicos". Se um restaurante tem menos de dois anos de funcionamento ou se saiu na *Hong Kong Tattle* ou na *Pinnacle Magazine* nos últimos 18 meses, eu o considero "da moda". Por favor, veja o APÊNDICE B para uma lista de clubes e restaurantes com salões de jantar privativos. Daqui a seis meses, se eu sentir que você atingiu determinado nível de aceitação social, providenciarei para que seja fotografada por um *paparazzi* comendo uma tigela de *wonton noodles* em um *dai pai dong*.* Isso fará maravilhas à sua imagem. Já posso ver até as manchetes: "Deusa das colunas sociais não tem medo de jantar entre as massas."

---

* Uma barraquinha de comida de rua. O *dai pai dong* onde Corinna arquiteta todas as suas fotos de *paparazzi* é uma barraquinha particularmente pitoresca, localizada em St. Francis Yard, em frente à loja para homens do Club Monaco.

VIDA SOCIAL

Sua ressurreição social vai começar primeiro com a morte social. Durante os próximos três meses, você vai sumir de cena completamente. (Faça uma viagem, fique com a sua filha ou por que não os dois?) Dessa forma, você não poderá mais comparecer a eventos organizados por quaisquer estabelecimentos comerciais, inclusive butiques de marca — até que as pessoas certas comecem a convidá-la. (Um convite de uma empresa de Relações Públicas não é aceitável. Um bilhete escrito à mão pelo Sr. Dries van Noten requisitando a honra de sua presença, sim.) Você também vai parar de comparecer a festas aleatórias, jantares de gala, bailes anuais, eventos que visam angariar fundos e leilões beneficentes, jogos de polo ou qualquer solenidade à qual se sinta compelida a comparecer. Depois desses três meses de purificação, vamos reintroduzi-la ao mundo devagar, numa série de aparições cuidadosamente coreografadas. Dependendo de quão bem você se sair, posso conseguir convites para eventos seletos em Londres, Paris, Jacarta e Cingapura. Andar na ponta dos pés no cenário social internacional vai realçar sua reputação de "mulher a quem se observar". (Nota: Ada Poon só começou a receber convites para a festa anual da Sra. Ladoorie depois de ser vista no casamento de Colin Khoo e Araminta Lee, em Cingapura.)

VIAGENS

Sei que você tem ido a Dubai, Paris e Londres para passar as férias, mas hoje em dia esses locais são a escolha dos *jet-setters* comuns de Hong Kong. Para se destacar da multidão, você precisa começar a viajar para outras localidades, tem de passar a ideia de que é uma pessoa original e interessante. Esse ano, sugiro que planeje um tour pelos famosos locais de peregrinação, como o Santuário de Nossa Senhora de Fátima, em Portugal, o Santuário de Lourdes, na França e Santiago de Compostela, na Espanha. Publique fotos desses lugares em seu perfil no Facebook. Dessa forma, mesmo que seja fotografada comendo um croquete de presunto na Galícia, as pessoas ainda assim irão associá-la à Virgem Maria. Se essa viagem render bons frutos, podemos organizar uma visita às escolas da Oprah na África do Sul no ano que vem.

FILIAÇÕES FILANTRÓPICAS

Para ascender de fato à estratosfera social, é importante que você se associe a uma causa de caridade. Minha mãe, é claro, está há muito tempo associada à Sociedade de Horticultura de Hong Kong, Connie Ming está associada a todos os museus de arte, Ada Poon lidera o câncer e, numa manobra brilhante, Jordana Chiu conseguiu lutar pelo controle da síndrome do intestino irritável com o Unity Ho no ano passado, durante o Serenity Colon Ball. Podemos discutir seus interesses pessoais para ver se algum deles se encaixa em nossas metas. Do contrário, vou selecionar uma causa entre as opções restantes para que possamos enviar uma mensagem unificada sobre o que você defende.

VIDA ESPIRITUAL

Quando eu sentir que você está pronta, vou apresentá-la à igreja mais exclusiva de Hong Kong, a qual você vai passar a frequentar regularmente. <u>Antes que você proteste, perceba que esse é um dos principais pontos do meu sistema de reabilitação social.</u> Suas verdadeiras filiações espirituais não me interessam — não me importa se você é maoista, taoista, budista ou se venera a Meryl Streep —, mas é essencial que você se torne um membro dessa igreja. Precisa rezar frequentemente, receber a comunhão e estudar a Bíblia. (Isso traz o bônus de assegurar que você poderá ser enterrada no cemitério cristão mais importante da ilha de Hong Kong, em vez de ter de sofrer a humilhação eterna de ser enterrada em um daqueles cemitérios em Kowloon.)

CULTURA E CONVERSAS

Seu ponto fraco para o sucesso social é o fato de você não ter frequentado o jardim de infância correto, com as pessoas certas. Isso exclui sua participação em setenta por cento das conversas que ocorrem durante os jantares nas melhores casas. Você não faz ideia das fofocas que correm por aí envolvendo a infância dessas pessoas. E aqui vai um segredo: elas ainda são completamente obcecadas pelo que aconteceu quando tinham 5 anos. Quem era gordo e quem era magro? Quem fez xixi nas calças durante o ensaio do coral? O pai de quem fechou um parque inteiro para comemorar o aniversário do filho? Quem derrubou sopa de feijão no vestido de quem quando tinha 6 anos e até hoje não foi perdoado? Vinte por cento dos outros assuntos nas conversas durante as festas consistem em reclamar a respeito dos chineses do continente, por isso você não deve discutir esse tópico. Outros cinco por cento são reclamações sussurradas a respeito de algum diretor executivo, então, para se destacar nos cinco por cento de tópicos restantes, você precisa ter uma dica imperdível do mercado de ações ou deverá ter um papo sagaz. A beleza acaba, mas a inteligência irá mantê-la nas listas de convidados de quase todas as festas exclusivas. Com esse propósito, você embarcará num programa de leitura que desenvolvi especialmente para você. Também irá a um evento cultural por semana. Isso pode incluir peças de teatro, ópera, concertos de música clássica, balé, dança moderna, eventos de arte, festivais de literatura, leitura de poesia, exposições em museus, filmes independentes ou estrangeiros e mostras de arte, mas não se restringe a isso. (Filmes hollywoodianos, Cirque du Soleil e concertos de música pop não contam como eventos culturais.)

LISTA DE LEITURA

Percebi que você tem muitas revistas em casa, mas não encontrei nem um único livro, com exceção da edição chinesa de *Faça acontecer: mulheres trabalho e a vontade de liderar*, de Sheryl Sandberg, no quarto de uma das empregadas. Sendo assim, você irá ler um livro a cada duas semanas, com exceção de Trollope, que poderá ler em três semanas. À medida que for lendo esses livros, espero que comece a entender e a agradecer por eu ter listado todos esses títulos aqui. Os livros devem ser lidos na seguinte ordem:

Esnobes, de Julian Fellowes
A professora de piano, de Janice Y. K. Lee
People Like Us, de Dominick Dunne
The Power of Style, de Annette Tapert e Diana Edkins (esse está esgotado. Vou te emprestar o meu exemplar)
Pride and Avarice, de Nicholas Coleridge
The Soong Dynasty, de Sterling Seagrave
~~*Liberdade*, de Jonathan Franzen~~
D. V., de Diana Vreeland
A Princess Remembers: The Memoirs of the Maharani of Jaipur, de Gayatri Devi
Jane Austen — obra completa, começando por *Orgulho e preconceito*
Edith Wharton — *The Custom of the Country, A época da inocência, Os bucaneiros, The House of Mirth* (devem ser lidos nessa ordem exata. Você entenderá o motivo quando terminar o último)
Vanity Fair, de William Makepeace Thackeray
Anna Karenina, de Leon Tolstói
Memórias de Brideshead, de Evelyn Waugh
Anthony Trollope — todos os livros da série Palliser, começando por *Can You Forgive Her?*

Farei uma avaliação quando você terminar de ler esses livros para verificar se está pronta para tentar algo como Proust.

NOTAS FINAIS

Não há outra forma de abordar esse assunto, por isso serei direta: precisamos conversar sobre Bernard. Nenhuma de nossas metas será atingida se as pessoas pensarem que o seu marido está incapacitado de alguma maneira, em coma ou que ele se transformou no seu escravo sexual e está trancado num calabouço em algum lugar (esse é o rumor mais atual que corre por aí). Precisamos orquestrar uma aparição pública com seu marido e sua filha em breve. Vamos discutir as opções amanhã no Mandarin, enquanto tomamos um chá e comemos *scones*.

2

Rachel e Nick
•

XANGAI, JUNHO DE 2013

— E *esta* — disse o gerente geral com um floreio — é a sala de estar. Rachel e Nick caminharam pelo foyer e entraram numa sala com pé-direito alto e uma lareira em estilo *art déco*. Um dos funcionários da comitiva organizada pelo gerente geral apertou um botão, e as cortinas em frente ao painel de janelas se abriram, revelando uma vista de tirar o fôlego do céu de Xangai.

— Não é para menos que essa suíte seja chamada de Suíte Majestosa — disse Nick.

Outro funcionário abriu uma garrafa de champanhe Deutz e começou a servir o espumante em duas taças altas. Para Rachel, aquela suíte luxuosa era como uma caixa de chocolates finos — do banheiro em mármore preto com banheira oval aos travesseiros extremamente macios sobre a cama, cada canto daquele quarto aguardava para ser desfrutado.

— Nosso iate está à sua disposição, e recomendo um passeio ao entardecer, para que possam apreciar a cidade mudando do dia para a noite.

— Vamos nos lembrar disso — falou Nick, olhando para o confortável sofá. *Será que essas pessoas agradáveis poderiam ir embora para que eu possa tirar meus sapatos e me jogar nesse sofá por alguns minutos?*

— Por favor, não hesite em nos avisar se houver algo mais que possamos fazer para tornar a sua estada ainda mais agradável — disse o gerente, pousando a mão sobre o peito e se curvando quase imperceptivelmente antes de sair do quarto.

Então Nick caiu no sofá, grato por poder se esticar depois do voo de 15 horas de Nova York.

— Nossa, que incrível!

— Não é?! Dá para acreditar nesse lugar? Aposto que só o banheiro é maior do que o nosso apartamento inteiro. Pensei que o hotel onde ficamos em Paris fosse alto nível, mas isso aqui é outra coisa! — comentou Rachel, voltando para a sala.

Eles haviam programado ficar com o pai dela durante as duas primeiras semanas das férias deles na China, mas, quando pousaram no Aeroporto Internacional de Pudong, foram recepcionados no desembarque por um homem de terno cinza que trazia um bilhete de Bao Gaoliang. Rachel tirou o bilhete da bolsa e leu mais uma vez. Escrito em tinta preta, em mandarim antigo, estava o seguinte:

Prezados Rachel e Nick:

Acredito que tenham feito uma boa viagem. Me perdoem por não poder recepcioná-los pessoalmente no aeroporto, mas tive que viajar para Hong Kong em cima da hora e só vou retornar hoje mais tarde. E já que agora vocês estão oficialmente em lua de mel, pensei que seria muito mais apropriado passarem os primeiros dias no Hotel Peninsula, como meus hóspedes. Com toda certeza, será muito mais romântico do que a minha casa. O Sr. Tin vai apressar a passagem de vocês pelo controle de passaporte e o Peninsula enviou um carro para levá-los até o hotel. Tenham uma boa tarde. Estou ansioso para apresentá-los à sua família num jantar de boas-vindas hoje à noite. Entrarei em contato para dar mais detalhes, mas vamos deixar combinado de nos encontrar às 19h.

Atenciosamente,
Bao Gaoliang

Nick percebeu o rosto de Rachel se iluminar enquanto lia o bilhete, seus olhos fitando as palavras "sua família" pela milésima vez. Ele tomou mais um gole do champanhe e disse:

— Foi tão gentil da parte do seu pai organizar tudo isso. Muito legal.

— Não é? É um pouco demais... essa suíte gigante e o Rolls que nos pegou no aeroporto. Senti um pouco de vergonha por estar andando naquele carro. E você?

— Que nada. O novo Phantom é bastante discreto. A avó do Colin tinha um Silver Cloud vintage dos anos 1950 que parecia ter saído direto do Palácio de Buckingham. *Aquilo, sim,* dava vergonha.

— Bem, não estou acostumada com isso tudo, mas acho que faz parte do estilo de vida dos Baos.

Como se lesse a mente dela, ele disse:

— Como você está se sentindo sobre hoje à noite?

— Estou animada para conhecer todo mundo.

Nick se lembrou do que sua mãe havia insinuado sobre os Baos em Santa Bárbara. Ele contara a Rachel, alguns dias depois do casamento, a conversa que havia tido com Eleanor. Rachel havia dito o seguinte:

— Fico feliz pelo meu pai e a família dele terem conseguido ter uma vida boa, mas, para mim, sinceramente, não faz a menor diferença se eles são ricos ou pobres.

— Eu só queria dividir com você o que sei. Faz parte da minha nova política "nada de segredos" — disse Nick, rindo.

— Ha! Obrigada. Bem, agora estou muito mais confortável entre a multidão dos ricaços graças a você. Já passei por uma prova de fogo com a *sua* família. Não acha que agora estou pronta para qualquer coisa?

— Você conseguiu sobreviver à minha mãe. Acho que, daqui para a frente, qualquer coisa é fácil — disse Nick, às gargalhadas. — Só quero que você saiba no que está se metendo dessa vez.

Rachel olhou para ele, pensativa:

— Sabe, vou tentar não ter muitas expectativas dessa vez. Sei que vai levar um tempo até conhecer de verdade a minha nova família. Imagino que seja tão chocante para o meu novo irmão e para a minha madrasta quanto para mim. Com certeza eles devem estar achando isso tudo muito difícil, e não espero que fiquemos próximos da noite para o dia. Para mim, saber que eles existem e poder conhecê-los já é o suficiente.

Agora que eles de fato encontraram-se em solo chinês, Nick percebeu que Rachel não estava tão tranquila quanto aparentava estar em Santa Bárbara. Ele podia sentir o nervosismo dela, deitada sobre seu peito no sofá, enquanto os dois lutavam contra o jet lag. Muito embora ela tentasse aparentar estar normal, Nick sabia quanto ela desejava ser aceita por essa nova família. Ele havia nascido em uma linhagem antiga: os corredores de Tyersall Park sempre guardaram fotos de ancestrais em molduras de pau-rosa, e Nick havia passado muitas tardes chuvosas na biblioteca virando as páginas de livros antigos de capa dura com várias árvores genealógicas complicadas. Os Youngs haviam documentado seus ancestrais até 432 d.C., e estava tudo lá nas páginas amareladas daqueles livros. Ele tentava imaginar como foi para Rachel crescer sem saber nada sobre seu pai, sobre a outra metade de sua família. Então um leve barulho interrompeu seus pensamentos.

— Acho que alguém está aqui na porta — disse Rachel bocejando. Nick se levantou para ver quem era.

— Entrega para a Sra. Chu — disse alegremente o entregador de uniforme verde. Ele entrou na suíte puxando um carrinho verde repleto de caixas meticulosamente embrulhadas para presente. Atrás dele havia outro entregador com um segundo carrinho com várias outras caixas.

— O que é tudo isso? — perguntou Nick. O entregador sorriu e entregou-lhe um envelope. No elegante cartão bege estava escrito à mão: "Bem-vindos a Xangai! Achei que vocês poderiam precisar de alguns itens essenciais. C."

— É do Carlton! — exclamou Rachel, surpresa. Ela abriu a primeira caixa e viu que havia quatro geleias diferentes lá dentro: de laranja de Sevilha, groselha, compota de nectarina e creme inglês de limão e gengibre. Nos potes de vidro minimalistas estavam estampados em branco os dizeres DAYLESFORD ORGANIC.

— Oh! Daylesford é a fazenda orgânica de uns amigos meus, os Bramfords, em Gloucestershire. A comida deles é a melhor do mundo. Todas as caixas são de lá? — perguntou Nick, impressionado.

Rachel abriu outra caixa e encontrou um monte de garrafas de suco de maçã e Bilberry.

— Quem no mundo sabe o que é Bilberry? — comentou ela.

À medida que os dois iam abrindo as caixas, foram se dando conta de que Carlton havia mandando toda a linha da Daylesford para eles. Havia biscoitos com sal marinho, *shortbread* e biscoitos variados que combinavam com os queijos finos, salmão defumado e *chutneys* exóticos. Havia ainda vinhos, espumantes, cabernet francs e garrafas de leite integral para acompanhar os aperitivos.

Rachel ficou de pé no meio daquelas caixas, atônita.

— Dá para acreditar nisso? Aqui tem comida para um ano inteiro.

— A gente pode guardar para o apocalipse zumbi o que não conseguir comer. Preciso reconhecer que o Carlton é um cara muito generoso.

— Esse é um jeito simplista de defini-lo! Que lindo presente de boas-vindas. Mal posso esperar para conhecê-lo! — disse Rachel, excitada.

— A julgar pelo gosto dele, acho que vamos nos dar bem. O que devemos provar primeiro? Os biscoitos de limão com chocolate branco ou os de gengibre com chocolate meio amargo?

RESIDÊNCIA DOS BAOS EM XANGAI
MAIS CEDO NAQUELA MANHÃ

Gaoliang estava subindo para tomar um banho depois de sua caminhada matinal quando encontrou duas empregadas descendo com várias malas Tramontano.

— De quem são essas malas? — perguntou ele a uma das empregadas.

— Da Sra. Bao, senhor — respondeu a jovem, evitando fazer contato visual com o patrão.

— E para onde você está levando isso tudo?

— Para o carro, senhor. São para a viagem da Sra. Bao.

Gaoliang seguiu para o quarto, onde encontrou a mulher sentada diante de sua penteadeira, colocando um par de brincos de opala e diamantes.

— Para onde você vai? — perguntou ele.

— Hong Kong.

— Não sabia que você tinha uma viagem planejada para hoje.

— Foi de última hora... preciso resolver alguns problemas na fábrica de Tsuen Wan — respondeu Shaoyen.

— Mas a Rachel e o marido dela chegam hoje.

— Ah. Era hoje? — perguntou Shaoyen.

— Sim. Reservei um salão privativo no Whampoa Club para hoje à noite.

— Tenho certeza de que o jantar será ótimo. Peça o frango bêbado.

— Você não vai estar de volta a tempo? — perguntou Gaoliang, ligeiramente surpreso.

— Temo que não.

Gaoliang se sentou na *chaise longue* ao lado da mulher, sabendo muito bem por que ela estava viajando assim tão de repente.

— Pensei que você havia me dito que estava tranquila com relação a tudo isso.

— Por algum tempo achei que estivesse... — falou Shaoyen, com toda a calma, enquanto desinfetava um dos brincos antes de colocá-lo. — Mas agora que realmente está acontecendo, percebi que não estou de fato muito confortável com a situação.

Gaoliang suspirou. Desde seu reencontro com Kerry e Rachel, em março, ele havia passado longas noites tentando aplacar a raiva da mulher. Shaoyen ficara chocada com a bomba que ele havia lançado quando voltou da Califórnia, é claro, mas, nos últimos dois meses, Gaoliang achou que havia conseguido tranquilizá-la. Kerry Chu foi uma mulher por quem ele havia caído de amores por um curto período de tempo, quando tinha apenas 18 anos. Ele era apenas um menino naquela época. Quando sugeriu a Rachel que viesse visitá-los, pensando que na verdade a visita dela ajudaria a mostrar a Shaoyen que tudo ia ficar bem, ela não apresentou nenhuma objeção. Ele deveria ter imaginado que não seria assim tão fácil.

— Sei quão difícil isso tudo deve estar sendo para você — reconheceu Gaoliang.

— Sabe mesmo? Não parece — disse ela, borrifando Lumière Noire na nuca.

— Mas com certeza você pode imaginar que também não tem sido fácil para a Rachel...

Shaoyen olhou nos olhos do marido pelo espelho por alguns instantes, então estraçalhou o vidro de perfume na mesa. Gaoliang deu um pulo, chocado.
— Rachel, Rachel. Há semanas que você só fala na Rachel! Mas é incapaz de escutar uma única palavra do que eu digo. Não levou meus sentimentos em consideração! — gritou Shaoyen.
— A única coisa que tenho feito é levar seus sentimentos em consideração! — disse ele, tentando manter a calma.
— Ha. Se você estivesse mesmo pensando em mim, não esperaria que eu ficasse sentada lá sorrindo durante o jantar enquanto você desfila com a sua filha bastarda numa sala cheia dos nossos familiares e amigos. Você não teve o menor respeito por mim!
Gaoliang se encolheu diante daquelas acusações, mas tentou se defender:
— Convidei apenas nossos parentes mais próximos... as pessoas que precisam saber sobre a existência dela.
— Ainda assim, depois que ela conhecer nossos parentes, seus pais, o tio Koo, sua irmã e o marido linguarudo dela, os boatos vão se espalhar muito rápido, e eu não terei mais cara para olhar para ninguém em Pequim. Pode dizer adeus a qualquer chance de se tornar vice-premier.
— É *exatamente* para evitar um escândalo que eu queria ser sincero a respeito disso desde o início. Não queria guardar nenhum segredo. Foi você quem me impediu de dar a notícia a todos. Você não percebe que as pessoas irão ver que estou fazendo a coisa certa pela minha filha?
— Se você acha que é isso o que as pessoas irão ver, então é mais ingênuo do que eu pensava. Aproveite o seu jantar. Vou para Hong Kong, e o Carlton vem comigo.
— O quê? Mas o Carlton estava ansioso para conhecer a irmã!
— Ele tem falado isso para deixar você feliz. Você não faz a menor ideia do inferno que ele tem enfrentado... as mudanças de humor, o desespero pelo qual ele tem passado. Você só vê o que quer.
— Eu vejo muito mais do que você imagina! — disse Gaoliang, erguendo a voz pela primeira vez. — O fato do Carlton estar deprimido tem mais a ver com a irresponsabilidade dele, que quase o matou num acidente de carro. Por favor, não arraste nosso filho para o meio dos seus problemas com a Rachel.

— Você não percebe que ele já está no meio desse problema? Ao aceitar sua filha ilegítima, você o envergonha! Você pode fazer o que quiser para arruinar o seu futuro, mas eu não vou deixar que você destrua o futuro do nosso filho!

— Você não se deu conta de que a Rachel e o Nick vão ficar hospedados com a gente por dois meses? Não sei o que acha que vai conseguir ao evitá-los agora.

Shaoyen disse, entre os dentes:

— Decidi que não posso, ou melhor, *que não vou*, dormir sob o mesmo teto que Rachel Chu ou Nicholas Young.

— E o que você tem contra o Nicholas Young?

— Ele é o filho daquela duas caras que se infiltrou nas nossas vidas.

— Ora, vamos. A Eleanor Young nos ajudou muito quando o Carlton estava no hospital.

— Ela só fez isso porque sabia quem ele era desde o início.

Gaoliang balançou a cabeça, frustrado.

— Não vou continuar discutindo com você enquanto estiver sendo irredutível.

— Também parei de discutir. Tenho que embarcar em um avião. Mas guarde as minhas palavras: não vou permitir que Rachel ou Nicholas fiquem nessa casa ou em nenhuma de minhas casas.

— Pare com isso! — explodiu Gaoliang. — Onde eles vão ficar?

— Há milhares de hotéis nessa cidade.

— Isso é loucura! Eles chegam dentro de algumas horas! Como posso dizer para a minha filha de repente que ela não é mais bem-vinda à minha casa depois de passar vinte horas dentro de um avião?

— Isso é problema seu. Mas essa casa é minha também. Você vai ter que escolher: ou eles ou sua mulher e seu filho! — disse Shaoyen, saindo irritada e deixando o marido sozinho no quarto que cheirava a rosa e narciso.

3

Astrid
•

VENEZA, ITÁLIA

— Ludivine, não sei se você está me escutando, mas a ligação está péssima. Estou numa gôndola no meio do canal e o sinal é muito ruim aqui. Por favor, me mande uma mensagem e eu te ligo assim que sair desse barco. — Astrid guardou o telefone e sorriu para a amiga, a condessa Domiella Finzi-Contini. Ela estava em Veneza para a Bienal e seguia para o Palazzo Brandolini a fim de participar de um jantar em homenagem a Anish Kapoor.

— Bem-vinda a Veneza! Nunca há sinal em lugar nenhum, muito menos no meio do Grande Canal! — disse Domiella, rindo, enquanto tentava evitar que sua pashmina fosse levada pelo vento. — Mas agora termine de me contar a história do seu grande achado!

— Bem, sempre pensei que o Fortuny só trabalhasse com sedas e veludos mais encorpados, mas, quando vi esse vestido de voile num antiquário em Jacarta, não sabia o que pensar! Assim que o vi, pensei que fosse um vestido de casamento Peranakan dos anos vinte, mas o pregueado característico chamou minha atenção! E os desenhos...

— É uma estampa clássica Delphos, claro, mas o tecido... meu Deus, é tão leve! — disse Domiella enquanto acariciava a barra da saia de Astrid. — E a cor... nunca vi esse tom de lilás. Foi, obviamente, pintado à mão, provavelmente pelo próprio Fortuny, ou pela mulher dele, Henriette. Como você sempre encontra esses tesouros?

— Domiella, juro por Deus, são eles que me encontram! Paguei cerca de 300 mil rupias por ele, o que corresponde a mais ou menos 25 dólares.

— *Cazzo*! Vou vomitar de inveja! Tenho certeza de que qualquer museu adoraria tê-lo. Cuidado, Dodie provavelmente vai querer comprá-lo assim que vir você essa noite!

A entrada principal do Palazzo Brandolini estava lotada. Os convidados chegavam em gôndolas, lanchas e vaporettos, e Astrid teve a chance de verificar seu celular mais uma vez. Ela havia acabado de receber um e-mail:

Madame,

Escrevo por estar muito preocupada com os acontecimentos recentes relacionados ao Cassian durante a sua ausência. Voltei para casa depois da minha folga e encontrei o menino trancado no armário do corredor, enquanto Padma estava sentada numa banqueta do lado de fora olhando seu iPad. Perguntei a ela o que estava acontecendo, e ela me respondeu o seguinte: "O patrão me falou para não deixar o Cassian sair." Perguntei há quanto tempo o menino estava trancado lá dentro, e ela me disse que fazia quatro horas. O marido da senhora estava fora, num jantar de negócios. Quando soltei Cassian, ele estava muito alarmado.

Aparentemente Michael o estava punindo pela sua mais recente infração — o garoto estava brincando com seu sabre de luz durante a tarde e acidentalmente fez um pequeno arranhão na porta do Porsche vintage 550 Spyder no salão principal. Há duas noites, Michael mandou Cassian subir para dormir sem jantar porque ele falou um palavrão em chinês. Aparentemente é o palavrão da semana no Far Eastern Kindergarten, e todos os meninos o estão usando, muito embora não façam a menor ideia do que signifique. Ah Lian me explicou o que significa. Posso garantir para a senhora que um garoto de 5 anos não é capaz de compreender tal ato entre um pai e sua filha.

Na minha opinião, tais atitudes disciplinares são contraprodutivas. Elas não resolvem os problemas e fazem apenas com que ele tenha mais fobias e ressentimento com relação ao pai. Já passa da uma da manhã e Cassian ainda não conseguiu dormir. Pela primeira vez desde que tinha 3 anos, está com medo do escuro de novo.

Ludivine

Astrid leu o e-mail com frustração e tristeza. Ela enviou uma rápida mensagem para o marido e então desembarcou da gôndola depois da condessa. Elas adentraram o salão principal do Palazzo, que era dominado por uma enorme escultura dourada que pendia do teto.
— *Bellissima!* Será que é uma das novas instalações de Anish? — perguntou Domiella, virando-se para verificar a reação de Astrid e vendo que a amiga nem havia percebido a escultura pairando sobre ela.
— Tudo bem?
Astrid suspirou.
— Toda vez que eu viajo parece que surge um novo problema com o Cassian.
— Ele sente saudades da mama.
— Não, não é isso. Quer dizer, é claro que o Cassian sente saudades de mim, mas eu planejo essas viagens curtas de propósito, para que ele possa se aproximar mais do pai. Ele é muito apegado a mim, e estou tentando mudar isso... Eu vi bem o que isso fez com o meu irmão. Mas toda vez que eu viajo, surge um novo problema. O Michael e ele parecem sempre bater cabeça.
— O que é bater cabeça?
— Eles brigam. O Michael não tem paciência com nada e cobra demais do filho. Ele o trata como se estivesse no Exército. O que você fazia com o Luchino e o Pier Paolo quando eles quebravam algo valioso e estavam na idade do Cassian?
— Meu Deus! Eles destruíam tudo em casa! Móveis, tapetes, tudo! Eles rasgaram um Bronzino uma vez com o cotovelo numa briga. Por sorte, era um retrato de uma mulher muito feia. Algum ancestral do meu marido.

— E o que você fez? Você os castigou?

— Pelo quê? Eles são meninos.

— Exatamente! — suspirou Astrid.

— Ah, não, lá vem aquele marchand chato que vive tentando me vender um Gursky. Eu vivo dizendo que, se tivesse que ficar olhando para uma foto enorme do Aeroporto de Amsterdã o dia inteiro, me mataria. Vamos lá para cima.

Apesar do esforço delas, o marchand as alcançou no Salão de Bailes do segundo andar.

— Condessa! É um prazer encontrá-la aqui — disse ele com um sotaque afetado, tentando lhe dar dois beijinhos no rosto. Ela só permitiu um. — Como estão os seus pais?

— Ainda estão vivos — respondeu Domiella, pensativa. O homem parou por um segundo, antes de soltar uma risada. — Essa é a minha amiga Astrid Leong Teo.

— Como vai você? — perguntou ele, ajeitando seus óculos de armação pesada. Ele havia memorizado os dossiês sobre cada colecionador importante da Ásia que poderia comparecer à Bienal desse ano, mas, como não havia reconhecido Astrid, continuou mantendo o foco na condessa.

— Condessa, espero que me dê a chance de acompanhá-la até o pavilhão alemão.

— Com licença, tenho que fazer uma ligação — disse Astrid, seguindo para a varanda.

Domiella olhou para o marchand e balançou a cabeça, desapontada.

— Você acabou de perder uma chance única. Você faz ideia de quem é a minha amiga? A família dela é a família Médici da Ásia, e ela está fazendo grandes compras para um museu de Cingapura.

— Achei que ela fosse alguma modelo — gaguejou ele.

— Ah, veja. O Larry está conversando com ela. Obviamente *ele* fez o dever de casa. Tarde demais para você agora — zombou Domiella.

Depois de garantir ao marchand que a abordou na varanda que ela não tinha a menor intenção de ver os Koons dele, Astrid ligou para o marido.

Michael atendeu o telefone depois de quatro toques, parecendo grogue de sono.

— Oi! Está tudo bem?

— Sim.

— Você sabe que aqui é uma e meia da manhã, né?

— Sei. Mas acho que você é o único em casa que está conseguindo dormir. A Ludivine acabou de me mandar um e-mail dizendo que o Cassian ainda está acordado. Ele está com medo do escuro agora. Trancar o menino no armário.... *sério?*

Michael suspirou, irritado.

— Você não entende. Ele tem sido um pestinha a semana inteira. É só eu chegar que ele começa a aprontar.

— Ele está tentando chamar a sua atenção. Quer brincar com você.

— O salão principal não é lugar para brincadeiras. Meus carros não são brinquedos. Ele precisa aprender a se comportar. Na idade dele, eu não vivia pulando por aí como um orangotango!

— Ele é um menino de 5 anos ativo e brincalhão, como o pai era.

— Pffff. Se eu agisse como ele, meu pai me bateria. Dez cacetadas na bunda com seu *rotan.**

— Bem, então graças a Deus que você não é igual ao seu pai.

— O Cassian é um garoto inquieto, e está na hora de ele ser disciplinado.

— Ele é disciplinado. Já percebeu como ele fica mais calmo quando eu estou por perto? Acho que você conseguiria obter mais cooperação dele se dedicasse mais tempo e atenção ao seu filho. E isso não inclui se sentar à piscina com seu laptop enquanto ele brinca sozinho. Vá com ele ao zoológico, dê um passeio no jardim. Ele só quer ficar com o pai.

— Então agora você está tentando fazer com que eu me sinta culpado?

— Querido, não estou tentando fazer você se sentir de jeito nenhum. Será que não consegue realmente ver? As minhas viagens

---

* Uma varinha de rattan popularmente usada pelas gerações antigas em Cingapura. Pais, professores e tutores a usavam para inflingir punição física.

são uma oportunidade especial para que você passe mais tempo de qualidade com ele. Só vocês dois. No ano que vem, ele vai para a escola primária, e então a corrida acadêmica começa. Ele está crescendo tão rápido, e essa é uma época da vida dele que jamais voltará.

— Ok, *lah*. Ok, *lah*. Você venceu. Eu sou um péssimo pai.

Astrid passou a mão pela barra do vestido, frustrada.

— Isso não tem nada a ver com ganhar ou perder, e você não é um péssimo pai. É que... — começou ela, mas Michael a interrompeu.

— Vou tentar ser melhor amanhã enquanto você se diverte em Veneza. Tome um Bellini por mim.

— Você está sendo injusto. Sabe muito bem que prometi ao museu que faria essa viagem. Estamos tentando fechar alguns grandes negócios aqui, pelo bem de Cingapura. Sou eu quem passo a maior parte do tempo com o Cassian durante o ano todo enquanto você viaja oitenta por cento do tempo.

— Me desculpe por dar o meu sangue para assegurar o futuro da minha família. Enquanto você está trabalhando "pelo bem de Cingapura", tudo o que eu faço é para você e o Cassian!

— Michael, nós não vamos passar fome, e você sabe muito bem disso.

Ele ficou em silêncio, depois começou.

— Sabe qual é o verdadeiro problema, Astrid? O problema é que você nunca precisou se preocupar com dinheiro um único dia da sua vida. Você não percebe como é difícil ganhar dinheiro. Você espirra e sai dinheiro! Você nunca entendeu o medo que as pessoas comuns sentem. Bom, eu fui motivado por esse medo. E consegui construir a minha própria fortuna por causa dele. Quero que o meu filho tenha esse medo impregnado nele. Um dia ele vai herdar muito dinheiro e tem que saber que precisa merecê-lo. Precisa ter limites. Do contrário vai acabar igualzinho ao seu irmão Henry ou aos seus primos esnobes que nunca trabalharam um dia sequer na vida mas acham que são donos do mundo.

— Agora você está sendo cruel, Michael. Essa generalização é muito injusta.

— Você sabe que estou falando a verdade. No final do dia, seu filho escolheu danificar um dos meus carros. Seu filho escolheu usar linguagem chula. E você continua arrumando desculpas para não responsabilizá-lo.

— Ele só tem 5 anos! — disse Astrid, erguendo a voz.

— E É EXATAMENTE ESSA A MINHA PREOCUPAÇÃO, QUERIDA! Se não corrigirmos esse problema agora, jamais conseguiremos corrigir.

Astrid suspirou.

— Michael, eu realmente não quero discutir isso agora.

— Nem eu. Quero dormir. Alguém precisa acordar cedo para trabalhar.

E, com isso, Michael desligou. Astrid guardou o celular de volta na bolsa e se debruçou sobre a balaustrada, sentindo-se frustrada. A noite caía sobre a cidade, e a água começou a brilhar com o reflexo das luzes dos *palazzos* ao redor do Grande Canal. *Isso é ridículo. Estou num dos lugares mais lindos do mundo discutindo à distância sobre meu filho.*

Domiella guiou um grupo de pessoas para a varanda, e Astrid reconheceu seu amigo, Grégoire L'Herme-Pierre entre eles.

— Astrid! Não acreditei quando a Domiella me disse que você estava aqui também. O que está fazendo em Veneza? Não sabia que esse povo ligado às artes era do seu agrado — disse ele, dando-lhe os quatro beijinhos típicos dos parisienses.

— Estou só aproveitando a vista — respondeu ela, distraída, ainda tentando se recuperar do telefonema.

— Claro. Mas com certeza você conhece meus amigos, Pascal Pang e Isabel Wu, de Hong Kong, não?

Astrid cumprimentou o elegante casal. Pascal usava um terno imaculado que tinha uma suave iridescência, enquanto Isabel estava elegantemente vestida com um tomara que caia Christian Dior preto, com saia na altura dos joelhos. Seus cabelos estavam presos num coque grego, e ela usava um lindo colar de ouro Michele Oka Doner em formato de folhas de palmeira. De repente Astrid percebeu que eles não eram um casal. *Será que essa Isabel Wu era a esposa do Charlie?*

A mulher percebeu que Astrid a havia reconhecido e disse simplesmente:

— Eu sei quem você é.

Grégoire riu:

— Viu só? É sempre um mundo tão pequeno quando você está por perto.

— É um prazer finalmente conhecê-la — disse Astrid. — Charlie me contou sobre os seus esforços para angariar fundos para o museu M+. Acho o seu trabalho maravilhoso. Já não era tempo de Hong Kong ter um espaço de arte contemporânea de classe mundial.

— Obrigada. Sim, acredito que você tenha visto o Charlie recentemente, não? — perguntou Isabel.

— Sim. Foi uma pena você não ter podido se juntar a nós em nossa viagem de carro pela Califórnia.

Isabel congelou, surpresa. *Califórnia?* Ela sabia que Charlie havia se encontrado com Astrid no Baile Pinnacle, mas não sabia nada sobre uma viagem de carro a dois.

— Então vocês se divertiram?

— Ah, sim. Estávamos planejando ir a Sausalito, mas então decidimos ir dirigindo pela costa até Monterey e Big Sur.

— Me deixe adivinhar... ele levou você para jantar no Post Ranch Inn? — continuou ela, como quem não quer nada.

— Na verdade, fomos almoçar lá. É lindo aquele lugar, não?

— Sim, pode-se dizer que sim. Bom, foi ótimo finalmente conhecer você, Astrid Leong. — Isabel se virou para voltar ao salão com Pascal enquanto Astrid permaneceu na varanda com Domiella e Grégoire. O calor de verão ainda permanecia na brisa morna do entardecer, os sinos da Basílica de São Marcos começaram a badalar.

Pascal voltou de repente e disse para Grégoire, apressado:

— Isabel precisa ir embora imediatamente. Você vai ficar ou vem com a gente?

— Está tudo bem? — perguntou Astrid.

Pascal olhou bravo para ela.

— Foi muito gentil de sua parte esfregar na cara dela como você fez.

— O quê? — perguntou Astrid, confusa.

Pascal respirou fundo, tentando conter a raiva.

— Não sei quem você pensa que é, mas nunca conheci ninguém tão sem-vergonha quanto você. Era mesmo necessário esfregar na cara da Isabel que você transou com o marido dela pra baixo e pra cima na costa da Califórnia?

Domiella agarrou o ombro de Astrid, chocada.

Astrid balançou a cabeça veementemente.

— Não, não, foi tudo um grande mal-entendido. Eu e o Charlie somos apenas velhos amigos...

— Velhos amigos? Ha! Até essa noite, Isabel nem tinha certeza se você ainda estava viva!

4

Os Baos

•

THREE ON THE BUND, XANGAI

O Rolls-Royce verde do hotel aguardava para levar Nick e Rachel para o jantar, mas, como o destino deles ficava a apenas seis quarteirões de distância, eles decidiram ir a pé. A noite estava agradável para um dia de início de junho e, enquanto eles caminhavam pelo famoso bulevar em frente ao rio, conhecido como The Bund, Nick se recordou de uma manhã em Hong Kong quando ele tinha apenas 6 anos.

Seus pais o haviam levado para passear no interior dos Novos Territórios de Kowloon, subindo uma estrada montanhosa. No topo da montanha ficava um mirante que estava repleto de turistas fotografando a vista e fazendo fila para utilizar os binóculos de metal. O pai de Nick o levantou para que ele pudesse apreciar a paisagem pelo visor dos binóculos.

— Você está conseguindo ver? Ali é a fronteira da China. É de lá que vieram os seus tataravós — disse Philip Young para o filho. — Olhe com atenção, porque não podemos cruzar a fronteira.

— Por que não? — perguntou Nick.

— É um país comunista, e os nossos passaportes de Cingapura têm um carimbo que diz "Não permitida a entrada na República Popular da China". Mas um dia, eu espero, poderemos ir até lá.

Nick estreitou os olhos diante daquela paisagem embaçada, amarronzada. Ele conseguia avistar alguns campos sendo semeados e valas de irrigação, mas não via muito mais do que isso. Onde estava a fronteira? Ele procurava um muro alto, um fosso ou qualquer tipo de demarcação que pudesse indicar onde a colônia da Coroa britânica de Hong Kong terminava e onde começava a República Popular da China, mas não havia nada. As lentes do binóculo estavam sujas, suas axilas doíam por estar sendo erguido pelas grandes mãos firmes do pai. Nick pediu que fosse colocado no chão e correu em direção a uma senhora que vendia lanches numa barraquinha ali perto. Um sorvete era muito mais interessante do que a vista da China. China era chato.

Mas a China da infância de Nick não se parecia em nada com a incrível paisagem que o cercava por todos os lados agora. Xangai era uma megalópole em crescimento às margens do rio Huangpu, a "Paris do Oriente", onde os arranha-céus ultramodernos competiam com fachadas de construções europeias do início do século XX.

Nick começou a mostrar seus prédios favoritos para Rachel.

— Aquele ali do outro lado da ponte é o Broadway Mansions Hotel. Adoro aquela silhueta gótica, *art déco* clássica. Sabia que Xangai tem a maior concentração de construções em estilo *art déco* do mundo?

— Eu não fazia ideia! Todos os prédios ao nosso redor são impressionantes. Olhe só para esses arranha-céus! — disse Rachel, animada, apontando para os prédios do outro lado do rio.

— E isso é apenas Pudong. Tudo isso era praticamente um amontoado de fazendas, e nenhum desses prédios existia até dez antes. Agora isso aqui é um distrito financeiro que faz Wall Street parecer um mercado do peixe. Aquela estrutura com os dois globos é a Torre Pérola Oriental de rádio e televisão. Não parece algo saído do *Buck Rogers no século 25*? — comentou Nick.

— Buck Rogers? — perguntou Rachel, sem entender.

— Era um programa da década de oitenta ambientado no futuro, e todos os prédios pareciam de outra galáxia, imaginados por um menino de 10 anos. Você provavelmente não assistiu a nenhum dos programas classe B que vieram para Cingapura anos depois de fazerem sucesso nos Estados Unidos. Como *Manimal*. Lembra desse? Era sobre um cara que se transformava em vários animais diferentes. Tipo uma águia, uma cobra ou um jaguar.

— E qual era o sentido disso?

— Ele lutava contra os vilões, é claro. O que mais ele podia fazer?

Rachel sorriu, mas Nick percebeu que ela estava ficando cada vez mais nervosa à medida que eles se aproximavam do restaurante. Nick ficou olhando para a lua por alguns instantes e fez um pedido ao universo. Ele desejou que tudo corresse bem no jantar. Rachel havia esperado todos aqueles anos e viera de tão longe para conhecer sua família... ele esperava que os sonhos dela se realizassem essa noite.

Minutos depois eles chegaram ao Three on The Bund, um prédio elegante em estilo pós-renascentista, coroado com uma majestosa cúpula. Nick e Rachel subiram de elevador até o quinto andar e se viram num belo foyer de paredes vermelhas. Uma recepcionista estava de pé em frente a um afresco que retratava uma linda mulher usando robes esvoaçantes, guardada por dois guerreiros gigantescos.

— Bem-vindos ao Whampoa Club — saudou a mulher em inglês.

— Obrigado. Estamos aqui para encontrar os Baos — disse Nick.

— Claro. Por favor, me acompanhem. — A recepcionista, usando um *cheongsam* amarelo extremamente justo, os guiou, passando pelo salão de jantar principal, que estava lotado de famílias elegantes de Xangai, depois por um corredor repleto de cadeiras em estilo *art déco* e abajures de vidro verde. De um dos lados do corredor havia outro afresco dourado e prateado, e a mulher então pressionou um dos painéis, revelando uma sala de jantar privativa. — Por favor, fiquem à vontade. Vocês são os primeiros a chegar.

— Ah. Tudo bem — disse Rachel.

Nick não tinha certeza se ela parecia surpresa ou aliviada. O salão privativo era luxuosamente mobiliado com um conjunto de poltronas forradas de seda de um lado e uma grande mesa redonda com cadeiras laqueadas em pau-rosa. Rachel percebeu que a mesa estava posta para 12 pessoas. Ela imaginou quem iria conhecer naquela noite. Além de seu pai, a esposa dele, Shaoyen e seu meio-irmão, Carlton, quais outros parentes se juntariam a eles?

— Não é interessante o fato de que, desde que chegamos, todos falam com a gente em inglês, e não em mandarim? — comentou Rachel.

— Na verdade, não. Eles conseguem reconhecer que não somos chineses nativos só de olhar para nós. Você é uma amazona comparada à maioria das mulheres daqui, e tudo a nosso respeito é diferente. Não nos vestimos como os locais e nos portamos de uma maneira completamente diferente.

— Quando eu estava lecionando em Chengdu, há nove anos, todos os meus alunos sabiam que eu era americana, mas ainda assim falavam comigo em mandarim.

— Isso era em Chengdu. Xangai sempre foi uma cidade sofisticada e internacional. Por esse motivo, as pessoas daqui estão muito mais acostumadas a ver pseudochineses como nós.

— Bem, não estamos tão arrumados quanto a maioria dos locais que vi por aqui hoje.

— Sim. *Nós* somos os caipiras esses dias — brincou Nick.

Depois de alguns minutos, Rachel se sentou num dos sofás e começou a folhear a carta de chá.

— Aqui diz que eles têm mais de cinquenta tipos de chá *premium*, vindos de toda a China, servidos em cerimônias tradicionais em suas salas de chá privativas.

— Talvez possamos provar alguns deles hoje à noite — comentou Nick, enquanto caminhava pela sala fingindo-se interessado em arte contemporânea chinesa.

— Você poderia se sentar e relaxar? Ver você andando para lá e para cá está me deixando nervosa.

— Desculpe — disse Nick. — Ele se sentou de frente para ela e começou a folhear a carta de chás também.

Eles ficaram sentados em silêncio por mais dez minutos até que Rachel não aguentou mais:

— Tem alguma coisa errada. Será que eles nos deram bolo?

— Tenho certeza de que estão apenas presos no trânsito — disse Nick, tentando soar calmo, embora também, secretamente, estivesse temeroso.

— Não sei... estou com um pressentimento estranho. Por que meu pai iria reservar uma sala dessas tão cedo? Estamos esperando há meia hora.

— Em Hong Kong, as pessoas estão sempre atrasadas para tudo. Acho que deve ser assim em Xangai também. É uma questão de manter as aparências... ninguém quer ser o primeiro a chegar, para não parecer estar ansioso demais, então as pessoas tentam chegar mais tarde que as demais. O último a chegar é considerado o mais importante.

— Isso é ridículo! — disse Rachel.

— Você acha? Acho que em Nova York acontece a mesma coisa, mas não tão abertamente. Não é verdade que nas suas reuniões de departamento o diretor ou um dos professores estrela são sempre os últimos a chegar? Ou o conselheiro só "dá uma passadinha" no final da reunião porque se considera importante demais para se sentar com os outros durante a reunião inteira?

— Não é a mesma coisa.

— Não? Postura é postura. Em Hong Kong esse hábito simplesmente foi aperfeiçoado.

— Bem, até entendo que isso aconteça num almoço de trabalho, mas estamos falando de um jantar em família. Eles estão mesmo muito atrasados.

— Uma vez fui a um jantar com os meus parentes em Hong Kong e acabei esperando por mais de uma hora até que todo mundo finalmente chegasse. O Eddie foi o último a chegar, é claro. Acho que você está ficando paranoica cedo demais. Não se preocupe. Eles vão chegar.

Alguns minutos depois, a porta se abriu e um homem de terno azul-marinho entrou na sala.

— Sr. e Sra. Young? Sou o gerente. Tenho uma mensagem para vocês do Sr. Bao.

Nick ficou apreensivo. *O que será que aconteceu agora?*

Rachel olhou para o gerente, ansiosa, mas, antes que ele tivesse a chance de dizer qualquer coisa, eles foram atraídos para uma confusão no corredor. Eles foram checar o que estava acontecendo e viram uma pessoa cercada por uma multidão. Era uma garota de seus 20 e poucos anos, que usava um lindo vestido branco tomara que caía justo, com um manto de lantejoulas estilo toureador sobre os ombros de pele imaculadamente pálida.

Dois seguranças fortões e uma mulher usando um **terno risca de giz** tentavam afastar a multidão, enquanto adolescentes, que minutos antes estavam educadamente sentados com seus pais, se transformaram em fãs barulhentos e começaram a tirar fotos com seus telefones.

— Ela é artista de cinema? — perguntou Nick ao gerente, observando a garota enquanto ela posava para *selfies* com os fãs. Com cabelos volumosos longos e negros presos num coque meio bagunçado, com nariz arrebitado e lábios carnudos, ela parecia uma Ava Gardner chinesa.

— Não. É a Colette Bing. Ela é famosa por suas roupas — explicou o gerente.

Colette terminou de autografar alguns guardanapos e caminhou em direção a eles.

— Ah! Que bom que encontrei vocês! — disse ela a Rachel, como se cumprimentasse uma velha amiga.

— Você está falando comigo? — perguntou Rachel, impressionada.

— Claro! Venham comigo, vamos sair daqui!

— Hum... acho que você está me confundindo com outra pessoa. Vamos encontrar com algumas pessoas aqui para jantar... — explicou Rachel.

— Você é a Rachel, não é? Os Baos me pediram que viesse até aqui; os planos mudaram. Venha comigo e explico tudo — disse Colette. Ela pegou Rachel pelo braço e começou a guiá-la para fora da sala de jantar. As meninas no corredor começaram a gritar novamente e tiraram mais fotos.

— Onde fica o elevador de serviço? — perguntou a mulher de terno ao gerente.

Nick as seguiu, sem acreditar no que estava acontecendo. Eles entraram no elevador e então seguiram por um corredor de serviço no térreo. Mas, assim que as portas se abriram na Guangdong Road, eles foram recepcionados pelos flashes de um grupo de *paparazzi*.

Os seguranças de Colette abriram caminho pela multidão de fotógrafos.

— Pra trás. Pra trás, porra! — gritaram eles.

— Que loucura! — disse Nick, quase colidindo com um dos fotógrafos que pulou bem na frente dele.

A mulher de terno se virou para ele e disse:

— Você deve ser o Nick. Sou Roxanne Ma, a assistente pessoal da Colette.

— Olá, Roxanne. Isso acontece aonde quer que Colette vá?

— Sim. Isso aqui não é nada, eram apenas fotógrafos. Você devia ver o que acontece quando ela caminha pela Nanjing West Road.

— Por que ela é tão famosa?

— Colette é um dos ícones de moda da China. Entre Weibo e WeChat, ela tem mais de 35 milhões de seguidores.

— Você disse 35 *milhões*? — Nick não conseguia acreditar.

— Sim. Temo que sua foto estará por todo lado amanhã. Apenas olhe para a frente e sorria.

Duas caminhonetes Audi se aproximaram de repente, quase atropelando um dos fotógrafos. Os guarda-costas direcionaram Colette, Rachel e Nick rapidamente para o primeiro carro, fechando a porta com força assim que os três estavam lá dentro, antes que os fotógrafos pudessem tirar mais fotos.

— Tudo bem? — perguntou Colette.

— Tirando o fato de que as minhas retinas devem estar fritas, acho que estou bem — respondeu Nick do banco do carona.

— Isso foi intenso! — disse Rachel, tentando recuperar o fôlego.

— As coisas saíram mesmo do controle em Xangai. Tudo começou depois da minha capa na *Elle China* — explicou Colette, num sotaque britânico cuidadosamente modulado misturado ao sotaque típico dos falantes de mandarim.

Ainda preocupado, Nick perguntou:

— Para onde você está nos levando?

Antes que Colette pudesse responder, o carro parou subitamente depois de andar alguns quarteirões. A porta se abriu e um jovem pulou para dentro do carro e se sentou ao lado de Rachel. Ela soltou um gritinho, surpresa.

— Desculpe... não queria assustá-la! — disse o homem num sotaque igual ao de Nick e sorriu. — Olá. Sou o Carlton.

— Oh. Olá. — Foi tudo o que Rachel conseguiu dizer enquanto ambos se entreolhavam, momentaneamente paralisados. Rachel estudou o rosto do irmão pela primeira vez. Carlton tinha o mesmo bronzeado natural dela, os cabelos cortados baixos nos lados, porém mais cheio no meio. Elegantemente vestido com veludo cotelê caramelo, uma camisa polo laranja e um blazer Harris com cotovelos em couro, ele parecia saído das páginas de uma revista de moda.

— Meu Deus! Vocês são a cara um do outro! — exclamou Nick.

— Não é? Quando vi a Rachel, pensei que ela fosse a irmã gêmea perdida do Carlton! — comentou Colette, resfolegando.

Rachel se viu sem palavras, mas isso não se deu pela sua semelhança com o irmão. Ela imediatamente sentiu uma conexão profunda com ele — algo que não havia sentido nem mesmo na primeira vez que viu o pai. Ela fechou os olhos por um instante, tomada de emoção.

— Tudo bem com você? — perguntou Nick.

— Sim. Na verdade, nunca estive melhor — disse Rachel, com a voz embargada.

Colette pousou uma mão no braço de Rachel.

— Sinto muito por essa loucura! É tudo culpa minha. Quando chegamos ao Three on The Bund, fui imediatamente reconhecida, e uma multidão começou a nos seguir até o restaurante. Foi bem irritante! E as coisas só pioraram no Whampoa Club, como você pôde ver. Carlton não queria conhecer você diante de 3 milhões de pessoas, por isso eu pedi a ele que esperasse alguns quarteirões adiante.

— Tudo bem. Mas onde estão as outras pessoas? — perguntou Rachel.

Carlton começou a explicar.

— Meu pai pediu mil desculpas. O jantar em família teve que ser cancelado porque meus pais tiveram que viajar para Hong Kong para resolver uma emergência. Papai achou que voltaria a tempo para o jantar, mas calculou mal. Por isso voei de volta sozinho.

— Espere aí! Você acabou de chegar de Hong Kong? — perguntou Rachel, confusa.

— Sim. Por isso estamos atrasados.

Colette completou:

— Quando os planos para o jantar deram errado, sugeri a Carlton voar para cá e encontrar vocês. Não poderíamos deixar vocês sozinhos em sua primeira noite em Xangai, não é?

— Isso é muito gentil da sua parte. Mas, Carlton, seus pais estão bem? — perguntou Rachel.

— Sim, sim. Foi apenas uma emergência de negócios... nas fábricas da família em Hong Kong. Meu pai deve estar de volta em alguns dias — explicou Carlton, pausadamente.

— Fico feliz que não tenha acontecido nada sério — falou Rachel. — Bom, estou tão animada por você e sua namorada terem conseguido vir!

Colette explodiu em gargalhadas.

— Ah, que *fofo*! Sou sua namorada, Carlton?

— Hum... Colette é apenas uma amiga — sorriu Carlton, envergonhado.

— Desculpe! Eu não deveria ter tirado conclusões... — começou Rachel.

— Está tudo bem. Você não é a primeira a pensar isso. Tenho 23 anos e, diferentemente de muitas garotas da minha idade, não acho que devo me prender a ninguém no momento. Carlton é um dos meus muitos pretendentes e talvez algum dia, se ele se comportar, vai ganhar a minha flor.

Rachel viu Nick olhando para ela pelo retrovisor. Ele olhava para ela como se perguntasse: *Ela falou isso MESMO?* Rachel mordeu os lábios e desviou o olhar, sabendo que, se visse aquela expressão novamente, cairia na risada. Depois de um silêncio desconfortável, ela disse:

— Sim, quando eu tinha a sua idade, casar também não era uma prioridade para mim.

Carlton olhou para Colette.

— Então, senhorita solteira, qual o plano agora?

— Bem, podemos ir para qualquer lugar. Querem ir para um clube, um *lounge*, um restaurante? Querem ir para alguma praia deserta na Tailândia? — sugeriu Colette.

— Só para vocês saberem... ela está falando sério — disse Carlton.

— Hum... praia mais tarde. Acho que, no momento, jantar seria legal — respondeu Nick.

— E vocês querem comer o quê? — perguntou Colette.

Rachel ainda estava muito atordoada para tomar qualquer decisão.

— Eu topo qualquer coisa. E você, Nick?

— Bem, estamos em Xangai... onde podemos encontrar o melhor *xiao long bao*?

Carlton e Colette se entreolharam por menos de um segundo antes de responderem, em uníssono:

— Din Tai Fung!

— Como assim? O mesmo Din Tai Fung de Los Angeles e Taipei? — perguntou Nick.

— Sim, é a mesma rede de Taiwan. Mas acredite em mim, aqui é melhor. Desde que eles abriram, ficou extremamente popular entre o pessoal daqui. Sempre tem fila, mas, por sorte, estamos acompanhados de alguém especial essa noite — disse Carlton piscando para Colette.

— Vou mandar uma mensagem para a Roxanne. Ela vai providenciar para que a gente consiga entrar pelos fundos. Chega de encontrar meus fãs hoje — declarou ela.

Quinze minutos depois, Rachel e Nick se viram confortavelmente sentados numa sala de jantar privativa, com vista para os arranha-céus da cidade.

— As pessoas sempre jantam em salas privativas na China? — perguntou Rachel enquanto olhava pela janela.

A sensação era de que quase todos os prédios tinham luzes decorativas. Algumas torres pareciam ter sido pintadas com tinta fosforescente, enquanto outras piscavam em luzes neon como se fossem discotecas gigantes.

— E existe outro jeito? Não posso nem imaginar comer com as massas; as pessoas te encarando e tirando fotos de você enquanto come — disse Colette, olhando para Rachel, horrorizada.

Pouco tempo depois, tigelas de bambu contendo a delícia mais famosa de Xangai foram servidas. Havia bolinhos no vapor, suculentos *xiao long bao* de todas as variedades imagináveis juntamente com outros pratos populares — macarrão com carne de porco moída, frango e arroz frito, vagem refogada com alho, *wontons* de porco e legumes com molho apimentado, bolo de arroz com camarão à moda de Xangai e pãezinhos *taro* doces. Antes de começarem a comer, Roxanne entrou apressada e tirou algumas fotos de Colette sorrindo diante da comida.

— Desculpem fazer vocês esperarem para comer, mas tenho que providenciar um agradinho para os meus fãs a cada hora! — explicou Colette, que rapidamente repassou as fotos com Roxanne e a instruiu: — Só poste no Twitter a dos bolinhos de trufas negras.

Nick tentou não rir. Ela era uma peça. Ele percebeu que Colette não estava tentando soar pretensiosa propositalmente — ela simplesmente era direta. Como alguém que nasceu famoso ou que faz parte de alguma família real, Colette parecia realmente ignorar como o restante do mundo vivia. Carlton, por outro lado, era pé no chão comparado a ela. Nick fora alertado pela mãe que Carlton era "extremamente mimado", mas ele estava sinceramente impressionado com sua educação impecável. Ele escolheu muito bem todos os pratos, pediu uma rodada de cerveja e se certificou de que todos — especialmente as damas — tivessem comida suficiente em seus pratos antes de se servir.

— Você precisa comer primeiro o bolinho de porco e caranguejo — disse Carlton, enquanto colocava um dos bolinhos na colher de porcelana de Rachel.

Ela deu uma mordida no bolinho, bebendo a maior parte do caldo de dentro dele antes de comer o restante da carne suculenta.

— Você viu isso? Rachel come bolinho com molho exatamente da mesma maneira que o Carlton! — observou Colette, animada.

— Um ponto para a genética! — completou Nick. — Bem, Rachel. Qual o veredicto?

— Meu Deus, esse é o melhor *xiao long bao* que eu já comi na vida! O caldo é tão leve, mas ao mesmo tempo de um sabor bem intenso. Acho que seria capaz de comer uma dúzia deles. São como cocaína!

— Você deve estar faminta — falou Colette.

— Na verdade, fizemos um lanchinho antes... e, por falar nisso, Carlton: muitíssimo obrigada por todos os presentes!
— Presentes? Acho que não sei do que você está falando — falou ele.
— Das caixas de comida da Daylesford Organics.
— Oh! Fui *eu* que mandei — explicou Colette.
— Sério? Que legal! Obrigada! — respondeu Rachel, surpresa.
— Sim; quando ouvi que o pai do Carlton havia organizado de última hora para que vocês ficassem no hotel, pensei: coitadinhos! Eles vão morrer de fome no Peninsula! Vão precisar de provisões.
— Então o hotel foi uma decisão de última hora? — perguntou Nick.
Colette apertou os lábios, se dando conta de que havia falado demais.
Carlton tentou consertar a falha:
— Er... não... quero dizer, meu pai gosta de planejar as coisas com muita antecedência, então isso pode ser considerado de última hora comparado ao que ele normalmente faz. Ele queria que vocês dois tivessem uma lembrança especial de lua de mel.
— Então vocês gostaram das delícias que eu enviei? — perguntou Colette.
— Ah. Muito! Eu amo demais a geleia da Daylesford — disse Nick.
— Eu também... sou viciada desde os meus dias em Heathfield — revelou Colette.
— Você esteve em Heathfield? Eu estudei em Stowe! — contou Nick.
— Grrr! Sou um velho estoico também! — disse Carlton, batendo na mesa, empolgado.
— Bem que eu desconfiei. Seu blazer foi a pista que eu precisava — brincou Nick, rindo.
— Em que casa você esteve? — perguntou Carlton.
— Grenville.
— Mas que coincidência! Quem era o professor mestre da casa? Era o Fletcher?
— Arrogante. Você pode imaginar o apelido que demos para ele, não é?

— Hahaha... brilhante! Você jogava rúgbi ou críquete?

Colette olhou para Rachel e revirou os olhos.

— Acho que perdemos os rapazes pelo resto da noite.

— Com certeza. Nick fica exatamente assim quando encontra antigos colegas de Cingapura também. Mais uns drinques e eles vão começar a cantar aquela música sobre o velho sei lá como se chama.*

Carlton se virou para Rachel de novo.

— Estou sendo muito chato, não estou? Presumo que você tenha estudado nos Estados Unidos.

— Monta Vista High em Cupertino.

— Sortuda! — disse Colette. — Meus pais me mandaram para a Inglaterra, mas eu sempre sonhei em fazer o segundo grau nos Estados Unidos. Eu queria ser como a Marissa Cooper.

— Tirando a parte do acidente de carro, é claro — completou Carlton.**

— E por falar nisso, estou feliz de ver que você está completamente recuperado do acidente — disse Nick.

O rosto de Carlton mudou por um milésimo de segundo.

— Obrigado. Sabe, preciso te dizer que sou muito grato à sua mãe. Acho que eu não teria me recuperado tão rápido se não fosse pela reabilitação em Cingapura. E, é claro, se não fosse por ela, nós nunca teríamos nos conhecido.

— Às vezes as coisas acontecem de forma estranha, não é? — disse Nick.

Como se tivesse calculado o momento, a assistente de Colette entrou na sala e anunciou:

— Baptiste está aqui.

— Finalmente! Pode deixá-lo entrar — disse Colette, animada.

— Baptiste é um dos maiores *sommeliers* do mundo; ele trabalhava no Crillon em Paris — sussurrou Carlton para Rachel, quando um homem de bigode entrou na sala de jantar carregando uma

---

* ACS Old Boys, todos juntos: Nos tempos antigos, de praias no oeste, o herói corajoso de Oldham chegou...
** Ver a terceira temporada de *The O.C.* — Se você quer saber a minha opinião, a série acabou depois que sua heroína, Marissa Cooper, vivida pela incomparável Mischa Barton (spoiler!) morreu num acidente de carro.

sacola de vinho com tanta cerimônia que mais parecia carregar um bebê para seu batismo.

— Baptiste! Você encontrou a garrafa certa? — perguntou Colette.

— Sim. Château Lafite Rothschild da reserva privativa de Xangai — respondeu ele, mostrando a garrafa para que Colette a inspecionasse.

— Normalmente prefiro as safras de anos ímpares de Bordeaux, mas você vai perceber que escolhi um ano muito especial: 1981. Não foi o ano em que você nasceu, Rachel?

— Sim — respondeu Rachel, comovida com a delicadeza de Colette.

— Permita que eu faça o primeiro brinde — pediu Colette, erguendo sua taça. — Aqui na China é muito raro para os jovens da nossa geração terem irmãos. Eu sempre sonhei em ter um irmão, mas nunca tive essa sorte. Conheço o Carlton há muitos anos, mas nunca o vi tão animado quanto no dia que descobriu que tinha uma irmã. Então esse brinde é para vocês dois, Carlton e Rachel. Irmão e irmã!

— Saúde! — brindou Nick.

Carlton se levantou e declarou:

— Primeiro quero fazer um brinde a Rachel. Fico feliz que vocês tenham chegado em segurança e estou ansioso para conhecê-la melhor e recuperar os anos perdidos. E a Colette. Obrigada por tornar possível essa noite maravilhosa. Fico feliz que tenha me tirado da minha zona de conforto e tenha me feito agir. Hoje à noite, sinto que não apenas ganhei uma irmã, mas também um irmão. Então um brinde a Rachel *e* ao Nick! Bem-vindos à China! Vamos ter um verão maravilhoso, não vamos?

Nick se perguntou o que Carlton quis dizer com "tenha me feito agir", mas não comentou nada. Ele olhou para Rachel, cujos olhos brilhavam, marejados. A noite havia sido melhor do que ele ousara imaginar.

5

Charlie

•

WUTHERING TOWERS, HONG KONG

— Sr. Wu? São nove horas da manhã na Itália agora — disse a assistente executiva de Charlie.

— Obrigado, Alice — Charlie pegou seu telefone ultraprivativo e ligou para o celular de Astrid. Ela atendeu depois de três toques.

— Charlie! Meus Deus! Obrigada por retornar minha ligação.

— Estou ligando cedo demais?

— Não. Estou acordada há horas. Acho que você já deve ter ficado sabendo o que aconteceu ontem à noite.

— Sim... eu sinto muito... — começou ele.

— Não. *Eu* é que sinto muito. Não devia ter comentado nada com a Isabel.

— Bobagem. Eu é que ferrei com tudo. Devia ter me comunicado melhor com a minha mulher.

— Então você conversou com ela? Você explicou que o meu primo Alistair estava com a gente o tempo todo na Califórnia?

Charlie não falou nada por alguns segundos.

— Sim. Não se preocupe mais com isso.

— Tem certeza? Não consegui dormir nada essa noite. Ficava pensando que eu tinha causado problemas para você e a Isabel, e que agora ela acha que sou uma destruidora de lares. Fiquei tentando encontrar maneiras de entrar em contato com ela.

— Está tudo bem. Quando expliquei que a nossa viagem pela Califórnia foi algo de última hora, que a gente estava lá ao mesmo tempo por acaso, ela compreendeu. — Charlie se perguntou se estava soando convincente.

— Espero que tenha dito a ela que a coisa mais romântica que aconteceu foi observar Alistair vomitar pela janela do carro depois de comer vários hambúrgueres do In-N-Out.

— Eu omiti essa parte, mas não se preocupe, está tudo bem — disse ele, tentando rir.

Astrid suspirou, aliviada.

— Que bom. Fico mais tranquila! Eu devia ter sido mais discreta. Afinal de contas, nós nos conhecemos ontem, e eu sou a mulher que... — ela parou, sem saber como continuar.

— Você é a mulher que deu o fora no marido dela — completou Charlie, sem rodeios.

— Sim, é isso mesmo. Espero que ela saiba que somos muito mais amigos agora do que jamais fomos antes. Nossa, nós éramos um péssimo casal — comentou Astrid, rindo.

— Acho que agora ela percebe isso — disse Charlie, cauteloso. Ele queria desesperadamente mudar de assunto. — E então, como estão as coisas em Veneza? Onde você está hospedada?

— Estou hospedada com a Domiella Finzi-Contini. A família dela tem um *palazzo* espetacular perto de Santa Croce. Fui até a minha varanda hoje de manhã e me deparei com um Caravaggio. Você se lembra da Domiella da nossa época em Londres? Ela estudava na LSE, mas fazia parte daquele grupo de malucos que andavam com Freddie e Xan.

— Ah, sim. Cabelos loiros desgrenhados, certo?

— Era loiro platinado naquela época, mas agora ela está de volta ao seu castanho natural. Bom, estávamos nos divertindo muito até ontem à noite.

Charlie grunhiu.

— Me desculpe mais uma vez.

— Não, não. Não tem nada a ver com a Isabel. Tem outro drama acontecendo... tenho dois garotos teimosos em casa que não estão se comportando.

— Eles com certeza estão sentindo saudades da mamãe.

— Não me venha com essa você também! Já me sinto péssima o bastante com o Cassian sendo trancado dentro de um armário.

— Quem trancou uma criança num armário?

— O pai dele.

— O *quê?* — perguntou Charlie, sem acreditar.

— Aparentemente por quatro horas, ontem. E ele tem só 5 anos.

— Astrid, eu jamais trancaria um filho meu num armário, independentemente da idade.

— Obrigada. Concordo plenamente. Acho que vou ter que encurtar essa viagem.

— É, parece que sim.

Astrid suspirou.

— Quando a Isabel volta para casa?

— Acho que sexta-feira.

— Ela é linda. Estava tão elegante ontem à noite... adorei o colar que ela estava usando. E ela foi extremamente educada comigo mesmo depois de eu ter falado besteira. Estou aliviada que tudo tenha se resolvido.

— Eu também — disse Charlie, forçando um sorriso. Ele havia lido em algum lugar que era possível sentir o sorriso de uma pessoa pela voz, mesmo através do telefone.

Astrid refletiu por alguns instantes. Ela sentia que precisava fazer mais alguma coisa para compensar seu *faux pas*.

— Da próxima vez que eu e o Michael estivermos em Hong Kong, acho que seria legal se saíssemos todos juntos. Quero conhecer a Isabel em circunstâncias mais favoráveis.

— Sim. Temos que fazer isso. Sair todos nós juntos.

Quando desligou o telefone, Charlie se levantou da mesa com dificuldade. Ele estava tão enjoado e tonto que parecia que havia comido uma panela de gordura.

— Alice, vou descer um pouco para pegar um ar — disse ele pelo interfone, então foi até o térreo em seu elevador expresso privativo e caminhou pelo estacionamento até uma saída lateral. Assim que pisou lá fora, encostou-se na parede de concreto e começou a inspirar e expirar profundamente. Depois de alguns minutos, caminhou até seu lugar favorito.

Espremida entre a W*u*thering Towers e o arranha-céus vizinho na Chater Road havia uma passagem de pedestre, onde ficava uma pequena barraquinha que vendia bebidas. Uma lona de plástico listrada de azul e branco se estendia sobre a barraquinha, apoiada por duas geladeiras cheias de refrigerantes, sucos de caixinha e frutas frescas. Sob a única luz fluorescente estava a dona da barra, uma senhora de meia-idade que ficava o dia inteiro de pé preparando leite de soja fresco, espremendo laranjas e batendo abacaxis e melancias. Durante o almoço e depois do expediente sempre havia fila, mas durante a tarde era tranquilo.

— Dando uma escapadinha de novo? — perguntou ela, fazendo uma piada com Charlie em cantonês. Para a mulher, ele era funcionário de um dos prédios e sempre descia para beber alguma coisa durante o expediente.

— Sempre que posso, tia.

— Me preocupo com você, meu filho; você sai muito do trabalho. Um dia seu chefe vai te encontrar aqui e você pode ser demitido.

Charlie sorriu. Ela era a única pessoa por ali que não sabia quem ele realmente era, muito menos que era dono daquele enorme prédio que fazia sombra para sua barraquinha.

— Por favor, posso beber um pouco de leite de soja gelado?

— Sua cor hoje não está boa. Por que está pálido como um fantasma? Você não pode beber nada gelado; precisa de algo quente para ajudar a acordar o seu chi.

— Às vezes eu fico assim quando estou muito sobrecarregado de trabalho — explicou Charlie. Mas a mulher não se convenceu.

— Você passa o dia inteiro no ar-condicionado. A circulação de ar é ruim. Isso não faz bem para você — continuou ela.

O celular da mulher tocou, ela atendeu e começou a conversar com a pessoa que havia ligado. Enquanto falava, colocou um pouco de água quente numa caneca da Copa do Mundo FIFA e a encheu com alguns pedaços de ginseng. Depois colocou algumas colheres de gelatina de grama e açúcar.

— Beba isso! — ordenou a mulher.

— Obrigado, tia — agradeceu-lhe Charlie, sentando-se no engradado de plástico que estava embaixo de uma mesinha dobrável de fórmica. Ele tomou alguns goles, mas era educado demais para dizer à mulher que não gostava de gelatina de grama.

A mulher desligou o celular e falou, animada:

— Era meu corretor de bolsa. Vou te dar uma dica quente: você tem que começar a vender as ações da TTL Holdings. Você conhece a TTL? Pertencia a Tai Toh Lui, aquele cara que morreu de infarto há dois anos num bordel em Suzhou, sabe? Meu corretor ficou sabendo através de fontes seguras que aquele filho dele que não serve pra nada e que herdou o império do pai foi sequestrado pela Eleven Finger Triad. Quando todo mundo descobrir, as ações vão despencar! Seria bom você começar a vender agora.

— Me deixe só confirmar esses rumores antes de você começar a vender — sugeriu Charlie.

— *Hiyah*, já falei para ele começar a vender. Se eu não agir rápido, não ganho dinheiro.

Charlie pegou o celular e ligou para seu CEO, Aaron Shek.

— Oi, Aaron. Sei que você joga golfe com o CEO da TTL. Escutei um boato de que o Bernard foi sequestrado pela Eleven Finger Triad. Você pode confirmar isso para mim? Como assim não é necessário? — Charlie ficou quieto por um momento, escutando Aaron, e então começou a rir. — Tem certeza? Cara, isso é *muito melhor* do que o boato do sequestro, mas, se é você quem está dizendo, então eu acredito.

Ele desligou o celular e olhou para a mulher.

— Acabei de falar com um amigo que conhece muito bem o filho de Tai Toh Lui. Ele não foi sequestrado. Está bem vivo e em liberdade.

— Sério?

— Compre o que você vendeu até o final do dia e vai ganhar um bom dinheiro. É só um boato maldoso, eu te garanto. Não estou dizendo que o seu corretor é assim, mas existem muitas pessoas por aí que não são tão honestas. Elas espalham boatos só para mexer com o preço das ações e ganhar dinheiro.

— *Hiyah!* Essas pessoas e seus boatos! É isso que está errado com o mundo. As pessoas mentem sobre tudo.

Charlie assentiu. De repente, as palavras ditas por seu pai muitos anos antes ecoaram em sua mente. Ele ouviu aquilo em uma das muitas ocasiões em que Wu Hao Lian estava no hospital e achou que sua hora havia chegado. Charlie ficava ao pé da cama do pai enquanto ele lhe dava as instruções finais, que duravam horas. Entre as inúmeras solicitações, a de que sua mãe jamais deveria sair da mansão em Cingapura e que todos os namorados tailandeses de seu irmão mais novo tinham de ser subornados, eram as mais constantes: *Eu me preocupo com o fato de que, quando você assumir os negócios, arruíne tudo o que eu construí durante os últimos trinta anos. Permaneça na área de inovação e novos produtos, porque você nunca vai se dar bem na área financeira. Você precisa se certificar de que a administração esteja nas mãos dos caras mais fodões. Só contrate profissionais que fizeram MBA em Harvard ou na Wharton e saia do caminho deles porque você é honesto demais. Não consegue mentir bem.*

Charlie havia provado que o pai estava errado quanto à sua capacidade de administrar os negócios, mas o que ele dissera era verdade. Charlie detestava ser desonesto, e seu estômago se revirava sempre que era obrigado a dizer uma inverdade. Ele sabia que estava se sentindo mal porque mentira para Astrid.

— Termine a sua bebida. O ginseng que eu coloquei aí é caro, sabia? — disse a mulher.

— Sim, tia.

Depois de tomar o restante de sua bebida medicinal e pagar à mulher, Charlie voltou para seu escritório e se sentou para digitar um e-mail:

De: Charlie Wu <charles.wu@wumicrosystems.com>
Data: 10 de junho de 2013, 17:26
Para: Astrid Teo <astridleongteo@gmail.com>
Assunto: confissão

Olá, Astrid.

Não sei direito como começar, portanto vou ser direto. Eu não tenho sido completamente honesto com você. A Isabel está furiosa comigo. Ela me ligou ontem no meio da noite gritando descontroladamente e então mandou nossas filhas para a casa dos pais dela. Ela se recusou a escutar as minhas explicações e agora não atende nem retorna as minhas ligações. Grégoire me disse que ela está convenientemente abrigada no iate de Pascal Pang e que eles partiram essa manhã. Acho que estão indo para a Sicília.

 A verdade é que eu e a Isabel não conseguimos nos entender de jeito nenhum depois da nossa segunda lua de mel nas Maldivas. As coisas entre nós estão piores do que nunca, e já faz um tempo que eu me mudei para o meu flat. O único acordo entre nós é que eu não faça nada que possa envergonhá-la publicamente, nada que a desrespeite. E, infelizmente, foi isso que aconteceu ontem à noite. A imagem que ela projeta para todos, de uma mulher feliz no casamento, foi destroçada diante de Pascal Pang, e você sabe que tudo o que ele fica sabendo Hong Kong inteira também sabe. Mas nem sei se me importo mais com isso.

 Você precisa entender uma coisa, Astrid. Meu casamento com a Isabel foi um erro antes mesmo de começar. Todos acham que fui para Hong Kong para assumir os negócios da família, mas a verdade é que eu fugi. Fiquei arrasado depois do fim do nosso namoro e passei meses em depressão. Não conseguia progredir nos negócios, e meu pai acabou me enfiando numa vaga qualquer no departamento de Pesquisa e Desenvolvimento, só para se livrar de mim. Mas foi lá que eu comecei a me encontrar. Me joguei no trabalho e ganhei visibilidade criando novas linhas de produto em vez de simplesmente copiar coisas das melhores empresas do Vale do Silício. Como resultado, nossos negócios cresceram de forma exponencial. E eu tenho que agradecer a você por isso.

    Conheci a Isabel num iate, numa festa coincidentemente organizada pelo seu primo Eddie Cheng e o melhor amigo dele, Leo Ming. O Eddie foi uma das poucas pessoas que realmente ficou com pena de mim. Tenho que confessar: inicialmente eu corri da Isabel porque ela me lembrava muito você. Assim como você, ela também não era levada muito a sério só por ser bonita. Acabei descobrindo que ela era uma advogada brilhante, formada pela Universidade de Birmingham, e estava se tornando uma das maiores de Hong Kong. Ela tinha um senso de estilo e uma educação que a diferenciavam. O pai dela era Jeremy Lai, o renomado advogado. Os Lais são uma família abastada tradicional de Kowloon Tong, e a mãe dela é de uma família sino-indonésia rica. Eu não queria me apaixonar por outra princesa inatingível presa às regras de sua família.

    Mas, à medida que fui conhecendo melhor a Isabel, descobri que ela não tinha nada a ver com você. Sem ofensas, mas ela era seu extremo oposto... destemida e desinibida, totalmente livre. Achei isso fantástico. Ela não estava nem aí para o que a família pensava, e fui descobrir mais tarde que eles achavam que o sol e a lua orbitavam ao redor dela e que nada que ela fazia era errado. E, para fechar com chave de ouro, os pais dela gostaram de mim. (Acho que isso se deve, em parte, pelo fato de que os três últimos namorados dela foram um escocês, um australiano e um afro-americano, respectivamente. Eles devem ter ficado aliviados por ela ter começado a namorar um chinês.) Eles me receberam muito bem desde o começo do namoro e, para mim, era uma mudança maravilhosa ser aceito e até benquisto pela família da minha namorada. Depois de seis meses juntos, nós nos casamos, e aí você sabe o resto.

    Bom, na verdade, você não sabe.

    Todos acham que o nosso casamento foi muito precipitado porque eu engravidei a Isabel. Sim, ela estava grávida, mas o filho não era meu. A característica que inicialmente me atraiu em Isabel, sua imprevisibilidade, era também sua maldição. Três meses depois de começarmos a namorar, ela desapareceu do nada. As coisas entre nós estavam indo tão bem que eu estava de fato começando a me recuperar do nosso término. Então um dia a Isabel desapareceu. Fiquei sabendo que ela se encontrou com um dos primos indonésios para tomar uns drinques no Florida (lembra daquele bar horroroso em Lan Kwai Fong?), e que ele estava com um amigo, também indonésio, que era modelo. Antes que o primo dela pudesse perceber o que estava acontecendo, Isabel já havia desaparecido com o cara. Depois de alguns dias, descobri que eles tinham ido para Maui e estavam numa *villa* particular vivendo um tórrido romance. Ela não voltaria para Hong Kong e rompeu ligações com todos nós. Eu não conseguia entender o que estava acontecendo. Fiquei muito abalado, assim como os pais dela.

Então descobri que já havia acontecido algo parecido antes. E não só uma vez mas diversas. No ano anterior, ela havia conhecido esse afro-americano num voo para Londres e subitamente pediu demissão e se mudou com ele para Nova Orleans. Dois anos antes, foi com um surfista australiano num condomínio na Gold Coast. Então percebi que o problema era maior do que qualquer um de nós poderia imaginar. Minha irmã, que estava estudando psicofarmacologia na época, achou que Isabel poderia ter algum tipo de distúrbio de personalidade. Tentei conversar com os pais dela sobre isso, mas eles nem quiseram me ouvir. Não conseguiam encarar o fato de que sua preciosa filha provavelmente tinha algum distúrbio mental, muito embora um distúrbio perfeitamente tratável. Apesar de todos os episódios, eles jamais a levaram a um psicólogo nem consultaram nenhum outro especialista. Eles simplesmente aturavam suas fases de "dragão", como eles chamavam. Ela nasceu no ano do dragão, e era isso que eles sempre usavam como justificativa para as atitudes dela. Eles imploraram para que eu fosse para o Havaí para "salvá-la".

E foi o que eu fiz. Voei até Maui e, quando cheguei, descobri que o modelo já tinha ido embora havia muito tempo, mas que Isabel estava vivendo numa república de gays. E que estava grávida. Grávida de quatro meses. O surto já havia passado, mas ela estava envergonhada demais para voltar para casa. Era tarde demais para fazer um aborto, e, de qualquer forma, ela não queria abrir mão do bebê, mas não podia voltar para Hong Kong naquele estado. Ela me disse que ninguém jamais a havia amado como eu e implorou para que eu me casasse com ela. Os pais dela imploraram para que eu me casasse com ela o mais rápido possível no Havaí. E foi o que eu fiz. Nós tivemos um daqueles "casamentos íntimos, só com a presença da família", no Halekulani de Waikiki.

Quero que você saiba que embarquei nesse casamento com meus olhos bem abertos. Eu conseguia ver o lado bom da Isabel escondido pela doença dela e queria desesperadamente ajudá-la. Quando ela estava bem e sua luz brilhava sobre as pessoas, não havia nada igual. Ela tinha um magnetismo impressionante, uma alma linda, e eu estava apaixonado por esse lado dela. Ou pelo menos era o que eu dizia para mim mesmo. Eu achava que, se ela tivesse um marido estável ao seu lado, um marido que pudesse ajudá-la a controlar seu problema, tudo ficaria bem.

Mas as coisas não ficaram bem. Depois que a Chloe nasceu, os hormônios deixaram Isabel descompensada, e ela enfrentou uma terrível depressão pós-parto. Começou a me odiar e a me culpar por todos os problemas dela, e então paramos de dormir juntos. (Quero dizer, na mesma cama, porque não tínhamos certas intimidades desde antes de ela ir para Maui.) Ela só queria o bebê no quarto com ela. E a babá. Era um arranjo diferente, para dizer o mínimo.

Certo dia ela acordou e foi como se nada tivesse acontecido. Voltei para o quarto, a babá e Chloe foram para os próprios quartos. Isabel se tornou uma esposa amável pela primeira vez em mais de um ano. Ela voltou a trabalhar e passamos novamente a ser um casal que participava de eventos sociais pela cidade. Eu consegui me dedicar mais ao meu trabalho de novo, e a Wu Microsystems entrou em outra ótima fase de crescimento. Isabel ficou grávida de Delphine, e eu achei que o pior já tivesse passado.

Então, subitamente, as coisas ficaram ruins de novo. Dessa vez foi menos dramático. Não houve nenhum romance maluco com um homem misterioso, nenhuma fuga para Istambul ou para alguma ilha. O comportamento da Isabel dessa vez parecia ser mais vergonhoso e destrutivo. Ela afirmou que estava se relacionando com homens casados. Três deles na empresa de advocacia onde ela trabalhava. Você pode imaginar a confusão que foi no escritório, não? Ela também estava envolvida com um juiz de renome, cuja mulher descobriu tudo e ameaçou tornar o caso público. Vou poupá-la do resto da história, mas, a essa altura, eu e a Isabel estávamos vivendo vidas completamente separadas. Eu vivia no flat, e ela, na casa em The Peak com nossas filhas.

Quando você entrou na minha vida de novo, percebi duas coisas: primeiro, que jamais deixei de te amar. Você foi meu primeiro amor, e eu me apaixonei por você no primeiro dia em que te vi na Igreja Fort Canning, quando nós dois tínhamos 15 anos. E, segundo, percebi que, ao contrário de mim, você havia seguido em frente. Vi quanto você amava Michael e que jamais desistiria do seu casamento. Eu sabia que tinha sido injusto com Isabel desde o começo. Como eu não havia esquecido completamente você, nunca me entreguei para Isabel de corpo e alma. Mas eu estava determinado a mudar. Estava pronto para finalmente esquecer você, e isso seria a salvação do meu casamento, a salvação da Isabel. Eu queria poder amá-la livre de amarras e amar as nossas filhas como você ama o Cassian.

Então redobrei meus esforços, e você se tornou minha conselheira amorosa. Todos aqueles e-mails que trocamos durante os últimos dois anos foram um guia para que eu tentasse salvar meu casamento. Mas, como você pode ver, nada funcionou. Os erros são todos meus. Eu e Isabel estamos finalmente chegando ao fundo do poço, mas isso é algo que já estava escrito.

Essa é a minha maneira de tentar explicar que não deve sentir um pingo de culpa sobre o que aconteceu entre você e a Isabel em Veneza. E o mais importante: quero que você saiba a verdade, pois não posso mais ser desonesto com você. Espero que me perdoe por não ter contado a verdade desde o início. Você é uma das poucas coisas boas na minha vida fodida e, agora, mais do que nunca, preciso da sua amizade.

De todo o coração,
Charlie.

Charlie estava sentado em frente ao computador, relendo o e-mail milhares de vezes. Eram quase sete da noite em Hong Kong. Seria meio-dia em Veneza. Astrid estava provavelmente almoçando à beira da piscina em Cipriani. Ele respirou fundo e então deletou a mensagem.

6

Carlton e Colette

•

XANGAI, CHINA

— Você partiu meu coração. E eu não sei como vou conseguir me recuperar — disse ela, magoada.
— Não estou entendendo por que você está assim — grunhiu Carlton em mandarim.
— Você não entende? Você não percebe quanto me magoou? Como consegue ser tão cruel?
— Então me explique exatamente por que estou sendo cruel! Porque eu realmente não estou entendendo. Só estou tentando fazer a coisa certa.
— Você me traiu. Você ficou do lado dele. E, ao fazer isso, acabou comigo.
— Ah, mãe. Pare de ser dramática! — grunhiu Carlton ao telefone.
— Eu levei você para Hong Kong para te proteger. Não consegue ver isso? E você se comportou da pior forma. Você me desafiou e voltou para Xangai para conhecer aquela garota! Aquela bastarda!

Deitado em sua cama *king size* em Xangai, Carlton podia praticamente sentir a fúria impetuosa da mãe do outro lado da linha, em Hong Kong. Ele tentou mudar para um tom de voz mais calmo:

— O nome dela é Rachel, e você está exagerando. Acho até que você iria gostar dela. E não estou dizendo isso só por dizer, não. Ela é inteligente. Muito mais do que eu, inclusive, mas não se acha. É cem por cento autêntica.

Shaoyen riu.

— Menino estúpido. Como eu posso ter criado um filho tão idiota? Não consegue ver que, quanto mais você aceita essa garota, mais tem a perder?

— E o que exatamente eu estou perdendo, mãe?

— Tenho mesmo que dizer? Só o fato dessa menina existir já traz vergonha à nossa família. Mancha o nosso nome. O *seu nome*. Não percebe como as pessoas vão nos ver quando descobrirem que o seu pai teve uma criança ilegítima com uma camponesa que sequestrou a própria filha e a levou para os Estados Unidos? Justo Bao Gaoliang, a nova esperança do partido? Os inimigos do seu pai estão só esperando uma oportunidade para acabar com ele. Você tem ideia de quanto eu me sacrifiquei para colocar nossa família na posição que ocupamos hoje? *Aiyah*, Deus deve estar me punindo. Eu nunca deveria ter mandado você para a Inglaterra, onde se meteu em tantos problemas. Aquele acidente de carro tirou o pouco de juízo que você tinha nessa sua cabeça!

Colette, que até então estava deitada em silêncio ao lado de Carlton, começou a dar risadinhas quando viu a expressão exasperada no rosto dele. Carlton colocou um travesseiro sobre o rosto dela.

— Eu prometo, mãe, a Rachel não trará nenhuma vergonha para a nossa... ai.... família — tossiu ele, enquanto Colette dava uns soquinhos de brincadeira em suas costelas.

— Ela já trouxe! Você está destruindo a sua reputação ao exibi-la publicamente em Xangai!

— Garanto a você, mãe. Não estou exibindo a Rachel — disse Carlton enquanto fazia cócegas em Colette.

— O filho da Fang Ai Lan viu você no Kee Club ontem à noite. Que tolice ser visto com ela num local público!

— Todo tipo de gente frequenta o Kee Club! E foi exatamente por isso que fomos para lá. Ela podia ser qualquer pessoa. Não se preocupe, estou apresentando Rachel como a esposa do meu amigo Nick. Nick também estudou em Stowe, então a história é bem conveniente.

Shaoyen não ia desistir.

— Fang Ai Lan me disse que o filho contou para ela que você estava fazendo um papelão com uma mulher em cada braço; Colette Bing e uma moça que ela não conhecia. Eu não tive coragem de dizer nada!

— Ryan Fang está com inveja porque eu estava acompanhado de duas mulheres lindas. Ele está revoltado porque foi forçado pelos pais a se casar com Bonnie Hui, que nos seus melhores dias se parece com um rato pelado!

— Ryan Fang é um bom filho. Ele ouviu os pais e fez o que era melhor para a família. E agora vai se tornar o mais jovem secretário do partido em...

— Não me interessa se ele é o homem mais novo a governar Westeros e a se sentar no Trono de Ferro* — disse Carlton, interrompendo a mãe.

— Foi aquela Colette que meteu essas ideias na sua cabeça, não foi? Foi ela que instigou você a fazer essas coisas! Colette sabia que eu não queria que você estivesse perto de Xangai essa semana!

— Por favor, deixe a Colette fora disso. Ela não tem nada a ver com isso.

Ao escutar seu nome, Colette subiu em Carlton, imobilizou-o e tirou a blusa. Carlton olhou para ela, ávido. Ele nunca se cansava daqueles seios perfeitos.

— Vamos, caubói! — sussurrou ela. Carlton colocou a mão sobre a boca de Colette, e ela começou a mordiscar a pele da sua palma.

— Sei que Colette tem influenciado você. Desde que começou a namorar essa moça, você só me dá dor de cabeça.

— Quantas vezes eu tenho que dizer que ela não é minha namorada? Somos apenas amigos — disse Carlton, enquanto Colette começou a se roçar nele bem devagar.

— Isso é o que você diz. Onde você dormiu ontem à noite? Ai-Mei me disse que você não aparece em casa há dias.

— Estou passando um tempo com a minha irmã. E, já que você não permite que ela pise na nossa casa, não tive outra escolha senão

---

* Na verdade todos sabem que Tommen Baratheon, aos 7 anos, é o homem mais jovem a se sentar no Trono de Ferro. (Veja *A tormenta de espadas*, de George R. R. Martin.)

ficar com eles no hotel. — Carlton estava na verdade na enorme suíte presidencial do Portman Ritz-Carlton, onde ele sabia que os espiões de sua mãe jamais o encontrariam.

— Ah, meu Deus. Agora você está chamando aquela mulher de *irmã!*

— Mãe, quer você goste ou não, ela *é* minha irmã.

— Você está me matando aos poucos, filho. Está me matando de dentro para fora.

— Sim, mãe. Eu sei. Você já me disse isso várias vezes. Sou um desgosto para você, traí meus ancestrais, você não sabe por que aguentou a dor para dar à luz — disse Carlton e desligou o telefone.

— Meu Deus. Sua mãe pegou pesado dessa vez, não? — comentou Colette em inglês. (De todos os namorados dela, Carlton era o único com um sotaque britânico impecável, e ela achava lindo ouvi-lo falar.)

Carlton grunhiu.

— Ela brigou com o meu pai ontem à noite e o chutou para fora do flat. Ele acabou se hospedando no Upper House às duas da manhã. Acho que ela queria fazer com que eu me sentisse mal também.

— E por que você deveria se sentir mal? Você não é responsável por nada disso.

— Exatamente. Minha mãe perdeu a razão. Ela está preocupada que a existência de Rachel destrua a reputação da nossa família, mas é justamente esse comportamento dela que está arruinando a reputação dela mesma.

— Ela realmente tem agido de forma estranha nos últimos tempos. Ela costumava gostar de mim.

— Ela ainda gosta — disse Carlton, sem convencer muito.

— Hum-hum. Estou acreditando.

— Acredite. A única pessoa com quem ela está chateada nesse momento é o meu pai. Ela se recusou a voltar de Hong Kong e, quando meu pai disse que viria para Xangai sozinho, ela falou que ia se divorciar dele se ele tentasse ver a Rachel. Ela teme que eles sejam vistos juntos em público e algum escândalo venha à tona.

— Nossa! As coisas chegaram a esse ponto?

— É uma ameaça vazia. Ela está cega de raiva.

— Por que não fazemos um jantar só para nós na minha casa para que seu pai e a Rachel se vejam? Não é um local público.

— Você gosta mesmo de causar problemas, né?

— Sou eu que estou causando problemas? Só estou sendo hospitaleira com a sua irmã. É ridículo que ela esteja em Xangai há pouco mais de uma semana e que seu pai ainda não tenha se encontrado com ela. Foi ele quem a convidou para vir para cá!

Carlton pensou no que ela havia dito por um momento.

— Podemos tentar organizar alguma coisa. Não tenho certeza se o meu pai virá. Ele ladra, ladra, mas no fim das contas acaba cedendo às vontades da minha mãe.

— Deixe comigo. Vou ligar para o seu pai e dizer que é um convite do *meu* pai. Assim ele não vai recusar nem vai imaginar que a Rachel vai estar aqui.

— Você está sendo bem legal com o Nick e a Rachel.

— E por que não seria? Ela é sua irmã, e estou adorando passar um tempo com eles. Eles são diferentes. A Rachel é descolada, não tem frescuras. E é uma banana,* não é? Olhe só os vestidos dela! Ela usa marcas das quais ninguém ouviu falar e não usa joias. Ela é diferente de qualquer garota chinesa que conheço. Ainda estou tentando sacar o Nick. Você não disse que os pais dele são ricos?

— Acho que eles têm uma boa condição, mas não me parecem ser assim *tão* ricos. O pai dele era engenheiro e agora pesca por esporte. E a Sra. Young trabalha com comércio, eu acho.

— Bom, ele foi muito bem-criado, tem bastante carisma e é de uma educação impecável. Você percebeu que sempre que estamos num elevador ele deixa as mulheres saírem primeiro?

— E daí?

— Essa é a marca de um verdadeiro cavalheiro. E tenho certeza de que ele não aprendeu isso em Stowe, porque você parece um bárbaro.

— Vá se foder! Você foi com a cara dele porque o acha parecido com aquele galã coreano de quem você gosta.

— Que fofo... está com ciúmes? Não se preocupe, não tenho o menor interesse em roubar o Nick da sua irmã. O que ele faz? É professor universitário?

---

* Amarela por fora e branca por dentro.

— Ele dá aulas de história.

Colette riu.

— Um professor de história e uma professora de economia. Dá para imaginar como vão ser os filhos deles? Não sei por que a sua mãe se sente ameaçada por eles.

Carlton suspirou. No fundo, ele sabia muito bem o motivo do comportamento da mãe. Na verdade, não tinha nada a ver com Rachel e tudo a ver com o acidente dele. Shaoyen nunca havia conversado com o filho sobre o que ele havia feito, mas Carlton sabia que o estresse da tragédia havia mudado a mãe para sempre. Ela sempre teve o pavio curto, mas, desde o que aconteceu em Londres, estava mais irracional do que ele jamais havia visto. Se ao menos pudesse voltar no tempo e evitar aquela noite. Aquela maldita noite que arruinou a sua vida. Ele se virou para o lado, dando as costas para Colette.

Colette percebeu que a nuvem negra havia caído sobre Carlton mais uma vez. Estava acontecendo com tanta rapidez nos últimos dias. Em um minuto eles estavam se divertindo, então, de repente, ele caía em depressão. Tentando tirá-lo de sua crise, ela desabotoou os últimos botões da camisa dele e começou a fazer círculos em seu umbigo.

— Eu amo quando você faz beicinho e fica bravinho comigo — sussurrou ela em seu ouvido.

— Não sei do que você está falando.

— Sabe, sim — disse Colette, posicionando os dois pés na lateral do corpo de Carlton e se levantando.

— Você acha que é mesmo verdade que o Obama foi a última pessoa que dormiu nessa cama?

— Esse lugar é uma fortaleza; todos os presidentes ficam aqui — disse Carlton, sem emoção.

— Aposto que o Sr. Obama nunca teve *essa* vista — disse Colette, deslizando para baixo sua lingerie Kiki de Montparnasse num movimento lento e sedutor.

Carlton olhou para ela.

— Não, acho que não.

7

Nick e Rachel

•

XANGAI, CHINA

Nick acordou e viu Rachel relaxando sob um raio de sol que entrava por uma fresta pela janela do quarto, bebericando seu café.

— Que horas são? — perguntou ele.

— Perto de quinze para a uma.

Nick deu um pulo da cama, num ato reflexo, como se um alarme tivesse tocado.

— Putz, por que você não me acordou?

— Você estava dormindo tão pesado... E, afinal de contas, estamos de férias, lembra?

Nick se espreguiçou.

— Ugh. Não me sinto como se estivesse de férias.

— Você só precisa de um café.

— E de uma aspirina. De uma caixa de aspirina, na verdade.

Rachel riu. Desde que chegaram, na semana anterior, os dois haviam sido sugados para o furacão que era a vida social de Carlton. Na verdade, era mais a vida social de Colette, já que eles haviam participado de um grande número de festas em butiques, de banquetes com 12 pratos, exposições de arte, inauguração de restaurantes, um recital no consulado francês, festas VIPs (seguidas de diversas festas VVIPs) e algo chamado de "apresentação transmídia"— tudo a convite de Colette. E tudo isso *antes* de irem para as baladas nos clubes madrugada adentro.

— Quem diria que a noite de Xangai colocaria Nova York no chinelo, hein? Acho que hoje eu queria uma noite tranquila. Será que o seu irmão ficaria ofendido? — perguntou Nick.

— Podemos falar para ele que estamos velhos demais para essa badalação — disse Rachel, soprando o café.

— Fala a garota que recebeu mais de 12 cantadas ontem à noite! Eu já estava preparado para demonstrar alguns dos meus golpes ninja para afastar aqueles franceses de você no M1NT.*

Rachel riu.

— Bobo!

— Eu sou bobo? Não sou eu que sou o nerd. Só eu que acho ou todos os europeus em Xangai inventaram algum aplicativo que vai revolucionar o mundo? E por que todos eles precisam deixar a barba por fazer? Não consigo nem imaginar como seria beijar um cara assim.

— Na verdade, seria bem interessante ver você e aquele estudante gatinho se pegando! Qual era mesmo o nome dele? Loïc? — falou Rachel, rindo.

— Obrigado, mas prefiro a Claryssa ou a Chlamydia, ou seja lá qual era o nome daquela amiga da Colette.

— Hahaha. Chlamydia era exatamente o que você iria pegar se beijasse aquela garota. Você está falando daquela que estava com cílios postiços e que te perguntou na lata se você tinha passaporte americano?

— Os cílios dela eram postiços?

— Querido, *tudo* nela era falso! Você não viu como ela ficou arrasada quando a Colette falou para ela que nós dois éramos casados? Não entendo como todas essas pessoas não reparam nas nossas alianças de casamento.

---

* Entre os mais de 220 mil estrangeiros que vivem em Xangai, há agora mais de 20 mil franceses, um número impressionante deles formandos do INSEAD ou da École Polytechnique. Com a economia da Europa ainda em coma, os profissionais recém--formados das melhores universidades europeias estão se mudando aos montes para Xangai. Nenhum deles fala uma palavra de mandarim. Mas, pensando bem, quem precisa falar mandarim quando os bartenders do M1NT, Mr. & Mrs. Bund ou do Bar Rouge também não falam?

— Você acha que um pedacinho de ouro vai parar alguém? As mulheres daqui não entendem você. Você as deixa confusas. Você parece chinesa, mas elas não conseguem entender sua linguagem corporal. Você não se comporta como uma esposa típica daqui. É por isso que ninguém percebe que estamos juntos.

— Tudo bem. De agora em diante vou grudar em **você** e olhar nos seus olhos toda apaixonada o tempo inteiro. Você é o meu e só meu *gaofushuai** — disse Rachel, piscando os olhos para Nick.

— Isso aí! Agora, cadê o café?

— Está na cafeteira no bar. E você pode inclusive completar a minha xícara, já que vai até lá.

— O que aconteceu com a minha mulherzinha tão subserviente? — brincou Nick, caminhando preguiçosamente até o bar. Rachel o chamou da outra sala.

— Ah, meu pai ligou hoje de manhã.

— O que ele queria? — perguntou Nick sonolento, tentando descobrir qual botão deveria apertar naquela máquina de espresso desnecessariamente moderna.

— Ele se desculpou mais uma vez por não estar aqui.

— Ele ainda está em Hong Kong resolvendo problemas?

— Bem, hoje ele teve que ir para Pequim. Dessa vez por causa de alguma emergência política.

— Hum... — disse Nick enquanto colocava pó de café na prensa francesa, perguntando-se o que realmente estaria por trás do sumiço de Bao Gaoliang. Ele estava prestes a comentar isso quando Rachel disse:

— Ele queria que a gente fosse para Pequim se encontrar com ele nesse fim de semana, mas, aparentemente, a poluição do ar vai estar acima do nível recomendado nos próximos dias. Então ele sugeriu que a gente voasse para Pequim na semana que vem, se a neblina melhorar.

Nick voltou para a sala e entregou a xícara a Rachel. Ela olhou no fundo dos olhos dele e disse:

---

* Em mandarim, "alto, rico e bonito", os pré-requisitos essenciais que toda chinesa do continente busca em um marido.

— Não sei quanto a você, mas estou com um mal pressentimento com relação a essa história.

— Você não é a única — disse Nick, sentando-se no chão, contra a janela, com a luz do sol aquecendo suas costas. Aquilo fazia com que ele se sentir mais revigorado do que o cheiro do café.

— Estou aliviada por você ter dito isso! Então não estou sendo paranoica, não é? Quero dizer, as desculpas dele estão começando a parecer bem forçadas. Neblina de poluição em Pequim? Não é sempre assim aqui? Voei 3 mil milhas para vê-lo, não vou deixar que essa neblina atrapalhe nossos planos. Eu achei que iria ter a oportunidade de passar um tempo com o meu pai, mas, sinceramente, agora acho que ele está evitando a gente.

— Não discordo de você.

— Você acha que a Shaoyen tem algo a ver com isso? A gente não ouviu nem falar dela.

— É possível. Carlton comentou alguma coisa com você?

— O Carlton não fala nada! Você sabe... Sei que a gente sai com ele todas as noites desde que chegamos, mas acho que ainda não consigo entendê-lo. Quero dizer, ele é um doce e sabe conversar muito bem, como todos vocês rapazes que estudaram na Inglaterra, mas ele não se abre muito. E às vezes tem umas alterações de humor do nada, não acha?

— É, eu percebi isso. Em alguns momentos ele simplesmente parece se desligar, como na noite que fomos àquele bar do Ritz Pudong e bebemos com aquela mulher de cabelão.

— Aquela afro-asiática? Sim, qual era o nome dela mesmo?

— Não me lembro, mas *ela* tinha um ar estranho. E teve um momento que o Carlton ficou em silêncio, olhando a vista. Achei que talvez ele não gostasse dela ou algo do tipo, mas aí de repente ele voltou ao normal.

Rachel olhou para Nick, preocupada.

— Você acha que talvez ele tenha algum problema com bebida? Ele bebe tanto que, só de olhar, fico com dor de estômago!

— Bem, parece que todo mundo aqui bebe muito. Mas não podemos nos esquecer do acidente que ele sofreu há pouco tempo. Ele de fato sofreu um grande trauma na cabeça.

— Sabe que ele parece estar tão bem que eu até me esqueço de que ele sofreu um acidente?

Rachel se levantou da cadeira e se sentou ao lado do marido no chão. Ela olhou pela janela, para o contorno da Shanghai Tower, um novo arranha-céu que estava sendo construído do outro lado do rio e que um dia seria a maior construção do mundo.

— É muito estranho... eu tinha a sensação de que a gente ia passar todo esse tempo com o meu pai, conhecendo meus parentes em jantares, essas coisas. Mas parece que a única coisa que a gente faz é ir todos os dias para a balada com a galera de *Gossip Girl*.

Nick concordou, assentindo, mas não queria desencorajá-la.

— Em algum momento o seu pai vai ter que aparecer. E é possível que a gente esteja sendo completamente paranoico e que as coisas não tenham dado certo porque não era para ser. Seu pai é um homem muito importante, e há muitas coisas acontecendo na política. Talvez esteja acontecendo alguma outra coisa que não tenha nada a ver com você.

Rachel olhou para ele, em dúvida.

— Você acha que eu devia tentar tocar no assunto com o Carlton?

— Se realmente for algum problema com os pais dele, ele ficará sem jeito. E, em teoria, estamos sendo muito bem cuidados pelos Bao, não estamos? Estamos hospedados nessa suíte maravilhosa, e o Carlton está levando a gente para sair todos os dias. Vamos ver o que acontece. Nesse meio-tempo, acho que é o momento perfeito para eu tentar aquela dieta detox de suco.

— Mas antes temos o jantar de hoje à noite com os pais da Colette.

— Ah, é... eu tinha me esquecido. Você sabe onde ela mora? Imagino que será outro banquete de vinte pratos.

— Carlton comentou algo sobre irmos para um resort.

— Talvez tenha cheeseburgers lá. Eu daria tudo para comer um cheeseburger com batata frita hoje à noite.

— Eu também! Mas acho que não vai rolar. Algo me diz que a Colette não é do tipo que come cheeseburger com batata frita.

— Como foi que você sacou isso? Aposto que o que ela gasta por mês com roupas é mais do que eu e você ganhamos juntos em um ano.

— Por mês? O que ela gasta com roupas por *semana*, você quer dizer. Você viu aqueles sapatos com salto de dragão que ela estava usando ontem? Tenho quase certeza de que eram de marfim. Ela é basicamente uma Araminta 2.0.

Nick riu.

— Colette não é uma Araminta 2.0. Araminta é uma típica garota de Cingapura. Ela capricha no visual quando quer, mas se sente igualmente confortável usando calças de ioga e comendo coco fresco na praia. A Colette é de uma espécie completamente diferente, que ainda não foi classificada. Acho que dentro de alguns anos ela tanto pode estar no comando da China quanto reinando em Hollywood.

— E ainda assim eu aprendi a gostar dela. Até agora ela foi a melhor surpresa da viagem, não acha? Quando a vi pela primeira vez pensei, "fala sério, essa garota não pode ser de verdade". Mas ela é tão doce e generosa... não deixou a gente pagar nem uma água desde que chegamos.

— Olha, sinto te dizer... mas acho que comemos de graça em todos os clubes e restaurantes aonde fomos aqui. Você percebeu que a Colette faz Roxanne tirar fotos dela em todos os lugares? Ela coloca no Twitter ou no blog dela e nós comemos de graça. É como se fosse uma troca.

— Bom, mesmo assim, acho que ela faz bem para o Carlton.

— Sim. Mas você não acha que ela está brincando com ele? Está claro que ela está a fim dele, mas de vez em quando ela fala coisas como "ele é só um dos meus muitos pretendentes".

Rachel olhou para Nick.

— Acho que você não gosta quando o jogo vira! A Colette tem a própria carreira, os próprios objetivos e não tem a menor pressa em se casar. Eu acho isso ótimo. A maioria das garotas chinesas enfrenta uma pressão enorme para se casar e ter filhos antes dos 30. Quantas alunas chinesas vão para a NYU só para arrumar um marido perfeito?

Nick pensou por um momento.

— Não consigo pensar em nenhuma além de você.

— Hahaha. Bobo! — disse Rachel, jogando uma almofada nele.

Às cinco da tarde, enquanto Nick e Rachel esperavam Carlton na frente do hotel, um ronco alto foi ouvido vindo do Bund. Nick havia colocado uma roupa informal, calça jeans, camisa Oxford azul-clara e um blazer Huntsman de verão. Já Rachel havia optado por um vestido Erica Tanov de linho. Instantes depois, uma McLaren F1 pêssego parou em frente ao Peninsula. O ronco possante do motor fez com que os manobristas do Peninsula ficassem animados. Todos queriam ter a chance de estacionar aquela máquina exótica. Mas suas esperanças foram por água abaixo quando Carlton colocou a cabeça para fora da janela, chamando Rachel e Nick para entrarem.

— Pode ir na frente — ofereceu Nick educadamente à sua mulher.

— Não seja ridículo, minhas pernas são muito menores do que as suas — disse ela. A discussão deles acabou sendo completamente sem sentido, porque, quando a porta de abriu, eles viram que o banco do motorista ficava no meio do carro e havia um banco de carona de cada lado.

— Que demais! Nunca vi nada assim! — disse Rachel.

Nick olhou para dentro do carro.

— Uau, Carlton. Que carro, hein? Ele pode andar nas ruas legalmente?

— E eu que sei? — respondeu Carlton, sorrindo.

— E eu achando que vocês só dirigiam Audis — comentou Rachel, ocupando o assento do lado direito.

— Ah... os Audis são da família da Colette. Você sabe por que todo mundo dirige Audis, não sabe? É o carro que a maioria dos políticos do alto escalão usa. Então muitas pessoas compram Audis achando que outros carros vão abrir caminho para elas. E também na esperança de não serem paradas pela polícia.

— Que interessante! — falou Rachel enquanto se acomodava no banco surpreendentemente confortável.

— Adoro esse cheiro de carro novo.

— Na verdade, esse carro não é nem um pouco novo. É de 1998 — explicou Carlton.

— Sério? — Rachel estava surpresa.

— Ele é considerado um clássico. Eu só saio com ele em dias ensolarados e de céu limpo, como hoje. O cheiro que você está sentindo é dos bancos de couro Connolly, costurados à mão. O couro vem de vacas mais paparicadas do que as da Kobe.

— Parece que descobrimos mais uma paixão do Carlton — falou Nick.

— Ah, sim! Venho importando carros e revendendo para os meus amigos há anos. Comecei quando fui estudar em Cambridge, sempre que eu ia para Londres nos fins de semana — explicou ele enquanto acelerava na Yan'an Elevated Road.

— Você já deve ter ido ao desfile de carros árabes que acontece em Knightsbridge todos os anos então — disse Nick.

— Com certeza! Eu e os meus amigos nos sentávamos do lado de fora da Ladurée para assistir ao desfile!

— Do que vocês estão falando? — perguntou Rachel.

Nick começou a explicar.

— Em junho, os bilionários árabes vão para Londres levando os carros esportivos mais maravilhosos do mundo. E eles correm com seus carros pelos arredores de Knightsbridge como se as ruas fossem um autódromo de Fórmula 1 privativo. Nas tardes de sábado, todos os carros ficam parados atrás da Harrods, na esquina com a Basil Street. Alguns desses jovens não têm mais do que 18 anos. A maioria usa jeans caros, e suas namoradas estão sempre cobertas por *hijabs* e usando óculos escuros sofisticados. E eles ficam sentados nesses carros que custam milhões de dólares. É uma visão incrível.

Carlton assentiu, os olhos brilhando de animação.

— Aqui está acontecendo a mesma coisa! Agora somos o mercado número um de carros de luxo no mundo, principalmente de carros esportivos exóticos. A demanda é enorme, e todos os meus amigos sabem que eu sou a melhor pessoa para encontrar os carros mais raros. Essa McLaren que estou dirigindo, por exemplo... foram produzidas apenas 64. Isso significa que, antes mesmo que o carro chegue ao porto de Xangai, já tenho compradores na lista de espera.

— Parece um jeito legal de se ganhar a vida — comentou Nick.

— Diga isso aos meus pais quando estiver com eles. Os dois acham que estou desperdiçando o meu tempo.

— Tenho certeza de que estão só preocupados com a sua segurança — disse Rachel, prendendo a respiração quando Carlton de repente cortou três faixas a 150 quilômetros por hora.

— Desculpem, mas preciso desviar desses caminhões. Não se preocupem, sou muito prudente na direção.

Nick e Rachel trocaram olhares, sabendo do que havia acontecido recentemente com Carlton. Rachel checou se seu cinto de segurança estava afivelado e tentou não olhar para os carros ziguezagueando na frente deles.

— Todos parecem loucos nessa autoestrada — comentou Nick. — Eles ficam mudando de faixa toda hora.

— É que, se você tentar dirigir de maneira civilizada aqui e ficar na mesma faixa o tempo inteiro, vai morrer — disse Carlton, acelerando de novo para ultrapassar um caminhão cheio de porcos. — As leis de trânsito racionais não se aplicam nesse país. Aprendi a dirigir na Inglaterra e, quando voltei para Xangai logo depois de tirar carteira de habilitação, fui parado por um policial no meu primeiro dia dirigindo. O policial gritou comigo e falou: *Seu tolo! Por que você parou no sinal vermelho?*

— Ah, sim. Eu e a Rachel quase fomos atropelados diversas vezes tentando atravessar a rua. Os sinais de trânsito não significam nada para os motoristas de Xangai — disse Nick.

— Eles são meras sugestões — concordou Carlton, subitamente pisando no freio e virando o volante rapidamente, quase batendo numa van na faixa da esquerda.

— MEU DEUS! AQUELA VAN ESTAVA MESMO DANDO RÉ NA PISTA DE VELOCIDADE? — gritou Rachel.

— Bem-vinda à China — disse Carlton, sem se abalar.

Vinte minutos depois, longe do centro de Xangai, eles finalmente pegaram uma saída da autopista, para alívio de Rachel, e viraram no que parecia ser uma avenida recentemente pavimentada.

— Onde estamos? — perguntou ela.

— É um bairro novo chamado Porto Fino Elite — explicou Carlton. — Ele é inspirado naqueles bairros elegantes de Newport Beach.

— Com certeza! — comentou Nick ao passarem pelo shopping em estilo mediterrâneo, pintado em tons de ocre, com Starbucks e tudo mais. Eles viraram na rua principal e seguiram por uma longa avenida ladeada por altos muros de concreto. No final da avenida havia uma cascata de água escultural perto da guarita. Carlton parou em frente aos enormes portões com painéis de ferro decorativos, e três guardas uniformizados saíram de dentro da guarita. Um deles deu a volta no carro, olhando sério, como se procurasse por explosivos escondidos em algum lugar, enquanto o outro usou um espelho de inspeção para verificar embaixo do carro. O guarda no comando reconheceu Carlton e riscou o nome dele numa lista. Ele olhou para Nick e Rachel, antes de assentir e fazer um sinal liberando o carro.

— Segurança pesada essa aqui — comentou Nick.

— Sim. Aqui é um local altamente privativo — explicou Carlton.

Os portões pesados se abriram, e a McLaren acelerou em direção a uma estrada com pedrinhas brancas ladeada por ciprestes italianos. Entre as árvores, Rachel e Nick podiam ver diversos lagos artificiais, de onde surgiam fontes. Alguns prédios com fachadas de vidro aqui e ali e o contorno de um campo de golfe. Finalmente, depois de passarem por um par de obeliscos, chegaram ao prédio principal — uma construção de pedra e vidro majestosa, mas ao mesmo tempo minimalista, cercada por sóforas do Japão artisticamente plantadas.

— Eu não fazia a menor ideia de que estavam construindo resorts como esse nos arredores de Xangai. Como se chama esse lugar? — perguntou Nick.

— Isso não é um resort de verdade. É o retiro de fim de semana da Colette.

— Como é que é? Esse lugar inteiro é dela? — perguntou Rachel, estupefata.

— Sim. São cerca de 120 mil metros quadrados. Os pais dela deram de presente para ela.

— E onde eles moram?

— Eles têm casas em várias cidades: Hong Kong, Xangai, Pequim... mas passam a maior parte do tempo no Havaí agora — explicou Carlton.

— Eles devem ter muito dinheiro — comentou Rachel.

Carlton olhou para ela achando graça.

— Acho que esqueci de mencionar... o pai da Colette é um dos cinco homens mais ricos da China.

8

Colette

•

XANGAI, CHINA

Carlton estacionou o carro na entrada da casa, e dois funcionários usando camisa e calça preta James Perse apareceram do nada. Um deles ajudou Rachel a saltar do veículo, enquanto o outro disse para Carlton:
— Desculpe, mas o senhor não poderá deixar o carro aqui como de costume. Estamos esperando o Sr. Bing chegar. O senhor pode levá-lo para o estacionamento, por favor? Se preferir, eu mesmo posso fazer isso para o senhor.
— Pode deixar que eu estaciono, obrigado — respondeu ele.

Ele desapareceu por um breve momento, mas logo se juntou a Rachel e Nick novamente na entrada. Então as imponentes portas de madeira se abriram, e eles se viram num ambiente sereno, composto quase que exclusivamente por um espelho d'água escuro. Havia uma passarela cruzando o espelho d'água em direção a portas laqueadas cor de café e vasos de bambu que se estendiam pelas paredes da sala. As portas laqueadas se abriram silenciosamente quando os três se aproximaram, revelando a sala privativa.

Diante deles se estendia um imenso salão, todo decorado em branco e preto. Empregadas usando longos *qipaos** de seda preta

---

* Vestido justo tipicamente chinês, criado nos anos 1920 em Xangai, que se tornou peça fashion desde que Suzie Wong seduziu Robert Lomax usando um. Em Cingapura e Hong Kong, ele é conhecido por seu nome cantonês, *cheongsam*.

permaneciam enfileiradas em silêncio, em frente a pilares de tijolos cinza *shikumen*, nos quais pergaminhos com caligrafia em tinta negra estavam pendurados. O piso polido branco e preto e sofás brancos complementavam o caráter tranquilo e sedutor do local. A parede de vidro no final da sala revelava um *lounge* externo repleto de sofás estreitos e mesinhas de madeira escura, além dos quais era possível ver mais espelhos d'água e pavilhões.

Até mesmo Nick, que havia crescido em meio ao esplendor de Tyersall Park, estava impressionado.

— Uau! Isso é uma casa ou um Four Seasons resort?

Carlton riu.

— Na verdade, a Colette se apaixonou pelo Hotel PuLi em Xangai e tentou convencer o pai a comprá-lo. Quando eles descobriram que o hotel não estava à venda, independentemente de qual fosse a oferta, contrataram um arquiteto para construir esse lugar para ela. Essa sala é inspirada no lobby do PuLi.

Um britânico de terno preto se aproximou deles.

— Boa tarde. Sou Wolseley, o mordomo. Vocês aceitam alguma bebida?

Antes que eles pudessem responder, Colette apareceu, entrando por outra porta usando um vestido longo cor-de-rosa.

— Rachel, Nick. Fico tão feliz que vocês tenham vindo! — Com os cabelos presos num coque alto e com a saia dançando ao redor do seu corpo enquanto caminhava, ela parecia saída da capa de uma edição da *Vogue* dos anos 1960.

Rachel a cumprimentou com um abraço.

— Colette, parece que você estava tomando café da manhã na Tiffany. Uma verdadeira bonequinha de luxo! Olhe, sua casa é incrível!

Colette riu, modesta.

— Venham, vou fazer um tour com vocês. Mas primeiro as bebidas! Com qual libação posso tentar vocês essa noite? Tenho certeza de que o Carlton vai beber a vodca de sempre e acho que vou tomar um Campari Soda para combinar com o meu vestido. Rachel, você aceitaria um Bellini?

— Ah, claro! Mas só se não der muito trabalho — disse Rachel.

— De forma alguma! Sempre temos pêssegos brancos para os nossos Bellinis, não é, Wolseley? Nick, o que você vai beber?
— Vou beber um gim-tônica.
— Ugh. Esses rapazes são tão sem graça — disse Colette para Wolseley, revirando os olhos. — Venham comigo. Carlton explicou para vocês o meu conceito para essa casa?
— Sim, ele disse que você gostou de um hotel em Xangai... — começou Rachel.
— Isso, o PuLi. Mas essa casa é ainda mais luxuosa. Usamos materiais preciosos que não são tão comuns em espaços como um hotel. Sei que muitas pessoas têm a impressão de que, na China, todos moram em mansões bregas estilo Luís XIV, onde tudo é banhado a ouro e cheio de enfeites. Por isso eu queria que essa casa fosse o melhor da China *contemporânea*. Cada móvel que vocês estão vendo aqui nessa sala foi desenhado sob encomenda e construído aqui mesmo pelos nossos melhores artesãos utilizando os melhores materiais. E, é claro, as antiguidades são dignas de museus. Os pergaminhos nas paredes são de Wu Boli, do século XIV. E aquela taça de vinho da dinastia Ming? Eu a comprei há dois anos de um marchand em Xian por 600 mil, e o museu de St. Louis acabou de me oferecer 15 milhões por ela. Como se eu fosse vendê-la! — contou Colette.

Rachel fitou a pequena relíquia, com estampa de galinhas, e tentou acreditar que aquilo valia mais de cem vezes seu salário anual.

O grupo foi para o jardim dos fundos, onde havia outro grande espelho d'água. Colette os guiou por de uma passarela coberta enquanto uma música estilo *new age* tocava em caixas de som escondidas pela área.

— O orgulho dessa casa é a minha estufa. O detalhe mais importante é que essa propriedade é cem por cento selo verde. Todos os telhados possuem painéis de energia solar, e cada espelho d'água converge para um sistema de aquaponia de ponta.

Os quatro entraram numa estrutura futurística feita de vidro, bastante iluminada e com fileiras alternadas de tanques de peixes e hortas.

— Toda a água converge para os tanques, onde criamos peixes para o consumo, e então a água rica em nutrientes fertiliza os vegetais orgânicos que cultivamos aqui. Viram, não é apenas verde, é verde-esmeralda! — falou Colette, toda orgulhosa.

— Muito bem, estou realmente impressionado! — exclamou Nick.

Cruzando o jardim central novamente, Colette continuou sua explicação.

— Muito embora os prédios tenham um design moderno, existem 18 pavilhões interligados dispostos em formação do Trono do Imperador para assegurar que o Feng Shui esteja correto. PAREM TODOS!

Eles pararam.

— Agora respirem fundo. Conseguem sentir um bom chi emanando de todos os lados?

Nick conseguia detectar apenas um leve perfume que o fazia se lembrar de eliminador de odores, mas assentiu, juntamente com Rachel e Carlton.

Colette juntou as mãos e disse:

— Chegamos ao pavilhão de entretenimento. A adega ocupa todo o piso inferior e foi especialmente desenhada para nós pelo pessoal da Taittinger. Aqui é a sala de projeção.

Rachel e Nick espiaram a sala de cinema, onde havia cinquenta cadeiras ergonômicas suecas dispostas como num estádio.

— Vocês estão vendo o que está escondido lá no fundo? — perguntou Carlton.

Rachel e Nick entraram na sala e descobriram que, na parte de trás da sala de projeção, debaixo do projetor, havia um sushi bar que parecia ter sido tirado diretamente de Roppongi, em Tóquio. Um *itamae* de quimono preto fez uma reverência para eles enquanto seu jovem aprendiz, que estava sentado ao bar, cortava rabanetes em formato de gatinhos fofos.

— Fala sério! — exclamou Rachel.

— E a gente achando que era extravagância pedir Blue Ribbon Sushi para assistir a *Survivor* nas quartas-feiras — comentou Nick.

— Você já assistiu ao documentário sobre o melhor mestre de sushi do mundo, *Jiro Dreams of Sushi?* — perguntou Colette.

— Ah, meu Deus. Não me diga que esse cara é um dos filhos dele? — falou Rachel, pasma, observando o chef atrás do balcão de madeira, que naquele momento massageava um polvo.

— Não. Esse é o primo de segundo grau de Jiro! — explicou Colette, toda animada.

Dali, o tour continuou para a ala de hóspedes, onde a anfitriã mostrou suítes mais suntuosas do que a de muitos hotéis cinco estrelas ("nós só aceitamos que nossos hóspedes durmam em colchões Hästens,* feitos com a mais fina crina de cavalo da Suécia") e então foram para o pavilhão onde ficava o quatro dela, que tinha paredes de vidro e um lago circular em forma de flor de lótus num dos cantos do aposento. Os únicos outros objetos no espaço luxuosamente minimalista eram uma cama *king size* que parecia mais uma nuvem no meio do quarto e velas de cera de abelha ("gosto do meu quarto bastante zen. Quando durmo, me desligo de todos os bens materiais"). Ao lado do quarto, ficava uma estrutura quatro vezes maior — o banheiro e o closet de Colette.

Rachel entrou no banheiro, um espaço iluminado pela luz do sol e inteiramente coberto por mármore Calacatta. No pedaço gigante de mármore natural havia recessos, criando pias em formatos orgânicos, que pareciam bebedouros feitos para hobbits elegantes e, mais adiante, havia um jardim com um espelho d'água em malaquita azul-escura. Do centro do espelho d'água despontava um salgueiro perfeitamente podado e, aninhado sob ele, ficava uma banheira em formato de ovo, que parecia ter sido esculpida a partir de um único pedaço de ônix branco. Pedras redondas indicavam o caminho até a banheira.

— Meu Deus, Colette! Vou ser muito sincera com você: estou com inveja! Esse banheiro é tudo! Saiu direto dos meus sonhos! — exclamou Rachel.

---

* Fornecedores de colchões para a família real sueca desde 1852. Um colchão Hästens básico custa no mínimo US$ 15.000, e o top de linha, 2000T, não sai por menos de US$ 120.000. Mas quanto vale para você dormir num colchão que os aficionados juram que previne mesmo o câncer?

— Obrigada por valorizar minha percepção — agradeceu-lhe Colette, os olhos ficando marejados.

Nick olhou para Carlton:

— Por que as mulheres são tão obcecadas por banheiros? A Rachel ficou maravilhada com o banheiro no nosso hotel, com o banheiro do Annabel Lee Boutique e agora parece que encontrou o nirvana dos banheiros.

Colette olhou para Nick.

— Rachel, esse cara não entende NADA de mulheres. Você devia se livrar dele!

— Acredite em mim, estou começando a pensar nessa possibilidade — disse Rachel, mostrando a língua para o marido.

— Tá, tá. Quando voltarmos para Nova York, vou ligar para o empreiteiro e você pode mudar todo o azulejo do banheiro, como sempre quis fazer — suspirou Nick.

— Eu não quero mudar o azulejo. Eu quero isso! — declarou Rachel, estendendo os braços e acariciando a borda da banheira como se fosse o bumbum de um neném.

Colette sorriu.

— Acho que é melhor a gente pular o tour pelos meus closets. Não quero ser a responsável pelo fim do casamento de vocês. Querem ver o spa?

O grupo continuou por uma passagem carmesim e chegou a salas de estética com iluminação ambiente, decoradas com móveis balineses e, mais adiante, a um espaço subterrâneo impressionante com pilares, que faziam o lugar parecer um palácio, onde havia uma piscina de água salgada gigantesca, de um azul-celeste de tirar o fôlego.

— O piso inteiro da piscina é de turquesa — anunciou Colette.

— Você tem seu próprio spa privativo aqui! — exclamou Rachel, incrédula.

— Rachel, agora que somos amigas, preciso te confessar uma coisa: eu tinha uma terrível compulsão... era viciada em resorts com spa. Agora eu me encontrei, mas, antes, costumava viajar o ano inteiro, sem rumo, de um resort para outro. Mas eu nunca me sentia totalmente satisfeita, pois nada era cem por cento perfeito nos lugares que eu frequentava. Era um esfregão sujo no canto da sauna no Amanjena, em Marrakesh, ou um safado barrigudo olhando para mim enquanto eu tomava sol na piscina do One and Only Reethi Rah. Então eu percebi que só ia conseguir ser feliz se construísse meu próprio spa aqui.

— Bom, você tem muita sorte por ter os recursos necessários para tornar esse sonho realidade — disse Rachel.

— É, mas eu também estou economizando bastante dinheiro com isso! Esse terreno costumava ser área de plantio e, agora que as fazendas não existem mais, eu dei emprego a todos os moradores locais que ficaram sem trabalho, e isso foi muito bom para a economia. E pense só no quanto estou deixando de poluir o ambiente por não ter que voar pelo mundo inteiro todos os fins de semana experimentando novos spa.

Nick e Rachel assentiram educadamente.

— Eu também promovo muitos eventos de caridade aqui. Estou planejando uma festa no jardim na semana que vem com a atriz Pan TingTing. Será um evento de moda ultraexclusivo com as mais recentes coleções de Paris. Rachel, você tem que vir!

— Claro que eu venho — declarou Rachel educadamente, perguntando-se por que havia aceitado o convite assim tão rápido. As palavras "evento de moda ultraexclusivo" a enchiam de pânico, e ela subitamente teve recordações da festa de despedida de solteira de Araminta, numa ilha privativa.

Então, de repente, eles começaram a ouvir latidos finos, vindos do andar de baixo.

— Meus bebês chegaram! — gritou Colette. O grupo se virou e viu a assistente pessoal de Colette, Roxanne, entrando com dois galgos italianos rebolando em suas coleiras de couro de avestruz.

— Kate, Pippa, senti tanta saudade de vocês! Coitadinhas... estão com jet lag? — perguntou Colette, se abaixando para fazer carinho nas cadelas magrinhas.

— Ela deu *mesmo* o nome para as cachorrinhas em homenagem a... — sussurrou Rachel no ouvido de Carlton.

— Sim. Colette adora a família real. Na casa dos pais dela, em Ningbo, ela tem dois mastins chamados de Wills e Harry — contou Carlton.

— Como estão minhas queridas? Correu tudo bem? — perguntou Colette a Roxanne, olhando para ela com a expressão preocupada.

— Roxanne acabou de chegar de um voo com Pippa e Kate no avião da Colette. Elas foram a uma consulta com uma famosa psicóloga de cachorros na Califórnia — explicou Carlton para Nick e Rachel.

— Elas estão ótimas. Sabe, no começo eu tinha minhas dúvidas a respeito daquela psicóloga de cães em Ojai, mas do nada ela falou que a Pippa ainda está traumatizada por causa daquela vez que ela quase voou do banco do Bentley conversível e que é por isso que ela se esconde debaixo do banco e faz cocô sempre que anda no carro. Eu não disse nada para a mulher... então como ela sabe que você tem esse modelo de carro? Depois dessa, passei a acreditar em psicólogos — confessou Roxanne.

Colette acariciou a cadelinha com lágrimas nos olhos.

— Sinto muito, Pippa. Vou te compensar por isso. Roxanne, por favor, tire uma foto nossa e publique no WeChat com a legenda "minhas meninas voltaram" — pediu Colette, posando para a foto e depois se levantando para alisar o vestido. Então ela disse para Roxanne, num tom de gelar o sangue: — Nunca mais quero ver aquele Bentley.

O grupo chegou ao último pavilhão, o maior prédio de todos e o único que tinha janelas.

— Roxanne... código! — ordenou Colette, e sua assistente de *headset* prontamente digitou um código de oito dígitos para destrancar a porta.

— Bem-vindos ao museu privativo da minha família — anunciou Colette.

Eles entraram numa galeria do tamanho de uma arena de basquete, e a primeira coisa que chamou a atenção de Rachel foi um quadro enorme de Mao.

— É um Warhol? — perguntou ela.

— Sim. Você gosta do Mao? Meu pai me deu esse quadro no meu aniversário de 16 anos.

— Que belo presente de aniversário! — comentou Rachel.

— Sim, foi o meu presente favorito naquele ano. Eu queria ter uma máquina do tempo para que Andy pudesse pintar o meu retrato — suspirou Colette.

Nick parou em frente ao quadro, maravilhado, observando a pintura do líder comunista e imaginando o que o artista e o ditador teriam feito com uma garota como Colette Bing.

Nick e Rachel começaram a caminhar para a direita, até que Colette falou:

— Ah, podem pular aquela galeria, se quiserem. Só tem quinquilharias sem graça que o meu pai adquiriu quando estava começando a colecionar: Picassos, Gauguins, essas coisas. Venham ver o que tenho comprado ultimamente.

Eles foram redirecionados para uma galeria cujas paredes eram uma lista de artistas atuais de todas as feiras de artes internacionais — um quadro bem apetitoso de Vik Muniz pintado com calda de chocolate, um Bridget Riley de dar dor de cabeça, com seus quadradinhos sobrepostos, uma obra de Basquiat e, é claro, uma imensa imagem de dois jovens nórdicos nus, de Mona Kuhn.

Em seguida, eles se depararam com uma galeria ainda maior, onde havia somente uma obra de arte grande.... 24 pergaminhos pendurados formavam uma vasta e intrincada paisagem.

Nick ficou boquiaberto.

— Ei, esse não é *O Palácio das Dezoito Perfeições*? Pensei que a Kitty...

Naquele momento, Roxanne ficou afoita e colocou a mão sobre o fone de ouvido.

— Tem certeza? — perguntou ela, antes de agarrar o braço de Colette. — Seus pais acabaram de passar pela guarita.

Colette parecia em pânico.

— Já? Mas eles chegaram muito cedo. Não tem nada pronto! — Virando-se para Nick e Rachel, ela disse: — Me desculpem ter que interromper nosso passeio, mas meus pais chegaram.

O grupo caminhou apressadamente enquanto Colette latia ordens para Roxanne.

— Alerte a equipe! Onde está aquele maldito Wolseley? Diga a Ping Gao que comece a cozinhar o frango agora! E mande Baptiste decantar o uísque! E por que os bambus em volta da piscina estão apagados?

— Eles estão ligados ao temporizador. As luzes da piscina se acendem depois das sete horas, juntamente com as demais — respondeu Roxanne.

— Ligue tudo imediatamente! E desligue esse homem gemendo. Você sabe muito bem que o meu pai só gosta de ouvir música popular chinesa! E coloque a Kate e a Pippa em suas gaiolinhas. Não se esqueça de que a minha mãe é alérgica a elas!

Ao ouvir seus nomes, as cadelinhas começaram a latir, excitadas.

— Desligue Bon Iver e coloque Peng Liyuan!* — falou Roxanne em seu *headset*, apressada, enquanto corria com as cadelas em direção à ala de serviço, quase tropeçando nas coleiras.

Quando Carlton, Colette, Nick e Rachel chegaram à entrada do pavilhão principal, toda a equipe estava reunida ao pé da escadaria. Rachel tentou contar quantos empregados havia ali, mas desistiu quando chegou a trinta. As mulheres, posicionadas à esquerda, usavam elegantes *qipaos* de seda pretos, e os homens, à direita, uniformes James Perse pretos, criando duas linhas diagonais em V, como gansos durante o voo de migração. Colette assumiu seu lugar no vértice do V, enquanto o restante do grupo aguardava ao pé da escada, então se virou e fez a inspeção final:

— Quem está com as toalhas? Cadê as toalhas quentes?

Uma das empregadas mais jovens deu um passo para o lado, saindo da formação, segurando um pequeno baú.

— O que você está fazendo? Assuma seu lugar! — gritou Roxanne, enquanto o comboio de SUVs Audi pretas estacionava na entrada.

As portas do primeiro carro se abriram, e diversos homens de óculos escuros, trajando ternos pretos, saltaram do veículo. Um deles se aproximou do carro no meio do comboio e abriu a porta.

---

* Ela não é apenas a mais famosa cantora de música popular na China, como é também a primeira-dama, casada com o presidente Xi Jinping.

A julgar pela espessura da porta, Nick imaginou que o carro era blindado. Um homem baixo e forte usando terno completo foi o primeiro a sair do carro.

Roxanne, que estava ao lado de Nick, arfou, surpresa.

Vendo que o homem não parecia ter mais do que 20 e poucos anos, Nick perguntou:

— Imagino que esse não seja o pai da Colette.

— Não, não é — respondeu Roxanne, olhando de soslaio para Carlton.

9

Michael e Astrid

•

CINGAPURA

— Isso é tudo o que você vai vestir? — perguntou Michael, espiando a mulher pela porta de seu quarto de vestir.

— O que você quer dizer com isso? Não estou suficientemente vestida para você? — brincou Astrid enquanto tentava subir o delicado fecho de sua sandália.

— É que você está tão casual...

— Isso *não é* casual — falou Astrid, levantando-se. Ela estava usando um vestido preto curto com apliques de crochê e franjas.

— Estamos indo para um dos melhores restaurantes de Cingapura e vamos jantar com os caras da IBM.

— Só porque o André é um dos melhores restaurantes da cidade não quer dizer que seja formal. Pensei que esse jantar fosse apenas um encontro informal com alguns clientes.

— E é. Mas o mandachuva trouxe a esposa, que dizem ser muito chique.

Astrid olhou para Michael, surpresa. Será que ele havia sido secretamente abduzido por alienígenas e substituído por um editor de moda? Nos seis anos em que estavam casados, Michael jamais fizera qualquer comentário sobre o que ela usava. Em algumas ocasiões, ele havia dito que ela estava "bonita" ou "sexy", mas jamais usara palavras como "chique". Essa era uma palavra que não fazia parte do vocabulário dele, pelo menos até aquele dia.

Astrid passou um pouco de óleo essencial de rosas no pescoço e disse:

— Se essa mulher é mesmo chique, com certeza vai saber valorizar esse vestido Altuzarra. É um modelo conceitual, que foi usado só na passarela e que nunca foi produzido para o grande público. E estou usando, para combinar, sandálias de veludo Tabitha Simmons, brincos de ouro Line Vautrin e meu bracelete de ouro Peranakan.

— Talvez seja todo esse ouro. Me parece um pouco *kan chia*.* Você não pode trocar esse ouro por diamantes?

— Meu bracelete não tem nada de *kan chia*. Na verdade, ele faz parte da herança que minha tia-avó Matilda Leong deixou para mim, que agora está emprestada ao Museu de Civilizações Asiáticas. Eles vivem implorando para que eu empreste o bracelete também, mas eu fiquei com ele por causa do apelo sentimental.

— Desculpe. Não quis ofender sua tia-avó. Não sou uma pessoa ligada em moda como você. Esse é um dos negócios mais importantes nos quais já estive envolvido, mas, por favor, use o que você quiser. Vou ficar lá embaixo te esperando.

Astrid suspirou. Ela sabia que o comentário do marido tinha a ver com o que aquele colunista disse sobre Michael — que ele deveria renovar as joias da esposa. Mesmo ele tendo negado, ela sabia que o comentário o havia irritado. Ela caminhou até o cofre, digitou sua senha de nove dígitos e olhou para o conteúdo lá dentro. Droga, os brincos que ela pretendia usar estavam guardados no cofre do banco OCBC. A única joia que tinha em casa, de um tamanho razoável, era um par de brincos de diamante e esmeralda Wartski, que sua avó havia lhe dado, sem mais nem menos, em sua última visita a Tyersall Park. As esmeraldas eram tão grandes quanto nozes. Parece que a última vez que a avó havia usado aqueles brincos fora na coroação do rei Bhumibol, da Tailândia, em 1950. *Bem, se o Michael quer impressionar, é isso que vou usar. Mas que roupa poderia combinar com esses brincos?*

---

* A tradução literal é "riquixá", mas o termo em *hokkien* se refere aos puxadores de riquixá ou qualquer coisa que seja considerada "classe baixa". (É claro que Michael nunca esteve em Manhattan, onde os motoristas de riquixá costumam ser modelos desempregados, que cobram mais do que os motoristas de Uber Black.)

Astrid deu uma olhada em seu closet e pegou um macacão preto Yves Saint Laurent, com cinto de corda e mangas bordadas. Era um traje elegante, mas simples o suficiente para ser usado com o par de brincos extravagantes. Bom, ela poderia dar um *up* no visual com as botas Alaïa. Astrid sentiu um bolo se formar na garganta ao vestir o macacão — ela nunca o havia usado antes, pois o considerava muito precioso. Fazia parte da última coleção de Yves, de 2002, e, embora ela tivesse apenas 23 anos quando o macacão foi feito para ela, ele ainda abraçava seu corpo mais perfeitamente do que qualquer outra peça sua. *Nossa, como sinto falta do Yves.*

Astrid desceu as escadas e foi direto para o quarto de brinquedos, onde encontrou Michael fazendo companhia para Cassian na mesinha das crianças, enquanto ele comia seu macarrão com almôndegas.

— *Uau! Vous êtes top, madame!* — exclamou a babá de Cassian quando viu Astrid.

— *Merci, Ludivine.*

— *Saint Laurent?*

— *Qui d'autre?*

Ludivine colocou a mão no peito e balançou a cabeça, impressionada. (Ela mal podia esperar para provar aquele traje amanhã, quando a madame saísse.)

Astrid se virou para Michael.

— Está bom o suficiente para impressionar o mandachuva da IBM?

— Onde você conseguiu esses brincos? *Tzeen* ou *Keh*?* — exclamou Michael.

— *Tzeen!* Minha avó me deu recentemente — respondeu ela, levemente incomodada por Michael ter percebido apenas os brincos, sem elogiar seu macacão maravilhoso.

— *Wah lan!*** Van Cleef e Ah Ma atacam de novo!

Astrid se encolheu. Michael havia punido Cassian por falar palavrões, mas ali estava ele xingando na presença do filho.

---

* Em *hokkien*, verdadeiros ou réplicas?
** Literalmente "pelo meu cacete".

— Olhe, Cassian. A mamãe não está linda hoje? — perguntou Michael, pegando uma almôndega do prato do filho.

— Sim. A mamãe está sempre linda. E para de roubar as minhas almôndegas!

Astrid imediatamente se derreteu. Como ela podia se irritar com Michael quando ele estava tão fofo sentado na cadeirinha infantil ao lado de Cassian? As coisas haviam melhorado muito desde que ela voltara de Veneza. Depois de dar um beijo de despedida no filho, os dois foram para a entrada da casa, onde o chofer deles, Youssef, estava dando o último polimento na Ferrari California Spyder 1961.

Meu Deus, ele quer mesmo impressionar alguém essa noite, pensou Astrid.

— Obrigado por mudar de roupa, amor. Significa muito para mim — disse Michael, ao abrir a porta do carro para a esposa.

Astrid assentiu ao entrar.

— Se você acha mesmo que vai fazer alguma diferença, fico feliz em ajudar.

Eles começaram o trajeto em silêncio, curtindo a brisa fresca que entrava pelo teto solar, mas, quando o carro virou na Holland Road, Michael puxou conversa de novo.

— Quanto você acha que esses brincos valem?

— Provavelmente mais do que esse carro.

— Paguei 8,9 milhões de dólares por essa Rari. Você acha mesmo que os seus brincos valem mais? A gente deveria mandar avaliar.

Astrid achou a conversa um pouco pedante. Ela nunca havia pensado no valor de suas joias e tentou entender por que Michael tinha feito esse comentário.

— Eu jamais irei vendê-los, então para que mandar avaliar?

— Bom, nós queremos colocá-los no seguro, não?

— Todas as minhas joias estão asseguradas por uma apólice da família. Eu só preciso pedir à Srta. Seong que acrescente uma peça a uma lista que ela mantém no escritório.

— Eu não sabia disso. Meus carros podem entrar na apólice também?

— Acho que não. É só dos Leongs — respondeu Astrid, mas imediatamente se arrependeu da escolha das palavras.

Porém Michael pareceu não perceber e continuou falando:

— Você está mesmo ganhando as melhores joias da sua avó, não é? Suas primas devem estar morrendo de inveja.

— Ah, minha avó tem joias suficientes para todas. A Fiona ganhou as safiras da grã-duquesa Olga, e minha prima Cecilia ficou com um jade imperial lindíssimo. Minha avó sabe escolher. Ela dá as peças certas para quem ela sabe que irá apreciá-las.

— Você acha que ela está sentindo que vai bater as botas em breve?

— Que comentário horrível! — exclamou Astrid, olhando horrorizada para o marido.

— Ora vamos, *lah*. É claro que esse pensamento deve passar pela cabeça dela. Talvez por isso ela tenha começado a distribuir as joias. As pessoas velhas pressentem esse tipo de coisa, sabia?

— Michael, minha avó foi uma pessoa presente para mim durante toda a minha vida. Não consigo nem imaginar como vai ser o dia que ela não estiver mais aqui.

— Desculpe. Estava só tentando puxar assunto.

Eles ficaram em silêncio novamente. Michael voltou a se concentrar em seu importante jantar, e Astrid ficou pensando no que ele havia acabado de dizer. Michael sempre evitou conversar sobre dinheiro logo que eles se casaram, especialmente se o assunto envolvia a família dela, e sempre fez questão de deixar claro que não queria se meter nos assuntos financeiros de Astrid. Na verdade, o casamento deles havia sido abalado pelas inseguranças do próprio Michael com relação à fortuna dos Leongs, e ele chegou a pensar até em separação, mas felizmente aquele período horrível havia ficado para trás.

Mas, desde que os negócios dele deslancharam, Michael havia se transformado. Astrid notara que, atualmente, nas reuniões de família, ele era sempre o centro das atenções entre os homens quando o assunto eram finanças. Michael se deliciava em ser a pessoa a quem todos recorriam quando queriam conselhos sobre a indústria de tecnologia e estava adorando o respeito recém-adquirido do sogro e dos cunhados, que durante anos vinham tratando-o com condescendência. Ele também havia descoberto seu lado consumista, e Astrid observou, impressionada, os gostos do marido mudarem mais rápido do que se podia dizer "você aceita American Express"?

Ela olhou para o marido, tão lindo e elegante em seu terno Cesare Attolini cinza escuro, com sua gravata Borrelli impecável, seu relógio Patek Philippe Nautilus Chronograph brilhando sob as luzes dos postes enquanto ele passava a marcha do carro, o mesmo que James Dean e Ferris Bueller cobiçavam. Astrid tinha orgulho dele por tudo o que havia conquistado, mas parte dela sentia saudades do velho Michael, o homem que ficava feliz relaxando em casa, comendo *tau you bahk** com arroz e tomando cerveja Tiger.

Enquanto dirigiam pela Neil Road, Astrid olhou pela janela, admirando as tradicionais lojas. Então percebeu que eles haviam passado pelo restaurante.

— Ei, você perdeu a entrada. Acabamos de passar pelo Bukit Pasoh.

— Fique tranquila. Fiz isso de propósito. Vamos dar uma volta no quarteirão antes.

— Por quê? Nós já não estamos atrasados?

— Decidi dar a eles um pouco mais de tempo para esfriar a cabeça. Instruí o maître d' para garantir que eles primeiro tomem uns drinques no bar e então para que se sentem a uma mesa perto da janela para que possam ter uma boa visão de quando estivermos estacionando o carro. Quero que todos eles me vejam saindo desse carro e depois que observem *você* saltando dele.

Astrid se segurou para não rir. Quem era aquele homem ao lado dela falando daquele jeito?

Michael continuou.

— Estamos jogando, e sei que eles querem ver quem desiste primeiro. Eles estão loucos para comprar uma nova tecnologia que desenvolvemos, e é muito importante que eu consiga passar para eles a imagem certa.

Eles finalmente estacionaram em frente a um dos mais famosos restaurantes da ilha. Quando Astrid desceu do carro, Michael olhou para ela de cima a baixo e disse:

---

* Barriga de porco cozida em molho de soja, um prato *hokkien* simples.

— Então, acho que você cometeu um erro ao mudar de roupa... Aquele vestido deixava suas pernas sensuais à mostra. Mas pelo menos você colocou esses brincos. Eles vão ficar de queixo caído, especialmente a mulher. Vai ser ótimo. Quero que eles saibam que não sou qualquer um.

Olhando para o marido sem acreditar no que estava ouvindo, Astrid tropeçou no deque de madeira que dava para a entrada do restaurante.

Michael olhou para ela, irritado:

— Merda. Espero que eles não tenham visto isso. Por que diabos você está usando essas botas ridículas?

Astrid respirou fundo.

— Como é mesmo o nome da mulher?

— Wendy. E eles têm um cachorro chamado Gizmo. Você pode conversar com ela sobre o cachorro.

Astrid se sentiu enjoada. Pela primeira vez na vida, ela sentiu na pele o que era ser tratada como qualquer uma.

10

Os Bings

•

XANGAI

Nick, Rachel, Carlton e Roxanne estavam parados nos largos degraus de pedra da residência dos Bings, observando Colette dar um abraço caloroso no homem que havia acabado de sair do carro.

— Quem é esse cara? — perguntou Nick a Roxanne.

— Richie Yang — respondeu ela, antes de sussurrar —, um dos pretendentes da Colette, que mora em Pequim.

— Ele está muito bem-vestido para hoje à noite.

— Ah, ele está sempre elegante, sempre na moda. A *Noblest Magazine* elegeu Richie o homem mais bem-vestido da China, e o pai dele foi considerado o quarto homem mais rico do país pelo *Heron Wealth Report*, por sua fortuna no valor de 15,3 bilhões de dólares.

Um homem de estatura baixa na faixa dos 50 anos saiu da SUV blindada. Seu bigode estilo Errol Flynn acentuava mais ainda o rosto enrugado.

— Aquele é o pai da Colette? — perguntou Nick.

— Sim. É o Sr. Bing.

— E em que posição do ranking ele está? — perguntou Nick. Ele achava essas classificações ridículas e, na maioria das vezes, incorretas.

— O Sr. Bing foi considerado o quinto homem mais rico, mas o *Heron* está errado. Levando em consideração o valor atual de suas ações, ele deveria ser mais rico do que o pai do Richie. A *Fortune Asia* publicou a classificação correta, colocando o Sr. Bing na terceira posição — explicou Roxanne.

— Que ultraje! Deu até vontade de escrever uma carta para o *Heron Wealth Report* protestando contra o erro — brincou Nick.

— Ah, não será necessário, senhor. Nós já fizemos isso.

O Sr. Bing ajudou uma mulher de cabelos cheios, que iam até a altura dos ombros, de óculos escuros e uma máscara cirúrgica azul cobrindo o rosto, a saltar do carro.

— Aquela é a Sra. Bing — sussurrou Roxanne.

— Eu imaginei. Ela está doente?

— Não. Ela simplesmente tem misofobia extrema. É por isso que ela passa a maior parte do tempo na ilha dos Bings no Havaí, onde acredita que o ar seja mais puro. E é por isso também que aqui nessa propriedade tem um sistema de purificação de ar de ponta.

Todos observaram Colette abraçar os pais educadamente e, depois, a empregada que segurava o baú com as toalhas quentes se postou na frente deles como se estivesse oferecendo ouro, incenso e mirra. Os pais de Colette, que usavam moletons de cashmere Hermès azul-marinho, começaram a limpar as mãos e o rosto metodicamente. Ao terminar, a Sra. Bing estendeu as mãos, e outra empregada se apressou em colocar um pouco de álcool gel para que ela completasse sua assepsia. Depois de terminado, Wolseley ofereceu as boas-vindas, e então Colette gesticulou para que o restante do grupo se aproximasse.

— Papai e mamãe, quero que conheçam meus amigos. Vocês conhecem o Carlton, é claro. Essa é a irmã dele, Rachel, e o marido dela, Nicholas Young. Eles moram em Nova York, mas o Nicholas é de Cingapura.

— Carlton Bao! Como está o seu pai? — perguntou o pai de Colette enquanto lhe dava uns tapinhas nas costas, antes de se virar para Nick e Rachel. — Jack Bing — apresentou-se ele, trocando um aperto de mão vigoroso com os dois. Ele observou Rachel com grande interesse, dizendo em mandarim:

— Você é a cara do seu irmão.

A mãe de Colette não apertou a mão de ninguém, apenas assentiu rapidamente, olhando para eles por trás de sua máscara cirúrgica e de seus óculos Fendi.

— O avião do Richie estava estacionado do lado do nosso quando pousamos — contou Jack Bing para a filha.

— Acabei de voltar do Chile — explicou Richie.

— Eu disse que ele tinha de se juntasse a nós para o jantar — explicou o Sr. Bing.

— Claro, claro — assentiu Colette.

— E vejam só quem está aqui... Carlton Bao, o homem com nove vidas — brincou Richie.

Rachel percebeu a mandíbula de Carlton se contrair, exatamente como a dela quando estava irritada, mas ele riu, sendo muito educado, ao ouvir o comentário de Richie.

Todos se dirigiram para o salão principal. Quando entraram, foram recebidos por um homem que parecia familiar a Rachel. Ele estava de pé segurando uma bandeja que continha um decantador e um copo de uísque. Ela lembrou que tinha visto o homem no Din Tai Fung, onde ele havia sido apresentado como *sommelier*. Só então se deu conta de que o francês não trabalhava para o restaurante — ele era o *sommelier* particular dos Bings.

— O senhor gostaria do xerez de 12 anos para celebrar sua chegada, Sr. Bing? — perguntou o homem.

Nick teve de se controlar para não rir: parecia que o homem estava oferecendo ao pai de Colette os serviços de uma prostituta mirim.

— Ah, Baptiste. Obrigado — agradeceu-lhe Jack Bing em inglês, com um sotaque carregado, enquanto pegava o copo da bandeja.

A Sra. Bing retirou a máscara cirúrgica, foi para o sofá mais próximo e se sentou com um suspiro de alívio.

— Não, mãe. Não vamos ficar aqui. Vamos para os sofás perto das janelas — disse Colette.

— *Aiyah*, voei o dia inteiro, e meus pés estão inchados. Por que não posso simplesmente me sentar aqui?

— Mãe, instruí as empregadas para afofarem as almofadas de seda de flor de lótus naqueles sofás especialmente para você, e as magnólias estão carregadas de flor essa semana. Temos que nos sentar perto das janelas para que você possa apreciá-las — explicou Colette, de forma ríspida.

Rachel se assustou ao notar a mudança no tom de voz de Colette. A Sra. Bing se levantou, relutante, e o grupo se dirigiu em direção à parede de vidro no canto do grande salão.

— Agora, mãe, sente-se aqui para que possa desfrutar da visão das topiárias. Pai, sente-se aqui. Mei Ching trará um banquinho para você apoiar os pés. Mei Ching, onde estão os banquinhos acolchoados? — perguntou Colette.

Ela se aninhou na *chaise longue* de frente para a janela, mas, para todos os demais, o reflexo do sol incomodava os olhos. Rachel e Nick começaram a perceber que o elaborado ritual de boas-vindas protagonizado por Colette não tinha a ver com respeito. Na verdade, ela era extremamente controladora e gostava que tudo fosse feito exatamente como mandava.

Todos se inclinavam em posições estranhas para evitar o reflexo do sol, e Jack Bing ficou observando Nick, interessado. *Quem é esse homem casado com a adorável filha de Bao Gaoliang? A mandíbula dele é tão perfeita que deve dar para preparar sushi nela. E ele se comporta como um duque.* Então Jack Bing assentiu para Nick e disse:

— Quer dizer que você é de Cingapura? É um país muito interessante. Você trabalha com o quê?

— Sou professor de história.

— Nick estudou Direito em Oxford, mas dá aulas na Universidade de Nova York — complementou Colette.

— Você se deu ao trabalho de tirar um diploma de Direito em Oxford, mas não pratica? — perguntou Jack. *Deve ser um advogado frustrado.*

— Eu nunca pratiquei. História sempre foi a minha maior paixão. *Agora ele vai perguntar quanto eu ganho ou o que os meus pais fazem.*

— Hummmm... — disse Jack. *Só esses cingapurianos malucos gastariam dinheiro mandando os filhos estudarem em Oxford para* nada. Talvez ele seja de uma dessas famílias sino-indonésias. — O que o seu pai faz?

Ah. Eu sabia. Nick já havia conhecido inúmeros Jack Bings em sua vida. Homens ambiciosos e de bem-sucedidos que estavam sempre procurando fazer conexões que valessem a pena. Ele sabia que bastava apenas mencionar alguns nomes importantes para deixar um homem como Jack Bing impressionado. Mas, como ele não estava com a menor vontade de fazer isso, respondeu educadamente:

— Meu pai é engenheiro, mas agora está aposentado.

— Ah, entendi — falou Jack. *Que desperdício. Com essa aparência e toda essa estatura, esse cara poderia ter sido banqueiro ou político.*

Agora ele vai querer saber mais sobre a minha família ou vai fazer perguntas para Rachel, pensou Nick e perguntou, por educação:

— E o que o senhor faz, Sr. Bing?

Jack ignorou a pergunta de Nick e se virou para Richie Yang.

— Então, Richie, me diga o que estava fazendo no Chile. Pesquisando mais empresas de mineração para que o seu pai possa comprar?

Ah, muito bom — fui considerado desimportante, e ele obviamente não está nem aí para o que a Rachel faz. Nick achou graça.

Richie, que estava com os olhos grudados em seu telefone Vertu de titânio, riu.

— Jesus, não! Eu estava treinando para o Rali Dakar. Você sabe, a corrida off-road que acontece na América do Sul agora. Começa na Argentina e termina no Peru.

— Você *ainda* está competindo? — perguntou Carlton.

— É claro!

— Inacreditável! — disse Carlton balançando a cabeça, a voz cheia de raiva.

— Por quê? Você achou que eu ia correr para a mamãe depois de uma batidinha?

Carlton ficou vermelho e parecia a ponto de pular em cima de Richie. Colette colocou a mão no braço dele e disse, com uma entonação alegre:

— Eu sempre quis conhecer Machu Picchu, mas você sabe que fico extremamente enjoada quando estou em altas altitudes. Fui a St. Moritz no ano passado e fiquei tão mal que nem consegui fazer compras.

— Você nunca me disse isso! Viu como fica sempre colocando a sua vida em risco indo para lugares perigosos como a Suíça? — ralhou a Sra. Bing com a filha.

Colette se virou para a mãe e disse, irritada:

— Ficou tudo bem, mãe. E quem foi que morreu para que a senhora ficasse assim igual a Jackie Onassis? Por que está usando óculos escuros dentro de casa?

A Sra. Bing respondeu, dramática:

— *Hiyah*, você não sabe do meu sofrimento — reclamou ela e tirou os óculos escuros, revelando olhos inchados. — Não consigo mais abrir meus olhos direito. Está vendo? Acho que tenho uma doença rara chamada *mayo.... mayonnaise gravies*.

— Oh, a senhora quer dizer *myasthenia gravis* — corrigiu-a Rachel.

— Sim, sim! Você sabe de que doença estou falando! — animou-se a Sra. Bing. — Ela afeta os músculos ao redor dos olhos.

Rachel assentiu.

— Ouvi dizer que se trata de uma doença muito difícil, Sra. Bing.

— Por favor, me chame de Lai Di — pediu a mãe de Colette, começando a sentir certa simpatia por Rachel.

— Você não tem *mayonnaise gravy*, ou seja lá qual for o nome dessa doença. Seus olhos estão inchados porque você dorme demais! Qualquer um teria os olhos assim se dormisse 14 horas por dia! — disse Colette com desdém.

— Eu preciso dormir 14 horas por dia por causa da minha fadiga crônica.

— Essa é outra doença que você não tem, mãe. Síndrome da fadiga crônica não dá sono.

— Bem, tenho uma consulta com um especialista em *mayonnaise-athena gravies* na semana que vem em Cingapura.

Colette revirou os olhos, dirigindo-se a Nick e Rachel:

— Minha mãe mantém noventa por cento dos médicos da Ásia empregados.
— Bom, então ela já deve ter se consultado com muitos dos meus parentes — comentou Nick.
Ao ouvir o comentário, o Sr. Bing se mostrou interessado.
— Você tem parentes na área médica?
— Vejamos... o senhor deve conhecer meu tio Dickie... Richard T'sien, ele é clínico geral e tem vários clientes da alta sociedade. Não conhece? Talvez o senhor tenha ouvido falar do irmão dele, Mark T'sien. Ele é oftalmologista. Meu primo Charles Shang é hematologista. E tenho outro primo, Peter Leong, neurologista.
A Sra. Bing arquejou.
— Dr. Leong? Que divide a clínica em K.L. com a esposa, Gladys?
— Exatamente esse.
— *Aiyah!* Que mundo pequeno. Eu me consultei com ele quando pensei que estivesse com um tumor no cérebro. Depois me consultei com Gladys para pedir uma segunda opinião.
A Sra. Bing começou a falar animadamente com o marido num dialeto chinês que Nick não reconheceu. Jack, que estivera ouvindo Richie descrever o veículo off-road especial que estava desenvolvendo com a Ferrari, imediatamente voltou a atenção para Nick.
— Se Peter Leong é seu primo, então Harry Leong deve ser seu tio, não?
— Sim, ele é meu tio. *Agora ele pensa que eu sou um Leong. Meu valor de mercado está crescendo de novo.*
Jack observou Nick com um interesse renovado. *Meu Deus, esse rapaz é da família Leong do Óleo de Palma! Eles estão em terceiro lugar na lista do Heron Wealth Report das famílias mais ricas da Ásia! Por isso ele pode se dar ao luxo de ser professor!*
— Sua mãe é Leong? — perguntou Jack, animado.
— Não. Harry Leong se casou com a irmã do meu pai.
— Ah, entendi — disse Jack. *Humm... Young. Nunca ouvi falar desse sobrenome. Esse rapaz deve ser do lado pobre da família.*
O Sr. Bing se inclinou em direção a Nick.
— Há outros médicos na sua família?

— O senhor conhece o Dr. Malcolm Cheng, cardiologista em Hong Kong?

— Meu Deus! Outro dos meus médicos! — exclamou a Sra. Bing, animada. — Eu me consultei com ele para ver uma arritmia cardíaca, mas depois de todos os exames ele me disse que eu tinha simplesmente que diminuir minhas idas ao Starbucks.

Richie, que estava ficando entediado com essa conversa de médicos, se virou para Colette:

— Que horas vamos jantar?

— Já está quase pronto. Meu chef cantonês está preparando seu famoso frango no papelote com trufas brancas.*

— Nham!

— E como sobremesa pedi ao meu chef francês que preparasse seu suflê Grand Marnier favorito! — disse Colette.

— Você sabe mesmo como conquistar o coração de um homem, não é?

— Só o coração de determinados homens — falou Colette, erguendo uma sobrancelha.

Rachel olhou para Carlton para ver a reação dele àquele flerte, mas o irmão parecia muito concentrado em seu iPhone. Então ele ergueu os olhos e assentiu rapidamente para Colette, que percebeu seu gesto, mas não comentou nada. Rachel não conseguia decifrar o que estava acontecendo entre eles.

Logo depois, Wolseley anunciou que o jantar seria servido, então o grupo se dirigiu para a sala de jantar, que era um terraço cercado por paredes de vidro, com vista para a piscina.

— Essa noite teremos um jantar informal em família, por isso pensei que poderíamos comer em nosso pequeno terraço climatizado — explicou Colette.

É claro que o terraço não era nada pequeno e muito menos informal. O espaço era tão grande quanto uma quadra de tênis.

---

* Uma iguaria na qual pedaços de frango são misturados ao molho de *hoisin*, envolvidos num papelote e deixados marinando do dia para a noite. (A trufa branca, ingrediente que normalmente não é tão comum na culinária cantonesa, dá um toque a mais. Ponto para o ambicioso chef dos Bings.) Os papelotes são então fritos, permitindo que o delicioso marinado se caramelize no frango. Um prato de lamber os beiços!

Havia velas em volta da mesa redonda de madeira zitan, posta para oito pessoas, com louça Nymphenburg "informal". Atrás de cada cadeira havia uma empregada, para garantir que cada convidado conseguiria realizar corretamente a difícil tarefa de se sentar.

— Agora, antes de iniciarmos nosso jantar, gostaria de dizer que tenho um presente especial para todos vocês — anunciou Colette. Ela olhou para Wolseley e assentiu. A iluminação foi diminuindo, e as primeiras notas do clássico chinês "Jasmine Flower" soaram nos alto-falantes externos. As árvores ao redor da piscina se iluminaram em tons de esmeralda e a água, que agora tinha um tom lilás por causa da luz, começou a borbulhar. Então, assim que a parte cantada começou, vários jatos de água subiram, coreografados pela música, e se transformaram em elaboradas esculturas. Era um arco-íris de cores.

— Meu Deus! Parece a fonte dançante do Bellagio, em Las Vegas — disse a Sra. Bing, impressionada.

— Quando você instalou isso? — perguntou Jack à filha.

— Estou fazendo isso em segredo há meses. Eu queria que ficasse pronto a tempo para minha festa de verão com Pan TingTing — explicou Colette, orgulhosa.

— Isso tudo é só para impressionar Pan TingTing?

— Nada disso. Eu fiz isso para a mamãe!

— E quanto isso vai me custar?

— Oh, foi muito menos do que você imagina. Cerca de umas vinte pratas, mais ou menos.

O pai de Colette suspirou, balançando a cabeça, resignado.

Rachel e Nick se entreolharam. Eles sabiam que, entre os ricos chineses, "pratas" significavam "milhões".

Colette se virou para Rachel.

— Você gostou?

— É incrível. A voz da cantora parece muito com a da Céline Dion.

— E *é* a Céline. É um famoso dueto com Song Zuying em mandarim — explicou Colette.

Quando o espetáculo das águas terminou, várias empregadas enfileiradas entraram no terraço, cada uma segurando uma louça antiga Meissen. As luzes foram novamente acesas e, em perfeita sincronia, as empregadas colocaram os pratos com o frango no papelote na frente de cada convidado. Todos começaram a desenrolar seus papelotes, que haviam sido elegantemente amarrados, fazendo com que o aroma delicioso se espalhasse no ar. Quando Nick estava prestes a dar a primeira garfada naquele suculento frango, observou a fiel Roxanne se aproximar de Colette e sussurrar alguma coisa em seu ouvido. Colette sorriu e assentiu, então olhou para Rachel e disse:

— Tenho uma última surpresa para você.

Rachel viu Bao Gaoliang subindo as escadas até a sala de jantar. Todos se levantaram em reverência ao ministro. Sem nem conseguir respirar direito, Rachel se levantou de sua cadeira e foi cumprimentar o pai. Bao Gaoliang parecia extremamente surpreso em ver a filha. Ele a abraçou de forma calorosa, para espanto de Carlton. Ele jamais presenciara o pai demonstrando afeto daquela maneira, nem mesmo com sua mãe.

— Sinto muito por interromper o jantar de vocês. Eu estava em Pequim há algumas horas e fui forçado a entrar num avião por esses dois conspiradores — disse Gaoliang, gesticulando em direção a Carlton e Colette.

— Não está interrompendo nada. É uma honra tê-lo aqui conosco, Bao *Buzhang** — disse Jack Bing, levantando-se e dando tapinhas nas costas de Gaoliang. — Isso pede uma comemoração. Onde está Baptiste? Precisamos de um vinho *tiger bone*** especial.

— Isso, força de tigre para nós todos! — comemorou Richie, levantando-se para apertar a mão de Bao Gaoliang. — O seu discurso da semana passada sobre os perigos da inflação foi muito bom, *Lingdao*.***

— Ah, você estava lá? — perguntou Bao Gaoliang.

---

* Em mandarim, "ministro", a forma correta de se dirigir a um funcionário do alto escalão do governo.
** Literalmente "vinho de osso de tigre". Bebida de arroz com ossos de tigre selvagem fermentada, envelhecida por até oito anos. (*N. das T.*)
*** Em mandarim, "chefe", a forma correta de se dirigir a um representante do governo quando se quer puxar o saco dele.

— Não. Eu assisti pelo circuito interno de TV. Sou aficionado por política.

— Bom, fico feliz que alguns de vocês, jovens, prestem atenção aos assuntos de relevância para o nosso país — disse Gaoliang, olhando de soslaio para o filho.

— Só presto atenção quando acho que nossos líderes estão sendo honestos comigo. Não gosto de discursos muito retóricos.

Carlton teve de se segurar para não revirar os olhos.

Um assento foi posto para Gaoliang ao lado de Rachel, e Colette gesticulou graciosamente para o convidado recém-chegado:

— Bao *Buzhang*, por favor, sente-se.

— É uma pena que a Sra. Bao não tenha podido se juntar a nós. Ela ainda está em Hong Kong? — perguntou Rachel.

— Sim, infelizmente. Mas ela mandou lembranças — disse Gaoliang, tentando cortar o assunto.

Carlton bufou, fazendo com que todos olhassem para ele por um instante. Parecia que ele ia dizer alguma coisa, mas na mesma hora mudou de ideia e virou uma taça inteira de Montrachet de uma vez só.

Os convidados voltaram a se concentrar no jantar, e Rachel pôs o pai a par sobre tudo o que eles haviam feito desde que chegaram a Xangai, enquanto Nick conversava com os Bings e Richie Yang. Nick estava aliviado por Bao Gaoliang finalmente ter aparecido e conseguia ver de longe a alegria de Rachel por poder passar um tempo com o pai. Mas também não pôde deixar de notar que Carlton havia ficado calado e sisudo, enquanto Colette estava cada vez mais agitada vendo a sucessão de pratos sendo servidos. *O que está acontecendo? Os dois parecem prestes a surtar a qualquer momento.*

De repente, enquanto todos saboreavam o macarrão estilo Lanzhou com lagostas e abalone, Colette apoiou seu hashi e sussurrou no ouvido do pai, então os dois se levantaram abruptamente.

— Por favor, nos deem licença um momento — disse Colette, com um sorriso forçado e saiu acompanhada pelo pai. Assim que estavam longe o bastante dos convidados para não serem ouvidos, ela começou a gritar: — De que adianta contratar o melhor mordomo da Inglaterra para te ensinar boas maneiras se você não aprende? Você estava chupando o macarrão tão alto que os meus dentes começaram a doer! E ainda ficou cuspindo os ossos na mesa. Meu Deus! Christian Liaigre teria um ataque do coração se soubesse o que está acontecendo em sua mesa lindamente posta! E quantas vezes eu já disse para você não tirar os sapatos quando tivermos convidados para o jantar? Não minta para mim. Eu senti o cheiro a um quilômetro de distância. E não venha me dizer que era tofu fedorento!

Jack riu diante da histeria da filha.

— Sou filho de um pescador. Vivo falando que você não vai conseguir fazer com que eu mude. Mas não se preocupe, não importa se tenho ou não boas maneiras. Contanto que *ela* continue gorda — disse ele, batendo na carteira em seu bolso de trás. — Nem mesmo nos melhores restaurantes da China ninguém jamais irá se incomodar se eu cuspir à mesa.

— Bobagem! Todo mundo pode mudar! Veja como a mamãe está progredindo. Ela quase não mastiga mais de boca aberta e segura o hashi de forma bem elegante.

O pai de Colette balançou a cabeça.

— *Hiyah*. Tenho é pena do tolo do Richie Yang. Ele não sabe onde está se metendo.

— O que você quer dizer com isso?

— Não venha tentar enganar seu próprio pai. Seu plano de esfregar Carlton Bao na cara do Richie funcionou direitinho. Tenho um pressentimento de que ele planeja pedir você em casamento a qualquer momento.

— Isso é ridículo! — disse Colette, ainda irritada com a falta de etiqueta do pai.

— É mesmo? Então por que ele insistiu que eu o deixasse entrar no meu avião para dizer que queria minha permissão para pedir a sua mão em casamento?

— Que tolice a dele. Espero que você tenha dito exatamente onde ele deve enfiar essa proposta.

— Na verdade, eu dei a ele a minha bênção. Acho que será um casamento perfeito, sem contar que finalmente vou poder parar de brigar com o pai dele para ver quem compra as companhias primeiro — disse Jack, sorrindo e mostrando o dente rachado que Colette sempre pedia a ele que consertasse.

— Não comece a fantasiar alianças, papai, porque eu não tenho o menor interesse em me casar com o Richie Yang.

Jack riu e então falou baixinho para a filha:

— Tolinha. Eu nunca te perguntei se você estava interessada em se casar com ele ou não. O que você *quer* não é da minha conta.

Então ele se virou e voltou para a sala de jantar.

11

Corinna e Kitty

•

HONG KONG

Ela está atrasada de novo. Corinna estava irritada esperando ao lado das portas giratórias da Glory Tower. Ela havia dito a Kitty especificamente para não chegar depois das dez e meia, mas já eram quase onze horas. *Ah, mas ela vai ouvir um sermão sobre pontualidade. Aquele que eu não dou desde que trabalhei com aquela família birmanesa em 2002*, pensou Corinna, enquanto assentia educadamente para todas as pessoas vestidas com elegância que entravam no prédio.

Minutos depois, o novo Mercedes Branco Classe S de Kitty estacionou, e ela saiu do carro. Corinna apontou para o relógio, impaciente, e Kitty apressou o passo. Pelo menos ela havia seguido as instruções com relação à aparência e tinha dado adeus aos trajes extravagantes, ao rosto branquíssimo e aos lábios vermelhos.

Kitty era outra pessoa, usava apenas uma leve camada de blush e um suave brilho cor de pêssego nos lábios. O cabelo agora tinha luzes castanhas e estava mais curto. Ela usava um vestido Carolina Herrera amarelo claro, sapatos de saltos baixos bege de marca indeterminada e uma *clutch* Givenchy simples de couro de crocodilo verde. Suas joias resumiam-se a um par de brincos de pérolas e a um colar Ileana Makri com uma cruz de diamantes. Ela estava praticamente irreconhecível.

— Você está superatrasada! Agora todos vão perceber quando entrarmos, e a intenção era justamente nos misturarmos na multidão! — reclamou Corinna.

— Desculpe. Esse negócio de igreja me deixou tão nervosa que troquei de roupa seis vezes. Estou bem assim? — perguntou Kitty, alisando a saia do vestido.

Corinna a observou por um momento.

— A cruz está um pouquinho exagerada, mas vou deixar passar. Fora isso, está bem apropriado; você não me lembra mais Daphne Guinness.

— A igreja fica dentro desse prédio comercial? — perguntou Kitty, um pouco confusa, quando elas entraram no lobby revestido de mármore da Glory Tower.

— Eu falei para você que essa é uma igreja muito especial — respondeu Corinna, enquanto subiam pela escada rolante até a recepção. Lá, em uma mesa decorada com bandeirolas azuis, viam-se três adolescentes e vários seguranças. Uma garota americana usando um *headset* e segurando um iPad veio recebê-las, sorrindo.

— Bom dia! Vocês vieram participar do culto ou da aula?

— Do culto — respondeu Corinna.

— Seus nomes, por favor.

— Corinna Ko-Tung e Kitty, quero dizer, Katherine Tai — respondeu Corinna.

A garota fez uma busca em seu iPad e falou:

— Me desculpem, mas não estou encontrando o nome de vocês na lista do culto de domingo.

— Ah. Me esqueci de dizer. Somos convidadas da Helen Mok-Asprey.

— Ah, sim. Acabei de localizar vocês aqui. Helen Mok-Asprey mais duas convidadas.

Uma segurança aproximou-se das duas e entregou-lhes dois cordões e porta-crachás com etiquetas que haviam acabado de serem impressas com seus nomes. Em vibrantes letras roxas estava escrito "Culto de Domingo da Igreja Stratosphere — Convidada de Helen Mok-Asprey", seguido do lema da igreja, em itálico: *Entrando em comunhão com Cristo num Nível Superior.*

— É só colocar o crachá e pegar o primeiro elevador até o 45º andar — instruiu a guarda.

Quando Kitty e Corinna chegaram ao 45º andar, outra recepcionista com *headset* aguardava para guiá-las até um elevador do outro lado do corredor, dessa vez até o 79º andar.

— Já estamos quase chegando, falta só mais um elevador — explicou Corinna enquanto arrumava a gola do vestido de Kitty.

— A gente vai subir até o último andar?

— Sim, até o topo. Viu só? Eu disse para você chegar cedo exatamente porque a gente leva 15 minutos só para subir.

— Que trabalhão para chegar a uma igreja — murmurou Kitty.

— Kitty, você está prestes a entrar na igreja mais exclusiva de Hong Kong. A Stratosphere foi fundada pela bilionária Pentecostal Siew Sisters. Só entra aqui quem é convidado. Essa igreja não é apenas a mais alta do mundo por ficar no 99º andar. Tem mais milionários da lista do *South China Morning Post* aqui do que em qualquer outro clube privativo da ilha.

Depois dessa explicação, as portas do elevador se abriram no 99º andar, deixando Kitty momentaneamente cega devido à luminosidade. Ela se viu no vértice da torre sob um átrio enorme. O teto parecia o de uma catedral e era inteiramente de vidro, o que fazia com que o lugar fosse inundado de luz natural. Kitty queria colocar os óculos de sol, mas suspeitou que Corinna iria chamar sua atenção se fizesse isso.

A segunda coisa que despertou seus sentidos foi uma música muito alta. Rock. Enquanto se acomodavam em uma das fileiras da frente, Kitty observou centenas de fiéis com as mãos erguidas cantando juntamente com a banda de rock cristão. A banda era formada por um belo vocalista loiro que poderia muito bem se passar por um dos irmãos Hemsworth, uma baterista chinesa de cabelos curtíssimos, outro rapaz branco no baixo, três colegiais chinesas no *backing vocal*, e um chinês magrelo usando uma camisa Izod verde folgada estava no teclado.

Todos cantavam:

Jesus Cristo, venha até mim! Jesus Cristo, me complete!

Kitty observou aquele espetáculo, impressionada — nada daquilo chegava perto do que ela havia imaginado sobre um culto de uma igreja cristã: a luz do sol, a música alta, o Deus do rock no palco e, o melhor de tudo, a vista. De onde estava sentada, Kitty tinha uma visão de tirar o fôlego da ilha de Hong Kong, do shopping Pacific Place em Admiralty até o North Point. Se isso não era o paraíso na Terra, o que mais poderia ser? Ela pegou o telefone e começou a tirar algumas fotos discretamente. Jamais havia visto o topo do 2IFC* de perto.

— O que você acha que está fazendo? Guarde isso! Você está na casa de Deus! — sussurrou Corinna.

Kitty guardou o celular, envergonhada, mas sussurrou para Corinna:

— Você mentiu para mim, olhe como todos estão vestidos de forma impecável, menos eu! — disse Kitty, apontando para uma jovem na fileira da frente num terninho Chanel branco, com três enormes anéis Bulgari brilhando nos dedos enquanto ela balançava os braços de um lado para o outro.

— Ela é a mulher do pastor. Tem o direito de se vestir assim, mas, como visitante, você não tem.

Kitty ficou irritada no começo, mas, ao observar as nuvens no céu azul, com o refrão soando em seus ouvidos enquanto todos cantavam ao seu redor, começou a sentir novas emoções borbulhando dentro do peito. O elegante rapaz que estava ao seu lado usando camisa xadrez e jeans Saint Laurent cantava desafinado: *Tudo o que eu preciso está aqui, Jesus! Tudo o que eu precisoooo...* Lágrimas de alegria escorriam pelo seu rosto. Ela achou estranhamente sexy aquele jovem *hipster* ao seu lado chorando tão abertamente. Depois de meia hora de cantoria, o vocalista loiro, que era o pastor da igreja, se dirigiu à congregação com um sotaque americano:

— Ver os rostos felizes de vocês aqui hoje me enche de alegria. Vamos espalhar o amor! Vamos espalhar nossa alegria, passando-a para a pessoa que está ao seu lado nesse momento. O que acham?

---

* O prédio mais alto de Hong Kong. (*N. das T.*)

Antes que Kitty pudesse entender o que estava acontecendo, o *hipster* se virou para ela e lhe deu um abraço de urso. Então a *tai tai* de meia-idade na frente dela se virou e a abraçou de forma calorosa. Kitty estava boquiaberta. Ela nunca tinha visto ninguém de Hong Kong se abraçando antes! Como isso era possível? E não eram dois amigos que se conheciam que estavam se abraçando, não. *Pessoas que nunca tinham se visto na vida* estavam se abraçando e se apresentando umas às outras. Aquilo era um milagre. Meu Deus, se isso era o significado de ser cristão, ela queria se converter agora!

Quando o culto terminou, Corinna se virou para Kitty:

— Finalmente, hora de café e bolo. Venha comigo.

— Não quero atrapalhar meu apetite. Nós não vamos almoçar no Cuisine Cuisine?

— Kitty, eu trouxe você aqui para que possa interagir com as pessoas tomando café e comendo bolo. Essa é a parte principal do evento. Muitos dos membros são a mais nova geração das famílias tradicionais de Hong Kong, e essa é sua maior chance de conhecê-los. Eles vão aceitar você com mais facilidade, pois nasceram novamente em Cristo.

— Nasceram novamente? Como alguém pode nascer duas vezes?

— *Hiyah*. Explico depois. Agora, o que você precisa saber de mais urgente sobre nascer novamente em Cristo é que, uma vez que você se arrepende e aceita Jesus dentro do coração, você é perdoado por todos os seus pecados, independentemente de quais eles sejam. Não importa se você matou seus pais, se dormiu com seu enteado ou se roubou milhões para financiar sua carreira. Essas pessoas *têm o dever* de te perdoar. O que eu espero conseguir hoje é fazer você participar de um dos Grupos de Estudo da Bíblia. O grupo do qual todos querem fazer parte é o da Helen Mok-Asprey, mas é um círculo muito fechado, e só entram nele as senhoras de maior prestígio. Para começar, eu tentaria o grupo organizado pela minha sobrinha, Justina Wei. É um grupo formado por membros mais jovens, e há muitas garotas de boas famílias nele. O avô paterno da Justina, Wei Ra Men, fundou o Yummy Cup Noodles, por isso todos a chamam de Herdeira do Macarrão Instantâneo.

Kitty foi levada até uma mulher de rosto redondo na casa dos 30 e poucos anos. Ela não podia acreditar que aquela pessoa, com um terninho azul-marinho e que parecia uma secretária, era a herdeira de quem tanto havia escutado falar.

— Justina... *hiyah! gum noi moh gin!** Essa é a minha amiga Katherine Tai.

— Olá! Você é parente do Stephen Tai? — perguntou Justina, imediatamente tentando localizar Kitty em seu mapa social.

— Hum... não.

Justina, que normalmente só se sentia à vontade conversando com as pessoas que ela conhecia desde que nasceu, foi forçada a recorrer à sua pergunta-padrão:

— Então em qual escola você estudou?

— Não estudei em Hong Kong — respondeu Kitty, corando. Os cabelos longos e sem vida de Justina fizeram com que ela pensasse em macarrão instantâneo. Kitty imaginou o que aconteceria se jogasse água fervente neles e esperasse três minutos.

— Katherine estudou no exterior — acrescentou Corinna rapidamente.

— Oh... é a primeira vez que você vem a um culto nosso? — perguntou Justina.

— Sim.

— Bem-vinda à Stratosphere então. Qual igreja que você frequenta normalmente?

Kitty tentou pensar em todas as igrejas pelas quais passava todos os dias quando saía de seu apartamento em The Peak, mas não conseguia se lembrar de nenhuma.

— Er... a Igreja de Volturi — respondeu ela, pensando nos lugares que se pareciam com igrejas na saga *Crepúsculo*, onde aqueles vampiros assustadores eram vistos sentados em tronos.

— Ah, não conheço essa. Fica em Kowloon?

— Sim, fica — respondeu Corinna, salvando Kitty mais uma vez. — Eu preciso apresentar Kit... quer dizer Katherine para Helen Mok-Asprey. Estou vendo Helen recolhendo as flores no altar, acho que ela já deve estar indo embora.

---

* Em cantonês, "há quanto tempo".

Puxando Kitty, Corinna disse:

— Meu Deus, isso foi um desastre! O que deu em você hoje? Cadê a garota que encantou Evangeline de Ayala?

— Desculpe, desculpe. Não sei o que está acontecendo. Acho que não estou acostumada com isso tudo... meu novo nome, essas roupas. Estou fingindo que sou cristã! Sem a maquiagem com a qual estou acostumada e as minhas joias parece que estou sem a minha armadura. Eu estava acostumada com as pessoas me perguntando de quem era a roupa que eu estava usando e agora não posso nem mais falar sobre isso.

Corinna balançou a cabeça, decepcionada.

— Você é atriz! Está na hora de colocar suas habilidades de improviso à prova. Pense que está interpretando uma nova personagem. Lembre-se: você já não é mais a gêmea malvada. Agora você é a boa esposa. Você passa o tempo todo cuidando do seu marido inválido e da sua filha pequena, e esse é o único momento da semana que tem a chance de socializar com outras pessoas. Então você tem que estar animada e agradecida. Vamos tentar de novo, dessa vez com Helen Mok-Asprey. Helen nasceu Mok, se divorciou de um Quek e agora se casou novamente com Sir Harold Asprey. Você deve se dirigir a ela como Lady Asprey.

Corinna guiou Kitty até a mesa de boas-vindas, onde uma mulher com o cabelo tão armado que parecia um capacete surrupiava seis pedaços de torta floresta negra embrulhadas em guardanapos, colocando as fatias em sua enorme bolsa Oroton preta.

— Helen! Obrigada por colocar nossos nomes na sua lista hoje — agradeceu-lhe Corinna, animada.

Helen deu um pulo de susto.

— Ah. Olá, Corinna. Estou levando um pedaço de bolo para casa. O Harold adora doce, como você bem sabe.

— É verdade. Harold não resiste a um docinho, assim como você, não é? Antes que você vá embora, gostaria de te apresentar minha amiga Katherine Tai. Katherine costumava frequentar a Igreja Volturi, em Kowloon, mas está pensando em vir para cá.

— Eu amei a sua igreja! Muito obrigada por ter nos convidado para vir hoje, Lady Asprey — disse Kitty, com uma voz meiga.

Helen olhou Kitty de cima a baixo.

— Que crucifixo lindo — elogiou ela, antes de se virar para Corinna e dizer: — Eu tinha um muito parecido com esse, mas acho que uma das empregadas o roubou. Essas garotas de *você sabe onde* não são nada confiáveis. Meu Deus, sinto tanta falta da Norma e da Natty. Sabe, eu pagava tão bem a elas que as duas me abandonaram e abriram um quiosque na praia em Cebu.

Uma mulher muito elegante, usando um vestido verde-claro, aproximou-se da mesa trazendo duas garrafas de café.

— Meu Deus, o que aconteceu com o bolo? Acho que vou ter que ir à cozinha de novo para dar um jeito nisso — suspirou ela.

— Ah, Fi... antes de você ir, essa é a minha amiga Katherine Tai. Katherine, essa é minha prima Fiona Tung-Cheng — disse Corinna.

— Muito prazer, Katherine — cumprimentou-a Fiona, e então olhou para Kitty com mais atenção. — Você me parece tão familiar. Por acaso você é parente do Stephen Tai?

— Eles são primos distantes — explicou Corinna, tentando impedir que Fiona começasse um interrogatório.

Kitty sorriu com toda calma e falou:

— Adorei o seu vestido. Narciso Rodriguez, não é?

— É, sim. Muito obrigada — agradeceu-lhe Fiona, radiante. Não era comum as pessoas elogiarem suas roupas.

— Eu o conheci há alguns anos — continuou Kitty, ignorando o olhar de Corinna. Ela ia falar sobre moda na igreja, não estava nem aí se Corinna tivesse um ataque.

— É mesmo? Você conheceu o Narciso? — perguntou Fiona.

— Sim. Fui assisti a um desfile dele em Nova York. Você não acha incrível que um jovem filho de imigrantes cubanos tenha se tornado um estilista de sucesso? Isso lembra o sermão de hoje: qualquer pessoa que tenha um coração determinado pode nascer de novo.

Helen Mok-Asprey se animou com o comentário.

— Isso é verdade. Meu Deus, por que você não participa do meu grupo de estudo da Bíblia? Iremos nos beneficiar muito de opiniões mais jovens como as suas.

O rosto de Kitty se iluminou, e ela viu Corinna olhando para ela como uma mãe orgulhosa. Meu Deus, Kitty tinha ido ao céu em sua primeira tentativa! Talvez Corinna tenha subestimado sua capacidade. Nesse ritmo, iria conquistar as senhoras nos estudos bíblicos e seria convidada para todos os eventos tradicionais antes do Natal.

Naquele momento, Eddie Cheng se aproximou da esposa, Fiona:

— Já terminou suas obrigações com o café? — Virando-se para Helen e Corinna, ele disse, se gabando: — Vamos almoçar com os Ladoories hoje e seria muita falta de educação se chegássemos atrasados.

— Já estou quase terminando. Só preciso ir até a cozinha mais uma vez para pegar mais bolo. Não sei o que está acontecendo hoje, mas o bolo está desaparecendo! Eddie, essa é a amiga da Corinna, Katherine.

Eddie assentiu educadamente para Kitty.

— Venha me ajudar com o bolo, assim eu termino mais rápido — disse Fiona. Caminhando para a cozinha com o marido, ela falou:

— Aquela senhora simpática vai se juntar ao nosso grupo de estudo da Bíblia. Adorei o vestido dela. Se pelo menos você me deixasse usar cores alegres como a dela.

Eddie olhou para Kitty mais uma vez e estreitou os olhos:

— Qual é mesmo o nome dela?

— Katherine Tai. Ela é uma prima distante do Stephen.

Eddie riu.

— Talvez em Marte eles sejam parentes, mas, aqui na Terra, certamente não. Olhe bem para ela, Fi.

Fiona observou o rosto de Kitty com mais atenção. De repente, ela arfou, surpresa, deixando a bandeja de metal cair no chão. Todos voltaram os olhos para eles. Satisfeito pela atenção, Eddie se dirigiu até onde Corinna, Kitty e Helen estavam e disse, satisfeito:

— Corinna, sei que você sempre gostou de fazer caridade, mas dessa vez errou feio. Essa mulher que está tentando se passar por prima do Stephen Tai é uma impostora. Ela é, na verdade, a Kitty Pong, a caça-níqueis que partiu o coração do meu irmão Alistair e fugiu com o Bernard Tai há dois anos. Olá, Kitty.

Kitty baixou os olhos. Magoada, ela não sabia como reagir ao comentário. Por que ele a estava chamando de impostora? Ela não tinha culpa de nada daquilo. Foi Corinna quem disse a Fiona que ela era parente desse tal Stephen. Kitty se virou para Corinna, esperando que ela a salvasse, mas a mulher não disse absolutamente nada.

Helen Mok-Asprey olhou com raiva para Kitty e falou, rispidamente:

— *Você* é essa tal de Kitty Pong? Carol Tai é minha amiga. O que você fez com o filho dela? E por que não deixa a Carol ver a neta? *Gum hak sum!**

---

* Em cantonês, "que coração ruim!".

12

Astrid

•

CINGAPURA

— Você vai sair para correr agora? — perguntou Astrid ao ver Michael descer usando apenas um short preto de corrida da Puma.
— Vou. Preciso espairecer um pouco.
— Não se esqueça de que temos o jantar de sexta-feira em uma hora.
— Vou chegar mais tarde.
— Não podemos nos atrasar hoje. Adam e Piya, meus primos da Tailândia, estão aqui visitando a família, e o embaixador tailandês organizou uma comem...
— Estou pouco me fodendo para os seus primos da Tailândia! — disse Michael, batendo a porta.
Ele ainda está irritado. Astrid se levantou do sofá e subiu para seu estúdio. Ela logou no Gmail e viu que o nome de Charlie se acendeu. *Graças a Deus.* Ela imediatamente mandou uma mensagem para ele.

ASTRID LEONG TEO: Ainda no trabalho?
CHARLIE WU: Sim. Não tenho saído muito do escritório esses dias, a não ser para tomar um suco.
ALT: Pergunta para você... quando está no meio de uma negociação muito importante com clientes em potencial, você também os entretém?

CW: O que você quer dizer com "entreter"?

ALT: Você sai com eles para jantar?

CW: KKK! Eu achei que você estava querendo saber se eu arranjava mulheres para eles. Sim, sempre organizo jantares de negócios. Na verdade, saímos mais para almoçar. Às vezes fazemos jantares de comemoração quando fechamos um negócio. Por quê?

ALT: Só estou tentando me familiarizar com a política de negócios. Engraçado... já tive que lidar com todos os tipos de eventos, alguns inclusive com protocolos complicados, durante a minha vida inteira. Mas, no que diz respeito a jantar de negócios, sou totalmente ignorante.

CW: Bom, você nunca precisou dar uma de esposa de homem de negócios.

ALT: A Isabel normalmente vai aos jantares de negócios com você?

CW: Isabel, num jantar de negócios? Ha! Nem pensar! Mas a tarefa de entreter os clientes raramente envolve as esposas.

ALT: Mesmo para os clientes estrangeiros que vêm à Ásia?

CW: Quando os clientes estrangeiros vêm para a Ásia, eles raramente trazem as esposas. Na época em que meu pai fazia negócios, nas décadas de oitenta e noventa, sim, era bastante comum algumas esposas terem a curiosidade de conhecer Hong Kong ou Cingapura para fazer compras. Mas hoje em dia não mais. E quando eles trazem as esposas, nós tentamos desenrolar o tapete vermelho para elas, para que os maridos se concentrem no trabalho e não tenham que se preocupar se suas mulheres estão sendo assaltadas no Stanley Market.

ALT: Então você não acha que um componente essencial para fechar um negócio seja o "jantar de negócios com as esposas"?

CW: Nem um pouco! Hoje em dia a maioria dos meus clientes é formada por Zuckerbergs monossilábicos solteiros de 20 e poucos anos. E vários dos meus clientes são mulheres! O que aconteceu? Presumo que o Michael esteja pedindo a sua ajuda para entreter algum cliente. É isso?

ALT: Já aconteceu.

CW: Então por que você está me perguntando isso?

ALT: Bom, o jantar foi um desastre, eles não fecharam o negócio e adivinhe quem levou a culpa?

CW: Como assim? Por que você levaria a culpa por eles não terem fechado um negócio? Pelo que eu sei, você não é funcionária dele. Você por acaso derramou *bak kut teh** quente no cliente ou algo assim?

ALT: É uma longa história. Na verdade, bem engraçada. Te conto tudo quando nos encontrarmos em Hong Kong no mês que vem.

CW: Ah, mas você não pode fazer um suspense desses!

Astrid tirou os dedos do teclado. Por um momento, se perguntou se deveria inventar uma desculpa e desligar ou continuar com a história. Ela não queria falar mal do marido para Charlie, sabendo que ele tinha uma imagem ruim de Michael, mas a necessidade de desabafar falou mais alto.

ALT: Aparentemente, o Michael estava negociando com esses clientes havia muito tempo, e o mandachuva da empresa e sua equipe toda vieram para cá para fechar negócio. O cara trouxe a esposa, então o Michael me pediu que organizasse um jantar gostoso num lugar que pudesse deixá-los impressionados. O casal gosta mesmo de comer, por isso escolhi o André.

CW: Boa escolha. Também gosto do Waku Ghin para entreter estrangeiros.

ALT: Eu amo a culinária do Tetsuya, mas achei que não era a melhor escolha para esses convidados. Continuando... pela primeira vez, o Michael estava realmente obcecado com a roupa que eu deveria usar nesse jantar. Escolhi o que senti que seria o traje perfeito, mas ele me pediu que trocasse de roupa e usasse algo mais ostentoso.

CW: Mas esse não é o seu estilo!

---

* Traduzido literalmente como "chá de osso e carne", uma sopa popular em Cingapura que consiste em costelas de porco tão macias que derretem na boca, cozidas durante muitas horas num caldo complexo de ervas e temperos.

ALT: Eu queria agradá-lo. Então coloquei um par de brincos enormes, de diamantes e esmeraldas, que não deveriam ser vistos em público a não ser que você esteja num evento no Castelo de Windsor ou num casamento em Jacarta.
CW: Parece que ficou incrível.
ALT: Bem, acabou sendo uma péssima escolha. O Michael insistiu que fôssemos na Ferrari *vintage* nova dele, mas nós chegamos atrasados e estacionamos em frente ao restaurante. Então eles ficaram olhando para a gente quando chegamos. Acabei descobrindo que o mandachuva era do Norte da Califórnia. Um casal muito, muito fofo, supersimples. A esposa era chique, mas nada ostentadora. Ela estava usando um vestido túnica lindo, sandálias de tiras e brincos que algum cara tinha feito para ela. Eu estava extremamente arrumada em comparação a ela, e isso deixou todo mundo desconfortável. A partir daí, tudo deu errado, e hoje o Michael voltou para casa muito irritado. Eles cancelaram tudo.
CW: E o Michael jogou a culpa em VOCÊ?
ALT: Ele culpa mais a si mesmo, mas acho que parte da culpa foi minha. Eu devia ter seguido meus instintos e ficado com minha primeira escolha. Na verdade, eu fiquei um pouco irritada por ele ter criticado a minha roupa, por isso meti o pé no acelerador para impressioná-lo com o segundo figurino. Mas foi demais, e isso afastou o cliente.

O telefone de Astrid começou a tocar, e ela atendeu quando viu que era Charlie.

— Astrid Leong, essa foi a coisa mais ridícula que já ouvi! Os clientes não estão nem aí para a roupa que as mulheres de seus parceiros de negócios usam, principalmente na área de tecnologia. Tenho certeza de que há vários motivos para que o negócio não tenha dado certo... mas confie em mim, seus acessórios não tiveram nada a ver com isso. Você consegue perceber isso, não é?

— Eu entendo o que você está dizendo e concordo... parcialmente. Mas foi uma noite incomum, e aconteceu uma série de coisas estranhas. Você tinha que estar lá para entender.

— Astrid, isso é bobagem! Estou revoltado com o Michael por ele ter feito você sentir que teve alguma responsabilidade nisso!

Astrid suspirou.

— Eu sei que não tenho culpa, mas consigo ver também que, se tivesse agido de forma diferente, o resultado poderia ter sido um pouco mais positivo. Sinto muito por deixar você irritado. Não queria fazer isso. Acho que fui egoísta quando resolvi desabafar depois de ter brigado com o Michael. Me sinto mal por ele, de verdade. Sei que ele se esforçou muito para tentar fazer o negócio dar certo.

— Grande coisa! A empresa do Michael ainda está indo de vento em popa. As ações dele não caíram nada por causa disso. Mas, de alguma forma, ele conseguiu fazer *você* se sentir mal por causa disso, e é isso o que me preocupa. Você não está conseguindo ver quão absurdo é o que está se passando pela sua cabeça. Você não fez nada de errado, Astrid. NADA.

— Obrigada por dizer isso. Olhe, eu tenho que ir. O Cassian está gritando por causa de alguma coisa.

Ao desligar o telefone, Astrid fechou os olhos e deixou as lágrimas caírem. Ela não se atreveu a contar a Charlie o que Michael realmente havia dito quando ele voltou para casa naquela tarde. Ele havia entrado no quarto de Cassian, onde Astrid estava escondida embaixo da mesa, protegida por três cadeiras, usando os brincos de esmeralda, fingindo ser a Guinevere capturada pelo rei Artur de Cassian.

— Esses malditos brincos de novo! Você me fez perder o maior negócio de todos os tempos por causa deles! — disse Michael.

— Do que você está falando? — perguntou Astrid.

— O negócio foi cancelado hoje. Eles não chegaram nem perto do valor que eu estava pedindo.

— Sinto muito, amor. — Astrid saiu de baixo da mesa e tentou abraçar o marido, mas ele se afastou dela depois de alguns segundos. Ela o seguiu pelo corredor até o quarto deles.

Enquanto Michael trocava de roupa, continuou:

— Estragamos aquele jantar. Não culpo você, a culpa foi minha. Eu fui o idiota que pediu a você que trocasse de roupa. Aparentemente, seu visual não agradou a todos.

Astrid não podia acreditar no que estava escutando.

— Não consigo entender o que a minha roupa tem a ver com isso. Quem se importa com o que eu visto?

— Nesse negócio, percepção é tudo. E um componente crucial para fechar um negócio é o jantar com as esposas.

— Achei que tivesse sido um jantar agradável. A Wendy adorou todos os pratos e nós até trocamos telefone.

Michael se sentou ao pé da cama e colocou a cabeça entre as mãos por um momento.

— Você não entende? O que a esposa acha não importa. Eu estava tentando mostrar àqueles caras que estou à frente da *maior* empresa de tecnologia de Cingapura. Que nós somos a escolha certa e que temos um estilo de vida condizente com o nosso status. E eles tinham que nos pagar nosso real valor. Mas o tiro saiu pela culatra.

— Talvez você não devesse ter ido com a Ferrari. Talvez tenha sido óbvio demais — comentou Astrid.

— Não. Não foi isso. Todos adoraram a Ferrari. O que eles não gostaram foi do seu estilo.

— Do meu estilo? — perguntou Astrid, incrédula.

— Esse seu estilo *vintage*, que ninguém entende direito. Por que você não pode simplesmente usar Chanel de vez em quando, como todo mundo? Tenho pensado bastante e acho que precisamos fazer grandes mudanças. Preciso refazer completamente a minha imagem. As pessoas não me levam a sério pelo modo como vivemos. Eles pensam: *Se ele é dono de uma das empresas de tecnologia mais bem-sucedidas da Ásia, por que não mora numa casa maior? Por que não aparece mais na mídia? Por que a mulher dele ainda dirige um Acura e por que não tem joias mais caras?*

Astrid balançou a cabeça, sem acreditar no que estava ouvindo.

— Todos os verdadeiros colecionadores de joias sabem da coleção da minha família.

— E isso é parte do problema, querida... ninguém fora de um pequeno círculo sabe da *existência* da sua família, pois ela é extremamente fechada! Durante o jantar, meu cliente não acreditou nem que aquelas pedras enormes eram verdadeiras. Eles não acharam que você parecia uma mulher rica, pensaram que estava usando uma imitação barata. Você sabe o que o conselheiro deles disse para Silas Teoh quando eles foram tomar uns drinques ontem à noite? Ele disse que, quando nós entramos no restaurante, todos pensaram que a minha acompanhante era uma garota da Orchard Towers.

— Orchard Towers? — Astrid não estava entendendo.

— É onde as garotas de programa trabalham. Por causa das botas e dos brincos que você estava usando, os caras acharam que você era uma prostituta de luxo!

Astrid ficou olhando para o marido, magoada demais para falar qualquer coisa.

— Precisamos mudar. Tenho que contratar um relações-públicas novo e você precisa de outro visual. Acho que amanhã você deveria ligar para aquela sua amiga que é corretora. Qual é mesmo o nome dela? Miranda?

— Você quer dizer Carmen?

— Sim, Carmen. Diga a ela que precisamos começar a procurar uma casa nova. Quero um lugar que faça as pessoas *lao nua** assim que estacionarem na porta.

---

* Em *hokkien*, traduzido literalmente como "babar". Ou seja, babar de inveja por alguma coisa.

13

Show de moda em homenagem às costureiras

•

JUNHO DE 2013, PROPRIEDADE PORTO FINO, XANGAI

NOBLESTMAGAZINE.COM.CN
A colunista social Honey Chai está ao vivo no seu blog, da primeira fileira do desfile de moda que uniu duas das mais importantes forças da moda na China em nome de uma causa muito importante.

17:50
Acabei de chegar à incrível casa de campo da herdeira e blogueira fashion **Colette Bing**, onde ela está organizando uma prévia das tendências outono/inverno com sua melhor amiga, a estrela **Pan TingTing**. Apenas trezentas pessoas entre os nomes mais elegantes da China foram convidadas para esse evento. **Prêt-à--Couture** trouxe para a China os looks mais elegantes da moda europeia. Enquanto as *top models* **Du Juan** e **Liu Wen** desfilam, as roupas serão leiloadas e todo o dinheiro será destinado à **Salve as Costureiras**, uma fundação criada por Colette e TingTing que luta para melhorar as condições de trabalho das profissionais da indústria têxtil na Ásia.

17:53
Enquanto os convidados caminham pela trilha de pedras até a entrada da casa, garçons usando ternos pretos com colarinho estilo Napoleão lhe dão as boas-vindas com coquetéis French Blonde,* servidos em taças Lalique *vintage*. Isso, sim, é classe.

18:09
O lugar lembra o Hotel PuLi, só que é bem maior. Nesse momento, estamos dentro do Museu da Família Bing e, para todos os lugares que olho, vejo Warhols, Picassos e Bacons. Diante deles estão as mais fabulosas obras de arte da China: **Lester Liu** e sua esposa, **Valerie**, num Christian Lacroix *vintage*. **Perrineum Wang** usando um chapéu fascinante Stephen Jones com raios dourados e um vestido Sacai; **Stephanie Shi** arrasou com um Rochas azul royal e **Tiffany Yap**, *au courant* como sempre, em Carven. *Le tout* Xangai está aqui essa noite!

18:25
Acabei de encontrar **Virginie de Bassinet**, a elegante fundadora de **Prêt-à-Couture**, que prometeu que vamos vibrar em nossos assentos assim que o desfile começar. **Carlton Bao** acabou de chegar com uma garota muito bonita que é a cara dele. Quem será ela e quem será o gato que está com eles? Meu Deus — será que é o ator coreano que faz aquela série *My Love from the Star*?

18:30
Não é o ator de *My Love from the Star*. Ele é um professor de história de Nova York e amigo do Carlton que está de férias por aqui. Que decepção.

18:35
Lester e **Valerie Liu** estão na galeria onde alguns pergaminhos muito bonitos estão pendurados, e Valerie está soluçando no ombro de Lester. O que terá acontecido?

---

* Licor de elderflower St. Germain, gim e Lillet branco misturados com suco de toranja criam esse clássico aperitivo efervescente. Tim-tim!

18:45
Estamos no jardim agora, onde os assentos foram dispostos ao redor de um enorme espelho d'água. Esse jardim é climatizado? Estamos em junho, em plena onda de calor, e, mesmo assim, estou sentindo uma brisa fresca e o perfume de madressilva.

18:48
Tem um iPad em cada assento com um aplicativo especial para que possamos ter um close de cada roupa no momento que a modelo pisa na passarela e fazermos nossos lances. *Isso* é que é tecnologia útil!

18:55
Todos aguardam a chegada de Colette e Pan TingTing. Que roupa elas estarão usando hoje?

19:03
Colette acabou de entrar, com Richie Yang se apressando para lhe dar o braço e acompanhá-la até seu lugar. (Será que eles reataram mesmo?) Eis o que Colette está usando: um vestido Dior Couture sem alças com uma transparência de tirar o fôlego na coxa, combinando com sapatos Sheme de salto vermelho arrasadoramente sexy, com uma cobra de pedras vermelhas ao redor dos tornozelos. Você está lendo sobre isso EM PRIMEIRA MÃO, antes mesmo que ela tenha tempo de escrever em seu blog o que está usando!

19:05
Roxanne Wang, a fabulosa assistente de Colette, que está linda de morrer num terno jeans escuro de Rick Owens DRKSHDW, acabou de informar que as pedras na cobra são rubis de verdade. MORRI!

19:22
Ainda estamos esperando Pan TingTing, que está mais de uma hora atrasada. Fomos informados de que seu avião acabou de pousar vindo de Londres, onde ela está gravando algum filme secreto com o diretor Alfonso Cuarón.

> **19:45**
> Pan TingTing chegou! Repito, Pan TingTing chegou! O cabelo dela está preso num rabo de cavalo alto, e ela está usando um macacão branco de seda e botas de couro cinza até os joelhos. Informo as marcas assim que descobrir. Joias: brincos tribais coloridos Maasai Mara. Não tem muito brilho, mas quem se importa? Ela está mais do que linda, parece que acabou de sair de um rali pelo Deserto de Gobi. A multidão foi ao delírio!

Observando a comoção do outro lado do espelho d'água, Rachel disse para Carlton:

— Então essa é a Jennifer Lawrence da China?

— Ah, ela é muito mais famosa do que a Jennifer. É como se fosse a Jennifer Lawrence, a Gisele Bündchen e a Beyoncé juntas — explicou Carlton.

Rachel riu diante da analogia.

— Até hoje à noite eu nunca tinha ouvido falar dela.

— Acredite em mim, você vai ouvir já, já. Todos os diretores de Hollywood estão tentando contratá-la para seus filmes, pois sabem que isso vai significar centenas de milhões de dólares em bilheteria por aqui.

Pan TingTing parou na entrada do jardim. Todos os olhares estavam sobre ela. Todos queriam estudar a compleição pálida como mármore que a Vogue Xangai havia comparado à Pietà de Michelangelo, os olhos de Bambi que eram famosos e as curvas estilo Sophia Loren. TingTing colocou nos lábios o sorriso pelo qual era tão famosa e observou a multidão rapidamente quando os flashes foram parando de pipocar. *Nenhuma surpresa hoje à noite — as mesmas pessoas de sempre. Por que eu concordei em sair de Londres para participar desse evento? Meu agente disse que me daria uma boa publicidade. Considerando que esse mês estou em seis capas de revista, por que preciso de mais publicidade? Eu poderia estar saboreando aquela salada de abóbora maravilhosa no Ottolenghi, andando de bicicleta por Notting Hill sem ser reconhecida (exceto pelos turistas chineses que estivessem fazendo compras na Ledbury Road). Em vez disso, aqui estou eu, sendo dissecada como um inseto sob o microscópio. E por falar em inseto, o que é aquilo que Perrineum Wang está usando na cabeça? Não posso fazer contato visual. Ah, veja só isso, lá vem aquele fotógrafo Russell Wing. Como ele consegue estar em todas as festas que acontecem na Ásia ao mesmo tempo? Stephanie Shi acabou de pular da sua cadeira como um poodle eletrocutado. Aposto que ela vai tentar ficar à minha direita de novo, para quando a foto sair em algum lugar a legenda seja: "Stephanie Shi e Pan TingTing." Ela sempre quer que seu nome apareça primeiro. Graças a Deus que o avô dela não está mais no poder. Ouvi dizer que o pobre homem precisa usar uma bolsa para colostomia. E, é claro, logo atrás de Stephanie estão outras duas princesas de Pequim, Adele Deng e Wen Pi Fang. Coitadas, elas estão usando aqueles vestidos Balmain que fazem com que pareçam um par de cadeiras de rattan*

As mulheres cumprimentaram TingTing com abraços e enlaçaram seus braços ao redor dela como se fossem melhores amigas, enquanto Russell tirava fotos. *Meu Deus, nessa foto vou parecer um pedaço de carne num sanduíche Balmain. Essas* guanerdai* *não iriam nem olhar para mim há cinco anos. Nossa, as coisas que eu tenho que fazer em nome de causas de caridade!*

Enquanto voltavam para seus lugares, Adele sussurrou para Pi Fang:

— Dessa vez eu fiquei procurando as cicatrizes nas pálpebras dela. Não acredito que aqueles olhos enormes sejam de verdade. O problema é que ela está usando cílios postiços e um corretivo muito bom. Nas fotos, parece que quase não usa nada de maquiagem, mas ela aplica uma tonelada de produtos nos lugares certos.

Pi Fang assentiu:

— Eu fiquei reparando no nariz. Ninguém tem narinas tão perfeitas quanto aquelas! Ivan Koon jura que ela era recepcionista do KTV em Suzhou, até que um dia um milionário lá pagou para que ela fosse a Seul dar uma repaginada total. O cirurgião plástico teve que fazer um daqueles certificados com fotos de "antes" e "depois", porque ela ficou completamente diferente da foto do passaporte quando tirou os curativos.

---

* Termo em mandarim para filhos dos altos funcionários do governo.

— *Pi hua!** — exclamou Tiffany Yap. — Vocês não podem simplesmente aceitar o fato de que ela tenha nascido bonita? Nem todo mundo precisa ir para Seul para quebrar o nariz de propósito como vocês duas. E TingTing não é de Suzhou, ela é de Jinan. Ela fala abertamente que, antes de ser descoberta por Zhang Yimou, vendia maquiagens no estande da SK-II.

— Bom, então estou parcialmente certa. É por isso que ela tem acesso aos melhores corretivos — declarou Adele.

TingTing se sentou em seu lugar de honra, entre Colette e a mãe dela. Ela segurou as mãos da Sra. Bing respeitosamente antes de se sentar, e Colette se curvou para dar dois beijinhos nela. *Colette está linda, como sempre. As pessoas dizem que ela só é bonita porque pode comprar qualquer coisa que queira, mas eu discordo. Ela tem um estilo que o dinheiro não compra. É engraçado que a imprensa nos descreva como "melhores amigas" quando, na verdade, essa deve ser a quinta vez que nos encontramos. Mas ela é uma das poucas pessoas que estão aqui que eu realmente tolero. Ela não é previsível como as outras, e a maneira como mantém esses caras correndo atrás dela como gigolôs desesperados... bom, é bem engraçado. E agora vou tentar ignorar o fato de que a Sra. Bing acabou de jogar um frasco inteiro de álcool gel nas mãos depois de eu tê-la cumprimentado.*

As luzes do jardim se apagaram de repente. Então, depois de alguns instantes, a floresta de bambu atrás do espelho d'água se acendeu num azul Yves Klein, enquanto, debaixo da água, luzes amarelas começaram a piscar rapidamente, como em uma pista de pouso. "Bonnie and Clyde", de Serge Gainsbourg e Brigitte Bardot, começou a soar nos alto-falantes enquanto a primeira modelo, usando um vestido dourado com cauda de chiffon, deslizou pela piscina, parecendo caminhar sobre a água.

A multidão explodiu em aplausos, mas Colette permaneceu sentada com os braços cruzados e a cabeça virada para o lado, apenas observando. Enquanto outras modelos usando roupas ricamente adornadas iam entrando na passarela, diversas das

---

* Em mandarim, "que mentira!".

mulheres nas fileiras da frente começaram a se entreolhar, agitadas. Valerie Liu balançou a cabeça, desapontada, Tiffany Yap olhou para Stephanie Shi e ergueu as sobrancelhas enquanto uma modelo desfilava na passarela usando uma jaqueta de motoqueira enfeitada com peônias de seda. Quando um trio de garotas usando vestidos com cauda de sereia e corpetes bordados entrou na passarela, Perrineum Wang se inclinou e sussurrou alto para Colette:

— Isso é um show de moda de verdade ou estamos presenciando uma competição de roupas do Miss Universo?

— Estou tão surpresa quanto você! — falou Colette, agitada. Alguns instantes depois, quando uma modelo entrou usando uma jaqueta de cetim bordada com um dragão vermelho, ela não aguentou mais. Colette se levantou e caminhou decidida até um canto da passarela, onde o produtor do evento, Oscar Huang, estava ocupado instruindo as modelos.

— Pare o desfile!

— O quê? — perguntou Oscar, confuso.

— Eu disse para parar esse maldito desfile! — repetiu Colette. Ela olhou para Roxanne, que já havia seguido para a cabine onde o engenheiro de som estava. A música parou abruptamente, as luzes se acenderam e as modelos ficaram paradas em seus lugares, constrangidas, sem saber o que fazer.

Irritada, Colette agarrou o *headset* de Oscar, tirou as sandálias cravejadas de rubis e pulou na passarela de acrílico, invisível na água. Ela caminhou rapidamente até o meio do espelho d'água e anunciou:

— Me desculpem. Esse desfile está cancelado. Não era isso que eu estava esperando e não foi isso que prometi a vocês. Por favor, aceitem as minhas sinceras desculpas.

Virginie de Bassinet, a fundadora da Prêt-à-Couture, veio correndo atrás de Colette:

— O que significa isso? — gritou ela.

Colette se virou para Virginie.

— *Eu* é que deveria estar perguntando isso! Você me garantiu que traria as melhores roupas da estação diretamente de Londres, Paris e Milão.

— Essas roupas saíram direto das passarelas — insistiu Virginie.

— E de qual passarela você está falando? Aeroporto Ürümqi? Me diga uma coisa: o que significam esses dragões, essa fênix e esse excesso de pedrarias? Parece que estou olhando para roupas de patinadoras russas! Você acha que Hubert de Givenchy um dia bordaria cristais numa capa de cashmere? Esse é o tipo de moda que se vende para *fu er dai** ignorantes das províncias do Oeste e é um insulto às minhas convidadas! Eu convidei as mais elegantes influenciadoras de moda e formadoras de opinião do país para vir até aqui hoje à noite e acho que posso falar em nome de todas elas: não há um único vestido nesse desfile que qualquer uma de nós deixaria nossas *empregadas* usarem!

Virginie fitou Colette, atônita.

Depois que a maioria dos convidados havia ido embora, Colette chamou Carlton, Rachel, Nick, TingTing e alguns de seus amigos mais próximos para um jantar em sua casa.

— Onde está o Richie? — perguntou Perrineum Wang para Colette assim que entraram no salão.

— Eu o mandei embora depois do papelão que ele fez. Imagine só presumir que eu precisaria que ele me acompanhasse até o meu lugar, como se fosse meu dono ou algo do tipo! — respondeu Colette.

— Muito bem, Colette! — disse Adele Deng. — Concordo plenamente com você. E você também fez a coisa certa ao parar o desfile. Teria arruinado a sua reputação como ícone da moda se permitisse que aquilo continuasse por mais tempo.

Rachel olhou para Nick sem entender nada e então perguntou:

— Perdoem a minha ignorância, mas ainda não entendi direito o que aconteceu. O que havia de errado com o desfile? Pelo guia no meu iPad, parecia que estávamos olhando para roupas feitas pelos melhores estilistas.

---

* Termo em mandarim que significa "segunda geração de ricos". Normalmente é um termo pejorativo e se refere aos novos-ricos da China, que acumularam sua fortuna durante a era de reforma na China.

— Elas *de fato* eram dos melhores estilistas. Mas estávamos vendo apenas as roupas que eles desenharam especificamente para o mercado chinês. Foi extremamente humilhante. Isso faz parte de uma tendência alarmante. As melhores marcas mandam para a Ásia as peças com temas chineses, mas nos negam acesso à verdadeira moda, aquelas que as mulheres elegantes de Londres, Paris e Nova York têm acesso — explicou Colette.

— Toda semana, os melhores estilistas me enviam araras e mais araras dessas roupas, esperando que eu as use, mas a maioria delas me lembra o que vimos nessa passarela — complementou TingTing.

— Eu não fazia a menor ideia de que acontecia uma coisa dessas — revelou Rachel.

— Eu te pergunto: onde estava Gareth Pugh? E Hussein Chalayan? Se outra modelo entrasse com mais um vestido de um ombro só com lantejoulas naquela passarela, eu ia vomitar! — disse Perrineum, com seu chapéu dourado balançando.

Deitada em um dos sofás, Tiffany Yap suspirou:

— Eu estava contando que faria minhas compras para a próxima estação hoje à noite, mas esse desfile foi um desastre.

— Sabe, ultimamente desisti de fazer compras na China. Eu vou para Paris fazer compras e pronto — confessou Stephanie Shi.

— Deveríamos todas ir a Paris um dia desses. Seria uma viagem e tanto! — disse Adele.

Os olhos de Colette brilharam:

— Por que não vamos agora? Vamos pegar o meu avião e voar direto para a fonte!

— Colette, você está falando sério? — perguntou Stephanie, animada.

— E por que não estaria? — Virando-se para Roxanne, Colette disse:

— Qual o cronograma de voos? O Trenta estará em uso na semana que vem?

Roxanne começou a pesquisar em seu iPad.

— Seu pai vai usá-lo na quinta, mas tenho o Venti agendado para você na segunda. Você marcou de viajar para Guilin com a Rachel e o Nick.

— Ah, tinha me esquecido disso — disse Colette, olhando para Rachel, meio tímida.

— Colette, você deve ir para Paris. Eu e o Nick podemos conhecer Guilin sozinhos — insistiu Rachel.

— De jeito nenhum! Eu prometi que vou mostrar minha montanha favorita a vocês em Guilin e é isso o que irei fazer. Mas, primeiro, você e Nick têm que ir com a gente para Paris.

Rachel olhou para Nick, e ele praticamente podia vê-la suplicar: *Deus do céu, outra viagem de jatinho particular?*

Ele respondeu cautelosamente:

— A gente não quer incomodar.

Colette se virou para Carlton:

— *Aiyah,* diga para o Nick e a Rachel pararem de ser tão educados comigo!

— É claro que eles vão para Paris com a gente — falou Carlton, como se o assunto estivesse encerrado.

— E você, TingTing? Pode ir com a gente também? — perguntou Colette.

Por um momento, TingTing ficou sem ação. *Eu prefiro morrer a ficar presa num avião com essas mulheres por 12 horas.*

— Uau. Eu gostaria muito de poder ir para Paris com vocês, mas preciso estar de volta ao *set* de filmagem em Londres no começo da semana que vem — respondeu a atriz, fingindo decepção.

— Que pena — disse Colette.

Roxanne pigarreou alto:

— Rã-rã. Tem só um probleminha.... sua mãe vai usar o Trenta amanhã.

— Para quê? Para onde ela vai? — perguntou Colette.

— Toronto.

— Mãe! — gritou Colette.

A Sra. Bing apareceu segurando uma tigela de *congee* de peixe.

— Por que a senhora precisa ir para Toronto? — perguntou Colette.

— Tem um podólogo lá que Mary Xie me recomendou.

— E o que há de errado com o seu pé?

— *Aiyah*, não é só o meu pé. São minhas panturrilhas e minhas coxas. Elas ficam queimando toda vez que preciso caminhar mais do que dez minutos. Acho que estou com algum problema.

— Bom, se você realmente tem algum problema nos pés, então não deveria ir para Toronto, e sim para Paris!

— Paris, na França? — perguntou a Sra. Bing, sem entender direito, enquanto continuava tomando seu *congee*.

— Sim. Não sabia que é em Paris que encontramos os melhores especialistas em pés? Eles precisam tratar de todas aquelas mulheres que se matam tentando caminhar naquelas ruas de paralelepípedo usando seus Roger Viviers. Nós queremos ir para Paris hoje à noite. Você deveria vir com a gente. Eu posso te levar ao maior especialista de lá.

A Sra. Bing fitou a filha num misto de espanto e alegria. Aquela era a primeira vez que Colette demonstrava qualquer interesse em suas moléstias.

— *Nainai** e tia Pan Di podem nos acompanhar também? Ela sempre quis conhecer Paris, e *Nainai* precisa tratar de seus joanetes.

— É claro. Temos espaço suficiente! Convide quem a senhora quiser.

A Sra. Bing olhou para Stephanie:

— Por que você não convida a sua mãe também? Eu sei que ela está muito triste desde que seu irmão foi expulso de Yale.

— Que ideia fantástica, Sra. Bing! Tenho certeza de que ela vai adorar vir com a gente, especialmente se a senhora também vai — respondeu Stephanie.

Colette se virou para Roxanne assim que a mãe saiu da sala:

— Você precisa pesquisar no Google "Podólogo Paris".

— Já fiz isso — respondeu Roxanne. — E o Trenta estará pronto para partir em três horas.

Colette se virou para os amigos:

— Vamos nos encontrar no aeroporto Hongqiao à meia-noite?

— Todo mundo preparando suas Goyards! Vamos para Paris! — gritou Perrineum.

---

* Em mandarim, "avó".

14

Trenta
•

DE XANGAI A PARIS NO JATINHO* PARTICULAR
DOS BINGS

O segurança na entrada no hangar privativo do Aeroporto Internacional de Xangai Hongqiao devolveu os passaportes de Carlton, Nick e Rachel e sinalizou para que eles seguissem. Enquanto a SUV de Carlton se aproximava de um Gulfstream VI cercado de carros, Rachel comentou:

— Eu tenho um pouco de fobia de jatinhos, mas preciso admitir que o avião da Colette é muito bonito.

— Esse avião é legal, mas não é o da Colette. O dela é *aquele ali* — disse Carlton, virando o carro para a direita. Estacionado à distância estava um Boeing 747-8i branco com uma linha vermelha pintada na fuselagem como se fosse uma pincelada de pincel de caligrafia.

— Esse Boeing 747-8i VIP foi um presente do pai da Colette para a Sra. Bing em seu aniversário de 40 anos.

— Fala sério! — disse Rachel, olhando para o enorme avião, que brilhava sob vários holofotes.

---

* A lista de passageiros incluía Rachel, Nick, Carlton, Colette Bing, a Sra. Bing, vovó Bing, tia Pan Di, Stephanie Shi, Sra. Shi, Adele Deng, Wen Pi Fang, Sra. Wen, Perrineum Wang, Tiffany Yap, Roxanne Ma e seis empregadas (cada amiga de Colette havia levado uma de suas empregadas).

Nick riu:

— Rachel, não sei como você ainda se surpreende. Maior é sempre melhor para os Bings, não?

— Eles passam tanto tempo voando para lá e para cá que ter um avião desses faz sentido para eles. Principalmente para um homem de negócios como Jack Bing, tempo é dinheiro. Com os grandes atrasos nos aeroportos em Xangai e Pequim ultimamente, é uma enorme vantagem ter seu próprio avião. Você pode simplesmente pagar para ficar na frente da fila de espera — explicou Carlton.

— Mas não é exatamente isso que está causando os atrasos nos aeroportos chineses? Todos esses jatinhos pulando a fila e ficando à frente dos voos comerciais? — perguntou Nick.

— Sem comentários — disse Carlton, dando uma piscadela ao estacionar ao lado do tapete vermelho que se estendia em frente à entrada do avião.

A tripulação imediatamente contornou o carro, abrindo as portas e tirando as bagagens, enquanto Carlton entregava o carro para o manobrista. Ao longo do tapete vermelho, 15 integrantes da tripulação de bordo estavam de pé e em formação, como uma tropa à espera de inspeção, todos usando uniformes James Perse pretos iguais aos que eles tinham visto na casa de Colette.

— Eu me sinto como a Michelle Obama, prestes a entrar a bordo do Air Force One — sussurrou Rachel para Nick enquanto eles caminhavam pelo tapete vermelho.

Ao ouvir o que a irmã havia dito, Carlton comentou:

— Espere só até você embarcar. Esse avião faz o Air Force One parecer uma lata de sardinhas.

Quando chegaram ao topo da escada, eles passaram pela porta principal e foram imediatamente cumprimentados pelo chefe de cabine.

— Bem-vindo a bordo, Sr. Bao. É muito bom ver o senhor novamente.

— Olá, Fernando.

Ao lado de Fernando estava uma comissária que se curvou em reverência e em seguida perguntou para Rachel e Nick:

— Por favor, quanto os senhores calçam?

— Hum... eu calço 34, e ele calça 42 — respondeu Rachel, sem entender o porquê da pergunta.

Instantes depois, a comissária retornou com sacolinhas de veludo para todos.

— Um presente da Sra. Bing — anunciou ela. Rachel espiou dentro da sacola e viu um par de chinelos de couro Bottega Veneta.

— A mãe da Colette prefere que todos usem esses sapatos a bordo — explicou Carlton, tirando os sapatos que estava usando. — Venham, vou fazer um tour rápido com vocês antes que o restante do pessoal embarque. — Carlton os levou por um corredor forrado com painéis de madeira de ácer cinza e tentou abrir duas portas. — Droga, estão trancadas. Essa é a escadaria que desce para a clínica. Eles têm uma sala de cirurgia equipada com um sistema de UTI e há sempre um médico a bordo.

— Vou tentar adivinhar... ideia da Sra. Bing? — perguntou Nick.

— Sim. Ela tem medo de passar mal durante o voo, indo se consultar com algum de seus médicos. Vamos tentar ir por esse lado.

Eles seguiram Carlton por outro corredor e desceram uma escadaria larga.

— Aqui é a cabine principal, ou o Grande *Lounge*, como eles o chamam.

Rachel ficou de queixo caído. Ela sabia, na teoria, que ainda estava num avião. Mas o que via naquele momento era algo que não poderia existir dentro de uma aeronave! Eles estavam de pé numa ampla sala em formato de semicírculo, com sofás balineses, consoles prateados que pareciam baús antigos e luminárias cobertas de seda em formato de flor de lótus. Mas o que mais chamava atenção na sala era uma parede de pedra com Budas antigos. Crescendo na pedra havia vegetação de verdade, flores exóticas e, ao lado, uma escada em espiral de pedra e vidro dava para um piso superior.

— A Sra. Bing queria que o Grande *Lounge* parecesse um templo javanês antigo — explicou Carlton.

— É exatamente igual a Borobudur — disse Nick, num sussurro, enquanto tocava a pedra coberta de musgo.

— Exatamente. Acho que ela se apaixonou por um resort lá há alguns anos e queria uma réplica em seu avião. A parede é a fachada de um templo de verdade, de um campo arqueológico. Pelo que sei, eles tiveram que contrabandeá-lo para fora da Indonésia.

— Acho que você pode fazer o que quiser com um 747 se não precisa enchê-lo com quatrocentos assentos — comentou Nick.

— Sim. E ter 460 metros quadrados de espaço para se divertir também ajuda. Esses sofás, a propósito, são forrados com couro de renas russas. E, subindo aquelas escadas, chegamos à sala de karaoquê, a uma sala de cinema, à academia e a dez suítes.

— Meu Deus! Nick, venha até aqui agora! — chamou Rachel em pânico.

Nick correu para perto dela.

— Está tudo bem?

Rachel estava petrificada na beirada do que parecia ser uma piscina, balançando a cabeça, sem acreditar.

— Veja, é um lago de carpas.

— Meu Deus. Você me assustou! Pensei que tivesse visto alguma coisa errada.

— E você não acha que tem nada de errado nisso? TEM UM LAGO DE CARPAS NO MEIO DESSE AVIÃO, NICK!

Carlton se aproximou do casal, impressionado com a reação da irmã.

— Essas são algumas das carpas premiadas da Sra. Bing. Está vendo aquela branca gorda com uma pinta vermelha bem grande nas costas? Um japonês que uma vez voou como convidado ofereceu 250 mil dólares por ela. Disse que ela fazia com que ele se lembrasse da bandeira do Japão. Eu fico me perguntando se essas pobres carpas sofrem de jet lag...

Nesse momento, Colette entrou na cabine usando um poncho, seguida por um grande grupo, que incluía sua mãe, sua avó, Roxanne, algumas das garotas que eles conheceram na festa e várias empregadas.

— Não acredito que esses idiotas deixaram que vocês subissem a bordo! Eu queria fazer o tour com o Nick e a Rachel pessoalmente — falou Colette, fazendo biquinho.

— Não vimos nada além dessa sala — disse Rachel.

— Ótimo! Como eu sei do seu fascínio por banheiros, queria te mostrar minha sala de hidromassagem. — Falando baixinho, ela disse para Rachel: — Preciso te alertar que os meus pais compraram e mobiliaram esse avião enquanto eu estava no Regent. Sendo assim, não posso ser responsabilizada pela decoração.

— Não sei do que você está falando, Colette. Esse avião é maravilhoso — elogiou Rachel.

Colette parecia genuinamente aliviada.

— Aqui, venha conhecer minha avó. *Nainai*, esses são meus amigos dos Estados Unidos, Rachel e Nick — anunciou Colette a uma septuagenária, com um permanente típico das senhoras chinesas.

A senhora sorriu, cansada, mostrando dois dentes de ouro. Ela parecia ter sido arrancada da cama às pressas, vestida numa jaqueta St. John pequena demais e trazida para o avião.

Colette observou a cabine, parecendo insatisfeita. Ela olhou para Roxanne e disse:

— Chame o Fernando aqui, agora.

O homem apareceu logo depois, e Colette olhou para ele, irritada.

— Onde está o chá? Sempre deve ter xícaras de Bird's Tongue Longjing* quente à espera da minha mãe e da minha avó assim que elas embarcam! E pratinhos de *hua mei*** para chupar durante a decolagem! Será que *ninguém* aqui leu o Manual de Procedimentos da Aeronave?

— Peço desculpas, Srta. Bing. Pousamos há pouco mais de uma hora e não tivemos tempo de arrumar o avião de maneira adequada.

— Como assim vocês acabaram de pousar? O Trenta não ficou aqui o fim de semana inteiro?

— Não, Srta. Bing. Seu pai acabou de voltar de Los Angeles.

— Sério? Eu não fazia a menor ideia. Bem, traga o chá e diga ao comandante que estamos prontos para decolar.

— Imediatamente, Srta. Bing — disse o chefe de cabine, virando-se para fazer o que Colette havia mandado.

— Ah, e mais uma coisa...

---

* As montanhas de Hangzhou são famosas por esse chá, também conhecido como Dragon Well. Diz-se que são necessárias 600 mil folhas frescas para produzir um quilo desse precioso chá, que é o mais valorizado pelos *connoisseurs* chineses.

** Ameixas secas salgadas, consumidas durante muitas gerações de chineses. Teoricamente tiram o enjoo, mas causaram o efeito contrário em mim.

— Sim, Sra. Bing?
— Tem alguma coisa no ar hoje, Fernando.
— Vamos reajustar a climatização da cabine imediatamente.
— Não. Não é isso. Você consegue sentir o perfume, Fernando? Não tem nada a ver com Jurassic Flower, de Frédéric Malle. Quem mudou o perfume da cabine sem a minha permissão?
— Não tenho certeza, Srta. Bing.

Depois que Fernando saiu, Colette se dirigiu a Roxanne mais uma vez:

— Quando chegarmos a Paris, quero que novas cópias do Manual de Procedimentos da Aeronave sejam impressas e encadernadas e entregues a cada integrante da tripulação. Quero que eles decorem cada vírgula e, na volta, vamos fazer uma prova surpresa durante o voo.

15

28 Cluny Park Road

•

CINGAPURA

Carmen Loh havia acabado de se posicionar em *sarvangasana* no meio de sua sala de estar quando a secretária eletrônica tocou:

— Carmen, é a mamãe. Geik Choo acabou de me ligar para dizer que o tio C.K. acabou de ser internado na Casa de Repouso Dover Park. Eles disseram que, se ele resistir a essa noite, provavelmente vai viver mais uma semana. Vou visitá-lo hoje. Acho que você deveria ir comigo. Você pode me pegar na casa da Lillian May Tan por volta das seis horas? Acho que já vamos ter terminado nosso Mahjong nesse horário, a não ser que a Sra. Lee Young Chien resolva aparecer. Nesse caso, o jogo vai demorar mais. O horário de visitas na Dover Park termina às oito, por isso quero ter certeza de que teremos bastante tempo. Ah, e eu encontrei a Keng Lien hoje no NTUC e ela disse que ficou sabendo pela Paula que você está vendendo sua carteira de sócia do Churchill Club para financiar um mergulho ou algo do tipo. Eu disse para ela: "Bobagem. Minha filha jamais faria uma coisa dessas..."

Irritada, Carmen saiu da pose lentamente. Por que foi se esquecer de desligar a secretária eletrônica? Trinta minutos de puro êxtase destruídos por uma única ligação da mãe. Ela caminhou devagar até o telefone e atendeu a ligação.

— Mãe, por que o tio C.K. foi internado? Não querem pagar por uma UTI em casa nem mesmo nos últimos dias de vida dele? Não acredito que essa família seja tão *giam siap*.*

— *Aiyah!* Não é nada disso. O tio C.K. deseja morrer em casa, mas os filhos não querem deixar. Eles acham que vai afetar o valor de mercado da casa se ele morrer lá, *lor*.

Carmen revirou os olhos. Ouvir aquilo a deixava irritada. Mesmo antes de sair o resultado da ressonância magnética do milionário das minas de estanho, que mostrou que o câncer havia se espalhado por todo o seu corpo, os familiares já tinham começado a esquematizar tudo. Antigamente, os corretores de imóveis acompanhavam os obituários todas as manhãs, esperando encontrar o nome de algum grande empresário, pois sabiam que então seria apenas uma questão de tempo até que a casa da família fosse colocada à venda. Agora, com Bangalôs de Luxo** se tornando mais raros do que unicórnios, os maiores corretores de imóveis contam com "contatos" nos principais hospitais da cidade. Há cinco meses, o chefe de Carmen, Owen Kwee, da MangoTee Properties, havia ligado para ela e dito:

— Meu *lobang**** no Mount E. viu C.K. Wong dar entrada para uma sessão de quimioterapia. Ele não é seu parente?

— Sim, ele é primo do meu pai.

— A casa dele em Cluny Park Road tem 4 mil metros quadrados. É uma das últimas casas Frank Brewer que ainda restam.

— Eu sei. Sempre vou lá.

Owen se recostou em sua cadeira de couro.

— Eu só conheço o filho mais velho, Quentin. Mas ele tem irmãos, não é isso?

— Dois mais novos e uma irmã. — Ela sabia exatamente aonde Owen estava querendo chegar.

— E esses dois irmãos moram no exterior, não é?

---

* Em *hokkien*, "mesquinha".
** Termo que o mercado imobiliário de Cingapura usa para se referir a casas com mais de 1.400 metros quadrados e de apenas dois andares. Em uma ilha de 5,3 milhões, restam apenas cerca de mil Bangalôs de Luxo. Eles ficam localizados nos distritos 10, 11, 21 e 23, e um dos menores custa pelo menos 45 milhões de dólares.
*** Gíria malaia para "contato".

— Sim — respondeu Carmen, impaciente, querendo que ele fosse direto ao ponto.

— A família provavelmente vai querer vender a casa depois que o velho bater as botas, não acha?

— Meu Deus, Owen, meu tio ainda está muito vivo, obrigada! Ele estava jogando golfe no Pulau Club no domingo passado.

— Eu sei, *lah,* mas você me garante que a MangoTee será representante exclusiva se a família decidir vender a casa?

— Pare de ser *kiasu*.* É claro que vamos ter exclusividade — disse Carmen, irritada.

— Não estou sendo *kiasu*, só quero ter certeza de que você está preparada. Ouvi dizer que Willy Sim, da Eon Properties, já está rondando a família como um gavião. Ele foi para Raffles com Quentin Wong, sabia?

— Willy Sim pode rondar o quanto quiser. Eu já estou no ninho.

Seis meses depois, era precisamente onde Carmen se encontrava — no ninho do corvo, um pequeno quarto que ficava no sótão do bangalô de seu falecido tio —, enquanto mostrava a propriedade para sua amiga Astrid.

— Que espaço fofo! E esse quarto... era usado para quê? — perguntou Astrid, enquanto observava o cômodo.

— A família que construiu a casa chamava esse quarto de ninho do corvo. Segundo a lenda, a mulher era uma poetisa e queria ter um espaço tranquilo, longe dos filhos, para poder escrever. Dessas janelas, ela podia ver o jardim e a entrada da casa, e assim sabia quem chegava e quem saía. Quando o meu tio comprou a casa, esse quarto era usado como depósito. Eu e meus primos usávamos o espaço como um clubinho quando éramos crianças. A gente chamava esse quarto de Esconderijo do Capitão Gancho.

— Cassian iria amar esse lugar. A gente ia se divertir muito aqui. — Astrid olhou pela janela e viu um Porsche preto 356 de 1956 estacionando em frente a casa.

---

* Em *hokkien*, "medroso".

— O James Dean chegou — brincou Carmen.
— Hahaha. Ele parece um rebelde nesse carro, não?
— Eu sempre soube que você ia se casar com um *bad boy*. Venha, vamos fazer o tour com ele.

Quando Michael saltou de seu carro esportivo, Carmen não conseguiu deixar de notar a transformação. Da última vez que o vira, há dois anos, em uma festa na casa dos pais de Astrid, ele estava usando calças cargo e uma camisa polo, e seus cabelos estavam raspados em estilo militar. Mas, agora, em seu terno cinza Berluti, com óculos escuros Robert Marc e corte moderno, ele parecia outra pessoa.

— Oi, Carmen. Adorei seu novo corte de cabelo — disse Michael, cumprimentando-a com beijos no rosto.

— Obrigada — agradeceu-lhe Carmen. Ela havia cortado o cabelo longo na altura do queixo fazia algumas semanas, e ele tinha sido o primeiro homem a elogiá-la.

— Meus pêsames. Seu tio foi um grande homem.

— Obrigada. A parte boa desse infortúnio é que você está olhando a casa antes que ela seja colocada oficialmente à venda, amanhã.

— Sim. A Astrid me fez sair correndo do trabalho para vir até aqui dar uma olhada o quanto antes.

— Bem, estamos achando que vai ser um alvoroço quando a casa for anunciada. Uma propriedade como essa não fica disponível há anos e provavelmente vai direto para leilão.

— Eu imagino. Qual o tamanho? Uns 12 mil metros quadrados? E nesse bairro? Tenho certeza de que todas as construtoras dariam o sangue para colocar as mãos num terreno como esse — disse Michael, observando o enorme jardim, emoldurado por palmeiras altas.

— É exatamente por isso que a família permitiu que eu mostrasse a propriedade a vocês com exclusividade. Não queremos que a casa seja demolida e transformada num condomínio.

Michael olhou para Astrid, sem entender.

— Não será demolida? Pensei que a gente iria contratar um arquiteto francês de renome para construir alguma coisa nova nesse terreno.

— Não, não. Você está confundindo esse local com o que eu queria te mostrar em Trevose Crescent. Essa casa jamais deverá ser demolida... é um tesouro — disse Astrid, enfaticamente.

— Eu gostei do terreno, mas me diga o que há de tão especial na casa... não é uma daquelas casas históricas preto e brancas.

— Ah, ela é muito mais rara do que aquelas — falou Carmen. — Essa é uma das poucas casas construídas por Frank Brewer, um dos maiores arquitetos de Cingapura. Ele projetou o Cathay. Venha, vamos dar a volta para vocês verem o lado de fora primeiro.

Enquanto davam a volta pela casa, Astrid começou a apontar todos os detalhes que davam à propriedade um toque Tudor, os arcos com tijolinhos expostos, e outros detalhes brilhantes, como as gretas de ventilação inspiradas no estilo Mackintosh, que mantinham os quartos frescos mesmo no calor tropical.

— Viu como a estética Arts and Crafts combina com os estilos de Charles Rennie Mackintosh e com o de missão espanhola? Você não vai encontrar essa fusão de estilos arquitetônicos em nenhum outro lugar do planeta.

— É bonito, querida, mas você é provavelmente a única pessoa de Cingapura que se importar com esses detalhes! Quem morava aqui antes dos seus parentes? — perguntou Michael para Carmen.

— A casa foi construída em 1922 para o diretor da Fraser e Neave e mais tarde se tornou a residência oficial do embaixador da Bélgica — explicou ela, complementando: — Essa é uma chance rara de adquirir uma das joias históricas de Cingapura.

Os três entraram na casa e, enquanto percorriam os quartos de grandes proporções, Michael começou a gostar cada vez mais da propriedade.

— Gosto do teto com pé-direito alto aqui no térreo.

— Está com rachaduras em algumas partes, mas conheço o arquiteto ideal para ajudar a restaurar o lugar. Ele reformou a casa de meu tio Alfred em Surrey e acabou de terminar a restauração da Dumfries House, na Escócia, para o Príncipe de Gales — disse Astrid.

Na sala, inundada pela luz natural que entrava pelas janelas, lançando sombras que lembravam origamis no piso de madeira,

Michael subitamente se lembrou da sala de desenho de Tyersall Park e de como ficou impressionado com o lugar no dia que conheceu a avó de Astrid. Ele havia imaginado a nova casa como uma ala contemporânea de um museu, mas agora tivera outra visão dele mesmo trinta anos depois, com seus cabelos grisalhos, trabalhando de sua residência histórica, enquanto parceiros de negócios do mundo inteiro vinham prestar sua admiração. Ele bateu a mão em uma das paredes e disse para Astrid:

— Gosto dessa madeira antiga. Essa casa parece bastante sólida, diferentemente da casa preta e branca do seu pai.

— Fico feliz que tenha gostado. Tem um ar diferente da casa do meu pai — comentou Astrid, cautelosa.

E também é maior do que a casa do seu pai, pensou Michael. Ele já podia imaginar o que os irmãos da mulher diriam quando viessem visitá-los: *Wah lan eh, ji keng choo seeee baaay tua!** Ele se virou para Carmen e perguntou:

— E então, o que é necessário para pegar as chaves?

Carmen pensou por um momento.

— Se fosse colocada à venda, essa casa facilmente seria oferecida por 65 ou 70 milhões. Você terá que fazer uma oferta irrecusável para que a minha família não anuncie no mercado amanhã de manhã.

Michael parou no topo da escadaria e passou os dedos pelo corrimão de madeira.

— C. K. Wong tinha quatro filhos, certo? Posso oferecer 74 milhões, assim cada filho fica com um milhão a mais.

— Vou ligar para o meu primo Geik Choo — disse Carmen, pegando o celular em sua bolsa Saint Laurent e saindo discretamente da sala.

Alguns minutos depois, ela voltou.

— Meu primo agradece a oferta, mas, levando em consideração os impostos que eles têm que pagar e a minha comissão, a família precisa de uma proposta melhor. Se você estiver disposto a pagar 80 milhões, o negócio está fechado.

---

* Em *hokkien*, gíria que significa "puta merda, essa casa é ENORME".

— Eu sabia que você ia dizer isso — falou Michael, rindo. Ele olhou para Astrid e perguntou:

— Querida, você quer muito essa casa?

Como assim? É você que quer se mudar!, pensou Astrid. Mas, em vez disso, ela respondeu:

— Serei muito feliz aqui se você também for.

— Muito bem, então. Considere 80 milhões.

Carmen sorriu. Aquilo tinha sido muito mais fácil do que ela havia imaginado que seria. Ela entrou em um dos quartos para ligar novamente para o primo.

— Quanto você acha que vai custar para decorar essa casa? — perguntou Michael a Astrid.

— Vai depender do que a gente decidir fazer. Essa casa me lembra o estilo *country* de Cotswolds... consigo visualizar algumas peças inglesas simples, talvez misturadas com algum tecido Geoffrey Bennison. Acho que os seus artefatos históricos e as minhas antiguidades chinesas ficariam legais aqui. E, lá embaixo, talvez a gente possa...

— Todo o andar inferior será convertido num museu automobilístico para expor a minha coleção — interrompeu-a Michael.

— O andar inteiro?

— É claro. Foi a primeira coisa que imaginei quando entrei nessa casa. Vamos derrubar tudo e transformar o primeiro andar num grande espaço aberto. Aí eu posso mandar instalar plataformas giratórias no piso. Vai ser muito legal ver os meus carros girando entre todas aquelas colunas.

Astrid olhou para o marido, esperando que ele dissesse "brincadeira", mas então percebeu que Michael estava falando sério.

— Se é isso que você quer...

— Por que essa sua amiga está demorando tanto? Não me diga que os Wongs estão ficando gananciosos e querem pedir mais dinheiro.

Alguns instantes depois, Carmen entrou na sala, com o rosto vermelho.

— Desculpem... espero que eu não tenha gritado muito alto.

— Não. O que aconteceu? — perguntou Astrid.

— Hum... Não sei como dizer isso, mas a casa já foi vendida para outra pessoa.

— O QUÊÊÊ??? Eu achei que ninguém mais tivesse visto a casa — disse Michael.

— Sinto muitíssimo. Eu também achei isso. Mas o idiota do meu primo Quentin também me enganou. Ele usou a sua oferta para aumentar o valor que a outra pessoa estava oferecendo.

— Eu cubro qualquer oferta que o seu primo tenha recebido — garantiu Michael, usando um tom desafiador.

— Eu sugeri isso, mas aparentemente o negócio já foi fechado. O comprador dobrou sua última oferta para que a casa fosse tirada do mercado imediatamente. A casa foi vendida por 160 milhões de dólares.

— Cento e sessenta milhões? Isso é ridículo! Quem comprou a casa?

— Não sei. Nem meu primo sabe ao certo. Alguma empresa de risco da China, obviamente de fachada.

— Gente do continente. Só podia ser — sussurrou Astrid.

— *Kan ni na bu chao chee bye!** — gritou Michael, chutando a balaustrada de madeira, irritado.

— Michael! — exclamou Astrid, chocada.

— O que foi? — Michael virou-se para ela com o olhar desafiador. — Isso tudo é culpa sua! Não acredito que você me fez perder meu tempo assim!

Carmen se intrometeu na discussão, sem acreditar no que estava presenciando:

— Por que você está culpando a sua mulher? Se tem algum culpado aqui, esse alguém sou eu.

— *Vocês duas* são culpadas. Astrid, você faz ideia de como eu estava ocupado hoje? Você não devia ter exigido que eu largasse tudo o que estava fazendo para vir olhar essa maldita casa se ela não estava realmente disponível! Carmen, que bela corretora de imóveis você é, hein! Não consegue nem organizar uma venda simples como essa? Inacreditável! — gritou ele, antes de sair batendo a porta.

Astrid se sentou no topo da escadaria e enterrou a cabeça nas mãos.

---

* Um xingamento em *hokkien*, traduzido como "que se foda a boceta podre e fedorenta da sua mãe!".

— Eu sinto muitíssimo.

— Que isso, Astrid, você não precisa se desculpar. Eu é que sinto muito.

— A balaustrada está ok? — perguntou Astrid, alisando a marca deixada pelo marido na madeira.

— Não tem problema. Para falar a verdade, agora estou mais preocupada com você.

— Eu estou ótima. Achei essa casa lindíssima, mas, para falar a verdade, não me importo nem um pouco se vamos morar aqui ou não.

— Não estou falando sobre a casa. É só que... — Carmen ficou em silêncio por alguns instantes, ponderando se deveria abrir a caixa de Pandora ou não. — Estou me perguntando o que aconteceu com *você*.

— Como assim?

— Olhe, vou ser bem sincera, já que somos amigas há algum tempo. Não acreditei quando vi o Michael falando com você daquela maneira, muito menos quando percebi que você estava deixando...

— Ah, não foi nada. O Michael só ficou irritado porque perdeu o negócio. Ele está acostumado a conseguir tudo o que quer.

— Não me diga... Mas eu não estou me referindo à grosseria que ele fez antes de sair. Eu não gostei do jeito que ele fala com você. Isso me irritou desde o momento que ele chegou.

— O que você quer dizer com isso?

— Você não consegue perceber, não é? Não percebe o quanto ele mudou? — Carmen soltou um suspiro, parecendo cansada. — Quando conheci o Michael, há seis anos, ele parecia ser um cara legal, gentil. Tudo bem que ele não falava muito, mas eu notei a maneira como ele olhava para você e pensei: "Uau, esse cara idolatra a Astrid. É esse o tipo de homem que eu gostaria de ter ao meu lado." Eu estava tão acostumada com esses filhinhos de papai que esperavam ter tudo na mão o tempo inteiro, como o meu ex-marido, que vi ali na minha frente um *homem*. Um homem forte, reservado, que estava sempre fazendo pequenos agrados para você. Você se lembra do dia em que estávamos fazendo compras no ateliê do Patric e o Michael correu Chinatown de cima a baixo durante uma hora tentando comprar *kueh tutu** só porque você comentou que a sua babá costumava te levar até lá para comprar os bolinhos que um homem vendia num carrinho de metal?

— Ele ainda faz pequenos agrados para mim... — começou Astrid.

— Não é isso que estou falando. O homem que veio ver essa casa hoje é uma pessoa completamente diferente daquele que eu conheci.

— Bom, é verdade que ele ficou muito mais confiante. Afinal, ele se tornou um homem bem-sucedido e de prestígio no trabalho. Isso muda qualquer pessoa.

— Com certeza. Mas ele mudou para melhor ou para pior? Quando o Michael chegou, me deu um beijo no rosto. Isso foi a primeira coisa que me surpreendeu... foi tão formal, nada a ver com o cara *chin chye*** que eu conhecia. E, além disso, ele me elogiou. Mas você estava do meu lado usando um vestido floral Dries van Noten lindo, e ele não disse absolutamente nada para você.

— Ora, Carmen, eu não espero que ele babe em cima de mim todas as vezes que nos vemos. Estamos casados há muito tempo para isso.

— Meu pai elogia a minha mãe milhares de vezes durante o dia, e eles estão casados há quarenta anos. Mas, além disso, foi a maneira como ele tratou você o tempo todo enquanto esteve aqui que me deixou impressionada. A linguagem corporal dele. Os pequenos comentários. Havia um pouco de... de... desdém por tudo.

Astrid tentou rir do comentário.

— Não estou contando nenhuma piada aqui. E o fato de que você não enxerga isso é o que mais me preocupa. É como se você tivesse síndrome de Estocolmo ou algo do gênero. O que aconteceu com "a Deusa"? A Astrid que eu conheço jamais se submeteria a esse tipo de tratamento.

---

* Essa iguaria cingapuriana consiste em um bolinho de arroz em formato de flor cozido no vapor e recheado com açúcar mascavo e farofa de amendoim ou coco ralado. É servido numa folha de *pandan* para acentuar o perfume. Os "homens do *kueh tutu*" eram figuras conhecidas no distrito de Chinatown, em Cingapura, mas é cada vez mais raro vê-los hoje em dia.

** Em *hokkien*, "pé no chão", "descontraído".

Astrid permaneceu em silêncio por alguns instantes e então olhou para a amiga:

— Eu vejo, sim, Carmen. Eu vejo tudo.

— Então por que está deixando por isso mesmo? Porque, confie em mim, esse caminho é muito perigoso. No começo são só alguns desentendimentos aqui e ali, até que um dia você acorda e percebe que todas as conversas que tem com o seu marido são aos gritos.

— É um pouco mais complicado do que isso, Carmen — disse Astrid, respirando fundo, antes de continuar. — A verdade é que eu e o Michael passamos por uma fase muito difícil há alguns anos. Nós ficamos um tempo separados e quase nos divorciamos.

Carmen arregalou os olhos.

— Quando foi isso?

— Há uns três anos. Mais ou menos na época do casamento da Araminta Lee. Você é a única pessoa nessa ilha que sabe dessa história.

— O que aconteceu?

— É uma longa história, mas, basicamente, foi devido ao fato de o Michael estar tendo dificuldade em lidar com a dinâmica de poder em nosso casamento, mesmo eu sempre tentando apoiá-lo, ele se sentia limitado pelo... você sabe, pelo lance do dinheiro. Ele se sentia como um marido-objeto, e a maneira como a minha família o tratava também não ajudava muito.

— Consigo entender que ser casado com a única filha de Harry Leong não deve ser fácil... mas fala sério! A maioria dos homens daria tudo para estar no lugar dele.

— Mas é exatamente isso. O Michael não é como a maioria dos homens. E foi justamente isso que me atraiu nele. Ele é inteligente, focado e queria conquistar seus objetivos por mérito próprio. Ele nunca quis nenhum tipo de ajuda da minha família para fechar seus negócios e sempre insistiu em não aceitar um centavo meu.

— Era por isso que vocês moravam naquele apartamentinho na Clemenceau Avenue?

— Claro! Ele comprou aquele apartamento com o próprio dinheiro.

— Ninguém conseguiu acreditar naquilo. Eu me lembro de todo mundo falando: *Você acredita que a Astrid Leong se casou com um ex-militar e que se mudou para um APARTAMENTO ANTIGO E MÍNIMO? A Deusa finalmente desceu do trono.*

— O Michael não se casou comigo porque queria uma deusa. E, agora que ele finalmente conseguiu ganhar dinheiro e ser bem-sucedido, estou tentando ser uma esposa tradicional. Estou tentando deixar as coisas do jeito que ele quer. Acho que ele precisa ganhar algumas batalhas às vezes.

— Contanto que você não perca a sua essência no processo.

— Ah, Carmen, você acha que eu deixaria isso acontecer? Eu estou feliz pelo Michael finalmente ter começado a demonstrar interesse por coisas que são importantes para mim. Olhe como ele se veste agora! E como nós vivemos! Fico feliz que ele tenha opiniões fortes e que me desafie às vezes. Na verdade, isso me deixa mais atraída por ele. Me faz lembrar do que chamou minha atenção nele no começo.

— Bem, desde que você esteja feliz...

— Olhe para mim, Carmen. Eu estou feliz. Nunca estive tão feliz na vida.

16

Paris

•

TRECHOS DO DIÁRIO DE RACHEL
DOMINGO, 16 DE JUNHO

Viajar para Paris no estilo Colette Bing é como entrar num universo paralelo. Jamais imaginei que comeria o mais delicioso pato de Pequim da minha vida a 12 mil metros de altura num restaurante mais luxuoso que o Palácio de Verão da Imperatriz Cixi, ou que iria assistir ao *Homem de Ferro* num cinema projetado pela IMAX (o filme acabou de estrear nos Estados Unidos, mas a família da Adele Deng é dona de uma das maiores cadeias de cinema da China, por isso ela tem acesso aos filmes antes de serem lançados). Jamais imaginei que veria seis chinesas cantando uma versão desafinada de "Call Me Maybe" em mandarim na sala de karaokê do avião, cujas paredes de mármore possuem luzes de LED brilhantes. Eu nem percebi o tempo passar quando o comandante anunciou que iríamos pousar no aeroporto Le Bourget. O desembarque foi tão tranquilo — nada de filas, alfândega ou qualquer confusão. Três oficiais embarcaram no avião e carimbaram nossos passaportes enquanto uma frota de SUVs Range Rover pretas nos esperava na pista. Ah, sim, e havia seis guarda-costas que eram a cara do Alain Delon jovem. Colette contratou esses seguranças — todos ex-Legião Estrangeira Francesa — para nos acompanhar 24 horas por dia. "Vai ser um colírio para os nossos olhos", disse ela.

Os carros nos levaram direto para a cidade e nos deixaram no Hotel Shangri-La, onde Colette reservou todos os quartos dos dois últimos andares. O hotel parecia uma residência, isso porque, antigamente, ele costumava ser o palácio do príncipe Luís Bonaparte,* neto de Napoleão, e a minuciosa restauração havia levado quatro anos. Tudo em nossa suíte gigantesca é lindamente decorado em tons de creme e jade. Tem uma penteadeira linda com um espelho de três partes. Tirei milhares de fotos dele de todos os ângulos possíveis. Tenho certeza de que, em algum lugar do Brooklyn, algum marceneiro *hipster*/agente literário irá conseguir reproduzi-lo. Tentei dormir um pouco, como o Nick, mas estava ao mesmo tempo agitada, com jet lag e de ressaca, então não consegui. Onze horas num avião + um fantástico barman filipino = péssima combinação.

SEGUNDA-FEIRA, 17 DE JUNHO

Acordei hoje de manhã com a visão do lindo bumbum nu do Nick contra a Torre Eiffel e pensei que ainda estivesse sonhando. Então percebi — finalmente chegamos à Cidade Luz! Enquanto Nick passou o dia perambulando por livrarias no Quartier Latin, fui com as meninas à nossa sessão de compras. Na frota de SUVs, acabei num carro com Tiffany Yap, que me contou a história das outras garotas: a educadíssima Stephanie Shi é de uma família de políticos de alto escalão, e a família da mãe dela é dona de uma enorme mineradora e tem propriedades espalhadas por todo o país. Adele Deng, que ainda tem o mesmo cabelo de pajem do jardim de infância, é a herdeira de cinemas e shopping centers e é casada com o filho de outro patriarca do partido. O pai de Wen Pi Fang é o Rei do Gás Natural e Perrineum Wang, cujo nariz, queixo e cujas maçãs do rosto são aparentemente novas, possui a fortuna mais recente. "Há dez anos o pai dela começou uma empresa de comércio eletrônico trabalhando da sala de sua casa e hoje é o Bill Gates da China", contou Tiffany. "A minha família está no ramo de bebidas."

---

* Na verdade, do príncipe Roland Bonaparte, sobrinho-neto de Napoleão. (Rachel ainda estava de ressaca, então era difícil se lembrar dos fatos históricos.)

E isso foi tudo o que a garota com mordida cruzada revelou. Mas adivinhe? Todas elas trabalham no P.J. Whitney Bank e têm cargos impressionantes, tipo "Diretora de Gerenciamento — Grupo de Clientes Privados".

"Não foi problema nenhum todas vocês faltarem o trabalho de repente para virem a Paris?", perguntei. "Claro que não", respondeu Tiffany.

Chegamos ao Saint-Honoré, e cada uma seguiu para uma butique diferente. Adele e Pi Fang correram para Balenciaga, Tiffany e Perrineum ficaram loucas com a Mulberry, a Sra. Bing e as outras tias foram para a Goyard e Colette fez a Colette. Acompanhei Stephanie à Moynat, uma butique de artigos de couro da qual eu nunca tinha ouvido falar até hoje. A *clutch* Rejane mais linda do mundo estava praticamente me chamando, mas eu nunca seria capaz de gastar 6 mil euros numa bolsa — mesmo que o couro daquela vaca nunca tenha ouvido falar da existência de mosquitos. Stephanie andava pela loja, observando as paredes de vidro cobertas de bolsas, estudando tudo atentamente. Então apontou para três bolsas.

"Gostaria de ver essas bolsas, *mademoiselle*?", perguntou a vendedora. "Não. Vou levar tudo que está naquela parede, *com exceção* daquelas três bolsas", respondeu Stephanie, entregando seu cartão de crédito Black Palladium. #PQP #AGORAESERIO

TERÇA-FEIRA, 18 DE JUNHO

Acho que a notícia de que seis das maiores armas de consumo em massa da China estavam em Paris se espalhou, porque emissários das maiores butiques começaram a entregar convites no Shangri-la hoje de manhã, todos oferecendo vantagens exclusivas e bajulações. Começamos nosso dia na avenida Montaigne, onde a Chanel abriu mais cedo especialmente para nós e ofereceu um café da manhã delicioso em homenagem a Colette. Enquanto eu me enchia do omelete mais macio que já havia provado na vida, as meninas ignoraram a comida e pularam nos vestidos. Depois, almoçamos na Chloé e tomamos chá na Dior.

Com Goh Peik Lin e Araminta Lee, achei que tivesse aprendido o que era gastar, mas nunca presenciei esse nível de ostentação na minha vida! Aquelas garotas eram como uma praga. Chegavam às butiques dizimando tudo que estava à vista, enquanto Colette postava cada compra que fazia em suas redes sociais. Envolta por toda aquela animação, fiz minha primeira aquisição de moda de luxo — calças azul-marinho de alfaiataria na arara de promoção da Chloé, que combinam com tudo. Nem preciso dizer que a arara de promoção era invisível para as demais: para elas, os itens tinham de ser da coleção nova, senão não valiam a pena.

Depois da Chanel, Nick resolveu visitar um museu de taxidermia, mas Carlton, que tinha uma paciência de Jó, ficou com a gente e admirava, encantado, enquanto Colette fazia suas compras. Ele não admite, mas só um cara realmente apaixonado acompanha uma mulher durante 15 horas de compras com as amigas e suas mães. É claro que Carlton também estava fazendo compras, mas era bem mais rápido que as mulheres. Enquanto a Sra. Bing estava tendo uma crise existencial tentando decidir se comprava um colar de rubis na Bulgari (EUR$ 6,8 milhões) ou um colar de diamantes canário na Boucheron (EUR$ 8,4 milhões), Carlton saiu de fininho. Vinte minutos depois, voltou trazendo dez sacolas da Charvet e me deu uma delas. De volta ao hotel, abri a sacola e vi que era uma linda blusa de alfaiataria cor-de-rosa claro com listras brancas, feita do algodão mais macio que eu já havia tocado na vida. Carlton deve ter pensado que a camisa combinava perfeitamente com minha nova calça Chloé. Que fofo!

QUARTA-FEIRA, 19 DE JUNHO

Hoje foi dia de alta-costura. Pela manhã, visitamos os ateliês da Bouchra Jarrar e do Alexis Mabille para mostras exclusivas. Em Bouchra, presenciei algo que jamais tinha visto antes: mulheres tendo orgasmos por causa de *calças*! Ao que tudo indica, a genialidade das calças de alfaiataria da Bouchra são dignas de um orgasmo. No ateliê seguinte, Alexis apareceu no final do desfile exclusivo, e as meninas praticamente viraram adolescentes num show do One Direction tentando impressioná-lo competindo para ver quem comprava mais roupas. Nick até insistiu para que eu comprasse alguma coisa, mas falei que preferia guardar o dinheiro para a reforma do banheiro. "A reforma fica por minha conta, está bem? Agora, por favor, escolha um vestido!", insistiu ele. Olhei para todos aqueles vestidos de festa fantásticos e escolhi uma jaqueta preta estruturada pintada à mão com efeitos *ombré* nas mangas, amarrada na cintura com um elegante laço de veludo azul. É original, mas ao mesmo tempo clássica, e é uma peça que posso usar até ter 100 anos.

Quando chegou a hora de tirar minhas medidas, o alfaiate insistiu em medir meu corpo inteiro. Aparentemente Nick disse a ele que eu queria também a calça pintada à mão do conjunto! Foi tão emocionante ver a precisão e habilidade desses costureiros em ação — eu nunca imaginei que algum dia teria uma peça de alta-costura! Pensei na mamãe e nas longas horas que ela teve de trabalhar quando mais jovem e em como ainda encontrava tempo para ajustar as roupas de segunda mão que eu ganhava dos meus primos para que eu fosse sempre arrumadinha para a escola. Preciso comprar algo muito especial para ela aqui em Paris.

Depois de um almoço bem pomposo num restaurante da Place des Vosges que custou mais do que o bônus que ganhei no ano passado (ainda bem que Perrineum pagou), Carlton e Nick foram até Molsheim visitar a fábrica de carros Bugatti, enquanto a Sra. Bing insistiu em dar um pulinho na Hermès da rue de Sèvres. (A propósito, os pés dela pararam de doer, mesmo depois de 72 horas caminhando sem parar.) Eu nunca entendi esse fascínio das pessoas com a Hermès, mas tenho de admitir que a loja era muito bonita — ficava na antiga piscina interna do Hôtel Lutetia, com todas as mercadorias dispostas em diferentes níveis do vasto átrio. Perrineum ficou indignada porque a loja não estava fechada para o público. Então, como a loja não abriu só para ela, decidiu boicotá-la, caminhando pelo local e fazendo comentários pejorativos a respeito das demais clientes asiáticas.

— Você não fica incomodada de comprar junto com *essas pessoas*? — perguntou ela para mim.

— Você tem algo contra asiáticos ricos? — brinquei.
— Essas pessoas não são ricas, são apenas Henry — disse ela, com desdém.
— E o que são Henrys?
Ela olhou para mim, decepcionada.
— Você é economista, não sabe o que significa HENRY?
Pensei, pensei, mas ainda não fazia a menor ideia.
Finalmente Perrineum disse:
— *High Earners, Not Rich Yet.**

QUINTA-FEIRA, 20 DE JUNHO

Eu e Nick resolvemos dar um tempo nas compras hoje e fazer um programa cultural. Quando saímos de fininho de manhã cedo para visitar o Musée Gustave Moreau, encontramos Colette no elevador. Ela insistiu para que nos juntássemos a ela no café da manhã especial que havia planejado para todos nós no Jardim de Luxemburgo. Como aquele jardim tinha sido um dos lugares que eu mais havia gostado em nossa última viagem, concordei, toda feliz.

Foi uma manhã superagradável. Havia inúmeras mamães elegantes empurrando carrinhos de bebê, velhinhos lendo jornal e os pombos mais gordinhos e felizes que eu já tinha visto. Subimos as escadarias até a fonte Medici e nos sentamos num charmoso café. Todos foram de *café crème* ou chá *Dammann*, e Colette ainda pediu uma dúzia de *pains au chocolat*. O garçom trouxe os 12 pratos com os pãezinhos logo depois do pedido, e, quando eu ia dar a primeira mordida no meu, Colette sussurrou: "Pare! Não coma isso!" Minha dose de cafeína ainda não tinha surtido efeito e, antes que eu conseguisse entender o que estava acontecendo, Colette pulou de sua cadeira e sussurrou para Roxanne: "Rápido, rápido! Agora, enquanto os garçons não estão olhando!" Roxanne abriu uma bolsa preta de couro e tirou um saco de papel cheio de *pains au chocolat*. As duas mulheres começaram a trocar os pãezinhos no prato de

---

* Em uma tradução livre, "gente com muito dinheiro, não ricos ainda". (N. das T.)

todo mundo, enquanto Nick e Carlton riam histericamente e um casal elegante sentado a uma mesa ao lado da nossa olhava para nós como se fôssemos loucos.

Então Colette declarou:

— Muito bem. Agora, sim, podemos comer.

Dei a primeira mordida no meu *pain au chocolat*, e ele estava simplesmente *maravilhoso*! Aerado, fofinho, amanteigado, com um recheio bem generoso de chocolate meio amargo. Colette então explicou: "Esses *pains au chocolat* são da Gérard Mulot. São os meus favoritos. O problema é que não tem um café ao ar livre lá. E eu só consigo comer meu *pain au chocolat* com minha xícara de chá. Mas nenhuma casa de chá decente tem um *pain au chocolat* como esse, e é claro que os lugares não permitem que você traga nada de outra padaria. Por isso, a única maneira de resolver esse impasse é recorrer a uma 'troca'. Mas não ficou perfeito? Agora podemos desfrutar do melhor chá, com os melhores *pains au chocolat*, olhando para o jardim mais bonito do mundo!"

Carlton balançou a cabeça e falou: "Você é doida, Colette!" E então comeu seu pãozinho em duas mordidas.

Durante a tarde, algumas das garotas foram a uma sessão de compras exclusivas na L'Éclaireur, enquanto eu e Nick acompanhamos Stephanie e sua mãe à Kraemer Gallery. Nick já havia escutado falar sobre esse comerciante de antiguidades e queria conhecê-lo. Ele brincou chamando a galeria de "IKEA dos bilionários", mas, quando chegamos ao local, vi que ele não estava brincando — era uma mansão próxima a *Parc Monceau* repleta dos mais impressionantes móveis e objetos antigos. Todas as peças expostas pareciam itens de museu e aparentemente haviam pertencido a reis e rainhas. A Sra. Shi, essa senhora quietinha que até então não havia se rendido ao frenesi das compras, subitamente se transformou numa daquelas consumistas desenfreadas e começou a pegar tudo o que via pela frente. Nick ficou conversando com Monsieur Kraemer e, depois de alguns minutos, o homem se retirou, mas voltou logo depois trazendo um de seus livros de registros e, para delírio de Nick, nos mostrou alguns dos recibos antigos de compras feitas pelo bisavô do meu marido no início dos anos 1900!

SEXTA-FEIRA, 21 DE JUNHO

Adivinhe quem apareceu em Paris hoje? Richie Yang! Ele obviamente não aguentou ficar de fora da festa. Ele até tentou se hospedar no Shangri-La, mas, com todas as suítes ocupadas pelo nosso grupo, acabou tendo de "se contentar" com a cobertura no Mandarin Oriental. Ele chegou ao Shangri-La trazendo cestas de frutas chiques compradas no Hédiard — todas para a mãe de Colette. Enquanto isso, Carlton anunciou convenientemente que estava de olho em um carro esportivo *vintage* e que teria de se encontrar com o proprietário dele nos arredores de Paris. Eu me ofereci para acompanhá-lo, mas ele deu uma desculpa e acabou saindo sozinho. Não engoli direito a desculpa dele — é muito estranho vê-lo sair correndo desse jeito. Por que abandonaria o posto justamente quando seu maior competidor chega para a briga?

À tarde, Richie insistiu em convidar todos nós para ir ao "restaurante mais exclusivo de Paris. Você tem que praticamente matar alguém para conseguir uma reserva", disse ele. A decoração do restaurante lembrava uma sala de reuniões, o que achei estranho, e Richie organizou para que todos nós pedíssemos o menu degustação do chef — "Diversões e Tentações em Dezesseis Movimentos". Apesar de isso não soar nada apetitoso, a comida acabou sendo espetacular e inovadora, especialmente a sopa de alcachofra e trufas brancas e as patas de caranguejo em zabaione adocicado de alho, mas percebi que a Sra. Bing e as outras senhoras não ficaram tão animadas assim. A avó de Colette parecia especialmente confusa com os frutos do mar "cozidos crus em vapor frio", com as espumas coloridas e os legumes em porções minúsculas e perguntava o tempo todo à filha: "Por que eles estão servindo só as cascas dos legumes? É porque somos chineses?" A Sra. Bing respondeu: "Não. Todos aqui pedem esses mesmos pratos. Veja quantos franceses há aqui. Esse restaurante deve ser muito autêntico."

Depois da refeição, os mais velhos voltaram para o hotel, quando Richie anunciou que iria nos levar para um clube superexclusivo fundado pelo diretor de cinema David Lynch. "Sou membro desse clube desde o primeiro dia de sua existência", gabou-se ele. Eu e o Nick declinamos do convite e então demos uma deliciosa caminhada pelas margens do rio Sena. Quando voltamos ao hotel, passamos pela Sra. Bing, que estava à porta de sua suíte conversando com uma das camareiras chinesas. Ao me ver, ela veio até nós, toda animada. "Rachel, Rachel, veja o que essa moça simpática me deu!" Em suas mãos estava um saco de lixo branco cheio de embalagens de xampu, de gel para banhos de espuma e condicionador da Bulgari, cortesias do hotel. "Você também quer? Ela pode pegar mais!" Eu disse a ela que eu e Nick usávamos nosso próprio xampu e que não havíamos tocado nas amostras que estavam em nosso quarto. "Então você pode me dar os seus? E as toucas de banho também?", perguntou a Sra. Bing, muito animada.

Fomos ao nosso quarto, juntamos todos os potinhos e voltamos para a suíte dela. Ela abriu a porta parecendo uma viciada que havia acabado de ganhar heroína de graça. "*Aiyah!* Eu devia ter pedido para você guardar esses produtos para mim desde que chegamos. Espere aí, não vá ainda." Ela voltou trazendo um saco plástico com cinco garrafas plásticas de água. "Aqui, leve algumas para você. Fervemos água todos os dias na chaleira do quarto, assim não precisamos comprar a água mineral do hotel!" Nick estava lutando para não rir, quando vovó Bing veio até a porta e disse: "Lai Di, por que não convida os dois para entrar?"

Entramos na suíte gigantesca e vimos tia Pan Di, a Sra. Shi e a Sra. Wen reunidas em volta de uma panelinha portátil na sala de jantar. No chão, uma enorme mala da Louis Vuitton cheia de pacotes de macarrão instantâneo de todos os sabores. "Aceitam macarrão de camarão e porco?", perguntou tia Pan Di, mexendo o macarrão com seu hashi. A Sra. Bing sussurrou de forma conspiradora: "Não conte a Colette, mas fazemos isso todas as noites! Preferimos comer macarrão instantâneo a essa comida francesa chique!"

"*Aiyah*, meu intestino está preso de tanto queijo que temos sido forçadas a comer", confessou a Sra. Wen.

Perguntei por que elas então não desciam para jantar no Shang Palace, o restaurante chinês com estrelas Michelin do hotel. A Sra. Shi, que mais cedo havia comprado um relógio antigo* por 4,2 mi-

---

* Um relógio excepcional com caixa Luís XV de Jean-Pierre Latz, quase idêntico ao feito por Frederico, o Grande, da Prússia, no Novo Palácio de Potsdam.

lhões de euros na Kraemer Gallery depois de analisá-lo por menos de três minutos, exclamou: "Tentamos ir até lá depois daquele jantar francês horrível, mas todos os pratos são tão caros que decidimos vir embora! Vinte e cinco euros por um arroz frito? *Tai leiren le!**"

DOMINGO, 22 DE JUNHO

Colette bateu em nossa porta ao raiar do dia e nos acordou. Perguntou se tínhamos visto Carlton ou se ele havia ligado. Aparentemente, ele não retornara ao hotel na noite passada e não estava atendendo ao celular. Colette parecia preocupada, mas Nick achou que não havia motivo para entrar em pânico: "Ele vai aparecer. Às vezes as negociações com esses colecionadores de carros levam tempo. Ele provavelmente ainda está fechando negócio."

Nesse meio-tempo, Richie convidou todos nós para um coquetel ao pôr do sol em sua cobertura. "Uma festinha em homenagem a Colette", disse ele. Enquanto as garotas passaram a tarde num spa, eu e Nick tiramos uma soneca gostosa na grama do Parc Monceau.

No início da tarde, chegamos à festa de Richie no Mandarin Oriental, mas fomos barrados pelo segurança postado no elevador VIP. Aparentemente, nossos nomes "não estavam na lista". Depois de um telefonema para Colette, conseguimos desfazer o mal-entendido e fomos levados até o terraço, onde descobrimos que não se tratava apenas de uma "festinha" ao pôr do sol para o nosso grupo. Havia muita gente chique, e parecia que a cobertura tinha sido decorada para o lançamento de algum produto de última geração. Topiárias gigantes em formato de obelisco cobertas de luzes forravam o parapeito, um palco elaborado havia sido montado no canto e, de um lado da cobertura, havia meia dúzia de chefs celebridades tomando conta de diferentes estações de comida.

Eu me senti imediatamente malvestida em meu vestidinho amarelo leve e sandálias de tiras, especialmente quando a convidada de honra, Colette, entrou usando o enorme colar de diamantes caná-

---

* Em mandarim, "isso é uma loucura".

rio que a mãe havia acabado de comprar e um estonteante vestido preto Stéphane Rolland, com uma saia de pregas tão longa que parecia não ter fim. A Sra. Bing estava praticamente irreconhecível impecavelmente maquiada, os cabelos presos e as safiras enormes contrastando com o vestido Elie Saab com um grande decote.

Mas a maior surpresa de todas era Carlton, que estava de volta! Ele não comentou sobre ter sumido por 24 horas e parecia charmoso como sempre. Ele conhecia bastante gente na festa — muitos amigos do eixo Londres-Dubai-Xangai haviam voado para participar da festa e eu rapidamente fui apresentada a um monte de gente. Conheci Sean e Anthony (dois adoráveis irmãos que eram DJs da festa), um príncipe árabe que Carlton conhecia de Stowe, uma condessa francesa que não parava de falar que estava enojada da política externa dos Estados Unidos, e então tudo ficou uma loucura quando uma famosa cantora pop chinesa apareceu. Mal sabia eu que a noite estava prestes a ficar muito mais louca.

17

Mandarin Oriental

•

PARIS, FRANÇA

Nick subiu as escadas que levavam à parte mais alta do terraço, procurando um lugar mais calmo, longe da multidão. Ele não era muito chegado a festas barulhentas e cheias de gente, e essa parecia particularmente badalada — todos os zilionários num raio de quilômetros que podiam ser percorridos de jatinho em algumas horas estavam ali, e muitos egos inflados dividiam o mesmo espaço.

Uma fileira de ciprestes italianos começou a balançar atrás de Nick, que começou a ouvir um cara gemendo: "Ai amor... ai amor... ai amor. Ahhh!" Ele se virou discretamente para ir embora, mas viu Richie sair de trás das plantas de repente, colocando a camisa para dentro da calça, enquanto uma garota caminhava sem graça na direção oposta.

— Ah, é você — disse Richie, sem se abalar. — Está se divertindo?

— A vista é incrível — respondeu Nick, sendo diplomático.

— É mesmo, não? Se pelo menos esses parisienses estúpidos permitissem a construção de arranha-céus por aqui, a vista seria sem igual. E eles iam ganhar uma grana preta com as vendas. A propósito, você não me viu aqui, ok?

— Claro.

— Muito menos aquela garota, beleza?

— Que garota?

Richie sorriu.

— Você está na minha lista VIP agora. Ei, sinto muito pelo mal-entendido lá embaixo, mas posso entender por que o segurança não deixou você subir. Sem querer ofender, mas você não está vestido de forma adequada.

— Desculpa... passamos o dia inteiro num parque e caímos no sono na grama. A Rachel queria voltar para o hotel e se trocar, mas eu achei que íamos só tomar uns drinques no terraço. Se eu soubesse que você estaria usando um smoking de veludo vermelho, teria me arrumado melhor.

— A Rachel está linda. As garotas podem vestir o que quiserem, mas nós precisamos nos esforçar mais, não? Você só pode usar uma roupa dessas se estiver com uma Pulseira de Bilionário.

— E o que é isso?

Richie fez sinal para o pulso de Nick.

— Seu relógio. Vejo que você está usando um Patek novo.

— Novo? Bom, na verdade, esse relógio foi do meu avô.

— Legal, mas saiba que os Pateks são considerados relógio de classe média atualmente? Ele não poderia ser qualificado como uma Pulseira de Bilionário, como o meu. Aqui, dê uma olhada no meu novo Richard Plumper Tourbillon — disse Richie, colocando seu pulso a milímetros do nariz de Nick. — Eu sou um CME, um Cliente Muito Especial, da Richard Plumper. Então posso comprar direto da vitrine do Baselworld Watch Show. Esse modelo não vai estar disponível até outubro.

— Parece impressionante.

— Esse Plumper tem 77 funções e é feito de um composto de titânio e silicone que é colocado numa centrífuga a uma velocidade tão alta que os materiais se fundem num nível molecular.

— Uau!

— Eu poderia estar usando uma camiseta e uma calça jeans rasgada com minhas bolas pra fora e entrar em qualquer um dos clubes ou restaurantes mais exclusivos do mundo só por ter essa belezinha no braço. Cada porteiro e maître d' é treinado para detectar um Richard Plumper a quilômetros de distância, e todo mundo sabe que ele custa mais do que um iate. É isso o que eu quero dizer com "Pulseira de Bilionário". Hehehe.

— Mas me diga, como você consegue ver as horas nesse relógio?

— Está vendo essas duas setinhas com as estrelas verdes na ponta?

Nick estreitou os olhos.

— Acho que sim...

— Quando essas estrelas verdes se alinham com aqueles mecanismos e o sistema de cabos e roldanas, você vê as horas e os minutos. Os mecanismos são feitos de metais experimentais que não são divulgados, porque serão usados na próxima geração de drones de espionagem.

— Sério?

— Sim. Todas as partes do relógio são construídas para suportar forças de até 10 mil Gs. Isso equivale a ser amarrado à parte externa de um foguete enquanto ele sai da atmosfera terrestre.

— Mas, se você fosse realmente exposto a tais forças, não poderia morrer?

— Hahaha. É verdade. Mas saber que o seu relógio sobreviveria faz ter um Plumper valer a pena, não acha? Aqui, experimente.

— Eu não poderia.

Richie de repente se distraiu com uma mensagem em seu celular.

— Uau. Adivinha quem chegou? Mehmet Sabançi! A família desse cara é dona da Grécia inteira praticamente.

— Da Turquia, na verdade — disse Nick.

— Ah, então você já ouviu falar dele?

— Ele é um dos meus melhores amigos.

Richie pareceu chocado.

— *É mesmo?* E como vocês se conheceram?

— De Stowe.

— Vocês se conheceram num resort de esqui?

— Não em Stowe, Vermont. *Stowe* é uma escola na Inglaterra.

— Eu estudei na Harvard Business School.

— Sim, você já disse isso algumas vezes.

Naquele momento, Mehmet saiu do elevador e caminhou até o terraço. Olhando para os convidados recém-chegados, Richie disse, animado:

— Uau, quem é aquela mulher espetacular que está com ele? Nick olhou lá para baixo.
— Meu Deus... não acredito!

No terraço, Carlton se debruçou na balaustrada ao lado de seu colega de Cambridge, Harry Wentwoth-Davies, observando a festa.
— Você precisa provar esses *cronuts* de *foie gras* — gritou Harry em seu ouvido. — São melhores que cocaína. E eu não acredito que aquele cara que viaja ao redor do mundo aterrorizando os restaurantes de outras pessoas na TV acabou de me servir isso.
— É assim que o Richie conquista seus convidados. Com um monte de comida pretensiosa e bebidas caras — comentou Carlton, sem esconder o desdém.
— Exatamente, esse Romanée-Conti não é nada mau — disse Harry, bebendo de sua taça.
— Para mim é um pouco óbvio demais, mas vou ajudar a dar uma baixa no estoque — falou Carlton.
— Acho melhor você não encher a cara essa noite, amigo — alertou Harry. — Você precisa estar em boas condições para quando chegar a hora do evento principal, mais tarde.
— É verdade. A melhor decisão seria parar de beber agora, não é? — ponderou Carlton, antes de esvaziar outra taça em alguns poucos goles. Ele observou a multidão, reconhecendo a maioria dos convidados de Richie. Era surpreendente que Colette não tivesse suspeitado de nada. Ele não deveria estar ali aquela noite. Estar naquela festa — e ver todo mundo se esforçando para se divertir — só o deixava mais irritado. Ele podia sentir o sangue pulsando nas têmporas. Quatro horas antes, Carlton estava na Antuérpia e agora desejava ter ficado por lá, ter ido até Bruxelas e de lá pegado o próximo voo para Xangai. Na verdade, o que ele queria mesmo era ir para a Inglaterra, mas o Sr. Tin o havia alertado para não aparecer no Reino Unido por alguns anos. Como ele havia conseguido ferrar as coisas assim? Ser banido do único lugar onde ele sentia que conseguia respirar livremente?

— A Colette está maravilhosa! — disse Harry a Carlton, olhando para ela enquanto a jovem posava para uma foto com Rachel em frente à pirâmide de taças de champanhe.

— Ela sempre está.

— A garota que está tirando fotos com ela se parece muito com você.

— É a minha irmã — revelou Carlton.

Rachel era o motivo pelo qual ele havia voltado. Parte dele tinha raiva dela por causa disso, mas, ao mesmo tempo, ele se sentia extremamente protetor em relação à irmã. Carlton não poderia simplesmente abandoná-la em Paris daquela maneira. E as coisas tinham sido assim desde que ele a havia conhecido. Ele estivera pronto para odiá-la. Rachel havia aparecido do nada e jogado uma bomba atômica em cima de sua família, mas ela acabou se mostrando uma pessoa completamente diferente do que ele havia imaginado. Ela era diferente de todas as outras mulheres que tinham feito parte da vida dele, e Nick era um dos poucos caras que Carlton suportava ver por perto. Mas por quê? Ele se perguntava isso o tempo todo. Seria por que Nick também tinha estudado em Stowe? Ou o fato de que ele não via necessidade alguma em disputar as atenções de todos com Richie, ao contrário dos parasitas na festa aquela noite?

— Você nunca me disse que tinha uma irmã — falou Harry, despertando o amigo de seus pensamentos mais uma vez.

— Eu tenho. Mas ela é mais velha do que eu.

— Vocês parecem gêmeos. Esse é o problema com vocês, chinas... vocês não envelhecem!

— A gente não envelhece por um tempo, mas chega um ponto em que deixamos de ter cara de 20 anos e aparentamos 200 no dia seguinte!

— Bom, se todas as mulheres se parecem com a sua irmã ou com a Colette quando jovens, eu estou dentro! Mas me diga uma coisa: o que está rolando entre você e a Colette esses dias? Um dia vocês estão juntos, no outro não estão mais. Eu não estou mais conseguindo acompanhar esse lance.

— Nem eu — respondeu Carlton. Ele estava de saco cheio dos joguinhos de Colette. Durante toda a semana, ele ficou dando indiretas todas as vezes que os dois passavam por alguma joalheria. Ele sabia que, quando se recusou a ir com ela a Mauboussin na terça, Colette havia acionado o Plano Richie, providenciando para que ele viesse para Paris. Às vezes ela se comportava de uma forma bem infantil. Como se ele fosse ter ciúmes do fato de Richie, com o dinheiro sujo do pai dele, dar uma festa em homenagem a ela em Paris.

Carlton sentiu Harry dar uma cotovelada em suas costelas.

— Ei, você conhece aquela garota ali? De vestido branco...

— Harry, algum dia você vai entender que nem todos os asiáticos se conhecem?

— Você não pode me culpar por ficar animado. Aquela mulher é provavelmente a mais gata que eu já vi! Vou me jogar.

— Vamos ver quem chega primeiro — disse Carlton.

Se Colette queria fazer joguinhos, ele estava pronto. Ajeitando a lapela de seu terno, Carlton pegou duas taças de vinho da bandeja de um garçom que passou ao seu lado e caminhou confiante pelo terraço em direção à garota de branco. Quando chegou ao lado dela, Nick subitamente passou na frente e, para sua surpresa, deu um abraço caloroso nela.

— Astrid! Que diabos você está fazendo aqui? — perguntou Nick, animado.

— Nicky! — gritou ela. — Eu pensei que você e a Rachel estivessem na China!

— Nós estávamos, mas viemos para cá de última hora com o irmão da Rachel e mais alguns amigos. Ah, por falar no diabo, aqui está ele. Carlton, essa é a minha prima Astrid, de Cingapura.

— Prazer em conhecê-lo — disse Astrid estendendo a mão para Carlton, que estava surpreso. *Essa gata que eu estava querendo azarar é prima do Nick?*

— E esse é meu grande amigo, Mehmet — continuou Nick, apresentando o recém-chegado a Carlton. — Seu safado. O que está fazendo com a minha prima em Paris?

Mehmet deu tapinhas calorosos nas costas de Nick e respondeu:

— Foi uma coincidência! Estou aqui a trabalho, e nós nos encontramos no Voltaire. Eu estava num almoço de negócios, quando vi a Charlotte Gainsbourg entrando pela porta... com a Astrid! É claro que eu tive que dar um alô. Não pude evitar... tive que fazer inveja nos meus colegas. Então a Astrid me convidou para jantar e eu a convenci a dar uma passadinha aqui primeiro.

A essa altura Rachel e Colette haviam se juntado ao grupo.

— Astrid! Mehmet! Não acredito que isso está acontecendo! — gritou Rachel, abraçando os dois, maravilhada.

Colette foi apresentada a todos e não pôde evitar analisar cada centímetro de Astrid. Então aquela era a elegante prima de Nick sobre a qual Rachel tanto falava. As sandálias douradas de Astrid ela reconhecia como sendo o modelo feito à mão em Capri por Da Costanzo. A carteira branca era uma Courrèges *vintage*. A pulseira de ouro em estilo Etrusco com cabeças de leão eram Lalaounis. Mas o vestidinho branco de pregas ela não estava reconhecendo. Meu Deus, era perfeito. A maneira como o linho caía sobre as curvas dela... justo o suficiente para deixar os homens loucos, mas sem ser vulgar. E aquelas pregas na gola, acentuando a sensualidade de sua clavícula — genial. Ela PRECISAVA saber quem o havia desenhado.

— Sou blogueira de moda. Você se importaria se eu tirasse uma foto sua? — perguntou ela.

— A Colette está sendo modesta. Ela é A blogueira de moda mais famosa da China — disse Nick.

— Ah, é claro — respondeu Astrid, surpresa.

— Roxanne! — gritou Colette.

A fiel assistente correu em sua direção e tirou algumas fotos de Colette e Astrid juntas. Então Roxanne começou a tomar notas enquanto Colette perguntava a Astrid sobre tudo o que ela estava usando.

— Preciso de algumas informações para as legendas das fotos. Reconheço seus sapatos e sua bolsa, é claro, e a sua pulseira é Lalaounis...

— Na verdade, não — interrompeu-a Astrid.

— Ah. E quem as fez?

— São etruscas.

— Eu sei, mas quem a desenhou?

— Não faço a menor ideia. Foram feitas em 650 a.C.

Colette observou, atônita, as peças de museu tilintando tão casualmente no pulso de Astrid. Agora ela queria uma pulseira como aquela.

— Ok! E o mais importante... me diga quem foi o gênio que desenhou esse vestido fabuloso. Josep Font, não?

— Esse? Eu o comprei hoje, na Zara.

Nunca em sua vida Roxanne iria esquecer a expressão de Colette naquele momento.

Algumas horas depois, Nick e Rachel estavam jantando com Astrid e Mehmet no Monsieur Bleu, um pequeno restaurante escondido nos fundos do Palais de Tokyo. Enquanto apreciava a primeira garfada de seu *sole meunière*, Rachel olhou ao redor, admirando as luzes, as banquetas de mármore e os detalhes de bronze em baixo-relevo.

— Astrid, passamos a semana inteira comendo em restaurantes superchiques, mas essa com certeza foi a minha refeição favorita. Obrigada por ter nos trazido aqui.

Mehmet complementou:

— Concordo plenamente! Esse restaurante consegue ser ao mesmo tempo simples e extremamente luxuoso. Não chega aos pés da comida em si, mas só o fato de estar aqui faz você se sentir especial.

Astrid sorriu:

— Fico feliz que todos tenham gostado desse restaurante. Fiz questão de jantar aqui porque estou pensando em contratar o arquiteto que projetou esse espaço, o Joseph Dirand, para construir nossa futura casa. Na verdade, foi isso que me trouxe a Paris.

— Mal posso esperar para ver o que ele vai projetar para você — falou Mehmet.

— Você não acabou de se mudar para uma casa nova? — perguntou Nick.

— Sim, mas a casa já está ficando pequena. Quase compramos uma casa histórica Frank Brewer na Cluny Park Road, mas o negócio foi cancelado no último minuto. Por isso decidimos construir num terreno que tenho em Bukit Timah.

Nick olhou ao redor da mesa e riu:

— Ainda não consigo acreditar que nós quatro estamos aqui, juntos, essa noite. Que mundo pequeno!

— E pensar que eu quase deixei de ir àquela festa. Mas, como a minha família faz negócios com os Yangs, senti que tinha que aparecer — confessou Mehmet.

— Que bom que fomos! — disse Astrid. — Foi um encontro escrito nas estrelas! Só sinto muito que o seu irmão e a namorada dele não tenham podido vir com a gente.

— Acho que o Carlton queria vir, mas se sentiu obrigado a ficar na festa com a Colette. E, sendo a convidada de honra, ela não podia ir embora.

— Colette é uma figura. Nunca conheci ninguém que queria saber sobre cada peça que eu estava usando. Fiquei com medo de que ela perguntasse a marca da minha lingerie.

— Ela até poderia ter feito isso, se não tivesse ficado tão chocada quando escutou que o seu vestido era da Zara! — Rachel riu.

— Não sei por que alguém ficaria chocado com isso. Eu compro minhas roupas em todo tipo de lugar. Em brechós, em vendedores de rua...

— A Colette e as amigas dela respiram alta-costura. Francamente, cheguei ao meu limite com elas — admitiu Nick.

— Elas estão comprando sem parar desde o momento que chegamos. Foi fascinante nos primeiros dois dias, mas depois ficou chato — explicou Rachel. — Não quero reclamar, até porque a Colette tem sido bem generosa com a gente, mas eu vim só porque achei que passaria mais tempo com o meu irmão.

Astrid se inclinou em direção a Rachel.

— E como tem sido conhecer sua nova família?

— Na verdade, tem sido bem frustrante. Só consegui ver meu pai uma vez desde que cheguei à China.

— Só uma vez?

— Não conseguimos entender ainda o que está acontecendo, mas acho que tem alguma coisa a ver com a mulher dele. Nós ainda não a conhecemos. É muito estranho, não acha?

— Talvez vocês devam dar um tempo na visita à China e passar uma semana em Cingapura — sugeriu Astrid.

Nick franziu o cenho. Já estava sendo bem difícil para Rachel conhecer a nova família durante a viagem, e ele não queria complicar ainda mais as coisas indo para Cingapura. Onde ele e Rachel iriam ficar?

Como se estivesse lesse a mente do primo, Astrid disse:

— Vocês serão muito bem-vindos na minha casa. O Cassian ficaria muito feliz em ver vocês. E tenho certeza de que várias pessoas da família também — completou ela.

Nick ficou calado por alguns instantes, e Rachel não sabia o que dizer.

— Ou vocês dois poderiam vir comigo para Istambul — sugeriu Mehmet, quebrando o silêncio constrangedor.

— Ah! Eu adoraria conhecer Istambul! — falou Rachel.

— Fica a apenas três horas de Paris se a gente for no meu avião, e o tempo está maravilhoso nesse verão — disse Mehmet, tentador.

— Você devia vir com a gente também, Astrid. Fiquem comigo lá por alguns dias.

Depois do jantar, os quatro caminharam tranquilamente ao longo das escadarias do Palais de Tokyo que levavam à Avenue du Président Wilson. Rachel pegou seu telefone e viu que Colette havia mandado várias mensagens para ela.

22:26 — Sábado
Carlton está com você no restaurante?

22:57 — Sábado
Se o Carlton te ligar, por favor, me avise!

23:19 — Sábado
Não precisa... encontrei o Carlton.

23:47 — Sábado
Por favor, me ligue O QUANTO ANTES.

00:28 — Domingo
URGENTE!!! ME LIGUE, POR FAVOR!!!!!

Rachel ficou nervosa ao ler a última mensagem e ligou para Colette imediatamente.

— Alô — disse uma voz abafada.

— Colette? É a Rachel. É a Colette?

— Rachel! Meu Deus! Onde você estava? Onde você está?

— O que aconteceu, Colette? O que aconteceu? — perguntou Rachel, preocupada com o tom quase histérico de Colette.

— É o Carlton... você *tem que* me ajudar. Por favor!

18

Shangri-La

•

PARIS, FRANÇA

— Ah, Graças a Deus que vocês estão aqui! Graças a Deus! — gritou Colette ao abrir a porta, fazendo com que Rachel, Nick, Astrid e Mehmet entrassem em sua luxuosa suíte dúplex. Rachel a abraçou, preocupada, e Colette imediatamente desatou a chorar em seu ombro.

— Você está bem? O Carlton está bem? — perguntou Rachel, levando uma Colette subitamente frágil até o sofá mais próximo.

— Onde estão todos? — perguntou Nick, achando estranho Colette estar sem nenhum assistente/acompanhante.

— Eu falei para todo mundo que estava exausta e pedi que fossem para seus quartos. Não podia deixar que descobrissem o que está acontecendo!

— E o que está acontecendo? — perguntou Rachel.

Tentando se recompor, Colette continuou:

— Oh. Foi horrível! Simplesmente horrível! Depois que vocês foram embora, um piano foi levado até o palco. Então o John Major apareceu e me pediu que ficasse ao lado dele enquanto ele cantava para mim...

— O ex-primeiro ministro do Reino Unido cantou para você? — interrompeu-a Nick, sem acreditar.

— Desculpe, eu quis dizer John Legend.

— Que alívio — sussurrou Mehmet para Astrid.

— John começou a cantar "All of Me" — continuou Colette, chorosa —, e, no final da música, o Richie subiu no palco, se ajoelhou e me pediu em casamento.

Rachel e Nick ficaram boquiabertos.

— Ele armou uma emboscada na frente de todo mundo! Parece que a minha mãe e as meninas sabiam de tudo, por isso havia tantos amigos da China na festa. Eu não sabia o que dizer. Eu estava de pé ao lado do piano e, de repente, notei o Gordon Ramsay olhando para mim de uma das estações de comida e só conseguia pensar: "O que Gordon vai pensar de mim se eu disser não?"

— E o que você fez? — perguntou Rachel.

— Eu tentei levar na brincadeira. Eu disse: "Ah, Richie, isso é uma piada, não é?" E ele falou: "Parece piada?" Então tirou uma caixinha de veludo do bolso e enfiou um anel na minha cara. Eu fiquei olhando para aquele anel, um diamante azul de 32 quilates da Repossi e pensei: "ATÉ PARECE que eu usaria um anel da Repossi. Esse homem não sabe nada a meu respeito e eu não o amo." Então eu disse: "Estou muito honrada, Richie, mas você vai ter que me dar mais um tempo para pensar." Aí ele falou: "Como assim *te dar mais um tempo*? Há três anos que não saímos com mais ninguém." E eu disse: "Ah, Richie, a gente não deixou de sair com outras pessoas." E de repente o rosto dele se contorceu e ele começou a reclamar: "Mas o que você quer dizer com isso? Você está me enrolando há três anos! Estou cansado de esperar. Não aguento mais esses seus joguinhos. Você faz ideia do quanto eu gastei essa noite? Acha que o John Legend vem até Paris para tocar na festa de qualquer pessoa?" Então, de repente, Carlton, que até então tinha ficado quieto, gritou: "*Hundan!** Você não está entendendo a mensagem? ELA NÃO ESTÁ A FIM DE VOCÊ!" Antes que eu pudesse evitar, Richie gritou: "*Nong sa bi suo luan!*"** e pulou do palco em cima de Carlton e começou a socar o rosto dele!

---

* Em mandarim, "imbecil".
** Em dialeto xangainês, "canalha com testículos enrugados".

— Jesus! E o Carlton está bem? — perguntou Rachel.

— Está um pouco machucado, mas está bem. Mas o Mario Batali, por outro lado...

— O que aconteceu com o Mario? — perguntou Astrid, alarmada.

— Enquanto Carlton e Richie rolavam pelo chão tentando matar um ao outro, meus guarda-costas fizeram de tudo para separar a briga, mas só pioraram a situação, porque os quatro começaram a se bater contra a estação do Mario, e o azeite quente que ele estava usando para as frituras caiu no chão e pegou fogo. Quando vi, o rabo de cavalo do Mario estava em chamas!

— Oh, não! Pobre Mario! — disse Astrid, cobrindo o rosto com as mãos, horrorizada.

— Graças a Deus que a Sra. Shi estava perto dele. Ela sabia exatamente o que fazer. Ela pegou uma lata de bicarbonato de sódio e imediatamente jogou todo o conteúdo na cabeça do Mario e salvou a vida dele!

— Que bom que o Mario está bem — disse Astrid, aliviada.

— E o que aconteceu depois disso? — perguntou Nick.

— A briga acabou com a festa, e eu consegui arrastar o Carlton para o hotel, mas, quando fui limpar os ferimentos dele, brigamos feio. Foi a nossa pior briga até hoje. Ah, Rachel, eu sei que ele estava bêbado, mas ele começou a cuspir palavras duras... me acusou de colocá-lo contra o Richie... disse que a única culpada por todo aquele fiasco era eu e então saiu enfurecido do quarto.

Rachel achou que as acusações do irmão não eram assim tão descabidas, mas tentou ser compreensiva.

— Ele provavelmente precisa esfriar a cabeça. Amanhã de manhã as coisas vão se resolver.

— Mas não podemos esperar até de manhã! Depois que o Carlton saiu, recebi uma ligação da Honey Chai, da coluna de fofocas. Ela está em Xangai, mas já estava sabendo da briga. Então me contou uma coisa ainda mais preocupante... Aparentemente, há alguns meses, o Richie desafiou o Carlton a apostar uma corrida, que vai acontecer essa noite!

— Uma corrida? Você só pode estar brincando! — disse Rachel.

— Eu pareço estar brincando?

— Eles não estão um pouco crescidinhos para isso? — perguntou Rachel. Aquilo parecia algo tão juvenil, digno de filmes como *Juventude transviada*.

— *Hiyah*, você não está entendendo! Não se trata de um pega entre adolescentes... eles vão dirigir carros superpotentes durante a noite, fugindo da polícia. Isso é muito perigoso! A Honey Chai ouviu dizer que Richie e Carlton estão apostando 10 milhões de dólares, e pessoas de toda a China estão fazendo suas apostas também. É por isso que tantos amigos do Richie estão aqui em Paris! Quase todos os caras que eu conheço são obcecados por corridas.

— Na verdade, eu li uma matéria sobre isso. Vários chineses de famílias ricas estão participando de corridas ilegais pelo mundo todo... Toronto, Hong Kong, Sydney... e se envolvendo em batidas terríveis, que acabam destruindo milhões de dólares em propriedades pelo caminho. Agora entendo por que o Carlton estava dando tantas voltas na pista de teste da Bugatti no outro dia! — falou Nick.

Colette assentiu, triste.

— Sim. Eu pensei que ele estivesse apenas comprando carros para revender, mas agora sabemos o verdadeiro motivo. E ele tem estado tão irritado esses dias. Tem desaparecido, está bebendo demais, brigando. Tudo por causa dessa maldita corrida! Eu me sinto uma idiota, devia ter percebido isso antes.

— Pare de se culpar, Colette. Não fique assim. Nenhum de nós percebeu nada — disse Rachel.

Colette olhou ao redor do quarto, inquieta, tentando decidir se contava a história toda ou não.

— Sabem, essa não é a primeira vez que Richie e Carlton disputam uma corrida. Isso já aconteceu antes... em Londres.

— Foi assim que o Carlton se acidentou, não foi? — perguntou Nick.

Colette assentiu, triste.

— Ele estava apostando um pega com o Richie na Sloane Street, e o carro dele... — ela começou a ficar com a voz trêmula — ele perdeu o controle do caro e bateu num prédio.

— Espere um pouco. Acho que li sobre isso... não foi uma Ferrari que bateu numa loja Jimmy Choo? — perguntou Astrid.

— Exatamente! E essa não é a história toda. Havia mais gente com o Carlton. Havia duas garotas no carro... uma inglesa, que nunca mais vai andar, e uma garota chinesa que... *morreu*. Foi uma tragédia. Mas a história toda foi abafada pelos Baos.

Rachel ficou pálida.

— O Carlton te contou isso tudo?

— *Eu estava lá*, Rachel. Eu estava no outro carro, no Lamborghini que o Richie estava dirigindo. A garota que morreu era minha amiga e estudava na LSE — revelou Colette, aos prantos.

Todos olharam para ela, chocados.

— As coisas estão começando a fazer sentido, agora — sussurrou Nick, recordando o comentário de sua mãe.

Colette continuou:

— Carlton nunca mais foi o mesmo depois desse acidente. Ele nunca conseguiu superá-lo. Ele se culpa e culpa o Richie também. Acho que ele sente que pode se redimir se vencer essa corrida. Mas não podemos deixar que ele dirija carro nenhum essa noite. Ele não está em condições... nem físicas e muito menos mentais. Rachel, por favor, tente colocar algum juízo na cabeça dele? Estou ligando para ele sem parar, mas é claro que ele não me atende. Mas acho que ele escutaria você.

Percebendo a real gravidade da situação, Rachel pegou seu celular e ligou para Carlton.

— Caiu direto na caixa postal.

— Eu tinha esperanças de que ele atendesse se visse que era você ligando — suspirou Colette.

— Vamos ter que ir atrás dele. Onde vai acontecer essa corrida? — perguntou Nick.

— Esse é o problema. Não faço a menor ideia. Todos sumiram. A Roxanne saiu com os meus seguranças para tentar encontrar os dois, mas ainda não teve sorte.

Astrid entrou na conversa:

— Qual o número de telefone do Carlton?

— É 86 135 8580-9999.

Astrid pegou seu celular e ligou para a linha privada de Charlie Wu.

— Oi! Não, não, está tudo bem, obrigada. Hum, espero que você não se importe... mas preciso te pedir um grande favor. Aquele especialista em segurança ainda trabalha para você? — Ela ficou quieta, depois falou baixinho: — Aquele que encontrou *vocêsabe-quem* através de um número de telefone, há dois anos? Ótimo! Você pode me ajudar a determinar a localização desse número? Não, sério, está tudo bem. Estou apenas tentando ajudar uns amigos. Te conto a história toda depois.

Alguns minutos depois, Astrid recebeu uma mensagem.

— Encontramos o Carlton — disse ela, sorrindo. — Nesse momento, parece que ele está numa garagem comercial na Avenue de Malakoff, perto de Porte Maillot.

PARIS — 02:45

Rachel, Nick e Colette se sentaram no banco de trás do Range Rover e chegaram rapidamente à localização de Carlton. Em silêncio, Rachel fitou as ruas praticamente vazias do 16º arrondissement, os postes de luz iluminando as fachadas elegantes com aquele brilho dourado que só se vê em Paris. Ela ficou pensando na melhor maneira de lidar com Carlton naquele momento e se perguntou se ao menos conseguiriam chegar até ele a tempo.

De repente eles haviam chegado à Avenue de Malakoff, e o motorista sinalizou para a única garagem que parecia ter algum movimento de pessoas. Rachel olhou, perplexa, enquanto os detalhes da operação daquela corrida, que haviam levado meses de planejamento, finalmente ficaram claros. Através da porta semiaberta da garagem, um grupo de mecânicos se movimentava ao redor de uma Bugatti Veyron Super Sport* azul, como se estivessem preparando o carro para uma final de Fórmula 1, e diversas pessoas que ela reconheceu da festa estavam fumando do lado de fora. Rachel sussurrou para Nick:

---

* O Veyron, também conhecido como "o carro de rua mais rápido do mundo", atinge uma velocidade de até 434 quilômetros por hora. Você pode ter um em sua garagem hoje mesmo, se estiver disposto a pagar 2,7 milhões de dólares por ele.

— Dá para acreditar nisso? Eu não imaginava que seria uma produção desse nível!

— Você viu como as mulheres desse grupo gastam dinheiro? Os caras gastam com isso aqui — comentou Nick, discretamente.

— Veja, veja! Lá está o Carlton com o Harry Wentworth-Davies. Ugh! Como não imaginei que ele estava envolvido nisso?! — disse Colette.

Rachel respirou fundo.

— Acho melhor eu tentar conversar com o Carlton sozinha. Ele pode ser mais receptivo se não estivermos os três em cima dele.

— Sim, sim. Vamos ficar aqui no carro — concordou Colette, ansiosa.

Rachel saiu do carro e caminhou até a garagem, então Carlton de repente ergueu o olhar e os viu. Ele andou até o meio da rua, impedindo Rachel de se aproximar.

— Vocês não deveriam estar aqui. Como conseguiram me encontrar?

— E isso realmente importa? — questionou Rachel, olhando para o irmão, preocupada. Ele tinha um hematoma no maxilar, um corte no lábio inferior e Deus sabia lá quais outros machucados sob a roupa de corrida. — Carlton, por favor, não leve isso adiante. Você sabe que não tem a menor condição de correr hoje à noite.

— Estou sóbrio, sei muito bem o que estou fazendo.

Não sabe não!, pensou Rachel. Ciente de que seria inútil discutir com alguém que obviamente havia bebido demais, ela tentou uma tática diferente.

— Carlton, já sei de tudo o que aconteceu. Entendo completamente a sua raiva, entendo mesmo.

— Não vejo como você poderia entender.

Rachel segurou o braço dele.

— Escute, você não precisa provar para o Richie. Não vê que ele já perdeu? Ele foi humilhado pela Colette. Você não consegue perceber o quanto ela te ama? Seja corajoso e abandone essa corrida.

Desvencilhando-se dela, Carlton respondeu, irritado.

— Essa não é a hora de bancar a irmã mais velha. Vá embora daqui, por favor.

— Carlton, eu sei o que aconteceu em Londres — revelou Rachel, olhando no fundo dos olhos do irmão. — A Colette me contou a história toda... eu sei o que você está sentindo.

Carlton pareceu chocado, mas então seus olhos se encheram de raiva:

— Você acha que sabe de tudo, não é? Você vem passar duas semanas na China e acha que já sabe tudo sobre nós. Bom, você não sabe de nada! Não faz a menor ideia de como eu me sinto. Não tem noção de todos os problemas que você me causou, que causou à minha família!

— O que você quer dizer com isso?

— Você não faz ideia do dano que causou ao meu pai por ter simplesmente ido para a China! Não conseguiu se tocar que ele está evitando você como se você fosse uma praga? Não entende por que teve que se hospedar no Peninsula? É porque a minha mãe prefere morrer a deixar você pôr os pés na casa dela! Você sabia que tenho saído com você simplesmente para irritá-la? Por que não cuida da sua vida e deixa a gente em paz?

As palavras dele a atingiram como pedras, e Rachel deu alguns passos para trás, sentindo-se sem ar. Colette saiu do carro correndo, caminhando em direção a Carlton com seus saltos Walter Steiger Unicorn preto e dourado e começou a gritar:

— Como você se atreve a falar assim com a sua irmã? Você não consegue enxergar a sorte de ter alguém como ela tentando te proteger? Não, não percebe. Você menospreza todo mundo e fica pelos cantos com pena de si mesmo. O que aconteceu em Londres foi uma tragédia, mas não foi só culpa sua. Foi culpa minha também, foi culpa do Richie... Todos nós somos culpados. Vencer essa corrida não vai trazer ninguém de volta à vida, nem vai fazer você se sentir melhor. Mas vá em frente, entre no carro. Vá e aposte corrida com o Richie. Vocês dois podem competir para ver quem tem o pau maior e enfiar seus carros milionários no Arco do Triunfo. Não estou nem aí!

Carlton ficou parado, sem olhar para nenhuma das duas, e então gritou:

— Vão se foder! Todos vocês! — E caminhou de volta para a garagem.

Colette jogou as mãos para cima, resignada, e caminhou de volta para a SUV. Inesperadamente, Carlton se deixou cair na calçada, colocando as mãos na cabeça, como se ela fosse explodir. Rachel se virou e olhou para o irmão. Ele parecia um menininho sem rumo. Ela se sentou na calçada ao lado dele e colocou a mão sobre suas costas:

— Carlton, desculpe por causar tanta dor à sua família. Eu não fazia a menor ideia de nada disso. A única coisa que eu queria era conhecer você e conhecer melhor seu pai e sua mãe. Não vou voltar para a China, se minha presença machuca tanto assim vocês. Prometo que vou voltar direto para casa, para Nova York. Mas, por favor, *por favor*, não entre naquele carro. Não quero ver você se machucar de novo. *Você é meu irmão, o único irmão que eu tenho.*

Os olhos de Carlton se encheram de lágrimas e, assentindo, ele disse numa voz abafada:

— Desculpe. Não sei o que deu em mim. Eu não queria ter dito aquelas coisas.

— Eu sei, eu sei — falou Rachel baixinho, acariciando as costas dele.

Vendo que as coisas haviam se acalmado, Colette se aproximou dos dois e disse:

— Carlton, eu recusei a proposta do Richie. Você pode, *por favor*, cancelar essa corrida idiota?

Carlton assentiu, e as duas se entreolharam, aliviadas.

Parte Três

Por trás de toda fortuna, há um grande crime.
— HONORÉ DE BALZAC

1

Shek O

•

HONG KONG

— Ótimo. Você chegou cedo — disse Corinna, enquanto Kitty era conduzida pelo mordomo para a mesa na parte externa.
— Meu Deus! Que vista! Nem parece que estamos em Hong Kong! — exclamou Kitty enquanto observava as águas azuis do Mar da China de cima do terraço da *villa* Ko-Tung em Shek O, uma península na costa sudeste da ilha de Hong Kong.
— Sim, é isso o que todos sempre dizem — assentiu Corinna, satisfeita ao ver que Kitty estava impressionada. Ela havia organizado o almoço ali hoje justamente porque sabia que precisava fazer algo especial para se redimir pelo que havia acontecido na Igreja Stratosphere.
— Essa é a casa mais linda que já vi em toda Hong Kong! Sua mãe mora aqui? — perguntou Kitty, sentando-se no lugar indicado pelo mordomo.
— Não. Ninguém mora aqui o tempo todo. Esse era originalmente o retiro de fins de semana do meu avô e, quando ele morreu, foi esperto em deixar a propriedade no nome da Ko-Tung Corporation, assim os filhos não poderiam brigar por ela. É usada pela família inteira. Usamos a casa como nosso próprio clube privativo, e a empresa também utiliza o local para eventos especiais.
— Então foi aqui que a sua mãe organizou o baile para a duquesa de Oxbridge há alguns meses?

— Não apenas para a duquesa. Minha mãe organizou um jantar aqui para a princesa Margaret quando ela veio com Lord Snowdon, em 1966. A princesa Alexandra também já esteve aqui.

— E de onde são essas princesas?

Corinna teve de se controlar para não revirar os olhos.

— A princesa Margaret é a irmã mais nova da rainha Elizabeth II, e a princesa Alexandra de Kent é prima delas.

— Ah, eu não sabia que existiam tantas princesas na Inglaterra. Achei que fossem apenas a princesa Diana e a princesa Kate.

— Na verdade, o nome dela é Catherine, duquesa de Cambridge, e ela não é oficialmente uma princesa, com sangue real. Como consorte do príncipe William... ora, deixe para lá — falou Corinna. — Bom, Ada e Fiona devem chegar em alguns minutos. Lembre-se de ser ainda mais educada com a Fiona, pois foi ela que convenceu Ada a vir até aqui hoje.

— E por que a Fiona Tung-Vheg está sendo tão gentil comigo? — perguntou Kitty.

— Bom, em primeiro lugar, diferentemente de alguns membros da Stratosphere, a Fiona é realmente cristã e acredita no poder do arrependimento e, além disso, ela é minha prima, por isso consegui convencê-la a me ajudar. É claro que o fato de Ada morrer de curiosidade de conhecer essa casa há anos também ajudou.

— Não a julgo. Eu achei que só Repulse Bay e Deep Water Bay tivessem grandes mansões. Não sabia que ainda existiam casas na água em Hong Kong.

— É assim que preferimos as coisas. Shek O é onde todas as famílias tradicionais possuem casas, escondidas de olhares curiosos.

— Eu deveria comprar uma casa aqui, não acha? Você tem me dito há tempos que seria melhor sair da Optus Towers. Uma casa aqui seria como ter uma casa no Havaí!

Corina sorriu, sentindo-se superior.

— Você não pode simplesmente comprar uma casa aqui, Kitty. Em primeiro lugar, existem apenas algumas poucas casas, e a maioria delas é de famílias que as possuem há anos, e tudo vai continuar como está. Se por algum raro acontecimento uma das casas for colocada à venda, os novos residentes precisam ser aprovados pela administradora de Shek O, que controla a maioria dos terrenos por aqui. Morar aqui é como ser aceito num clube muito exclusivo. Na verdade, eu diria que os proprietários de imóveis em Shek O fazem parte DO clube mais exclusivo de Hong Kong.

— E você não pode me ajudar a entrar? Não é justamente por isso que estamos trabalhando juntas? *E o motivo pelo qual eu te pago tanto dinheiro todos os meses?* — pensou Kitty.

— Veremos como as coisas vão ficar. É por isso que é extremamente importante reabilitar a sua imagem. Com o passar do tempo, talvez os seus netos possam morar aqui.

Kitty processou o comentário em silêncio. *Meus netos? Eu quero morar aqui agora, enquanto ainda posso tomar banho de sol nua numa varanda privativa como essa.*

— Você decorou o pedido de desculpas para Ada? — perguntou Corinna.

— Sim. Treinei a manhã inteira com as minhas empregadas. Elas acharam que eu fui muito convincente.

— Ótimo. Quero que as palavras venham do fundo do seu coração, Kitty. Você precisa fazer o discurso como se fosse sua única chance de ganhar um Oscar. Não espero que você e Ada virem amigas da noite para o dia, mas torço para que esse gesto amoleça o coração dela e que isso seja um divisor de águas. O perdão dela será o primeiro grande passo para que você seja aceita pela sociedade novamente.

— Vou dar o melhor de mim. Eu até vesti exatamente o que você mandou. — Kitty suspirou. Ela se sentia como um cordeiro a caminho do abate nesse vestido floral pálido Jenny Packham e com um cardigã cor de pêssego Pringle que Corinna havia escolhido para ela.

— Fico feliz que você tenha me escutado. Só me faça mais um favor e abotoe mais um botão do cardigã. Agora está perfeito.

Minutos depois, o mordomo anunciou:

— Madame... Lady Poon e a Sra. Tung-Cheng.

As duas mulheres entraram no terraço, e Fiona deu beijinhos educados em Kitty e em Corinna, enquanto Ada mal olhou para Kitty e abraçou Corinna efusivamente.

— Meu Deus, Corinna! Que lugar lindo! Parece o Hotel du Cap!

Depois que as saladas niçoise foram servidas, e algumas amabilidades, trocadas, Kitty respirou fundo e olhou para Ada.

— Lady Poon, não é fácil falar sobre isso, mas sinto muitíssimo pelo que aconteceu no Baile Pinnacle. Não tive oportunidade de me desculpar pela minha atitude desde então. Foi uma grande tolice minha pular no palco daquela maneira quando Sir Francis estava recebendo o prêmio, mas veja... eu estava simplesmente tomada de emoção. Preciso contar algo que nunca contei a ninguém antes... — Kitty fez uma pausa, olhando cada uma delas nos olhos, antes de continuar. — Quando o Sir Francis começou a falar sobre todas aquelas crianças na África que vêm contraindo tuberculose, não pude deixar de recordar minha própria infância. Sei que todos pensam que sou de Taiwan, mas a verdade é que eu cresci num pequeno vilarejo em Qinghai, na China. Éramos camponeses muito pobres... não tínhamos nem dinheiro suficiente para morar dentro do vilarejo. Eu morava numa cabana feita de pedaços de metal e papelão perto de um rio, com a minha avó. Minha avó me criou sozinha, porque meus pais trabalhavam numa fábrica de roupas em Cantão. Plantávamos legumes na beira do rio. Era assim que nós nos alimentávamos e ganhávamos o mínimo para sobreviver. Mas, quando eu tinha 12 anos, minha avó... Kitty parou novamente, as lágrimas enchendo seus olhos. — Minha avó contraiu tuberculose... e...

— Você não precisa continuar — disse Fiona, baixinho, colocando a mão sobre o ombro de Kitty.

— Não. Preciso, sim — insistiu Kitty, balançando a cabeça e contendo as lágrimas.

— Lady Poon, quero que entenda por que fiquei tão emocionada aquela noite quando o seu marido começou a discursar. Minha *nainai* contraiu tuberculose e eu tive que abandonar a escola para cuidar dela. Durante três meses, foi tudo o que fiz... até que ela morreu. Por isso fiquei tão emocionada com os esforços do seu marido para combater a tuberculose na África. Foi por isso que pulei no palco e fiz o cheque de 20 milhões imediatamente! Eu me senti tão abençoada, uma garota como eu, criada numa cabana à beira do rio, estava agora na posição de ajudar outras pessoas a sobreviver à mesma doença. Eu realmente não parei para pensar no que estava fazendo... não pensei direito... jamais imaginei quão desrespeitoso poderia ser o meu gesto. A última coisa que eu queria era desrespeitar o seu marido... ele é um herói para mim. E você também. Se ao menos soubesse o quanto eu a admiro. Tudo o que você faz pela população de Hong Kong, seu trabalho de conscientização do câncer de mama... me fez olhar para os meus seios de uma nova maneira e, quando percebi que o que eu fiz havia ofendido toda a família Poon, meu Deus, eu... eu queria me enterrar de tanta vergonha! — disse Kitty, triste, enquanto olhava para o chão e soluçava incontrolavelmente.

Meu Deus! Ela é melhor do que Cate Blanchett!, pensou Corinna, impressionada ao ver lágrimas escorrendo pelo rosto de Kitty.

Ada, que até então estava sentada com o rosto impassível assistindo à performance de Kitty, sorriu:

— Agora entendo. Por favor, não precisa dizer mais nada. Isso tudo ficou no passado.

Os olhos de Fiona estavam úmidos de lágrimas, e ela apertou a mão de Kitty:

— Você passou por tanta coisa na vida. Eu não fazia ideia! E agora, com o Bernard tão doente... coitadinha...

Kitty olhou para Fiona. *Do que diabos ela está falando?*

— Quero que você saiba que tenho rezado muito por ele. Não o conheço tão bem, mas ele e o meu marido se conhecem há muitos anos. Sei que o Eddie o considera um irmão.

— Sério? Eu não sabia que eles eram tão amigos.

— Eles dois trabalharam para a P.J. Whitney em Nova York no início de suas carreiras e frequentavam um clube de esportes chamado Scores. Sempre que eu ligava para o Eddie ele estava jogando com o Bernard e atendia sem fôlego. De qualquer maneira, vou rezar ainda mais para que o Bernard se recupere completamente. Jesus faz milagres!

— Assim espero — disse Kitty, baixinho. *Só um milagre para ajudar o Bernard.*

— Se você me permite perguntar — falou Ada, aproximando-se —, qual o diagnóstico? E é realmente tão contagioso quanto dizem?

Kitty olhou para elas, sem entender nada.

— Hum... não sabemos ainda.

Depois que Ada e Fiona foram embora, Corinna mandou trazer uma garrafa de champanhe.

— A você, Kitty! Foi um tremendo sucesso! — disse ela, brindando com sua protegida.

— Não. Foi você que fez todo o trabalho! De onde você tirou aquela história da avó na cabana na beira do rio? — perguntou Kitty.

— Ah, eu tirei essa história de um documentário a que assisti no ano passado. Mas, Meu Deus, você realmente deu vida à história. Até eu fiquei com um nó na garganta.

— Então você já sabia que isso ia funcionar com a Ada? Era só pedir desculpas do fundo do coração e puxar o saco dela?

— Eu conheço a Ada há muitos anos. Para ser bem sincera, acho que ela não estava nem aí para o seu pedido de desculpas. Tudo o que ela queria era ouvir você admitindo que veio de algum vilarejo da China. Ela precisava se sentir superior a você, e o fato de você ter afagado um pouquinho o ego dela também ajudou. Agora ela vai se sentir muito mais confortável perto de você. E preste atenção... muitas portas vão começar a se abrir para você agora.

— Não acredito que a sua prima Fiona me convidou para aquela festa de caridade na semana que vem. Posso ir?

— A festa King Yin Lei para angariar fundos? É claro! Fiona vai esperar que você faça um cheque bem gordo.

— Ela foi muito legal comigo hoje. Acho que ficou com pena de mim por causa do Bernard.

— Sim. Mas saiba que a empatia por você só vai durar por algum tempo. Acho que você quase se traiu hoje. A Ada não é tão inocente quanto a Fiona, sabia? Na verdade, Kitty, você precisa tomar alguma atitude em relação a toda essa fofoca que corre a respeito do Bernard e da sua filha.

Kitty olhou para o mar.

— Deixe que eles falem o que quiserem.

— Por que você não me conta o que está acontecendo? O Bernard está doente *mesmo*? Ele passou alguma doença congênita rara para a sua filha?

Kitty começou a chorar, e Corinna podia ver que, dessa vez, as lágrimas eram verdadeiras.

— Não posso explicar... não sei nem se tenho palavras para explicar — disse ela.

— Então pode me mostrar? Se quiser que eu te ajude, preciso entender. Porque, até que possamos pôr um fim nesses rumores sobre o Bernard, as coisas não vão melhorar muito para você aqui em Hong Kong, não — disse Corinna.

Enxugando as lágrimas com um lencinho bordado, Kitty assentiu.

— Tudo bem. Vou te mostrar. Vou levar você para ver o Bernard.

— Posso ir com você até Macau qualquer dia a partir da próxima quinta-feira.

— Ah, não. Não vamos para Macau. Faz um bom tempo que não moramos lá. Você precisa me acompanhar até L.A.

— Los Angeles? — perguntou Corinna, surpresa.

— Sim — respondeu Kitty, cerrando os dentes.

2

Aeroporto Changi

•

CINGAPURA

Astrid havia acabado de desembarcar do voo vindo de Paris e, enquanto passava em frente à Times Travel Shop, no Terminal 3, em direção à saída, um funcionário colocava a última edição da *Pinnacle* na vitrine. Na capa, um homem estava abraçando um garotinho, e ela olhou a imagem de longe, pensando: *que menino fofo!* Então ela parou, se virou e caminhou até a loja. Não era sempre que a *Pinnacle* publicava uma capa que não tivesse uma imagem excessivamente trabalhada no Photoshop de alguma mulher em roupa de festa, e ela estava curiosa para ver quem era aquele homem. Ao se aproximar, ela abriu a boca, surpresa.

Olhando para a capa da *Pinnacle* — "Edição Especial de Pais e Filhos" —, Astrid viu seu filho e seu marido. MICHAEL E CASSIAN TEO VELEJAM PARA CONQUISTAR — dizia a capa. Michael estava na proa de um iate, usando camisa listrada de marinheiro com um cardigã azul neon jogado sobre os ombros, o braço posicionado de maneira estranha para que mostrasse seu Rolex *vintage* "Paul Newman" Daytona. Agachado entre seus joelhos estava Cassian, usando uma camisa listrada azul, um blazer com botões dourados e um pote de gel no cabelo, além de blush nas bochechas.

Oh, meu Deus. O que fizeram com o meu filho? Astrid pegou a revista e começou a folhear, furiosa, as quinhentas páginas de propaganda de relógios e joias, desesperada para encontrar o artigo.

Lá estava ele. A primeira página mostrava outra foto de Michael e Cassian, dessa vez usando jaquetas de couro Brunello Cucinelli iguais e óculos Persol, tirada de cima. Os dois sentados na Ferrari conversível 275 GTB de Michael. *Quando eles tiraram essas fotos?* — Astrid se perguntou. O título do artigo estava impresso abaixo da foto, em letras brancas grandes:

PAI DO ANO: MICHAEL TEO

É difícil imaginar alguém com uma vida mais charmosa do que Michael Teo. O fundador de uma das empresas mais visionárias de Cingapura tem uma família perfeita, uma casa maravilhosa e uma coleção de carros esportivos que só cresce. Já mencionamos que ele possui o físico de um modelo de roupas íntimas da Calvin Klein e maçãs do rosto no qual você que poderia cortar diamantes? Olivia Irawidjaya vai além e mostra que ele é muito mais do que os olhos podem ver...

"Você sabe o que é isso?", pergunta Michael Teo enquanto aponta para um documento amarelado numa moldura simples de titânio na parede de seu quarto de vestir ultramoderno, entre fileiras de ternos de Brioni, Caraceni e Cifonelli. Analiso o documento e fico surpresa por estar assinado "Abraham Lincoln". "É uma cópia original da Declaração da Independência. Existem apenas sete cópias, e eu tenho uma delas", conta Teo, orgulhoso. "Eu fiz questão de pendurá-la em frente à parede espelhada do meu closet, para sempre lembrar quem eu sou enquanto estou me vestindo."

Faz todo sentido, já que Teo é um homem independente — há alguns anos, ele era praticamente um desconhecido que fundou uma empresa em Jurong. Esse filho de professores cresceu como "classe média em Toa Payoh", admite ele sem qualquer vergonha, mas, com muito trabalho e perseverança, ganhou seu lugar na St. Andrew's School e então se tornou um soldado de destaque nas Forças Armadas de Cingapura.

"Desde o início, Teo provou ser um dos cadetes mais corajosos de sua geração", declarou seu antigo comandante, o major Dick

Teo (eles não são parentes). "Seu nível de resistência era quase sobre-humano, mas foi sua inteligência que o lançou ao topo da inteligência militar."

Teo ganhou uma bolsa de estudos do governo para cursar engenharia da computação no prestigiado Instituto de Tecnologia da Califórnia e, depois de receber *summa cum laude* na graduação, voltou para trabalhar no Ministério da Defesa.

Outro alto oficial com quem conversei, o tenente-coronel Naveen Sinha, fala: "Não posso dizer exatamente o que ele fazia, pois essa informação é sigilosa. Mas digamos apenas que Michael Teo foi essencial para ajudar a melhorar nossas habilidades de inteligência. Ficamos tristes quando ele foi embora."

O que levou Teo a abandonar uma carreira promissora no MINDEF para se lançar no setor privado? "Amor! Eu me apaixonei por uma linda mulher, me casei e decidi que precisava começar a agir como um homem casado. Todas as viagens visitando bases do Exército pelo mundo e aquelas noites de trabalho não eram mais para mim. Além do mais, eu precisava construir meu próprio império pelo bem da minha esposa e do meu filho", conta, seus olhos de águia marejados.

Quando pergunto a ele sobre sua esposa, ele se mantém evasivo: "Ela prefere ficar longe dos holofotes." Ao ver em seu quarto uma foto em preto e branco de uma mulher lindíssima, pergunto se é ela. "Sim, mas essa foto foi tirada há muitos anos", responde ele. Olhando mais de perto vejo que a foto tem uma dedicatória: "Para Astrid, que nunca deixa de me encantar — Dick." "Quem é Dick?", pergunto. "É um fotógrafo chamado Richard Burton, que morreu há alguns anos", explica Michael. "Espere um momento, essa foto foi tirada pelo lendário fotógrafo de moda Richard Avedon?", pergunto. "Ah, sim, esse é o nome dele."

Intrigada com esse impressionante fato, vasculhei o passado de Astrid Teo. Será que ela foi uma modelo famosa em Nova York? Descobri que ela não é apenas mais uma garotinha que estudou na Escola Metodista para Garotas, se casou com um homem rico e virou uma dona de casa mimada. A *Pinnacle* revela agora que ela é a única filha de Henry e Felicity Leong — nomes que podem parecer não dizer nada para a maioria dos leitores desta revista, mas que possuem muita influência na sociedade.

Um especialista em linhagens do Sudoeste Asiático (que preferiu manter o nome em sigilo) explica: "Você nunca vai encontrar os Leongs em nenhuma lista, porque eles são espertos demais e discretos o suficiente para ficarem sob holofotes. Eles são uma família extremamente reservada proveniente da China, de muitas gerações, e possui negócios diversificados pela Ásia: matérias-primas, commodities, propriedades, esse tipo de coisa. O bisavô de Astrid, S.W. Leong, era conhecido como o 'Rei do Óleo de Palma do Bornéu'. Se Cingapura tivesse uma aristocracia, Astrid seria considerada uma princesa."

Outra grande dama de uma família tradicional de Cingapura, que não quer ser identificada, diz: "Não é apenas seu sangue Leong que a torna importante. Sua família é rica dos dois lados. Ela é filha de Felicity Young. Vou contar uma coisa: os Youngs fazem qualquer um parecer um pobretão, porque se casaram com os T'siens e os Shangs. *Alamak*, eu já falei demais."

Será que essa família misteriosa e poderosa tem alguma coisa a ver com o sucesso meteórico de Teo? "Claro que não!", garante ele, irritado. Então, se contendo, ele cai na risada. "Na verdade, fui eu que me casei com uma mulher rica. Mas, hoje, eu me dou muito bem com a família dela, *principalmente* porque nunca pedi ajuda de ninguém. Eu estava determinado em prosperar por mim mesmo."

E ele conquistou o sucesso, com certeza. Todos sabem que a empresa de Michael foi adquirida por uma companhia do Vale do Silício em 2010, fazendo com que seu valor líquido aumentasse em diversas centenas de milhões de dólares. Enquanto muitos homens ficariam satisfeitos em passar o resto da vida admirando o mar de algum dos resorts luxuosos de Annabel Lee, Teo começou sua própria empresa de investimento em tecnologia.

"Eu não tinha o menor interesse em me aposentar aos 33 anos. Tinha recebido uma oportunidade de ouro e não queria desperdiçá-la. Temos tanto talento e inovação aqui mesmo em Cingapura... e eu queria encontrar a próxima geração de Sergey Brins da Ásia e dar a eles asas para que pudessem voar", revela Teo.

Até o momento, suas apostas não apenas voaram como águias, e sim foram lançadas para a Lua. Os aplicativos dele, Gong Simi? E Ziak Simi? Eles revolucionaram a maneira como os cingapurianos se comunicam e conversam sobre comida, e diversas *startups* que ele financiou foram adquiridas por gigantes como Google, Alibaba Group e Tencent. O Heron Wealth Report estima que Teo agora valha quase um bilhão de dólares. Nada mau para um homem de 36 anos que dividia o quarto com os dois irmãos antes de sair de casa para fazer faculdade.

E como um homem como Teo aproveita o fruto de seu trabalho? Para começar, ele tem uma moderna *villa* em Bukit Timah que qualquer pessoa poderia confundir com um Aman Resort. Construída ao redor de diversas piscinas e jardins em estilo mediterrâneo, a mansão já está ficando pequena para a crescente coleção de artefatos de guerra e carros esportivos.

"Estamos começando a construir outra casa e, no momento, estamos entrevistando arquitetos como Renzo Piano e Jean Nouvel. Queremos algo revolucionário, uma casa como Cingapura nunca viu."

Até lá, Teo nos leva a um tour pelo seu parque de diversões. Na galeria térrea, espadas samurai do período Edo e um enorme canhão da era napoleônica estão dispostos ao lado de seus magníficos Porsches, suas Ferraris e seus Aston Martins.

"Vai levar tempo, mas espero conseguir organizar a maior coleção de carros esportivos *vintage* fora do hemisfério ocidental. Está vendo essa Ferrari Modena Spider de 1963?", pergunta Teo, enquanto acaricia o capô do carro. "Essa é a mesma Ferrari que Ferris Bueller dirigiu em *Curtindo a vida adoidado*."

O adorável Cassian, filho de Teo, chega da escolinha. Ele entra na sala dando várias piruetas. Teo agarra o menino pela camisa e o abraça. "Tudo isso que eu tenho não valeria de nada sem esse rapazinho aqui."

Cassian, um garotinho que herdou a beleza dos pais, fará 6 anos em alguns meses, e Teo está determinado em passar para o filho o segredo de seu sucesso. "Sou a favor da filosofia 'economize no chicote e mime a criança'. Acredito que as crianças precisam de muita disciplina e têm que ser treinadas para dar todo o seu potencial. Por exemplo, o meu filho é extremamente inteligente, e não acredito que esteja recebendo estímulo suficiente no colégio, e pode até parecer que estou querendo me gabar, mas não acho que ele receberia estímulos suficientes de nenhuma escola em Cingapura."

Então isso significa que os Teos planejam mandar o filho estudar fora cedo? "Ainda não decidimos, mas estamos pensando em mandá-lo para Gordonstoun, na Escócia, ou para o Instituto Le Rosey, na Suíça. Para o meu filho, nada é mais importante do que a melhor educação que o dinheiro é capaz de comprar. Quero que ele estude com os futuros reis e líderes desse planeta, as pessoas que realmente mandam no mundo", declara ele. Michael Teo é sem dúvida uma dessas pessoas e, tendo tanta dedicação e amor pelo filho, não é de se admirar que tenha sido eleito *Pai do ano* pela *Pinnacle*!

Correndo do aeroporto para casa, Astrid entrou em casa e viu Michael subindo numa escada, ajustando uma lâmpada que estava iluminando o busto do imperador Nero.

— Meu Deus, Michael. O que você fez? — perguntou ela, brava.
— Oh, olá para você também, querida.
Astrid levantou a revista.
— Quando você deu essa entrevista?
— Ah, já saiu! — disse Michael, animado.
— Sim, já. Não acredito que você deixou isso acontecer.
— Eu não deixei isso acontecer. *Eu fiz* isso acontecer. Fizemos o ensaio fotográfico quando você estava na Califórnia, no casamento do Nick. Sabe, era para ser Ang Peong Siong e o filho dele na capa, mas eles mudaram de ideia na última hora e me escolheram. Minha nova relações-públicas, Angelina Chio-Lee, da SPG Strategies, arquitetou tudo. O que você achou das fotos?
— Estão ridículas!
— Você não precisa ser tão chata só porque não aparece nas fotos.
— Nossa, você acha mesmo que é por isso que estou irritada? Você ao menos leu a reportagem?

— Não. Como eu poderia ler? A revista acabou de sair. Mas não se preocupe, eu tomei o cuidado de não dizer nada a seu respeito ou da sua família paranoica.

— Nem precisava. Você trouxe a repórter para a nossa casa! Para o nosso *quarto*! Ela mesma descobriu tudo.

— Não precisa ficar tão histérica. Não vê que isso é bom para mim? Que isso vai ser bom para a nossa família?

— Não acho que vai continuar pensando assim depois que ler a matéria. Bom, você é quem vai ter que lidar com o meu pai quando ele ler isso, não eu.

— Seu pai! Tudo tem que ser sempre sobre o seu pai — reclamou ele enquanto apertava um parafuso, ajustando a posição do holofote.

— Ele vai ficar *furioso* quando ler isso. Mais do que você pode imaginar.

Michael balançou a cabeça, desapontado, enquanto descia da escada.

— E pensar que isso era para ser um presente para você.

— Um presente para mim? — Astrid não estava conseguindo ver a lógica naquela afirmação.

— O Cassian ficou tão animado com as fotos, estava ansioso para te fazer uma surpresa.

— Ah, pode acreditar que estou surpresa!

— Sabe o que me surpreende? Que você tenha ficado fora quase a semana inteira, mas parece se importar mais com essa reportagem do que em ver seu próprio filho.

Astrid olhou para ele, sem acreditar.

— Você está tentando me fazer passar de malvada nessa história?

— Ações falam mais do que as palavras. Você ainda está aqui de pé gritando comigo enquanto, lá em cima, tem um garotinho que passou a noite toda esperando a mãe voltar para casa.

Astrid saiu da sala sem dizer mais nada e subiu as escadas.

3

Jinxian Lu

•

XANGAI

Algumas horas depois de voltar de Paris, Carlton ligou para Rachel no Peninsula.

— Oi. Tudo bem? Já se organizaram?

— Sim, mas agora estou com jet lag de novo. O Nick, como sempre, deita a cabeça no travesseiro e já começa a roncar. Isso não é justo! — suspirou Rachel.

— Hum... acha que ele se incomodaria se eu levasse você para jantar? Só nós dois? — perguntou Carlton, meio tímido.

— Claro que não! Mesmo se ele não fosse ficar apagado na cama pelas próximas dez horas, jamais iria se importar.

Naquela noite, Carlton levou Rachel (dessa vez num discreto Mercedes G-Wagen) para a Jinxian Lu, uma rua estreita cheia de lojas antigas na Concessão Francesa de Xangai.

— O restaurante fica aqui, mas esse lugar é péssimo para estacionar. Esse é o problema — murmurou Carlton.

Rachel olhou para a fachada modesta com cortinas brancas e notou uma fila de carros luxuosos do outro lado da rua. Eles estacionaram numa vaga pouco mais à frente e caminharam tranquilamente de volta ao restaurante, passando por alguns bares, por lojas de antiguidades e butiques.

Quando chegaram ao restaurante, Rachel se deparou com um local pequeno com apenas cinco mesas. Era uma sala iluminada por uma lâmpada fluorescente e parcamente decorada, a não ser por um ventilador de plástico preso à parede suja, mas o local estava lotado de uma clientela elegante.

— Parece um destino gastronômico interessante — comentou ela, olhando para um casal elegante com duas crianças em uniformes cinza e branco de uma escola particular, enquanto, numa mesa perto da porta, dois *hipsters* alemães em suas costumeiras camisas de tecido xadrez manejavam os hashis com a experiência dos moradores locais.

Um garçom usando camisa branca e calça preta se aproximou deles:

— Sr. Fung? — perguntou ele em mandarim.

— Não. Bao. A reserva é para duas pessoas, às sete e meia — respondeu Carlton.

O homem assentiu e fez sinal para que os dois entrassem. Eles caminharam até os fundos do restaurante, onde uma mulher com as mãos molhadas apontou para uma porta:

— Podem subir as escadas. Fiquem à vontade! — disse ela.

Rachel logo se viu subindo uma escadaria bem estreita, cujos degraus de madeira estavam tão gastos que afundavam no meio. Na metade do caminho, eles chegaram a um espaço que havia sido convertido em uma cozinha. Duas mulheres de cócoras cozinhavam em frente a panelas Wok fumegantes, fazendo o ar se encher de um perfume tentador.

No topo da escada havia um quarto com uma cama encostada na parede e uma bancada do outro lado na qual havia várias roupas dobradas. Uma pequena mesa fora colocada em frente à cama, juntamente com duas cadeiras, e uma pequena televisão fazia ruído num dos cantos.

— Estamos realmente no quarto de alguém? — perguntou Rachel, espantada.

Carlton sorriu.

— Eu estava torcendo para que conseguíssemos jantar aqui. Essa é considerada a melhor mesa da casa. Tudo bem para você?

— Você está brincando? Esse é o restaurante mais legal aonde eu já fui! — disse ela, animada, olhando pela janela, para o varal cheio de roupas que se estendia até o outro lado da rua.

— Esse lugar é a definição de "buraco na parede", mas é bastante famoso por preparar alguns dos mais autênticos pratos caseiros da culinária de Xangai. Não existe menu. Eles servem o que estiverem cozinhando no dia, e tudo é sempre fresco — explicou Carlton.

— Depois da nossa semana em Paris, essa mudança é muito bem-vinda.

— Você pode ocupar o lugar de honra, na cama — disse Carlton.

Rachel se ajeitou sobre a cama pensando que era muito estranho se sentar na cama de outra pessoa.

Então, duas mulheres entraram no quarto-sala de jantar e começaram a colocar uma infinidade de pratos fumegantes sobre a mesa de fórmica. Havia *hongshao rou* (pedaços grossos de carne de porco marinada em molho doce com pimentões verdes), *jiang ya* (coxa de pato assada coberta com molho de soja adocicado), *jiuyang caotou* (legumes da estação grelhados em vinho perfumado), *ganshao changyu* (peixe frito) e *yandu xian* (uma sopa típica de Xangai, com brotos de bambu, tofu, presunto salgado e carne de porco fresca).

— Meu Deus! Como vamos conseguir comer isso tudo sozinhos? — Rachel riu.

— Confie em mim. A comida daqui é tão boa que você vai querer comer mais do que normalmente come.

— Ah, é disso que eu tenho medo!

— Podemos levar o que sobrar para o Nick fazer um lanche mais tarde — sugeriu Carlton.

— Ele vai adorar!

Depois de brindar com suas garrafas de cerveja gelada Tsingtao, eles comeram sem cerimônia, degustando a comida em silêncio por alguns minutos.

Depois da primeira rodada de carne de porco adocicada, Carlton olhou para Rachel e disse:

— Eu quis trazer você para jantar porque preciso te pedir desculpas.

— Eu entendo. Mas você já se desculpou.

— Não, não me desculpei. Pelo menos não de uma maneira apropriada. Não consigo parar de pensar no que aconteceu. Me sinto péssimo pelo que houve em Paris. Obrigado por intervir. Teria sido estupidez da minha parte apostar uma corrida com o Richie no estado que eu estava.

— Ainda bem que você reconhece isso.

— Também sinto muito por tudo o que eu disse a você. Fiquei tão chocado... bom, envergonhado, na verdade, ao descobrir que você já sabia o que tinha acontecido em Londres... mas foi injusto da minha parte descontar minha raiva em cima de você daquele jeito. Queria poder retirar tudo o que eu disse.

Rachel ficou em silêncio por alguns segundos.

— Na verdade, agradeço por tudo o que você me disse. Suas palavras me fizeram entender uma coisa que estava me intrigando desde que cheguei.

— Imagino.

— Olhe, acho que entendo a posição em que acabei colocando o seu pai. Sinto muito por ter causado tanta dor à sua família. Especialmente à sua mãe. Agora vejo como essa situação deve ser difícil para ela. Nenhum de nós estava preparado para o que aconteceu. Eu sinceramente espero que ela não me odeie por ter vindo para a China.

— Ela não odeia você. Ela nem conhece você. Foi um ano muito difícil para a minha mãe, com o meu acidente e tudo o mais. Descobrir sobre você, ou melhor, descobrir essa parte do passado do meu pai, foi só a gota d'água. Ela é o tipo de pessoa que está acostumada com uma vida extremamente organizada e passou muitos anos planejando as coisas nos mínimos detalhes. Como a empresa. E a carreira do papai. Ela é a verdadeira força por trás da ascensão política dele e agora está tentando garantir o meu futuro também. Meu acidente foi um grande passo no sentido contrário aos olhos dela, e ela tem muito medo que outras coisas possam destruir tudo o que ela levou tanto tempo planejando para mim.

— Mas o que ela planejou para você? Ela quer que você entre para a política também?

— Em determinado momento, sim.

— Mas isso é algo que você quer?

Carlton suspirou.

— Eu não sei o que eu quero.

— Tudo bem. Você ainda tem tempo para pensar.

— Será? Porque às vezes eu sinto que estou ficando para trás e que estou completamente fodido. Achava que sabia o que eu queria, mas, depois do acidente, tudo mudou. O que *você* estava fazendo quando tinha 23 anos?

Rachel pensou a respeito enquanto tomava sua sopa de bambu com carne de porco. Ela fechou os olhos, momentaneamente maravilhada com o sabor.

— Gostoso, né? Esse lugar é famoso por essa sopa — disse Carlton.

— É maravilhosa! Acho que vou tomar o prato inteiro — exclamou Rachel.

— Vai fundo!

Recompondo-se, Rachel continuou:

— Quando eu tinha 23 anos, morava em Chicago, estava fazendo faculdade na Northwestern. E depois passei seis meses em Gana.

— Você já foi à África?

— Sim. Fui fazer umas pesquisas para a minha dissertação sobre microempréstimos.

— Que incrível! Eu sempre sonhei em visitar um lugar na Namíbia chamado Costa do Esqueleto.

— Você devia conversar com o Nick. Ele já esteve lá.

— Sério?

— Sim. Ele e o melhor amigo dele, o Colin, foram para lá quando o Nick morava na Inglaterra. Eles costumavam viajar para vários desses lugares de difícil acesso. A vida do Nick era cheia de aventuras antes de me conhecer e sossegar.

— Parece que vocês têm uma vida muito boa agora.

— Você pode ter a vida que quiser, Carlton.

— Não tenho tanta certeza disso. Você não conhece a minha mãe. Mas quer saber de uma coisa? Você vai conhecê-la em breve! Vou conversar com o meu pai. Ele precisa se impor e dar um fim a essa situação ridícula que ela acabou criando. Quando ela te conhecer, quando você deixar de ser essa criatura misteriosa aos olhos dela, ela verá quem você é de verdade. E vai gostar de você, tenho certeza disso.

— É muita bondade sua dizer isso, Carlton, mas eu e o Nick conversamos sobre esse assunto hoje e estamos pensando em mudar nossos planos. Peik Lin, uma amiga de Cingapura, está vindo me visitar na quinta-feira. Ela quer me levar para Hangzhou para passar um fim de semana num spa enquanto Nick vai para Pequim fazer umas pesquisas na Biblioteca Nacional. Mas, quando voltarmos, na próxima semana, acho que vamos direto para Nova York.

— Semana que vem? Mas vocês não iam ficar aqui até agosto? Não podem ir embora assim tão cedo! — protestou Carlton.

— É melhor assim. Vejo agora que foi um grande erro da minha parte ter vindo para cá tão cedo. Eu não dei tempo suficiente para que a sua mãe se acostumasse com a ideia da minha existência. A última coisa que eu quero é provocar uma ferida permanente entre os seus pais. Sério.

— Espere até eu conversar com eles. Você não pode ir embora sem ver o papai mais uma vez, e eu quero que a minha mamãe conheça você. Ela *tem* que conhecer você.

Rachel pensou por alguns instantes.

— Você é quem sabe. Não quero causar mais problemas... Bom, além dos que eu já causei. Olhe, nós passamos momentos maravilhosos na China. E em Paris, é claro. Ficar todo esse tempo com você foi muito mais do que eu esperava.

Carlton olhou fundo nos olhos da irmã, e eles não precisaram dizer mais nada.

4

Riverside Victory Towers

•

XANGAI

Para muitos moradores de Xangai que nasceram em Puxi, o centro histórico da cidade, a nova metrópole brilhante do outro lado do rio chamada Pudong jamais deveria fazer parte da verdadeira Xangai. "Puxi é como Pu-*York*, mas Pudong sempre será Pu-*Jersey*" é o que dizem os conhecedores.

Jack Bing, que veio de Ningbo, na Província de Zhejiang, não tinha tempo para essas frescuras. Ele sentia orgulho de fazer parte da nova China que construiu Pudong e, sempre que recebia convidados em sua cobertura tríplex na Riverside Victory Towers — um enorme trio de complexos de apartamentos ultraluxuosos que ele havia construído em frente ao rio, no centro financeiro de Pudong —, caminhava com eles todo orgulhoso pelo enorme jardim no terraço de sua propriedade de 820 metros quadrados e mostrava a nova cidade que se estendia além de onde os olhos podiam ver.

— Há cerca de uma década, tudo isso era fazenda. Agora é o centro do mundo — dizia ele.

Hoje, quando Jack estava sentado em sua cadeira de titânio e couro de gazela, desenhada especialmente para ele por Marc Newson, beberic ando uma taça de Château Pétrus 2005 com gelo, seus pensamentos voltaram no tempo, para uma tarde sozinho no Palácio de Versalhes, no final de uma viagem de negócios na qual ele ficou maravilhado por encontrar uma pequena mostra com as antiguidades chinesas da corte de Luís XIV. Estava admirando um retrato do imperador Qianlong numa pequena galeria escondida atrás da Galeria dos Espelhos quando um grande grupo de turistas chineses entrou. Um homem, de Stefano Ricci dos pés à cabeça, apontou para o retrato do imperador vestido com roupa em estilo Manchu e disse, animado:

— Gengis Khan! Gengis Khan!

Jack abandonou a galeria rapidamente, pois não queria ser confundido com aquela multidão de chineses ignorantes. Como podem não reconhecer a foto de um de seus maiores imperadores, que reinou por mais de sessenta anos! Mas, enquanto caminhava pelos canais que cortavam os majestosos jardins de Versalhes, começou a imaginar se os franceses hoje reconheceriam um retrato de seu próprio rei, que havia construído um imponente monumento ao seu poder. Agora, enquanto Jack observava as luzes douradas ao longo de Pudong, contando todos os prédios que lhe pertenciam, imaginou o próprio legado e como as pessoas dessa nova China se lembrariam dele nos séculos seguintes.

O *click click* familiar dos saltos da filha quebraram o silêncio, e Jack rapidamente tirou as pedras de gelo de sua taça e os jogou num vaso ali perto. Ele sabia que Colette ficaria irritada com ele se as visse. Duas das pedras caíram fora do pote de cerâmica Ming e deslizaram no chão, deixando um rastro vermelho no mármore imperial.

Colette entrou no escritório do pai, apressada.

— O que aconteceu? A mamãe está bem? Aconteceu alguma coisa com a *Nainai*?

— Pelo que eu sei, sua avó ainda está viva e sua mãe está em uma sessão de reflexologia — disse Jack, calmo.

— Então por que você me chamou com urgência? Eu estava no meio de um jantar com alguns dos chefs mais famosos do mundo!

— E *isso* é mais importante do que ver seu próprio pai? Você acabou de chegar de Paris e prefere jantar com os criados?

— Um comerciante de trufas estava prestes a me servir sua trufa branca de Alba premiada quando você ligou, mas agora provavelmente aquele Éric Ripert a pegou. A trufa era uma surpresa para você.

Jack riu.

— O que me surpreende de verdade é o fato de você continuar me decepcionando.

Colette olhou para o pai, surpresa.

— O que eu fiz para decepcionar você?

— O fato de você não perceber já diz tudo. Eu me esforcei tanto para ajudar o Richie a fazer o pedido de casamento perfeito e veja o que você fez.

— *Você* fazia parte do esquema? Ah, mas é claro... se *eu* tivesse planejado a festa, teria sido de muito bom gosto!

— Isso não vem ao caso. O fato é que você deveria ter aceitado, como qualquer garota normal teria feito ao ouvir um dos cantores mais caros do mundo cantar para ela.

Colette revirou os olhos.

— Eu gosto do John Legend, mas nem se você tivesse pagado para que o John Lennon voltasse das cinzas e cantasse "All You Need is Love", a resposta ainda seria não.

Colette viu alguma coisa se mexendo pelo canto dos olhos e se deu conta de que era sua mãe de pé em frente à porta.

— O que você está fazendo aí escondida nas sombras? Você estava em casa esse tempo todo? E você sabia que o papai estava por trás desse esquema todo, não sabia?

— *Aiyah!* Não consegui acreditar quando você recusou o pedido do Richie! Nós dois estamos querendo que a união de vocês se concretize desde que começaram a namorar, há três anos — disse a mãe, sentando-se.

— Eu não estava namorando só ele durante esse período. Saí com vários outros caras também.

— Bom, você já se divertiu o bastante e agora está na hora de se casar. Quando eu tinha a sua idade, já tinha tido você — falou a Sra. Bing.

— Não acredito que estamos tendo essa conversa! Por que então vocês me mandaram para as escolas mais progressistas da Inglaterra se tudo o que queriam de mim era que eu me casasse jovem? Para que eu dei tanto duro na Regent? Tenho tantos planos, tantas coisas que quero fazer antes de me tornar a esposa de alguém.

— Por que não pode correr atrás dos seus planos casada? — perguntou Jack.

— Não é a mesma coisa, papai. Além do mais, minha situação é bem diferente de quando vocês eram jovens. Às vezes eu me pergunto se realmente preciso me casar um dia. Não preciso de nenhum homem para tomar conta de mim!

— Quanto tempo você pretende nos fazer esperar antes de decidir se casar? — exigiu saber a mãe.

— Acho que preciso de mais uns dez anos para me sentir pronta.

— *Wo de tian ah!** Aí você vai estar com 33 anos. O que vai acontecer com os seus óvulos? Eles vão ficar velhos e os seus filhos poderão nascer retardados ou deformados! — gritou a Sra. Bing.

— Mãe, pare de ser ridícula! Com todos esses médicos com quem a senhora se consulta todos os dias deveria saber que essas coisas não acontecem mais. Hoje em dia existem testes genéticos especiais, e é comum as mulheres terem filhos bem depois dos 40 anos.

— Escute o que essa menina está dizendo! — disse a Sra. Bing para o marido, incrédula.

Jack se inclinou para a frente em sua cadeira e comentou, com tom de preocupação.

— Na verdade, não acho que tenha nada a ver com a idade. Acho que nossa filha está apaixonada por Carlton Bao.

— E, mesmo se eu estivesse, não me casaria com ele agora — rebateu Colette.

— E o que faz você pensar que eu aprovaria o seu casamento com ele?

Colette olhou para o pai, exasperada.

— O que torna o Richie tão mais especial do que o Carlton? Ambos possuem diplomas de universidades renomadas e vêm de famílias respeitáveis. Ora, eu até arriscaria dizer que a família do Carlton tem mais prestígio do que a do Richie.

A Sra. Bing grunhiu.

— Não gosto daquela Bao Shaoyen. Ela se acha superior, como se fosse muito mais inteligente do que eu.

---

* Em mandarim, "ai meu Deus".

— Isso é porque ela É mais inteligente do que a senhora. Ela é Ph.D. em bioquímica e é diretora de uma empresa multibilionária.

— Como você ousa dizer isso para mim? Você não acha que em parte sou responsável pelo sucesso do seu pai? Fui eu que passei todos aqueles anos...

Erguendo a voz para se fazer ouvir sobre a esposa e a filha, Jack falou:

— A FAMÍLIA DO CARLTON BAO vale no máximo 2 bilhões de dólares. Os Yangs estão em outro patamar. No nosso patamar. Você não percebe que esse é o casamento perfeito para criar uma dinastia? Vocês dois juntos fariam com que a nossa família se tornasse a mais poderosa e influente da China. Você não percebe a posição única que ocupa na história?

— Desculpe. Eu não tinha percebido que era uma peça de xadrez no seu plano para dominar o mundo! — disse Colette, sarcástica.

Jack deu um murro na mesa e se levantou, apontando o dedo para a filha, irritado.

— Você não é uma peça de xadrez! É a minha posse mais preciosa. E quero garantir que você seja tratada como uma rainha e que se case com o melhor homem do mundo.

— Mas o fato de eu não concordar com você com relação a quem é o melhor homem do mundo não quer dizer nada?

— Bom, se o Carlton Bao é o melhor homem do mundo, porque ainda não pediu você em casamento?

— Ah. Ele vai me pedir em casamento quando eu quiser. Você não entende? Eu continuo dizendo que *não estou pronta*! QUANDO eu quiser me casar, e SE eu escolher o Carlton, pode ter certeza de que ele vai superar as suas expectativas. Os Baos podem até ter mais dinheiro do que os Yangs até lá. Você não faz ideia de como o Carlton é inteligente! Quando ele resolver se dedicar aos negócios da família, o céu é o limite.

— E isso vai acontecer enquanto eu estiver vivo? Eu e a sua mãe não somos mais jovens. Nós queremos ver nossos netos crescerem enquanto ainda temos saúde para aproveitar a vida!

Colette via as coisas sob uma nova perspectiva agora.

— Ah, então é esse o problema. Vocês estão loucos para ter netos, não é?

— É claro! Que avós não iriam querer um monte de netos? — perguntou o Sr. Bing.

— Isso é muito engraçado... é como se eu estivesse entrando em um túnel do tempo. — Colette riu. — E se eu tiver apenas meninas? Ou se eu não quiser ter filhos?

— Pare de falar bobagem! — ralhou a mãe.

Colette já ia argumentar quando se deu conta de que o próprio nome de sua mãe, *Lai Di*, significava "esperando ter um filho". Dificilmente ela pensaria de outra forma. Aquela ideia havia sido incutida nela desde que nasceu. Colette olhou para os pais e falou:

— Vocês dois podem ter nascido camponeses, mas eu não sou uma camponesa, e vocês não me criaram para ser uma. Estamos em 2013, e não vou me casar e ter um monte de filhos só porque vocês querem netos!

— Filha ingrata! Depois de tudo o que demos a você! — gritou a Sra. Bing.

— Sim, muito obrigada por terem me dado uma vida maravilhosa. E eu pretendo vivê-la! — disse Colette, dando as costas para os pais e encerrando o assunto.

Jack riu.

— Vamos ver como ela pretende viver depois que eu congelar as contas dela.

5

Pulau Club

•

CINGAPURA

Michael estava em uma reunião com seu sócio e o chefe de tecnologia da empresa em seu escritório, se preparando para uma importante apresentação, quando seu celular vibrou com uma mensagem de Astrid:

> ESPOSA: Mamãe me ligou. Ela está surtando por causa da reportagem da revista.
> MT: Que surpresa.
> ESPOSA: Meu pai pediu para você encontrar com ele no Pulau Club hoje às 10:30.
> MT: Desculpe, mas vou estar numa reunião nesse horário.
> ESPOSA: Você vai ter que encará-lo mais cedo ou mais tarde!
> MT: Eu sei, mas estou ocupado agora. Algumas pessoas PRECISAM TRABALHAR PARA SE SUSTENTAR.
> ESPOSA: Só estou transmitindo a mensagem que recebi.
> MT: Diga a ele que tenho uma reunião muito importante com a Autoridade Monetária de Cingapura hoje de manhã. Minha assistente vai entrar em contato com a assistente dele para agendar outro dia para conversarmos.
> ESPOSA: Ok. Boa sorte na sua reunião.

Alguns minutos mais tarde, a assistente executiva de Michael, Krystal, ligou para o ramal de sua sala:

— Michael? Acabei de atender uma ligação da secretária do seu sogro, a Srta. Chua. Ele quer se encontrar com você no Pulau Club daqui a meia hora.

Michael revirou os olhos, frustrado.

— Já sei disso, Krystal. E já resolvi o problema. Agora, por favor, chega de interrupções. Só temos mais uma hora para nos prepararmos para a reunião.

Ele se virou novamente para os sócios:

— Desculpem. Onde estávamos mesmo? Ah, sim, podemos ressaltar que nosso novo aplicativo financeiro é um quarto de segundo mais rápido do que os terminais da Bloomberg...

Seu ramal tocou de novo.

— Michael, eu sei que você disse para não *kanchiao** você, mas...

— Então por que diabos você está me incomodando? — gritou ele, irritado.

— Acabei de receber outra ligação... a reunião com o pessoal do *gahmen*** foi adiada, *lah*.

— Adiada para qual horário?

— Adiada, adiada, *lor*! Eles não disseram para quando.

— Puta merda!

— E recebi outra ligação do escritório do seu sogro. A Srta. Chua deixou uma mensagem e disse para eu ler em voz alta para você. Espere. Ah, aqui está a mensagem: *Por favor, encontre o Sr. Leong no Pulau Club às 10h30. Sem mais desculpas.*

— *Kan ni nah!* — xingou Michael, chutando a mesa.

Qualquer pessoa que parasse no terceiro buraco do Campo Island no Pulau Club — chamado de "antigo campo" — se sentiria transportado de volta ao passado. Construído em meio à floresta em 1930, os morros verdes eram cercados por árvores de um lado e

---

* Em cinglês, "incomodar" (palavra de origem malaia).
** Governo.

pelo Peirce Reservoir do outro. Nenhum dos modernos arranha-céus que dominavam a Cingapura de hoje podiam ser vistos dali. Harry Leong, usando seu costumeiro uniforme de golfe, sua camisa de algodão branca, suas calças cáqui e um boné azul desbotado da Força Aérea Real* para proteger seus finos cabelos grisalhos, observava seu parceiro de golfe se preparar para a tacada quando seu genro veio caminhando apressado.

— Ah... lá vem ele. Está mais irritado do que o diabo. Vamos nos divertir um pouquinho com ele? — perguntou Harry ao amigo.
— Que lindo dia, não? — gritou ele.
— Poderia ter sido um lindo dia se você não tivesse... — começou Michael, sarcástico, antes de perceber que o homem que jogava golfe com seu sogro era Hu Lee Shan, ministro do Comércio, usando uma camisa de golfe listrada Sligo.
— Bom dia, Sr. Teo — cumprimentou o ministro, alegremente.
Forçando um sorriso, Michael respondeu:
— Bom dia, senhor. — *Puta merda! Foi por isso que ele conseguiu sabotar minha reunião tão rápido! Está jogando golfe com o chefe do chefe da Autoridade Monetária!*
— Obrigado por vir se encontrar comigo assim, de última hora — continuou Harry, educadamente. — Vou direto ao assunto: quero conversar sobre essa história ridícula do artigo na revista.
— Desculpe. Minha intenção jamais foi ver o seu nome mencionado na revista — começou Michael.
— Ora. Não estou nem aí para o meu nome. Afinal, quem sou eu? Sou um servidor público. As pessoas podem publicar qualquer absurdo a meu respeito. Na minha opinião, seria muito barulho por nada, mas, veja bem, outros nomes foram mencionados nesse artigo. Outras pessoas que são sensíveis a essas coisas. Como minha esposa e minha sogra, esse lado da família. Você sabe que jamais devemos incomodar a avó da Astrid, ou o tio Alfred.
— Hahaha. Ninguém *jamais* deveria irritar Alfred Shang — disse o ministro, rindo.

---

* Um presente de seu amigo, o duque de Kent.

Michael teve vontade de revirar os olhos. O que havia de tão importante a respeito de Alfred Shang que fazia todos os homens ficarem *bo lam pa** em sua presença?

— Eu não fazia a menor ideia de que aquela repórter iria fuçar até descobrir a história da família. Eu queria simplesmente uma histó...

Harry cortou o genro.

— O pessoal da *Tattle* sabe que não deve escrever sobre nós, por isso você procurou aquela revista *Pomposo* ou sei lá qual o nome. Me diga uma coisa... o que você esperava conseguir?

— Eu achei que o artigo podia ajudar a divulgar ainda mais a minha empresa, ao mesmo tempo respeitando a privacidade da Astrid. E da sua família.

— E você acha que o seu objetivo foi atingido? Acredito que a essa altura você já tenha lido a reportagem.

Michael engoliu em seco:

— Não ficou como eu esperava.

— Na reportagem você parece um bufão pretensioso, não? — alfinetou Harry, enquanto pegava outro taco. — Tente esse Honma, Lee Shan.

Michael ficou sério. Se o ministro não estivesse ali, ele falaria poucas e boas para aquele velho.

A tacada do ministro foi perfeita, e a bola deslizou suavemente pelo gramado, entrando no buraco.

— Bela jogada, senhor — elogiou Michael.

— Você joga, Sr. Teo?

— Jogo, quando posso.

O ministro olhou para Harry e disse:

— Você é um homem de sorte, tem um genro que joga golfe. Meus filhos estão preocupados demais com suas vidas importantes para jogar comigo.

— Deveríamos marcar um jogo no meu clube em Sentosa. A vista do mar é espetacular — disse Michael.

---

* Um termo *hokkien* para covarde.

Harry, que estava se posicionando para uma tacada, parou.

— Sabe, eu nunca pisei naquele clube e espero *morrer* sem ter que fazer isso. Se eu não estiver em St. Andrews ou em Pebble Beach, o único lugar que jogo é aqui, no velho campo.

— Comigo é a mesma coisa, Harry — disse o ministro. — Você não costumava embarcar no *Concorde* para Londres às sextas-feiras depois do trabalho e ir para Edimburgo para jogar no St. Andrews?

— Isso foi quando eu tinha apenas os fins de semana livres. Agora que estou semiaposentado, posso passar uma semana inteira em Pebble Beach.

Michael ficou em silêncio, irritado, imaginando quando aquela audiência iria terminar. Como se lesse sua mente, seu sogro olhou no fundo de seus olhos e disse:

— Preciso que você faça uma coisa para mim. Preciso que vá pessoalmente se desculpar com a sua sogra.

— É claro. Posso inclusive escrever uma carta para a revista dizendo que não aprovei a matéria, se você quiser.

— Não precisa se incomodar em fazer isso. Comprei todos os exemplares e mandei recolher as revistas que estavam distribuídas — disse Harry.

Michael arregalou os olhos.

— Hahaha. Os assinantes vão ficar se perguntando por que não receberam sua edição da *Pinnacle* desse mês. — O ministro achou graça.

— Não vou tomar mais o seu tempo, Michael. Sei que é um homem muito ocupado. Você precisa correr para se encontrar com a minha mulher antes de ela ir para o Salon Dor La Mode, às onze e meia.

— É claro — disse ele, aliviado por estar saindo daquela reunião relativamente intacto. — Mais uma vez peço desculpas. No fim das contas, eu estava apenas tentando fazer o melhor pela família. Uma matéria falando sobre meu sucesso só iria beneficiar...

Harry subitamente o interrompeu, irritado.

— O seu sucesso é completamente irrelevante para mim! Você teve sucesso em quê, na verdade? Você vendeu algumas empresas insignificantes e ganhou um dinheiro insignificante. Você ganhou tudo de bandeja! Sua *única* missão que me interessa é proteger a minha filha, e isso significa proteger a privacidade dela. Sua segunda missão é proteger o meu neto. E você falhou nos dois.

Michael ficou olhando para o sogro, o rosto vermelho de vergonha e raiva. Ele estava prestes a protestar quando seis seguranças de terno preto se aproximaram e começaram a juntar o equipamento de golfe.

Harry Leong se virou para o amigo:

— Vamos para o buraco número quatro?

Michael acelerou seu Aston Martin DB5 pela Adam Road, fervendo de raiva. *Como aquele velho ousa me humilhar na frente do ministro do Comércio? Como ousa me chamar de bufão pretensioso quando foi ele que ficou contando vantagem sobre as viagens de fim de semana para Pebble Beach! E como ousa dizer que ganhei tudo de bandeja sendo que ele herdou cada centavo daquela fortuna obscena e eu trabalhei tão duro a vida inteira?*

De repente, uma luz se acendeu em sua cabeça. Ele estava a caminho da casa da sogra, em Nassim Road, mas pisou no freio, fez a volta e seguiu novamente para o escritório.

Krystal estava na frente de seu computador, procurando passagens baratas para as Maldivas, quando Michael entrou no escritório e começou a procurar alguma coisa nas pastas-catálogo.

— Onde estão todos aqueles arquivos sobre a venda da Cloud Nine Solutions, a minha primeira empresa?

— Esses documentos não estariam na sala de arquivo no 43º andar? — sugeriu ela.

— Venha comigo. Precisamos localizar esses arquivos agora!

Eles caminharam rapidamente até a sala de arquivos, onde Michael jamais havia colocado os pés antes, e começaram a vasculhar as gavetas.

— Preciso encontrar o contrato original, de 2010 — disse ele, apressado.

— *Wah*, tem muitos arquivos aqui! A gente vai procurar até os olhos arderem! — reclamou Krystal.

Depois de vasculhar tudo por uns vinte minutos, eles se depararam com grandes pastas alaranjadas que continham os documentos que procuravam.

— Estão aqui! — exclamou Michael, animado.
— *Wah*, seu *heng!** Achei que jamais encontraríamos!
— Krystal, pode voltar para o escritório agora — disse Michael, dedilhando as páginas até encontrar a que estivera procurando. Era um Acordo de Compra Partilhada, autorizando a venda de sua companhia para a Promenade Technologies of Mountain View, Califórnia. Um nome sobressaiu entre várias entidades que estiveram envolvidas na compra de sua antiga empresa, a empresa-mãe do veículo de aquisição, uma empresa de fachada baseada nas Ilhas Maurício. Ele fitou o papel, sem acreditar, o coração batendo acelerado: Pebble Beach HoldCo IV-A, LTD.

Você ganhou tudo de bandeja! As palavras de seu sogro adquiriram um novo sentido naquele momento.

---

* Em *hokkien*, "sortudo".

6

Restaurante Imperial Treasure

XANGAI

— Espero que vocês não se importem... convidei a Colette para se juntar a nós — disse Carlton para seus pais enquanto entravam na sala de jantar privativa no Imperial Treasure. Os Baos, que haviam convidado o filho para jantar assim que ficaram sabendo do que havia acontecido em Paris, não conseguiram esconder a surpresa quando Colette entrou, seguida por Roxanne, trazendo uma cesta cheia de presentes de Paris.

— É sempre um prazer ter você com a gente, Colette — disse Gaoliang, forçando um sorriso enquanto olhava carrancudo para o olho roxo do filho. *Então a história sobre a briga com Richie Yang é verdade.*

Shaoyen foi menos contida. Ela se levantou da mesa e correu até o filho, colocando as mãos sobre o rosto dele:

— Olhe só para você! Você parece um guaxinim com botox nos lábios! Meu Deus, depois de todas aquelas cirurgias para reconstruir seu rosto, como pôde deixar isso acontecer?

— Eu estou bem, mãe. Não foi nada — disse Carlton, rabugento, tentando se desvencilhar da mãe.

— Sra. Bao, trouxe alguns presentes de Paris. Eu sei quanto a senhora adora os *pâtés de fruits* do Hédiard — disse Colette, gesticulando para a cesta e tentando distrair os Baos.

— *Hiyah*, se eu soubesse que você viria, teríamos organizado um jantar num lugar especial. Marcamos um jantar de família de última hora — explicou Shaoyen, esperando que a ênfase na palavra *família* fizesse com que a jovem não se sentisse bem-vinda.

— Ora, esse é um dos restaurantes favoritos da minha família também! Eu conheço muito bem o menu — disse Colette, parecendo não perceber a tensão na sala.

— Então por que não fica encarregada de fazer o pedido? Peça todos os seus pratos favoritos — falou Shaoyen.

— Não, não. Vou manter o pedido bem simples — disse Colette, virando-se para o garçom e sorrindo. — Vamos começar com patas de caranguejo fritas recheadas com camarão, seguida pelas ostras Venus vivas, feitas ao vapor com molho XO, o leitão assado com molho *barbecue* e mel, ostras sautée com óleo de trufas brancas italianas, e o frango ao molho de abalone cortadinho e peixe salgado na panela de barro. Ah, e claro que precisamos comer o leitão assado, mas certifique-se de que seja gordo. Vamos querer também a garoupa no vapor com cogumelos na folha de lótus, os legumes fritos com nozes e servidos com macarrão crocante e, é claro, macarrão E-fu grelhado com caranguejo ensopado. E, de sobremesa, *birds nest** cozidos com açúcar.

Atrás da cadeira de Colette, Roxanne se inclinou em direção ao garçom e sussurrou em seu ouvido:

— Por favor, diga ao chefe que esse pedido é para a Srta. Bing. Ele sabe que ela gosta da sobremesa *birds nest* com nove gotas de amaretto di Saronno e polvilhada com ouro 24 quilates.

Gaoliang trocou olhares com a esposa. Essa Colette Bing era demais. Virando-se para Carlton, Shaoyen disse:

— Agora eu sei por que o nosso banqueiro nos ligou na semana passada. Eles perceberam alguns gastos bastante elevados em nossas contas. Parece que vocês dois se divertiram muito em Paris, não?

— Ah, foi o paraíso! — disse Colette, suspirando.

---

* Ninhos feitos com a saliva de pássaros, que seca e endurece. Considerado uma iguaria, principalmente na China, é um ingrediente extremamente caro e diz-se que traz muitos benefícios à saúde pelo alto teor nutricional. (*N. das T.*)

— Foi bem legal — falou Carlton, um pouco desconfortável.

— E a corrida com o Richie Yang, foi legal também? — perguntou Shaoyen, sarcástica.

— Como assim? Não houve corrida — respondeu Carlton, cauteloso.

— Mas quase aconteceu, não foi?

— Não houve corrida, mãe! — protestou Carlton.

Gaoliang suspirou.

— Filho, o que me decepciona é a sua completa falta de noção. Não acredito que você poderia sequer ter pensado em fazer algo desse tipo depois daquele acidente! E, para piorar as coisas, tem essa aposta idiota que você fez. Eu jamais imaginei que você pudesse ter a audácia de apostar *10 milhões de dólares* com o Richie Yang!

Colette saiu em defesa de Carlton.

— Sr. e Sra. Bao, não quero me intrometer, mas vocês deveriam saber que a ideia da aposta e da corrida foi do Richie. Ele tem provocado o Carlton há meses sempre que vê uma oportunidade. E ele fez isso tudo só para tentar me impressionar. Se alguém deve levar a culpa pelo que aconteceu em Paris, sou eu. Vocês deveriam se orgulhar do seu filho. O Carlton fez a coisa certa. Ele foi homem de verdade e desistiu da corrida. Dá para imaginar o que poderia ter acontecido se o Richie tivesse ganhado a corrida? Quero dizer, 10 milhões de dólares não é tanto dinheiro, mas, mesmo assim, teria sido uma vergonha para os Baos!

Gaoliang e Shaoyen olharam para Colette, estupefatos demais para dizer qualquer coisa. Naquele instante, o telefone de Colette começou a tocar.

— Hahaha. Por falar no diabo... é o Richie! Ele não desiste. Fica me ligando mil vezes por dia. Querem que eu o coloque no viva voz? Ele pode confirmar tudo o que eu disse.

Os Baos balançaram a cabeça, horrorizados com a proposta.

— Então vou ignorá-lo — falou Colette, colocando o telefone na cadeira vazia ao seu lado.

Os pratos começaram a chegar, e os quatro deram início à refeição em silêncio. Quando o leitão assado finalmente chegou numa bandeja de prata, Carlton decidiu que era hora de falar.

— Pai, mãe, eu assumo toda a responsabilidade pelo que aconteceu em Paris. Foi tolice minha ser arrastado para a lama com o Richie. Sim, eu estava a ponto de competir com ele, mas por sorte a Rachel colocou juízo na minha cabeça.

Shaoyen se encolheu ao ouvir o nome de Rachel, mas Carlton continuou.

— Ela sabe tudo sobre o que aconteceu em Londres. Ela entendeu que eu estava abalado emocionalmente e ainda assim me convenceu a desistir da corrida. E sou muito grato a ela por ter feito isso, porque, do contrário, talvez eu não estivesse aqui hoje contando isso para vocês.

— Ela sabe de todos os detalhes do seu acidente? — perguntou Shaoyen, tentando soar natural. *Ela sabe até sobre a garota que morreu?*

— Sim, *tudo* — respondeu Carlton, olhando nos olhos da mãe. Shaoyen não disse nada, mas seu olhar fulminante dizia tudo. *Garoto idiota! Garoto idiota!*

Como se lesse a mente da mãe, Carlton respondeu:

— Podemos confiar nela, mamãe. Quer você goste ou não, a Rachel faz parte da família. No momento ela está em Hangzhou com uma amiga de Cingapura, mas, quando voltar para Xangai, acho que seria legal você convidá-la para ir à nossa casa. Esse gelo que você está dando nela já passou da hora de acabar! Quando você conhecer a Rachel, tenho certeza de que vai gostar dela.

Shaoyen olhou para seu prato sem dizer nada, então Carlton tentou outra tática:

— Se você não acredita em mim, pergunte a Colette. Todas as amigas dela ficaram encantadas com a Rachel em Paris, não foi? Stephanie Shi, Adele Deng, Tiffany Yap.

Colette assentiu.

— Sim, ela fez sucesso com todas as minhas amigas. Sra. Bao, a Rachel não é nada do que a senhora está esperando. Ela é americana, mas é maravilhosa. Acho que, com o passar do tempo, a sociedade de Xangai e Pequim vai aceitá-la, especialmente se ela estiver usando uma bolsa diferente. A senhora deveria presenteá-la com uma de suas Hermès, Sra. Bao. Ela poderá ser a filha que a senhora nunca teve.

Shaoyen permaneceu sentada, o rosto impassível como uma pedra. Gaoliang se dirigiu ao filho:

— Fico feliz que a Rachel tenha ajudado, mas isso não justifica o seu comportamento. Os gastos descabidos em Paris, as brigas em público, as corridas, tudo isso é um indicativo de que você não está pronto para...

Carlton se levantou de repente.

— Eu já me desculpei. Sinto muito por decepcionar vocês. Por sempre decepcionar vocês. Mas não vou ficar aqui sentado participando dessa inquisição. Vocês dois não conseguem nem resolver os próprios problemas! Colette, vamos embora.

— Mas e o *birds nest*? A sobremesa ainda nem chegou! — protestou Colette.

Carlton saiu da sala sem dizer mais nada.

Colette fez uma careta:

— Melhor eu ir atrás dele. Mas o jantar é por minha conta.

— É um gesto muito gentil, Colette, mas nós pagaremos pelo jantar — respondeu Gaoliang.

— Eu fiz todos os pedidos, sou eu quem deve pagar — insistiu Colette, gesticulando para Roxanne, que entregou o cartão de crédito para o garçom.

— Não, não, nós insistimos — disse Shaoyen, se levantando da cadeira e tentando colocar o cartão de crédito nas mãos do garçom.

— De jeito nenhum, Sra. Bao! — guinchou Colette, pulando de sua cadeira e arrancando o cartão das mãos do garçom, que não estava entendendo nada.

— *Aiyah*, não adianta discutir com você — disse Gaoliang.

— O senhor tem toda razão, não adianta mesmo — disse Colette, com um sorriso triunfante.

Alguns instantes depois, o garçom voltou à mesa. Olhando envergonhado para Colette, ele sussurrou algo no ouvido de Roxanne.

— Isso é impossível. Tente novamente — disse ela, sem dar muita importância.

— Nós tentamos diversas vezes, senhora — disse ele baixinho. — Talvez tenha excedido o limite...

Roxanne saiu da sala de jantar com o garçom e falou, irritada:

— Você sabe o que é isso? É um P.J. Whitney Titanium, disponível somente para pessoas extremamente ricas. Esse cartão não tem limite! Eu podia comprar um avião com ele se quisesse. Tente de novo!

— Qual o problema? — perguntou Colette, saindo da sala de jantar.

Roxanne balançou a cabeça, irritada.

— Ele disse que o cartão foi recusado.

— Não estou entendendo. Como um cartão pode ser recusado? Não é um rim! — Ela riu.

— Não, não. É um termo de cobrança. Às vezes os cartões de crédito das pessoas podem ser "recusados" se um determinado limite de gastos for excedido, mas isso não é possível com você — explicou Roxanne.

Alguns minutos depois, o garçom retornou com o gerente, que estava usando uma camisa estampada Gianni Versace e jeggings escuras. Ele sorriu, se desculpando, e disse:

— Sinto muito, Srta. Bing, mas tentamos de tudo. Não está funcionando. A senhora gostaria de tentar outro cartão?

Colette olhou para Roxanne, confusa. Ela nunca havia passado por uma experiência como aquela antes.

— E eu tenho outro cartão?

— Deixe que eu pago — disse Roxanne, entregando o próprio cartão de crédito para o gerente.

Depois que Roxanne e Colette saíram do salão, os Baos se sentaram em silêncio por alguns instantes.

— Acho que você deve estar bastante satisfeito com tudo isso — declarou Shaoyen.

Gaoliang olhou para ela franzindo o cenho.

— Como assim?

— A sua filha virtuosa salvou a pátria, e você acha que tudo está bem agora.

— É isso o que você acha?

Shaoyen olhou para o marido com um olhar gelado e disse pausadamente:

— Não. Não é isso o que eu penso. Acho que todas as principais famílias da China sabem que você tem uma filha bastarda. Acho que a nossa família será motivo de chacota na sociedade. Acho que a sua vida política, como você a conhece, acabou e que Carlton agora não terá a menor chance de entrar na carreira política.

Gaoliang suspirou.

— Nesse momento, estou mais preocupado com Carlton como ser humano, não estou pensando na carreira política dele. Eu me pergunto onde erramos com ele. Como conseguimos criar um filho que acha aceitável apostar 10 milhões de dólares numa corrida? Não estou reconhecendo mais meu próprio filho!

— E o que você vai fazer? Vai expulsá-lo de casa?

— Posso fazer mais do que isso. Posso ameaçar deserdá-lo. Sabendo que ele talvez não tenha mais uma fortuna para jogar fora, quem sabe pode criar algum juízo.

Os olhos de Shaoyen se arregalaram.

— Você não pode estar falando sério.

— Não vou deserdá-lo completamente, mas, depois de tudo o que aconteceu, acho que seria um grande erro dar a ele o controle total dos negócios. Sinceramente, o que vai acontecer com tudo o que nós trabalhamos tanto para construir? Que você, especialmente, construiu. Você transformou a empresa de suprimentos hospitalares do meu pai num império de bilhões de dólares, sozinha. Acha mesmo que o Carlton tem capacidade de assumir as rédeas de tudo tão cedo? Estou pensando em envolver a Rachel nos negócios. Ela é uma economista respeitada. Pelo menos *ela* não vai jogar a empresa no lixo!

A porta se abriu, e Roxanne entrou.

— Ah, vocês ainda estão aqui? Me desculpem por incomodar, mas acho que a Colette esqueceu o telefone aqui.

Gaoliang viu o aparelho na cadeira, pegou-o e o entregou a Roxanne. Assim que a porta se fechou atrás dela, Shaoyen recomeçou.

— Como você pode ter a audácia de pensar em envolver aquela garota na empresa? Como o Carlton iria se sentir?

— Acho que o nosso filho não vai se importar. Ele nunca demonstrou interesse algum em fazer algo sério da vida e...
— Ele ainda está se recuperando do acidente!
Gaoliang balançou a cabeça, frustrado.
— Carlton não fez nada nos últimos anos que não fossem bobagens, e você continua inventando desculpas para justificar o comportamento dele. Ele se mete numa corrida em Londres e quase se mata e você me proíbe de criticá-lo porque acha que vai atrapalhar o processo de recuperação. Ele volta para a China e não faz nada que não seja ir a festas todas as noites com Colette Bing, mas não podemos dizer nada. Agora ele vai para Paris e tem a ousadia de tentar competir *novamente*, e você ainda o defende.
— Eu não estou defendendo o Carlton! Mas consigo entender os conflitos internos dele — protestou Shaoyen. *Se Gaoliang soubesse da garota que morreu em Londres, ele entenderia. Mas ele não pode saber.*
— Quais conflitos internos? O único conflito que presenciei foi ver você estragando o nosso filho com todo esse mimo.
Magoada com o comentário, Shaoyen riu, mas era um riso de ressentimento.
— Então é tudo minha culpa? Você é cego demais para ver, mas a verdade é que as suas atitudes foram a causa disso. Foi você que permitiu que aquela garota viesse para a China. Foi ela quem destruiu a harmonia da nossa família. *Ela* é o motivo por Carlton estar sendo tão irresponsável.
— Isso não faz o menor sentido! Você mesma escutou o Carlton agora há pouco. Foi a Rachel que o fez ver as coisas com clareza quando ele não estava dando valor nem à própria vida!
— E como ele poderia se valorizar quando seu próprio pai nunca o valorizou? Desde quando ele era bebezinho eu sentia que você não o amava da mesma forma que eu. E agora entendo por que... é porque você nunca deixou de amar aquela *shabi** da Kerry Chu, não é? Você nunca deixou de pensar nela e na sua filha.

---

* Em mandarim, "piranha idiota".

— Você está sendo ridícula! Sabe muito bem que eu não fazia a menor ideia de que a Kerry estava viva até alguns meses atrás. E eu não tinha noção de que tinha uma filha!

— Então você é ainda mais patético do que eu pensava. Está disposto a entregar o legado da nossa família para uma garota que mal conhece? Eu dei meu sangue por essa maldita empresa durante mais de vinte anos e você vai ter que me matar antes de entregá-la para aquela... aquela bastarda! — gritou Shaoyen, pegando o bule de chá e arremessando-o contra a parede de espelhos.

Gaoliang fitou os pedaços de vidro e porcelana e as linhas escuras de chá escorrendo pela parede.

— Não posso conversar com você assim. Você claramente perdeu a cabeça — disse ele, levantando-se da mesa e saindo da sala.

Shaoyen gritou atrás dele:

— Estou louca por causa de você!

7

The West Lake
•

HANGZHOU, CHINA

Enquanto os últimos resquícios de neblina matinal pairavam sobre as águas calmas, o único som que podia ser ouvido era o discreto *splash* do único remo de madeira do barqueiro, enquanto ele levava Rachel e Peik Lin por um caminho tranquilo do Lago do Oeste de Hangzhou.

— Que bom que você me tirou da cama para ver isso. É simplesmente lindo! — suspirou Rachel, toda feliz, enquanto esticava as pernas no assento acolchoado do tradicional barco chinês.

— Eu disse para você que o lago era ainda mais bonito com o dia amanhecendo — comentou Peik Lin, olhando para a poesia das linhas criadas pelas montanhas convergentes. Ao longe, ela podia ver a silhueta de um antigo templo contra o céu perolado. Havia algo naquela paisagem que a tocava de maneira indescritível, e ela subitamente entendeu por que, durante séculos, todos os grandes poetas e artistas chineses encontravam inspiração no Lago do Oeste.

Enquanto o barco navegava lentamente sob uma das românticas pontes de pedra, Rachel perguntou para o homem:

— Quando essas pontes foram construídas?

— Não há como saber, senhora. Hangzhou era o retiro preferido dos imperadores há cinco mil anos. Marco Polo chamou o lugar de Cidade do Paraíso.

— Sou obrigada a concordar com ele — disse Rachel, tomando outro gole do chá Longjing tostado que o barqueiro havia preparado para ela. Enquanto o barco passava por um emaranhado de lótus selvagens, as garotas ficaram observando um martim-pescador que havia pousado no caule de uma flor de lótus, esperando o momento certo de agir.

— Eu queria que o Nick estivesse aqui para ver isso — disse Rachel, saudosa.

— Eu também! Mas você vai estar com ele de novo daqui a alguns dias. Acho que Hangzhou te conquistou, não?

— Meu Deus! Eu queria ter conhecido esse lugar antes! Quando você me falou que esse local era a resposta chinesa para o Lago de Como, tive minhas dúvidas. Mas depois de ver aquela plantação de chá maravilhosa ontem, seguida pelo jantar divino no templo no topo da montanha, fiquei completamente encantada por esse lugar!

— E eu que achei que ia ter que contratar o George Clooney para pular do meio daquelas folhagens ali — brincou Peik Lin.

De volta ao elegante deque de madeira do Four Seasons de Hangzhou, elas desceram do barco lentamente, ainda enfeitiçadas pelo maravilhoso passeio.

— Ah! Bem a tempo para o nosso horário no spa. Se prepare! Você vai ficar louca — disse Peik Lin, animada, enquanto caminhavam até a *villa* cinza onde ficava o spa do resort. — Qual tratamento você agendou primeiro?

— Pensei em começar o dia com a massagem de jade e lótus — respondeu Rachel.

Peik Lin ergueu a sobrancelha:

— Hum... que partes do seu corpo serão massageadas?

— Ah, pare com isso! Aparentemente eles esfoliam seu corpo com sementes de lótus e jade trituradas e então fazem uma massagem profunda. E você, vai fazer o quê?

— A minha favorita: o Ritual de Águas Perfumadas das Concubinas e Consortes Imperiais. Ela é inspirada no ritual de banho que costumava ser reservado à mulher que o imperador escolhia para passar a noite com ele. Você é imersa numa banheira com flores de laranjeira e gardênia, em seguida recebe uma massagem suave. Aí eles fazem uma esfoliação maravilhosa com pérolas e amêndoas trituradas e envolvem você numa máscara corporal de argila branca. Depois disso tudo, o ritual termina com uma soneca numa sauna privativa. Eu sempre saio desse tratamento me sentindo dez anos mais jovem.

— Aaaah! Talvez eu devesse fazer essa hoje à noite. Ah! Não. Acho que já agendei a limpeza de pele com caviar hoje à noite. Droga! Não temos dias suficientes para todos os tratamentos que eu queria experimentar!

— Espere um minuto. Quando a Rachel Chu, que não ia nem à manicure quando estava na faculdade, se tornou uma viciada em spa?

Rachel sorriu.

— Acho que o tempo que passei com todas aquelas garotas de Xangai me deixou assim. Acho que isso é contagioso!

Depois de muitas horas de tratamentos, Rachel e Peik Lin se encontraram para almoçar no restaurante do resort. Elas foram conduzidas a um dos salões de jantar privativos, que ficavam em estruturas em estilo pagode, uma torre com múltiplas beiradas, de frente para uma serena lagoa. Admirando o enorme lustre de cristais de Murano que pendia sobre a mesa laqueada, Rachel disse:

— Depois dessa viagem, Nova York vai parecer uma cidade comum. Cada lugar que eu visito na China parece mais luxuoso que o outro. Quem teria imaginado isso? Lembra quando eu vim dar aula em Chengdu, em 2002? Tinha um banheiro comunitário dentro do prédio onde eu morava, e isso era considerado um tremendo luxo.

— Ha! Você não reconheceria Chengdu hoje. Aquilo virou o Vale do Silício da China. Um quinto dos computadores do mundo é produzidos lá — disse Peik Lin.

Rachel balançou a cabeça, impressionada.

— Não consigo acreditar nisso. Todas essas megacidades brotando do dia para a noite, esse *boom* econômico sem fim. A economista em mim quer dizer "isso não vai durar muito", mas então vejo algo que me deixa completamente impressionada. Outro dia em Xangai eu e o Nick estávamos em Xintiandi e resolvemos voltar para o hotel de táxi. A gente viu vários carros com luzes acesas, mas não conseguia entender por que nenhum deles estava parando para a gente. Então, uma garota australiana que estava numa esquina falou:

— Vocês não têm o aplicativo de táxi?

— A gente não entendeu. Tipo... *como assim*? É que lá existe um aplicativo para você fazer lances nos táxis. Todo mundo usa isso, e o lance mais alto acaba conseguindo o táxi.

Peik Lin riu.

— Empresas de mercado livre em sua mais pura essência!

Um garçom entrou no salão e, com um floreio, ergueu o cloche do primeiro prato. Era uma bandeja de camarões que brilhavam como pérolas.

— Esses são os famosos camarões de água doce de Hangzhou, que só são encontrados aqui, fritos com alho. Eu queria comer isso desde que tivemos a ideia de vir para cá — disse Peik Lin, servindo uma porção generosa no prato de Rachel.

Rachel comeu um pouco e sorriu, surpresa, para a amiga.

— Uau! Eles são *doces*!

— Impressionante, não é?

— Não como frutos do mar tão deliciosos desde que voltamos de Paris — falou Rachel.

— Eu vivo dizendo que só os franceses conseguem competir com os chineses no quesito frutos do mar. Tenho certeza de que vocês comeram maravilhosamente bem em Paris.

— Eu e o Nick, sim. Mas culinária não era exatamente o foco da Colette e das amigas dela. Lembra quando eu acusava você de "exuberância irracional" sempre que a Neiman Marcus te convidava para uma mostra exclusiva da coleção nova? Bem, essas meninas ficaram descontroladas em Paris! Elas iam para as lojas cedo e ficavam lá até tarde da noite. Havia três Range Rovers só para levar as sacolas de compras!

Peik Lin sorriu.

— Soa familiar. Esses RPC* vão para Cingapura e compram até enjoar. Sabe, para muitos deles, comprar desenfreadamente é como

---

* A geração de jovens de Cingapura começou a se referir aos chineses como RPCs (República Popular da China), enquanto muitos dos mais velhos ainda usam o termo chineses do continente.

validar seu sucesso. É uma forma de compensar pelo sofrimento que suas famílias viveram no passado.

— Eu entendo isso. Também venho de uma família imigrante que se deu bem na vida e me casei com um cara que tem grana. Mas acho que existe um limite que eu jamais cruzaria no que se refere a esse assunto — disse Rachel. — Quero dizer, quando o valor que você gasta num vestido de alta-costura seria o suficiente para vacinar milhares de crianças contra rubéola ou prover água limpa para uma cidade inteira, acho que é uma atitude um pouco irresponsável.

Peik Lin olhou para Rachel, pensativa.

— Mas isso não é relativo? Para uma pessoa que vive numa cabana de barro, esse jeans Rag & Bone de 200 dólares que você está usando não seria considerado obsceno? A mulher que compra um vestido de alta-costura pode justificar que foi necessária uma equipe de 12 costureiras que trabalharam durante três meses para fazer a roupa. Todas elas sustentam a família com o dinheiro que ganham. Minha mãe uma vez mandou fazer uma réplica exata de um afresco barroco que viu em alguma cidade na Alemanha no teto do quarto dela. A obra custou meio milhão de dólares, mas dois artistas da República Tcheca trabalharam todos os dias durante três meses. Um deles conseguiu comprar e mobiliar uma nova casa em Praga, e o outro mandou o filho estudar na Penn State. Todos nós escolhemos maneiras diferentes de gastar nosso dinheiro, mas pelo menos temos o direito de fazer essa escolha. Pense que, há vinte anos, essas meninas com quem você foi para Paris só tinham duas escolhas: uma jaqueta Mao marrom ou cinza?

Rachel riu.

— Está bem, entendi. Mas, mesmo assim, eu não gastaria essa quantia. Olhe, acho que não consigo comer essas almôndegas. Elas estão me lembrando uma pilha de Mao.

Depois do almoço, Rachel e Peik Lin decidiram explorar os arredores do resort, cujos jardins haviam sido construídos para lembrar um palácio imperial da Dinastia Qing. Enquanto caminhavam pela passarela, sentindo o perfume de flores de cerejeira e admirando os lírios, Rachel começou a se sentir um pouco enjoada. Quando chegaram a um jardim, ela se sentou num banco.

— Tudo bem? — perguntou Peik Lin, percebendo que a amiga havia ficado pálida de repente.

— Vou voltar para o meu quarto. Acho que o tempo está úmido demais para mim.

— Você não está acostumada. Isso aqui é o paraíso comparado a Cingapura nessa época do ano. Quer dar uma relaxada na piscina perto do lago? — sugeriu Peik Lin.

— Acho que preciso me deitar um pouco.

— Tudo bem. Vamos voltar.

— Não, não. Fique e aproveite o jardim — insistiu Rachel.

— Vamos nos encontrar para um chá às quatro no terraço?

— Marcado.

Peik Lin ficou no jardim por mais algum tempo e acabou descobrindo uma gruta tranquila onde havia uma estátua de pedra de um Buda sorridente. Ela resolveu acender um dos incensos que estavam numa das urnas em frente à escultura e então foi ao seu quarto para colocar o biquíni. Quando entrou no quarto, percebeu que a luz verde do telefone, que indicava uma mensagem de voz, estava acesa. Ela apertou o botão para ouvir a mensagem. Era Rachel, parecendo estar sem ar.

— Peik Lin? Por favor, você pode vir ao meu quarto? Acho que preciso de ajuda.

Preocupada, instintivamente pegou o telefone e viu que Rachel havia ligado três vezes. Ela saiu apressada pelo corredor em direção ao quarto da amiga. Quando chegou à porta, começou a bater, mas Rachel não atendeu. Um funcionário do hotel estava passando no corredor e Peik Lin o agarrou pelo braço, desesperada:

— Você pode abrir essa porta? Minha amiga está passando mal e precisa de ajuda!

Depois de alguns minutos, o gerente chegou com um segurança.

— Podemos ajudar, senhorita?

— Sim. Minha amiga me mandou uma mensagem urgente pedindo ajuda. Ela não estava se sentindo muito bem e agora não atende o telefone — explicou Peik Lin.

— Ela pode estar dormindo — disse o gerente.
— Ou talvez ela esteja morrendo! Abra essa maldita porta agora! — gritou Peik Lin.

O gerente passou o cartão magnético na porta, e Peik Lin entrou no quarto correndo. Não havia o menor sinal de Rachel na cama nem na varanda, mas ela encontrou a amiga ao lado da banheira, desmaiada numa poça de bile verde escura.

8

Biblioteca Nacional da China
•

PEQUIM, CHINA

15:54

Nick estava lendo uma antiga biografia sobre a família Sassoon na Sala de Leitura em Língua Ocidental da Biblioteca Nacional quando seu telefone começou a vibrar. Ele colocou uma pasta sobre o livro para marcar a página e foi até o corredor para atender a ligação.

Era Peik Lin, parecendo à beira das lágrimas:

— Nick! Meu Deus. Não sei como dizer isso, mas estou na emergência com a Rachel. Ela desmaiou no quarto do hotel.

— O quê? Ela está bem? O que aconteceu?

— Não sabemos direito. Ela ainda está inconsciente, mas o número de glóbulos brancos está baixíssimo, e a pressão está nas alturas. Ela está no soro com magnésio agora, mas os médicos acham que talvez ela tenha um quadro grave de intoxicação alimentar.

— Vou pegar o próximo voo para Hangzhou.

16:25

Nick havia acabado de chegar, correndo, ao balcão da China Airlines do Aeroporto Internacional de Pequim quando Peik Lin ligou de novo.

— Oi, Peik Lin. Estou tentando embarcar no voo das quatro e cinquenta e cinco.

— Não quero deixar você preocupado, mas a situação piorou. Rachel ainda está desacordada, e os rins dela pararam de funcionar. Os médicos estão fazendo vários exames, mas, por enquanto, não fazem a menor ideia do que há de errado com ela. Para ser sincera, estou ficando sem esperanças aqui e acho que ela deveria ser transferida imediatamente para Hong Kong, onde pode ter o melhor tratamento da região.

— Eu confio em você. Faça o que achar melhor. Devo fretar um avião? — perguntou ele.

— Não se preocupe, já fiz isso.

— Não sei o que seria de nós sem você, Peik Lin!

— Pegue o próximo voo para Hong Kong.

— Está bem. Olhe, vou ligar para o meu tio Malcolm, que é cirurgião em Hong Kong. Ele vai ajudar.

18:48

Quando o Gulfstream V de Peik Lin pousou no Aeroporto Internacional, em Chek Lap Kok, Hong Kong, já havia uma UTI aérea à espera de Rachel. Assim que desembarcou da aeronave, Peik Lin se deparou com um homem de jeans mostarda e blazer Rubinacci azul cobalto à sua espera.

— Sou Edison Cheng, primo do Nick! Não há espaço para você no helicóptero, vamos no meu Bentley — disse ele por cima do barulho das hélices do helicóptero. Peik Lin seguiu Eddie até seu carro, entorpecida. Assim que deu partida no carro, Eddie disse:

— Meu pai está em Houston recebendo um prêmio na DeBakey Medical Foundation, mas já entrou em contato com o Queen Mary Hospital. É onde temos a melhor emergência. Fui informado de que a equipe inteira da emergência está a postos para a chegada da Rachel.

— Fico aliviada por saber disso — disse Peik Lin.

— Leo Ming é um dos meus melhores amigos, por isso o pai dele, Ming Kah-Ching, que eu tenho certeza de que você conhece, já entrou em contato com o diretor executivo do hospital para fazer ainda mais pressão. A emergência fica na ala Ming Kah-Ching. A Rachel será tratada como VVIP assim que chegar lá — disse Eddie.

Como se Rachel se importasse com isso nesse momento! — pensou Peik Lin.

— Contanto que eles sejam EFICIENTES, isso é o que me interessa.

Eles continuaram em silêncio por alguns minutos, e então Eddie perguntou:

— Aquele GV era seu ou você fretou o avião?

— É da minha família — respondeu Peik Lin. *Aposto que ele vai perguntar quem é a minha família.*

— Muito bom. Sem querer ser indiscreto... mas com que tipo de negócio a sua família trabalha? *Ela parece hokkien, então deve ser de uma família de banqueiros ou de construtores.*

— Construção e desenvolvimento de propriedades. *Agora ele vai querer saber qual é a companhia. Vou fazer esse cara suar.*

Eddie sorriu para ela. *Malditos cingapurianos! Se ela fosse de Hong Kong ou da China, eu saberia tudo sobre a família dela assim que desembarcasse do avião.*

— Comercial ou residencial?

Está bem, vamos acalmar o moço.

— Minha família fundou a Near West Organization.

O rosto de Eddie se iluminou. *Ding ding ding! Os Gohs estão na posição 178 no* Heron Wealth Report.

— Ah, vocês construíram aquele prédio novo em Cingapura com a garagem suspensa, não foi?

— Isso. *Agora ele vai me dizer o que ele faz. Pelas roupas, deve ser homem do tempo ou cabeleireiro.*

— Sou diretor de operações do Leichtenburg Group Asia.

— Ah, sim. *Outro banqueiro. Que chato.*

Eddie abriu seu sorriso do gato de Alice.

— Me diga, vocês estão satisfeitos com a equipe e que gerencia seus bens?

— Completamente. *Não estou acreditando nesse filho da puta! A Rachel está sendo levada às pressas para o hospital, e ele está tentando arrumar um novo cliente!*

19:45

Peik Lin e Eddie correram até a recepção da emergência.
— Por favor, pode nos dizer para onde Rachel Young foi levada? Ela deve ter dado entrada durante a última hora. Chegou de helicóptero.
— Vocês são parentes da paciente? — perguntou a recepcionista.
— Sim.
— Deixe-me ver... — disse a mulher, digitando em seu computador. — Pode repetir o nome?
— Rachel Young. Ou talvez ela tenha sido admitida com o nome Rachel Chu — respondeu Peik Lin.
A mulher procurou no sistema.
— Não estou conseguindo localizar a paciente. Por favor, verifiquem na recepção central, na ala...
Eddie esmurrou o balcão, frustrado.
— Pare de nos fazer perder tempo! Sabe quem eu sou? Edison Cheng! Meu pai é o Dr. Malcolm Cheng. Ele era o chefe de cardiologia daqui! A cantina do hospital tem o nome dele. Exijo saber imediatamente para onde Rachel Young foi levada, ou você vai acordar desempregada amanhã!
De repente, eles ouviram alguém chamando.
— Ei, Eddie! Aqui!
Eles se viraram, e lá estava Nick, espiando por trás de portas automáticas.
— Nick! Como você conseguiu chegar tão rápido? — perguntou Peik Lin, chocada, enquanto corria até ele.
— Fiz umas ligações — respondeu ele, abraçando-a.
— Você por acaso é amigo do capitão Kirk? Pequim fica ainda mais longe de Hong Kong.
— Consegui embarcar num avião militar. Não tivemos que lidar com tráfego aéreo, e juro que o cara veio na terceira marcha!
— Já sei... O tio Alfred fez umas ligações? — perguntou Eddie.
Nick assentiu. Ele os guiou para a sala de espera da UTI, onde havia confortáveis cadeiras de couro.

— Consegui ver a Rachel rapidinho, mas logo depois tive que sair. Estão tentando estabilizar as funções renais nesse momento. Os médicos precisam fazer algumas perguntas, Peik Lin.

Depois de alguns minutos, uma médica apareceu na sala de espera.

— Pessoal, essa é a Dra. Jacobson — disse Nick.

Eddie se levantou e estendeu a mão com um floreio.

— Edison Cheng. Sou filho do Malcolm Cheng!

— Desculpe, eu deveria reconhecer esse nome? — perguntou a médica.

Eddie olhou para ela, sem reação. A médica sorriu:

— Brincadeira. É claro que eu conheço o seu pai.

Eddie nunca se sentiu tão aliviado na vida.

— Como ela está? — perguntou Nick, tentando permanecer calmo.

— Conseguimos estabilizar os sinais vitais e estamos fazendo mais testes. O caso dela é impressionante. Ainda não conseguimos descobrir o que está fazendo com que os órgãos parem de funcionar tão rápido, mas obviamente existe algo extremamente tóxico no organismo dela. — Olhando para Peik Lin, ela perguntou:

— Você pode me dizer tudo o que a sua amiga comeu e bebeu nas últimas 24 horas?

— Posso tentar. Vejamos, chegamos ao Four Seasons ontem à noite, e a Rachel comeu uma salada, depois uma musse de morango e lichia de sobremesa. Hoje de manhã nós não tomamos o café, mas comemos camarão do rio Qiantang, brotos de bambu salteados e sopa de pato assado no almoço. Nos quartos havia balas de gengibre com chocolate, mas não sei se ela comeu. Eu não como. Ah, espere um minuto! Ela fez uma massagem hoje de manhã com pedaços de Jade triturados e sementes de lótus.

— Hum... vou verificar. Vamos ligar para o resort e pedir uma lista completa de tudo o que ela pode ter ingerido.

— O que a senhora acha que pode ter sido, doutora? Comemos praticamente as mesmas coisas, e eu estou bem — falou Peik Lin.

— O organismo de cada pessoa reage de uma forma diferente. Mas não quero tirar conclusões precipitadas até que terminemos de fazer os exames toxicológicos — explicou a médica.

— Qual é o seu prognóstico? — perguntou Nick, preocupado.

A médica parou, deixando os ombros caírem.

— Vou ser bem sincera com vocês. No momento, o quadro dela é crítico. Talvez tenhamos que colocar um TIPS* para impedir a progressão da insuficiência hepática. E, se ela desenvolver encefalopatia, vamos ter que colocá-la em coma induzido para que o corpo dela tenha mais chances de se recuperar.

— Coma induzido? — repetiu Peik Lin, baixinho, caindo no choro. Nick a abraçou, tentando desesperadamente não cair em prantos também.

Eddie caminhou até a médica.

— Faça tudo o que puder por ela. Lembre-se, o Dr. Malcolm Cheng e Ming Kah-Ching irão responsabilizá-la se algo de ruim acontecer com a Rachel.

A Dra. Jacobson olhou para Eddie, parecendo irritada.

— Nós fazemos de tudo por *todos* os pacientes, Sr. Cheng, independentemente de quem sejam.

— Será que podemos vê-la? — perguntou Peik Lin.

— Só posso permitir a entrada de uma pessoa de cada vez — respondeu a médica.

— Pode ir, Nick — disse Peik Lin, desabando no sofá.

20:40

Nick estava ao pé da cama de Rachel, observando, impotente, enquanto uma equipe de médicos e enfermeiras pairava sobre ela. Apenas dois dias antes eles estavam na suíte do Peninsula, onde ela estava toda animada arrumando as malas para o fim de semana relaxante com uma de suas melhores amigas. *Não vá se divertir demais em Pequim! Nada de flertar com bibliotecárias sensuais, a não ser que seja a Parker Posey!*, havia dito ela antes de lhe dar um beijo. Agora aqui estava Rachel, o rosto amarelado, o corpo ligado a tubos. Parecia mentira. O que havia acontecido com sua linda es-

---

* Shunt portossistêmico intra-hepático via transjugular.

posa? Por que ela não estava melhorando? Ele nem podia imaginar perdê-la. Não, não, não. Ele tinha de tirar aquele pensamento da cabeça. Rachel era tão forte, tão saudável. Tudo iria ficar bem. Ela tinha a vida inteira pela frente. Os dois tinham a vida inteira pela frente, juntos. Nick saiu do quarto e caminhou até a sala de espera. Entrou em um banheiro para portadores de necessidades especiais e fechou a porta. Respirou fundo, lavou o rosto e se olhou no espelho. Então ele notou o espelho — um belo espelho redondo que parecia ter sido comprado em uma loja cara. Ele olhou ao redor e percebeu que tudo havia sido reformado recentemente. Lágrimas escorreram pelo seu rosto. Se Rachel saísse dessa — não —, *quando* Rachel saísse dessa, ele iria construir para ela o banheiro mais lindo que esse mundo já viu!

21:22

Nick voltou para a sala de espera e encontrou Peik Lin e Eddie comendo *wonton noodles* em embalagens de isopor. Sua tia Alix e seu primo Alistair estavam sentados nas cadeiras em frente a eles. Alistair se levantou e deu um abraço caloroso no primo.

— Ah, Nicky. Isso é horrível. Como está a Rachel? — perguntou Alix, ansiosa.

— Não houve muita mudança.

— Bom, eu conheço bastante a Dra. Jacobson. Ela é a melhor do ramo. Pode ter certeza de que a Rachel está em boas mãos.

— Fico aliviado em ouvir isso.

— O seu tio Malcolm ligou. O hospital vai mantê-lo informado, e ele pediu a um de seus colegas, que é o maior hepatologista de Hong Kong, para vir dar uma segunda opinião.

— Não posso ser mais grato a ele por tudo o que tem feito.

— Ele queria muito poder estar aqui. Justamente quando acontece uma coisa dessas ele não está aqui! Trouxemos um pouco de *siew yook* e *wonton meen*.* Você está com fome?

---

* Porco assado com molho *barbecue* e *lamen wonton*.

— Sim, acho que eu devia comer alguma coisa — disse Nick, entorpecido, enquanto sua tia o servia.

— Não ligamos para ninguém ainda, Nicky. Eu não sabia se você queria contar às pessoas, por isso não liguei para a sua mãe. Assim que ela ficar sabendo, o mundo inteiro saberá.

— Obrigada, tia Alix. Não tenho forças para lidar com a minha mãe nesse momento.

— Você falou com a mãe da Rachel? — perguntou Peik Lin.

Nick suspirou.

— Vou ligar para ela daqui a pouco. Não vejo motivos para deixá-la preocupada até que saibamos o que de fato está acontecendo.

A porta se abriu e Cecilia, irmã de Eddie e Alistair, entrou trazendo um arranjo lindo de lírios brancos.

— Acho que está todo mundo aqui! — disse Nick, abrindo um sorriso forçado para ela.

— Você me conhece, não perco uma festa! — disse Cecilia, dando um beijinho na bochecha do primo e colocando o arranjo em cima da cadeira ao lado dele.

— Meu Deus, veja só esse arranjo! Muito obrigado, mas você realmente não precisava trazer nada.

— Ah, não fui eu que trouxe. A recepcionista me entregou e pediu que o entregasse a você.

— Que estranho. De quem pode ser? Ninguém sabe que estamos aqui, a não ser vocês — observou Nick enquanto comia os *noodles*.

Peik Lin começou a desfazer o laço ao redor do vaso e, quando o plástico que envolvia o arranjo foi retirado, um cartão caiu no chão. Ela abriu o cartão e começou a ler.

— PUTA MERDA! — exclamou Peik Lin, arremessando o vaso para longe, instintivamente. O vaso caiu no chão, espirrando água para todo lado.

Nick deu um pulo da cadeira.

— O que aconteceu?

Peik Lin entregou o cartão a ele:

Rachel,

Você foi envenenada com uma dose potencialmente letal de tarquinomida. Os médicos poderão reverter o caso assim que forem informados disso.

Se você valoriza a sua vida, não vai mencionar esse incidente a ninguém.

Nunca mais coloque os pés na China.

Este é seu último aviso.

9

Ridout Road

•

CINGAPURA

Astrid ligou seu laptop e começou a digitar um e-mail.

Prezado Charlie,

Desculpe continuar incomodando você assim, mas preciso pedir outro favor. Será que você poderia me ajudar a descobrir uma coisa?
    O que você sabe sobre a Promenade Technologies? Baseada em Mountain View, CA? Você já trabalhou com eles? Foram eles que compraram a primeira empresa do Michael, a Cloud Nine Solutions, e eu preciso descobrir mais sobre essa companhia. Especificamente quem está por trás dela.
    Obrigada!

Beijos, Astrid.

Ela enviou o e-mail e, um minuto depois, Charlie apareceu no Google Talk.

CW: Oi! Pode deixar, vou verificar com prazer.
ALT: Muito obrigada pela ajuda.

CW: Algum motivo em especial?
ALT: Estou tentando descobrir algumas coisas. Você já ouviu falar dessa empresa?
CW: Sim. Mas o Michael não sabe de tudo o que você precisa saber?
ALT: Aparentemente não. Você sabe se eles fazem parte de algum conglomerado da Ásia?
CW: O que está acontecendo, Astrid?

Astrid ficou alguns minutos sem responder, se perguntando se estava pronta para contar a Charlie tudo o que havia acontecido entre ela e Michael.

ALT: Estou tentando ajudar o Michael a descobrir a verdade. É meio complicado... não queria envolver você nisso.
CW: Já estou envolvido. Mas tudo bem, não vou te pressionar. Mas, se você realmente quiser a minha ajuda, seria melhor se eu soubesse de todos os detalhes.

Ela ficou sentada na beirada da cama, pensando. *Eu não tenho nada a esconder do Charlie. Ele é a única pessoa que me entende.*

ALT: Tudo bem, lá vai. Michael colocou na cabeça que o meu pai... ou alguma das empresas controladas pela minha família... comprou a Cloud Nine Solutions usando a Promenade como fachada.
CW: Mas por que ele acha isso?
ALT: É uma longa história... resumindo... ele encontrou documentos antigos que listavam o comprador como a Pebble Beach Holding Company e, sabendo quanto meu pai adora jogar golfe lá, ficou com essa suspeita.
CW: Desculpe dizer o óbvio, mas você já perguntou para o seu pai se não foi ele que comprou a empresa do Michael?
ALT: Sim. E é claro que ele disse que não. "Por que diabos eu iria querer comprar a empresa do Michael? Achei o preço extremamente inflacionado, para começo de conversa."

CW: Clássico Harry Leong!
ALT: Com certeza.
CW: Acho que o seu pai não tem nada a ver com isso, mas faria alguma diferença se ele, de alguma forma, estivesse envolvido?
ALT: Você está brincando, não é? O orgulho do Michael sempre foi dizer que enriqueceu por méritos próprios. Essa suspeita de que a minha família talvez esteja por trás do sucesso dele está fazendo com que o Michael suba pelas paredes. Ele acha que o meu pai está tentando controlá-lo mais uma vez, tentando controlar a gente. Tivemos uma briga feia ontem à noite.
CW: Sinto muito saber disso.
ALT: Eu acabei saindo de casa. Era isso ou chamar a polícia. Estou no Marina Bay Sands agora.

Quinze segundos depois, o celular de Astrid tocou. Era Charlie, por isso ela atendeu e brincou:
— Serviço de quarto?
— Ah, sim, preciso de alguém para me ajudar com um problema no meu quarto agora — respondeu ele, entrando na brincadeira.
— O que aconteceu?
— Umas pessoas que têm fetiche com bolo fizeram uma festa no meu quarto, e tem uns trinta bolos da Lana Cake Shop espalhados pelo carpete, nas paredes e na cama. Parece que algumas pessoas rolaram no bolo, tentando posições diferentes do kama sutra.
Astrid riu.
— Seu pervertido! De onde você tira essas ideias?
— Eu estava pesquisando umas coisas na internet ontem à noite e me deparei com um artigo sobre pessoas que ficam excitadas sentando em bolos.
— Não vou nem perguntar que tipo de sites você tem visitado em Hong Kong. Sem dúvida eles seriam bloqueados em Cingapura!
— E eu não vou perguntar por que você está num quarto de hotel no Marina Bay Sands!
Astrid suspirou.
— Existem poucos hotéis onde eu tenho certeza de que ninguém vai me reconhecer. O MBS é um deles. Só tem turistas aqui.

— Sério?

— Ninguém que eu poderia conhecer, pelo menos. Quando o hotel foi inaugurado, minha mãe tentou subir até o SkyPark com a Sra. Lee Young Chien, e a rainha-mãe de Bornéu para apreciar a vista, mas, quando descobriram que teriam que pagar uma taxa de vinte dólares, a Sra. LYC disse: *"Ah nee kwee! Wah mai chut!."** Então, elas acabaram indo para o Toast Box no shopping.

Charlie riu.

— Essas mulheres nunca vão mudar. É engraçado... minha mãe era tão extravagante, mas está ficando mais pão-dura com o tempo. Sabia que ela não deixa os cozinheiros acenderem as luzes antes das sete e meia da noite? Quando vou até a casa dela, os pobre-coitados estão perambulando no escuro tentando preparar o jantar dela.

— Que loucura! Hoje em dia, quando vamos a restaurantes, minha mãe pede para embrulhar para viagem até o molho que sobrou. É sério. Quando eu falo com ela que isso é loucura, ela responde: "Mas nós pagamos por isso! Por que desperdiçar esse molho tão gostoso? A Rosie pode servi-lo no almoço amanhã, e o sabor vai ficar ainda melhor!"

Charliu riu.

— Então, falando sério, quanto tempo você planeja ficar escondida no hotel?

— Não estou me escondendo. Só estou dando um tempo. O Cassian e a babá estão aqui comigo, e ele está amando a piscina do SkyPark.

— Você sabe que o seu marido é quem devia ter saído de casa, não é? Quando brigava feio com a Isabel, eu ia para a casa do meu irmão ou para algum hotel. Eu jamais faria com que minha esposa e minhas filhas saíssem de casa.

— Bem, você é um homem de uma espécie diferente da do Michael. Além do mais, ele não me colocou para fora, fui eu que *escolhi* sair. Ele ficou tão irritado que começou a bater.

— O quê? Bater em você? — perguntou Charlie, chocado. *Vou matar aquele filho da puta se ele tiver tocado nela.*

---

* Em *hokkien*: "Que caro! Não vou pagar isso."

— Não, Charlie. O Michael jamais me machucaria, mas um dos Porsches dele ficou acabado. Ele pegou uma espada samurai e começou a bater no capô. Eu não consegui ficar lá vendo aquilo.

— Nossa! Tudo isso porque ele não sabe quem comprou a empresa dele? — perguntou Charlie, ficando mais chocado a cada minuto.

— Não é só isso. Ultimamente as coisas não têm saído do jeito que ele gostaria. Ele perdeu aquele contrato com a IBM, não conseguiu fechar a compra da casa que tanto queria, teve também uma matéria sobre a qual eu nem quero comentar, e parece que ultimamente tudo o que fazemos é... — A voz de Astrid de repente ficou arrastada. *Já falei demais. Não é justo eu ficar importunando o Charlie com meus problemas.*

Charlie podia ouvir Astrid fungando discretamente ao fundo. *Ela está chorando. Está num quarto de hotel chorando.*

— Desculpe. Eu não devia ficar incomodando você com os meus problemas quando está no trabalho. — Ela fungou de novo.

— Não estou muito ocupado hoje... mas não se preocupe, não vou ser demitido. Você sabe que pode me ligar a qualquer hora, não sabe?

— Eu sei. Você é a única pessoa que realmente me entende. Você sabe o que tenho que enfrentar na minha família. Eles não entendem o que é ter problemas conjugais.

— Você realmente acha que os seus irmãos são cem por cento felizes em seus casamentos?

— O quê? Claro que não! Acho que todos eles são infelizes de alguma forma, mas jamais iriam admitir isso. Ninguém tem permissão para ser infeliz na minha família. Acho que só o Alex em Los Angeles é feliz de verdade. Ele foi embora e conseguiu se casar com o amor da vida dele. Só acho patético que Salimah não seja aceita. Não é irônico isso? Principalmente levando em conta que a fortuna da família veio da Malásia?

— Pelo menos eles fazem um ao outro feliz. Isso é tudo o que importa — disse Charlie.

— Sabe, quando eu fui visitar os dois há alguns meses, pensei comigo mesma: "Eu queria poder fazer isso também." Às vezes eu queria pegar as minhas coisas e ir embora para a Califórnia, onde ninguém me conhece e não está nem aí. O Cassian poderia crescer longe de toda a pressão que ele, em breve, vai ter que começar a encarar. E eu seria muito feliz, juro por Deus, vivendo num bangalô na praia.

Eu poderia ser feliz assim também, pensou Charlie consigo mesmo.

Ambos ficaram em silêncio por alguns segundos, então Charlie falou:

— E então, o que você vai fazer?

— Não há nada a fazer. Daqui a alguns dias o Michael vai estar mais calmo, e eu vou voltar para casa. Se você conseguir me ajudar a provar que o meu pai não teve nada a ver com a compra da empresa dele, tenho certeza de que ele vai ficar muito feliz.

Charlie ficou em silêncio.

— Vou ver se consigo descobrir alguma coisa.

— Você é demais, Charlie. De verdade.

Assim que desligou o telefone, Charlie ligou para seu diretor de finanças.

— Ei, Aaron. Lembra da aquisição da Cloud Nine, do Michael Teo, em 2010?

— Como eu poderia esquecer? Ainda estamos contabilizando os prejuízos por essa compra — respondeu Aaron.

— Por que você colocou o nome da empresa de Pebble Beach LTD?

— Cara, eu estava no 18º buraco quando você me ligou falando para comprar a companhia. É o melhor buraco do mundo. Por que você está perguntando isso?

— Esqueça.

10

Queen Mary Hospital
•

POK FU LAM, HONG KONG

Nick estava fazendo as palavras cruzadas do *New York Times* em seu iPad quando o policial que estava na porta do quarto colocou a cabeça lá dentro e falou:
— Senhor, tem um casal na recepção exigindo ver a senhora Chu. Eles trouxeram dois carrinhos de produtos alimentícios, e o homem afirma ser irmão dela.
— Ah, sim — disse Nick sorrindo e curvando-se para sussurrar no ouvido de Rachel. — Querida... você está acordada? O Carlton e a Colette estão aqui. Você está com disposição para receber visitas?
— Hum, claro — respondeu Rachel, que havia dormido a manhã inteira.
Já fazia dois dias que ela havia saído da UTI, e seu quadro estava melhorando desde que os médicos descobriram a substância que tinha sido utilizada para envená-la e administraram um antídoto.
Logo depois, houve uma leve batida à porta, e Carlton e Colette entraram no quarto.
— Ei, irmã! Eu não imaginava que o Four Seasons de Hangzhou era assim — brincou Carlton, aproximando-se da cama de Rachel e apertando de leve sua mão.
Rachel abriu um leve sorriso.
— Vocês não precisavam ter se dado ao trabalho...

— Que isso! Pegamos o primeiro voo assim que o Nick ligou para a gente — contou Carlton. — Além disso, a Joyce está em promoção, e a Colette quer ir até lá dar uma olhada.

Colette deu um tapa no braço de Carlton.

— Vocês não davam notícias desde segunda-feira... Achamos que estavam se divertindo horrores em Hangzhou sem a gente e não tiveram nem tempo de ligar.

— Foi maravilhoso, como podem ver — disse Rachel, grogue, estendendo os braços para mostrar os tubos e os medicamentos.

— Não consigo acreditar que alguém possa ter uma crise de pedras nos rins assim tão jovem! Achei que isso só acontecia com pessoas idosas! — comentou Colette.

— Na verdade, pode acontecer com qualquer um — explicou Nick.

Colette se debruçou na beirada da cama de Rachel e disse:

— Bem, estou feliz de ver você inteira de novo.

— Vocês vieram no seu pequeno avião... No Grande? — perguntou Rachel.

— Ah, você quer dizer no Venti? Não, não — respondeu Colette, frustrada. — Meu pai cortou meu acesso a ele. Meus pais estão furiosos comigo desde que recusei o pedido de casamento do Richie Yang. Eles colocaram na cabeça que precisam me dar uma lição. Você acredita que eles bloquearam a minha conta bancária e cancelaram o meu cartão de crédito? Bom, mas adivinha? Eles se deram mal, porque eu consigo sobreviver numa boa sem a ajuda deles... você está diante da nova embaixadora internacional da Prêt-à-Couture!

— Colette acabou de assinar um contrato multimilionário com eles — explicou Carlton.

— Meus parabéns! Que fantástico! — disse Rachel.

— É mesmo. Eu fiz as pazes com a Virginie de Bassinet, e ela vai dar uma festa em minha homenagem na semana que vem na Johnnie Walker House para fazer o anúncio. Estarei em todas as propagandas da próxima coleção da Prêt-à-Couture, e Tim Walker será o fotógrafo. Espero que você já esteja melhor para ir à festa!

Nick e Rachel permaneceram em silêncio.

— Ei, essa maluca insistiu em trazer mais comida da Daylesford Organic, mas o gerente não nos deixou subir com os carrinhos — contou Carlton.

— Bem, tenho certeza de que a comida do hospital deve ser bem sem graça — comentou Colette.

— Na verdade, você ficaria surpresa com a comida daqui. Ontem eu comi uma torta de carne na cantina do hospital que estava uma delícia — disse Nick.

— Muito obrigada pelo convite, Colette. Voltei a ingerir comida sólida hoje de manhã e estou morrendo de vontade de comer algo doce! — disse Rachel.

— BELEZA! Vamos trazer uns biscoitos de limão banhados em chocolate branco para você! — falou Colette, toda animada.

— Talvez se eu for lá embaixo com você eles deixem a gente subir com algumas coisas — sugeriu Nick a Carlton.

Os dois então saíram para o corredor. No elevador, Carlton disse:

— Estou aliviado em ver que a Rachel está fora de perigo. Mas por que há policiais por toda parte?

Nick olhou nos olhos de Carlton.

— Vou te contar uma coisa, mas você vai ter que me prometer que isso ficará somente entre nós, ok?

— É claro!

Nick respirou fundo.

— A Rachel não teve uma crise de pedras nos rins. Ela foi envenenada.

— Tipo intoxicação alimentar? — perguntou Carlton, confuso.

— Não. Alguém a envenenou de propósito, com uma toxina.

Carlton olhou para Nick, horrorizado.

— Você não pode estar falando sério.

— Ela não quer fazer muito estardalhaço, mas poderia ter morrido. Os órgãos dela foram parando um a um... nem os médicos sabiam mais o que fazer. Até que finalmente descobrimos que ela tinha sido envenenada.

— Puta merda! Isso é inacreditável. E como vocês descobriram isso?

— Recebemos um bilhete anônimo.

— O quê? Quem poderia querer envenenar a Rachel?

— É isso que estamos tentando descobrir. Graças à minha tia Alix, que é muito amiga do diretor executivo do hospital, o envenenamento virou caso de investigação. Tanto a polícia de Hong Kong quanto a da China estão trabalhando no caso.

Quando o elevador parou no lobby, Nick puxou Carlton para um cantinho.

— Preciso te perguntar uma coisa.... você acha que o Richie Yang seria capaz de fazer uma coisa dessas?

Carlton ficou assustado.

— Richie? Por que ele teria alguma coisa a ver com isso?

— Você o humilhou diante de todos os seus amigos em Paris. A Colette deixou bem claro que prefere você... — começou Nick.

— Você acha que ele envenenou a Rachel para se vingar de mim? Caramba, se isso for verdade, ele é ainda mais doente do que eu imaginava. Eu jamais me perdoarei se isso for verdade.

— É só uma teoria. Estamos tentando pensar em qualquer pessoa que possa ter pelo menos um motivo para fazer uma coisa dessas. É bem provável que a polícia queira conversar com você e com a Colette em algum momento.

— É claro, é claro — disse Carlton, o cenho franzido, chocado.

— Eles sabem que tipo de toxina foi usado?

— Tarquinomida. É uma substância extremamente difícil de se conseguir. É muito usada para tratar pessoas com esclerose múltipla e é produzida apenas em Israel. Dizem que também costuma ser utilizada por agentes do Mossad.

Carlton ficou subitamente pálido.

RESIDÊNCIA DOS BAOS, XANGAI
NAQUELA MESMA NOITE

Bao Gaoliang e a esposa estavam de pé sob o pórtico de sua elegante mansão na Concessão Francesa, despedindo-se de alguns convidados, quando o carro de Carlton chegou em alta velocidade.

— Meu Deus, o imperador decidiu nos agraciar com sua presença! A que devemos tamanha honra? — perguntou Shaoyen, sarcástica, enquanto Carlton caminhava na direção deles.

— Preciso conversar com vocês dois na biblioteca. Agora! — disse ele, entre os dentes.

— Não fale nesse tom com a sua mãe! — repreendeu-o Gaoliang.

— O que aconteceu? Vocês se beijaram e fizeram as pazes? — debochou Carlton, entrando furioso na casa.

— Acabamos de jantar com o embaixador da Mongólia. Diferentemente de você, eu e o seu pai sabemos nos comportar de maneira civilizada um com o outro quando necessário — falou Shaoyen, caindo no sofá e tirando seus saltos Zanotti.

Carlton balançou a cabeça, enojado.

— Não sei como você pode ficar aí sentada com esse vestido de festa fingindo que está tudo bem quando sabe muito bem o que fez!

— Do que você está falando? — perguntou Gaoliang, preocupado.

Carlton virou-se para a mãe com um olhar acusador.

— Você quer contar ou eu conto?

— Não faço a menor ideia do que você está falando! — disse Shaoyen, gélida.

Carlton se virou para o pai, os olhos tomados de raiva.

— Enquanto você estava aí, dando uma festa com a sua esposa, a sua filha, que é *sangue do seu sangue*, está internada num hospital em Hong Kong...

— A Rachel está internada? — interrompeu-o Gaoliang.

— Você não ficou sabendo? Eles tiveram que levá-la de helicóptero de Hangzhou a Hong Kong.

— Mas o que aconteceu? — perguntou Gaoliang, olhando perplexo para o filho.

— Ela foi envenenada. Ficou na UTI por três dias e quase morreu.

Gaoliang ficou boquiaberto.

— E quem teria envenenado a Rachel?

— Não sei... por que você não pergunta para a *mamãe*?

— Shaoyen deu um pulo do sofá.

— *Ni zai jiang shen me pi hua?** Você por acaso parou de tomar seus remédios, Carlton? Está alucinando?

— Eu sei que você estava querendo apenas mandar um recado para ela, mas quase a matou! Não entendo, mãe. *Como você pôde fazer uma coisa dessas?* — esbravejou Carlton, os olhos cheios de lágrimas.

Shaoyen se virou para o marido, perplexa.

— Você acredita nisso? Nosso filho está me acusando de assassinato. Por que você acha que eu tenho alguma coisa a ver com isso, Carlton?

— Eu sei muito bem como você executou esse plano. Não você, é claro, mas um de seus lacaios. A Rachel foi envenenada com tarquinomida... que nós convenientemente começamos a manufaturar para a Opal Pharmaceuticals de Tel Aviv!

— Meu Deus! — exclamou Shaoyen baixinho. Gaoliang parecia incrédulo.

— Você acha que eu não acompanho o que se passa na empresa? Bom, surpresa! Eu acompanho, sim. Eu sei tudo sobre o acordo secreto que você fez com a Opal.

— Temos muitos contratos secretos com milhares de empresas pelo mundo. Sim, a Opal nos encomendou a fabricação de tarquinomida, mas você realmente acha que eu envenenaria a Rachel? Por que eu faria uma coisa dessas?

Carlton encarou a mãe. Seu olhar era acusador.

— Ah, pare com isso! Desde o primeiro dia você ficou contra ela. Preciso explicar tudo?

Gaoliang, irritado com as acusações do filho, finalmente se pronunciou.

— Não seja ridículo, Carlton. ELA NÃO ENVENENOU A RACHEL! Como você ousa fazer tais acusações contra sua própria mãe?

— Pai, você não sabe nem da metade das coisas que a mamãe tem me dito. Se você soubesse o que ela fala a respeito da Rachel...

— Sua mãe pode ter os problemas dela com a Rachel, mas jamais faria nada para machucá-la.

---

* Em mandarim, "Que merda é essa que você está falando?".

Carlton começou a rir, mas era um sorriso amargo.

— Ah, você acha isso mesmo? Você não faz a menor ideia do que a mamãe é capaz de fazer. Claro que não faz... você não faz a menor ideia do que ela fez em...

— CARLTON! — gritou Shaoyen.

— Do que a mamãe fez *em Londres!* — continuou Carlton.

— Do que você está falando? — perguntou Gaoliang.

— Tudo o que foi feito em Londres... foi para te proteger.

Shaoyen correu até o filho, agarrando seus ombros, em pânico.

— CALE A BOCA, CARLTON!

— NÃO! NÃO VOU CALAR A BOCA! Estou cansado de ficar de boca calada e não poder falar sobre isso! — explodiu ele.

— Então fale! O que aconteceu em Londres? — pediu Gaoliang.

— Por favor, Carlton, se você sabe o que é melhor para você, pare agora — implorou Shaoyen.

— Uma garota morreu quando eu bati o carro! — disse Carlton.

— NÃO ESCUTE O QUE ELE DIZ! Ele está bêbado! Está com problemas mentais! — gritava Shaoyen, enquanto tentava colocar a mão sobre a boca do filho.

— Do que você está falando? Eu achei que a garota tivesse ficado paraplégica — disse Gaoliang.

Carlton se desvencilhou da mãe e correu para o outro lado da sala.

— Tinha duas garotas na Ferrari comigo, pai! Uma delas sobreviveu, mas a outra morreu. E a mamãe encobriu tudo. Ela fez o Sr. Tin e seu banqueiro em Hong Kong subornarem todo mundo. Ela não queria que você descobrisse a verdade. Fez tudo isso para proteger a sua preciosa carreira! Ela jamais me deixou falar sobre o assunto. Ela não queria que você soubesse que sou um merda. Mas estou admitindo agora, papai. Eu matei uma garota!

Gaoliang olhou para os dois, horrorizado, enquanto Shaoyen caiu no chão, soluçando.

Carlton continuou:

— Eu jamais vou me perdoar. Isso vai me assombrar pelo resto da minha vida. Mas estou tentando assumir a responsabilidade pelos meus atos, pai. Não posso mudar o passado, mas estou tentando ser uma pessoa melhor. A Rachel me ajudou a enxergar o que estava acontecendo. Só que a mamãe descobriu que ela sabia desse segredo, e esse é o *verdadeiro motivo* pelo qual ela queria ver a Rachel morta!

— Não, não! Isso não é verdade! — gritou Shaoyen.

— Como você se sente, mãe? O segredo foi revelado, e o seu pior pesadelo está se tornando realidade. O nome da nossa família será arruinado, algo que você sempre temeu. Mas não por minha causa, ou por causa da Rachel. Vai ser quando a polícia prender você!!

Carlton saiu enfurecido, deixando a mãe caída no chão, aos soluços, e Gaoliang sentado ao lado dela, com a cabeça entre as mãos.

11

Cemitério Bukit Brown

•

CINGAPURA

Todo ano, no aniversário da morte de seu pai, Shang Su Yi e seu irmão, Alfred, visitavam o túmulo onde seus pais estavam enterrados. Os parentes diretos de Su Yi e alguns familiares mais próximos tradicionalmente se reuniam em Tyersall Park para o café da manhã e então se dirigiam para o cemitério, mas, naquele ano, todos se encontraram antes em Bukit Brown. Astrid chegou cedo, foi direto para lá, logo depois de deixar Cassian na escolinha Far Eastern. Não havia quase ninguém no cemitério mais antigo de Cingapura.

Desde que o cemitério parara de aceitar novos sepultamentos, em 1970, a floresta ao redor havia crescido descontroladamente, tornando o local de descanso eterno dos fundadores de Cingapura uma área preservada e vibrante de natureza paradisíaca, com algumas das plantas e dos animais mais raros da ilha. Astrid adorava passear por ali, admirando os túmulos adornados, diferentes de todos os outros no mundo. As maiores e mais ostentosas tumbas em estilo chinês haviam sido construídas nos declives de montes com curvas suaves, e algumas eram tão grandes quanto entradas de palácios, gabando-se de seus próprios pátios ladrilhados onde os pranteadores podiam se reunir, enquanto outras eram decoradas com coloridos azulejos peranakan e estátuas de tamanho real de guardas Sikhs, Quanyins, ou outras divindades chinesas. Astrid começou a ler as lápides e, lá e cá, ela reconhecia o nome de um pioneiro cingapuriano: Tan Kheam Hock, Ong Sam Leong, Lee Choo Neo, Tan Ean Kiam, Chew Boon Lay. Todos estavam lá.

Precisamente às dez horas, um pequeno comboio de carros invadiu o silencioso cemitério. À frente vinha o Jaguar Vanden Plas de 1990 trazendo a mãe de Astrid, Felicity Leong — a filha mais velha de Su Yi — e seu marido, Harry, seguido pelo pequeno Kia Picanto dirigido pelo irmão de Astrid, Henry Leong Jr.* Então vinha o Daimler *vintage* preto e vinho com a filha mais nova de Su Yi, Victoria, acompanhada por Rosemary T'sien, Lillian May Tan e o bispo de Cingapura. Alguns minutos depois, um Mercedes 600 Pullman preto com os vidros escuros chegou e, antes que a gigantesca limusine parasse completamente, as portas do meio se abriram e dois guardas gurkhas saltaram do carro.

Alfred Shang, um homem baixo e rechonchudo de 70 e tantos anos, com cabelos grisalhos cuidadosamente penteados para esconder as partes calvas, saiu do carro, estreitando os olhos devido à claridade, mesmo protegidos por seus óculos de sol sem aros. Ele ajudou a irmã mais velha, Su Yi, a sair do carro, seguida por suas duas acompanhantes que usavam elegantes vestidos de seda de um azul-pavão iridescente. Su Yi usava uma blusa de cor creme, um cardigã fino cor de açafrão e calças marrom-claro. Com seus óculos de aro de tartaruga, chapéu cloche de palha e luvas marrom de camurça, ela parecia preparada para um dia de jardinagem. Su Yi avistou o bispo See Bei e murmurou com raiva para Alfred:

— A Victoria convidou aquele bispo enxerido outra vez! Eu pedi a ela especificamente que não fizesse isso! O papai vai se revirar no túmulo!

---

* O patrimônio líquido pessoal de Henry Leong Jr. é estimado em 420 milhões de dólares, já que seu pai continua vivo e ele ainda não herdou sua verdadeira fortuna. Por esse motivo, e porque ele viaja diariamente para Woodlands a trabalho, Harry dirige um carro bastante econômico. Sua esposa, a advogada Cathleen Kah (por sua vez herdeira da fortuna dos Kah Chin Kee), caminha da casa deles, que parece um consulado, em Nassim Road até o ponto de ônibus e pega a linha 75 até seu escritório em Raffles Place todos os dias.

Após uma enxurrada de breves saudações, a família caminhou por uma das trilhas mais bem-cuidadas, formando uma procissão bastante imponente com Su Yi à frente de todos, andando sob uma sombrinha de seda amarela bordada sustentada por um dos guardas gurkhas. O mausoléu de Shang Loong Ma ficava na colina mais alta, um local escondido e completamente cercado por árvores. O túmulo não era particularmente monumental se comparado a alguns outros, mas a grande praça circular de azulejos vitrificados e os belos baixos-relevos mostrando uma cena de *Romance dos três reinos* na tumba a tornavam bela de uma forma para lá de especial. À espera deles estavam vários monges budistas em túnicas marrom escuro, e, em frente à praça, uma marquise havia sido preparada com uma enorme mesa com um banquete que brilhava com a prataria e os utensílios de Wedgwood amarelo-claro do século XIX, que Su Yi sempre usava nas ocasiões ao ar livre.

— Nossa! Vamos almoçar aqui? — exclamou Lillian May Tan, olhando para o leitão gordo com uma cereja na boca e para a fila de funcionários uniformizados de Tyersall Park parados ao lado da marquise.

— Sim, a mamãe achou que seria legal comer aqui para variar — disse Victoria.

A família se reuniu em frente ao túmulo, e os monges budistas começaram a entoar um canto. Quando terminaram, o bispo recitou uma pequena prece pelas almas de Shang Loong Ma e sua esposa, Wang Lan Yin, torcendo para que, muito embora nunca tivessem sido batizados, suas boas ações e contribuições para Cingapura significassem menos sofrimento com a condenação eterna. Victoria balançou a cabeça em aprovação enquanto ele rezava, ignorando o olhar fulminante de sua mãe.

Quando o bispo terminou, as criadas tailandesas entregaram a Su Yi e a Alfred pequenos baldes de prata com água, sabão e escovas de dente, e os dois irmãos mais velhos da família Shang se aproximaram do túmulo e começaram a limpar as lápides. Astrid sempre ficava comovida com esse gesto de piedade filial, quando sua avó de mais de 90 anos se ajoelhava e limpava os menores cantinhos de um painel intrincadamente detalhado com todo o cuidado.

Depois de finalizado o ritual de limpeza, Su Yi colocou um buquê de suas estimadas orquídeas olhos de boneca em frente à lápide de seu pai, enquanto Alfred posicionava um vaso de camélias ao lado da lápide de sua adorada mãe. Então foi a vez de cada membro colocar oferendas de comida fresca e doces ao lado do túmulo. Quando a cornucópia de alimentos havia sido posicionada como uma pintura de Caravaggio, os monges budistas acenderam incensos e murmuraram algumas orações finais.

A família então se encaminhou para a tenda, para o almoço. Quando Alfred Shang passou por Harry Leong no caminho até a mesa, tirou um pedaço de papel dobrado do bolso da calça e disse:

— Ah, aqui está aquela informação que você queria. Para que tudo isso? Tive que me esforçar mais do que esperava.

— Explico mais tarde. Você vai estar em Tyersall no jantar de sexta à noite, não vai?

— E eu tenho escolha?

Alfred riu entre os dentes.

Harry se sentou à mesa e passou os olhos rapidamente pelo papel, depois o guardou e começou a saborear o primeiro prato, uma sopa fria de feijão mungo.

— Então, Astrid, ouvi dizer que você acabou de voltar de Paris. A cidade estava linda como sempre? — perguntou Lillian May Tan.

— Maravilhosa. A maior surpresa foi encontrar Nicky lá.

— Nicky! É mesmo? Não o vejo há uma eternidade!

Astrid olhou ao redor para ter certeza de que sua avó não conseguiria ouvir.

— Sim, ele estava lá com a Rachel. Tivemos uma noite bastante animada.

— Me conte... como é a esposa dele? — perguntou Lillian May em voz baixa.

— Sabe, eu realmente gosto da Rachel. Mesmo se ela não fosse casada com o Nicky, com certeza seria minha amiga. Ela é bem...

Naquele momento, ela sentiu um leve toque em seu ombro. Era uma das criadas de Su Yi, que sussurrou:

— Sua avó pediu para você parar de falar do Nicholas *agora*, ou então sair da mesa dela.

*

Depois do almoço, quando todos estavam voltando para seus carros, Harry caminhou ao lado de Astrid e perguntou:
— Você ainda tem contato com aquele Charlie Wu?
— Sim, de vez em quando... por quê?
— O tio Alfred acabou de me contar uma coisa muito interessante. Lembra que você me perguntou se eu tinha comprado a primeira empresa do Michael? Bom, resolvi investigar, já que sempre achei estranho ele ter conseguido vender aquela companhia por tanto dinheiro.
— Ah, e o Charlie ajudou você?
— Não, Astrid... Foi o Charlie que comprou a empresa.
Astrid parou de repente.
— Isso é uma piada, não é?
— Claro que não. A grande piada é que o Charlie Wu pagou secretamente 3 milhões de dólares por uma *startup* de tecnologia minúscula.
— Pai, você tem certeza absoluta disso?
Harry pegou o pedaço de papel no bolso e o mostrou para Astrid.
— Olhe, foi muito difícil conseguir essa informação. Nem mesmo nossos melhores funcionários do financeiro chegaram a uma conclusão, então tive que pedir ajuda ao tio Alfred, e você sabe que ele nunca se engana. Charlie com certeza se desdobrou para esconder isso em uma complexa rede de corporações de fachada, mas você pode ver aí. Esse documento é uma prova clara. Agora, o que ele está planejando? É isso que eu quero saber.
Astrid olhou para o papel sem acreditar.
— Pai, por favor... por favor, não mencione nada disso para o Michael ou para qualquer outra pessoa até eu saber mais a respeito.
Todos foram embora, mas Astrid permaneceu no cemitério. Ela ficou sentada dentro do carro, com o ar-condicionado ligado no máximo por alguns minutos, preparando-se para sair, mas então desligou o motor e saltou do veículo. Precisava caminhar. Sua cabeça girava, e ela queria desesperadamente entender a informação chocante que havia acabado de receber. Por que será que Charlie havia comprado a empresa de seu marido? E por que nunca havia lhe contado nada? Será que Charlie e Michael tinham algum acordo

secreto e esconderam isso dela esse tempo todo? Ou haveria algum esquema mais sinistro que ela não podia sequer imaginar? Astrid não sabia o que pensar, mas tinha consciência de que se sentia traída por Charlie. Ela havia compartilhado tudo com ele, e Charlie a enganara. Será que seria capaz de confiar nele novamente?

Astrid andou por um caminho coberto de vegetação em direção à parte mais profunda do bosque, passando por trepadeiras suspensas em gigantescas coreutérias e antigas lápides cobertas de musgo. Os pássaros cantavam alto acima dela, e pequenas borboletas iam e voltavam de grandes samambaias. Finalmente ela conseguia respirar outra vez. Astrid se sentia completamente à vontade naquele bosque — era bem parecido com o bosque onde ela passara sua infância brincando, em Tyersall Park. Em uma clareira onde raios de sol surgiam por entre a folhagem verdejante, encontrou uma pequena lápide escondida entre as raízes de uma grande figueira-de-bengala. Havia uma escultura distinta de um querubim ajoelhado sobre o túmulo, com as gigantescas asas abertas e arqueadas acima da cabeça. Havia um pequenino retrato oval em tons sépia de um menino com uma expressão sincera, usando um terno branco, bem no centro do vidro da lápide. Provavelmente tinha a mesma idade de Cassian quando morreu. Havia algo de muito trágico e ao mesmo tempo belo naquela sepultura, e Astrid se lembrou dos túmulos no Cemitério do Père-Lachaise, em Paris.

Em uma de suas frequentes viagens quando moravam em Londres durante a época da faculdade, Charlie havia lhe mostrado a tumba de Abelardo e Heloísa. Quando finalmente chegaram à grandiosa sepultura, eles a encontraram cercada de cartas de amor, e Charlie explicou:

— Abelardo foi um grande filósofo no século XII contratado para ensinar Heloísa, uma jovem aristocrata, sobrinha de Canon Fulbert, cânone de Notre-Dame. Eles se apaixonaram e viveram um romance, então Heloísa engravidou, e os dois se casaram em segredo. Quando tio dela descobriu o relacionamento, mandou castrar Abelardo e enviou Heloísa para um convento. Eles nunca mais puderam se ver, mas trocaram cartas apaixonadas pelo resto de suas vidas, cartas que estão entre as mais famosas da história.

Os ossos dos amantes foram finalmente reunidos aqui em 1817, e, desde então, apaixonados de todos os cantos do mundo deixam cartas nessa tumba.

— Ah, que romântico! — suspirou Astrid. — Você promete que nunca vai parar de me mandar cartas de amor?

Charlie beijou as mãos dela, e declarou:

— Prometo que nunca irei parar de mandar cartas de amor para você, Astrid. Até meu último dia de vida.

Astrid, parada ali, no meio da floresta, relembrando as palavras de Charlie, teve a sensação de que podia ouvir as árvores falando com ela. Nas partes mais ocas da casca, no farfalhar das folhas, ela podia ouvi-las dizer: *Ele fez por amor, ele fez por amor*. E então tudo ficou tão claro. Charlie havia comprado a empresa do Michael para ajudar a salvar o casamento dela. Ele havia pagado centenas de milhões além do necessário porque queria que Michael tivesse sua própria fortuna, queria dar a ele a chance de superar aquele sentimento de inferioridade. Era um ato de amor, puro e despretensioso. Tudo o que Charlie vinha fazendo havia três anos começou a ganhar sentido naquele momento — aconselhá-la a esperar pelo menos um ano antes de aceitar o divórcio... Ele havia dito *Tenho a sensação que Michael pode mudar de ideia*. Michael havia mudado de ideia, mas não como ela imaginara. Ele havia se transformado em um homem irreconhecível. O soldado modesto e despretensioso tornara-se um bilionário maníaco e audacioso. E queria que ela se transformasse em um tipo diferente de esposa, para combinar com ele. Astrid percebia quanto havia sofrido para se transformar para Michael e não queria mais fazer isso. O que ela realmente desejava, o que sempre quisera, mas não conseguira perceber até aquele momento, era alguém que a amasse como ela era. Alguém como Charlie. Ah, Charlie. Em outra vida eles poderiam ter sido felizes juntos. Se ela pelo menos não tivesse partido o coração dele da primeira vez. Se ela tivesse sido mais forte e enfrentado os pais. Se ele não fosse casado e tivesse duas lindas filhas. Se.

12

Mar Vista

•

LOS ANGELES, CALIFÓRNIA

— Quando foi a última vez que você os viu? — perguntou Corinna para Kitty quando estavam confortavelmente sentadas no Tesla que fora enviado para buscá-las no aeroporto.

— Há três semanas. Tento passar uma semana por mês aqui, mas, sinceramente, tem sido bem difícil por conta da rotina da minha filha.

— Então *é* verdade. O Bernard e a sua filha estão aqui em Los Angeles para se tratar?

Kitty soltou uma risada cansada.

— Não tenho ideia de como esse boato começou. O Bernard esteve aqui para um tratamento, mas não é nada do que você está pensando.

— Que tipo de doença rara ele tem? — perguntou Corinna, arregalando os olhos.

Respirando profundamente, Kitty começou a contar sua história:

— Tudo começou assim que nos casamos em Las Vegas. Ficamos lá por alguns dias, e uma noite fomos assistir ao último filme do Batman. Eu não tinha percebido até então quanto Bernard era obcecado pelo Batman. Ele se achava a versão asiática do Bruce Wayne. Com toda aquela obsessão doentia por carros exóticos e design de interiores, eu devia ter notado. Então, quando voltamos para

Hong Kong, o Bernard colocou na cabeça que queria ficar parecido com o ator que fazia o Batman. Ele achou um cirurgião plástico maravilhoso que supostamente era especialista em fazer com que as pessoas ficassem parecidas com celebridades. Era um médico de Seul. Conversamos muito sobre o assunto e... nossa... eu não me importaria se o meu marido ficasse parecido com um ator bonito. Achei que era algo bastante empolgante, na verdade. Mas então...

— Meu Deus, a cirurgia deu errado, não foi? — perguntou Corinna, na beirada de seu assento.

— Não, a cirurgia na verdade correu perfeitamente. Mas houve um erro gigante da equipe de preparo antes da cirurgia acontecer. Foi um erro de computador... as cirurgias mais avançadas na Coreia são todas auxiliadas por computador atualmente, e o programa de imagem AutoCAD 3D que estava "projetando" o novo rosto do Bernard recebeu a informação errada. Foi uma questão linguística... a enfermeira entendeu o nome errado antes da cirurgia e digitou o nome do ator errado no computador. Então as impressões anatômicas que fizeram estavam erradas, e todos os implantes foram fabricados para o rosto errado. O Bernard saiu da cirurgia nada parecido com o que havia imaginado.

— Tenho que perguntar... qual foi o ator com quem a enfermeira se confundiu?

Kitty suspirou.

— Ele queria ficar parecido com o Christian Bale, mas a enfermeira escutou *Kristen Bell*.

O queixo de Corinna caiu.

— Aquela atriz loira engraçadinha?

— Sim. Eles tinham outro paciente de Hong Kong que estava em transição de homem para mulher... Foi um erro bobo.

— É por isso que o Bernard tem se escondido de todos na Ásia?

— Não. Quer dizer, no começo, sim, mas esse não é mais o principal motivo. O Bernard e eu viemos para Los Angeles para que ele pudesse fazer uma cirurgia plástica corretiva. Ele encontrou um ótimo médico que aos poucos tem transformado o rosto dele para que volte ao que era antes. Mas agora o problema é maior do que isso.

— O que você quer dizer?

— Essa experiência fez o Bernard se transformar completamente. Não apenas fisicamente, mas psicologicamente. Você vai entender quando vê-lo.

Nesse momento, elas chegaram à pequena propriedade, que parecia uma casa de campo inglesa em Mar Vista, onde uma garotinha e um homem estavam praticando ioga no jardim com um instrutor alto e loiro.

— Meu Deus... essa garotinha fofa é sua filha? — perguntou Corinna, olhando para a menina com uma trancinha no cabelo executando uma postura perfeita de ioga.

— Sim, essa é a Gisele. Aqui, passe um pouco desse álcool gel orgânico antes de falar com ela.

Assim que o carro parou, Gisele veio correndo na direção delas.

— Você usou o álcool? — gritou Bernard com urgência na direção de Kitty.

— Claro — respondeu Kitty, dando um abraço apertado na filha. — Minha querida! Senti tanto sua falta!

— Você não devia dizer isso! Não queremos despertar apego emocional — repreendeu-a Bernard. — E você só devia falar com ela em mandarim. Eu fico com inglês e cantonês, lembra?

— *Hoy es el día de español, no?* — perguntou a garotinha, franzindo a testa.

— Meu Deus, ela fala espanhol tão bem já! Quantas línguas ela está aprendendo? — Corinna quis saber.

— Apenas cinco por enquanto... ela tem uma babá colombiana de meio período que só fala com ela em espanhol, e o nosso chef é francês — explicou Kitty. — Gisele, essa é a tia Corinna. Venha dizer oi para ela?

— *Buenos día, tía Corinna* — cumprimentou-a Gisele com doçura.

— Ela vai começar a aprender russo quando fizer 3 anos — disse Bernard, aproximando-se para cumprimentar as mulheres.

— Bernard, meu Deus, quanto tempo! — disse Corinna, tentando não parecer tão chocada ao observar o novo rosto dele. O homem que ela vira tantas vezes em eventos de gala havia se transformado de uma forma que ela jamais poderia ter imaginado. Seus traços arredondados cantoneses haviam sido substituídos por um maxilar angular, que não combinava nada com o minúsculo nariz arrebitado. As maçãs do rosto estavam pronunciadas, mas seus olhos eram estranhamente delicados e levantados nos cantos. *Ele parece uma mistura do Jay Leno com aquela garota que fez a Hermione nos filmes do Harry Potter,* pensou Corinna, sem conseguir tirar os olhos do rosto dele.

— Vamos, está na hora da sessão de terapia craniossacral da Gisele, depois nós almoçamos — disse Bernard, guiando todas para dentro da casa.

Corinna já estava bastante chocada ao ver que Bernard Tai, que havia crescido em mansões gigantescas, acostumado aos maiores superiates, estava morando em um local tão modesto. Mas nada a teria preparado para o que viu ao entrar na casa. A sala de estar havia sido transformada em uma espécie de clínica, com vários tipos de aparelhos médicos por todos os lados, e Gisele se deitou quietinha em uma maca de massagem profissional enquanto um especialista começava a massagear gentilmente sua cabeça. Ao lado, havia uma alcova que parecia uma sala de aula escandinava, com bancos simples de madeira clara e pequenas mesas, almofadas de tecido de cânhamo espalhadas pelo chão e uma parede de cortiça na qual dezenas de desenhos infantis e pinturas a dedo estavam pendurados.

— Aqui costumava ser a sala de jantar, mas, já que sempre fazemos as refeições na cozinha, transformamos o cômodo em um espaço de aprendizado. A turma de codificação da Gisele se reúne aqui três vezes na semana. Vamos, vou mostrar o seu quarto, onde você pode descansar até a hora do almoço — disse Bernard para Corinna.

Corinna tentou tirar algumas coisas da mala em seu quarto apertado. Ela retirou a lata de doces Almond Roca que havia comprado e voltou para o primeiro andar, onde encontrou a família já sentada em torno de uma mesa de madeira em estilo campestre em um deque no pequeno pátio.

— Trouxe um presentinho pra você, Gisele — falou Corinna. Ela entregou a lata cor-de-rosa brilhante com uma tampa de plástico para a menina de 2 anos e meio, que olhou para aquilo com uma expressão bastante confusa.

— *Wah lao!* Plástico! Não toque nisso, Gisele! — retrucou Bernard, arfando de pânico.

— Ah, me desculpe, esqueci de avisar... nessa casa não entra plástico — sussurrou Kitty para Corinna.

— Não tem problema. Vou dar só os doces para ela e vou sumir com a embalagem — falou Corinna, com toda calma.

Bernard virou-se para Corinna com um olhar fulminante.

— A Gisele está numa dieta paleolítica orgânica. Só come alimentos vindos direto do campo, sem açúcar e sem glúten.

— Sinto muitíssimo... não fazia a menor ideia.

Ao ver a expressão de Corinna, Bernard se compadeceu um pouco.

— Sinto muito. Acho que as visitas, principalmente as que vêm da Ásia, não estão preparadas para nosso estilo de vida. Mas espero que você aprecie a comida consciente e nutritiva que consumimos nessa casa. Temos nossa própria fazenda em Topanga, onde plantamos todos os nossos alimentos. Tome, experimente um pouco dessa abóbora recheada com erva-doce. Colhemos ontem. Gisele colheu a erva-doce com as próprias mãos, não foi, querida?

— *Sólo comemos lo que cultivamos* — respondeu Gisele em tom alegre, começando a mastigar cuidadosamente as pequenas fatias de filé mignon ao ponto para meio malpassado, de animais que pastavam livremente.

— Acho que você não irá tomar o Johnnie Walker Black Label que eu trouxe para você — concluiu Corinna.

— Me sinto muito honrado com o seu gesto, mas atualmente só tomo água de osmose reversa — disse Bernard.

Me sinto muito honrado com o seu gesto? Meu Deus, olhe o que acontece com os homens de Hong Kong quando eles se mudam para a Califórnia, pensou Corinna, horrorizada.

Depois que Corinna, educadamente, engoliu a refeição mais sem graça de toda a sua vida, foi até a entrada, onde observou Bernard ajudar Gisele a colocar seus tênis TOMS e seu pequenino chapéu de cânhamo.

Kitty tentou convencer Bernard:

— Acabamos de chegar. Será que a Gisele não podia faltar à sessão de hoje e ficar com a gente? Quero levá-la para comprar umas roupinhas fofas na Fred Segal.

— Você não vai mais comprar nenhuma roupa naquele templo do materialismo. Na última vez, você comprou aqueles vestidinhos cor-de-rosa de princesa e acabamos doando tudo para a Missão de Resgate da União. Realmente não quero que ela use roupas que reforcem estereótipos de gêneros e narrativas de contos de fada.

— Certo, então não podemos levá-la à praia ou algo assim? Podemos ir à praia, não? A areia não tem glúten ou nada do tipo, não é?

Bernard puxou Kitty para um canto e disse numa voz sussurrada:

— Acho que você não entende o quanto essas sessões de atenção plena duas vezes por semana na câmara de privação sensorial são necessárias para a Gisele. O profissional de reiki me disse que ela ainda está sofrendo com questões de ansiedade por causa do trauma de passar pelo canal endocervical.

— Você está de brincadeira? Caso não se lembre, eu estava lá quando ela nasceu, Bernard. O verdadeiro trauma foi ela ter assassinado o *meu* canal endocervical porque você não me deixou tomar anestesia.

— Shhh! Você quer aumentar a culpa reprimida dela? — perguntou Bernard, em um sussurro rápido. — De qualquer forma, voltamos às seis. A sessão em Venice dura só 45 minutos, e então ela terá uma hora para brincar com seus amigos-reais-de-imersão em Compton.

— Então por que isso leva cinco horas?

Bernard lançou um olhar irritado para Kitty.

— Trânsito, claro. Sabe quantas vezes preciso usar a estrada 405?

Depois de dizer *adiós* para Gisele enquanto ela era colocada com todo cuidado no assento especialmente criado para o Tesla de Bernard, Kitty e Corinna se sentaram para conversar.

— Agora entendo por que você disse que eu teria que ver com meus próprios olhos. Quando foi que as coisas ficaram tão ruins?

Kitty olhou com tristeza para Corinna.

— Tudo começou quando o Bernard fez as primeiras cirurgias corretivas em Los Angeles. Ele passava muito tempo na clínica do Dr. Goldberg e fez algumas amizades na sala de espera... principalmente com essas jovens mães supercompetitivas de Westside. Uma delas o convidou para um retiro de fim de semana em Sedona, e isso foi o bastante. Ele voltou bem mudado para Cingapura, declarando que queria parar com todas as cirurgias e aceitar seu novo rosto. Ele explicou sobre seu terrível trauma de infância, que o pai o ignorava e só lhe dava dinheiro, e que sua mãe era tão obcecada com a igreja que não se importava com ele. Ele queria desfazer todos os danos causados por gerações, queria ser um pai consciente e esclarecido. O primeiro ano depois do nascimento da Gisele foi o pior. Bernard fez com que a gente se mudasse para Los Angeles quando a Gisele tinha só dois meses... ele achava que Cingapura ia ser um lugar muito tóxico para ela, que os pais seriam tóxicos para ela. Aqui, eu fiquei completamente isolada, com Bernard em cima de mim o tempo todo, policiando tudo o que eu fazia. Tudo o que eu fazia era errado... eu sempre expunha o bebê a algo. Quero dizer, a única coisa a que eu expunha a Gisele eram meus seios! Fomos a cerca de cinquenta especialistas diferentes por semana para resolver cada probleminha. A gota d'água foi quando ele redesenhou o nosso quarto para levar em conta o padrão de sono da Gisele. Eu não conseguia dormir lá com todas aquelas luzes de LED estranhas, o ar purificado além do normal, e Mozart tocando no berço dela a noite toda. Foi quando passei a voltar para Hong Kong todo mês. Eu não aguentava mais. Olhe como vivemos!

— Fiquei muito surpresa quando paramos em frente a essa casa — comentou Corinna.

— Nós saímos da nossa mansão em Bel Air porque o Bernard quer que a Gisele esteja pronta "para o mundo real". E ele acha que, vivendo num lugar mais simples, ela terá mais chance de ser aceita em Harvard.

— E o Bernard quer saber o que *você* quer para a sua filha?

— Não tenho nenhum controle sobre a situação, porque aparentemente sou burra demais para entender as coisas. Sabe, na verdade eu acho que o Bernard prefere quando estou na Ásia. Acho que ele tem medo de que, de alguma forma, eu torne essa criança mais burra. Ele nem liga mais se eu existo. O foco é todo para sua preciosa filha, 24 horas por dia.

Corinna olhou para Kitty com simpatia.

— Acredite em mim. Não estou falando como sua consultora social, e sim de mãe para mãe... se você realmente quer que a sua filha cresça de forma normal, se quiser que ela tenha seu espaço de direito na sociedade asiática, você tem que pôr um fim nisso.

— Eu sei. Tenho trabalhado em um plano.

— Fico feliz em ouvir isso. Porque, se o *Dato'* Tai Toh Lui pudesse ver como sua única neta está sendo criada, ele se reviraria no túmulo! Essa garotinha deveria ter um quarto em Queen Astrid Park ou na Deep Water Bay. Um quarto que fosse maior do que essa casa inteira, e não dormir com os pais todas as noites! — declarou Corinna, com a voz tremendo de convicção.

— Amém.

— Essa garotinha precisa ser criada de forma correta... por uma equipe de babás cantonesas sensatas, e não por pais interferentes! — Corinna bateu na mesa com a mão.

— Exatamente!

— Essa garotinha deveria estar vestindo roupinhas lindas da Marie-Chantal e sendo levada para chás da tarde no Mandarin, e comendo macarons rosas brilhantes toda semana!

— Sem dúvida! — berrou Kitty.

13

Triumph Towers

•

THE PEAK, HONG KONG

Nick e Rachel estavam sentados lado a lado nas espreguiçadeiras da varanda, de mãos dadas, observando a vista magnífica. A cobertura de Eddie era como o esconderijo de um falcão no topo de The Peak, e, abaixo deles, esparramavam-se os dramáticos arranha-céus da cidade, seguidos quase imediatamente pela água azul cintilante do porto Victoria.

— Nada mau, hein — comentou Nick, aproveitando a brisa fresca sobre a pele aquecida pelo sol.

— Certamente nada mau — concordou Rachel. Fazia dois dias que ela havia recebido alta do hospital e estava aproveitando cada momento ao ar livre. — Sabe, quando o Eddie insistiu para que ficássemos com ele, já que Fiona e as crianças não estariam por aqui, fiquei um pouco assustada. Mas tudo está sendo bem agradável. Ele não estava brincando quando disse que passar um tempo aqui seria o mesmo que estar em Villa d'Este.

E, como se seguindo uma deixa, Laarni, uma das ajudantes, chegou à varanda com dois drinques Arnold Palmers completos, com cubos de gelos gigantescos e guarda-chuvas de papel.

— Meu Deus, Laarni, você não precisava fazer isso! — disse Rachel.

— O senhor disse que você precisa tomar muito líquido para se recuperar — justificou-se Laarni com um sorriso cordial.

— Sabe, eu nunca pensei que fosse dizer isso, mas eu podia até viver assim. A Laarni é maravilhosa. Sabe o que ela tentou fazer ontem quando fui almoçar com o Carlton? Ela fez questão de descer comigo até a entrada, onde o chofer do Eddie estava esperando. Então abriu a porta do carro e, depois que eu entrei, ela de repente se abaixou, alcançou algo e AFIVELOU MEU CINTO DE SEGURANÇA PARA MIM!

— Ah, sim, o cinto de segurança. Acho que nunca haviam feito isso por você antes — comentou Nick, com toda calma.

— Jesus, por um segundo achei que ela estivesse dando em cima de mim... fiquei chocada! Eu perguntei: "Laarni, você faz isso com o Eddie e a Fiona também?" Ela respondeu: "Sim, senhora, faço isso com a família toda." Seus primos são tão mimados que não sabem nem colocar os próprios cintos de segurança! — retrucou Rachel, fingindo estar indignada.

— Bem-vinda a Hong Kong — disse Nick.

O celular de Rachel tocou, e ela o atendeu.

— Oh! Olá, pai... Sim, sim, obrigada. Sim, sem dúvida. Lá pelas cinco? Sim, estamos livres... Ok, então. Boa viagem.

Rachel desligou o celular e olhou para Nick.

— Meu pai está vindo para Hong Kong hoje e quer saber se podemos encontrá-lo.

— O que você quer fazer? — perguntou Nick. Nos últimos dias, Carlton contara a eles tudo o que havia acontecido quando ele voltou correndo para Xangai e confrontou os pais, e desde então Rachel e Nick haviam recebido apenas silêncio dos Baos.

— Eu *gostaria* de me encontrar com ele, mas seria um pouco estranho, não? — questionou Rachel, com uma expressão não tão tranquila.

— Bem, tenho certeza de que ele está mais incomodado do que você. Quero dizer, a esposa dele é uma das principais suspeitas do envenenamento. Mas pelo menos ele está tentando fazer alguma coisa vindo te ver.

Rachel balançou a cabeça com tristeza.

— Deus, está tudo errado. Por que as coisas sempre ficam doidas quando a gente vem para a Ásia? Não precisa responder.

— Você se sentiria melhor se ele viesse até aqui? Tenho certeza de que o Eddie adoraria ter a oportunidade de ostentar os móveis Biedermeier dele ou o closet de sapatos com controle de umidade.

— Meu Deus, aquele closet! Você reparou que todos os sapatos dele estavam organizados na ordem alfabética das marcas?

— Reparei. E você achava que *eu* era obsessivo com os meus sapatos.

— Nunca mais vou falar mal dos seus hábitos obsessivos esquisitos de novo, não agora que conheço de fato Edison Cheng.

Às cinco e quarenta e cinco, Eddie estava correndo pelo apartamento como um alucinado, gritando com suas empregadas.

— Laarni, essa é a canção errada! Eu disse *Bebel* Gilberto, não Astrud Gilberto! — gritou Eddie. — Não quero a merda da "Garota de Ipanema" tocando quando Bao Gaoliang chegar... ele é um dos meus clientes mais importantes! Eu quero a segunda música do disco *Tanto Tempo*!

— Desculpe, senhor — disse Laarni do outro cômodo, enquanto tentava, muito nervosa, encontrar a música certa no aparelho de som Linn. Ela mal sabia como a coisa funcionava, e era ainda mais difícil usar o controle remoto com as luvas que o Sr. Cheng a fazia calçar toda vez que chegava perto do seu precioso estéreo, que ele sempre comentava que valia mais do que a vila inteira dela em Maguindanao.

Eddie entrou pisando firme na cozinha, onde duas empregadas chinesas estavam sentadas em frente à pequena televisão assistindo a *Fei Cheng Wu Rao*.* Elas saltaram dos bancos assim que ele entrou.

— Li Jing, o caviar está pronto? — perguntou ele, em mandarim.

— Sim, Sr. Cheng.

— Me deixe ver.

Li Jing abriu o refrigerador sub zero e, com toda pompa, pegou o caviar Sterling que ocupava uma prateleira inteira.

---

* Programa extremamente popular para encontrar namorado, conhecido em inglês por *If You Are the One*. Uma revolta popular ocorreu depois que um pretendente pobre perguntou a uma pretendente se ela andaria de bicicleta com ele em um encontro, e ela respondeu: "Preferiria chorar em uma BMW a sorrir em uma bicicleta!"

— Não, não, não! Você não deve colocar tudo no refrigerador! Apenas o caviar deve ser resfriado! Não quero que a bandeja inteira fique suando como uma puta cambojana quando for tirada da geladeira! Agora, seque-a e deixe do lado de fora. Assim que o nosso importante convidado político chegar, você coloca o gelo aqui, está entendendo? E então você coloca a tigela de vidro com o caviar em cima dela. Assim, viu? E verifique se está usando o gelo triturado do refrigerador, não o gelo em cubos da máquina de gelo, ok?

Essas empregadas são inúteis, completamente inúteis, lamentou Eddie para si mesmo ao caminhar de volta para seu closet especial. Não ajudava em nada as empregadas não renovarem seus contratos depois do primeiro ano. Ele havia tentado roubar alguns dos empregados meticulosamente treinados de sua Ah Ma enquanto estava em Cingapura, mas aqueles criados eram mais leais que os nazistas.

Eddie verificou se sua jaqueta com padrão de espinha de peixe tinha algum fiapo pela décima vez em seu espelho suntuoso. Para combinar, estava usando uma calça jeans Dsquared apertada, com a intenção de parecer mais casual. A campainha tocou de repente. Que merda! Bao Gaoliang havia chegado mais cedo!

— Laaaarni, coloque a música! Charity, acenda as luzes de adereço! E, Charity, você está com o cabelo mais arrumado... atenda a porta! — gritou Eddie, ao correr para a sala de estar formal. Nick observou com espanto quando o primo começou a dar golpes de caratê em todas as almofadas, tentando freneticamente criar uma aparência perfeitamente curva.

Rachel, enquanto isso, foi até a porta.

— Eu atendo, Charity.

— Nicky, você precisa treinar a sua esposa para deixar as criadas fazerem a obrigação delas — falou Eddie para o primo, em voz baixa.

— Eu não sonharia em mudá-la — respondeu Nick.

— *Hiyah,* isso é o que acontece quando você vai morar nos Estados Unidos — comentou Eddie, com certo desprezo.

Rachel abriu a porta e, à sua frente, estava seu pai, parecendo dez anos mais velho. Seu cabelo não estava meticulosamente penteado como de costume, e seus olhos estavam caídos. Ele a abraçou com força, e Rachel soube naquele momento que não havia nada nele que pudesse deixá-la desconfortável. Eles entraram na sala de estar formal de braços dados.

— Bao *Buzhang*, é uma honra ter o senhor em minha casa — cumprimentou-o Eddie, cordialmente.

— Muito obrigado por me receber tão em cima da hora — disse Gaoliang, antes de voltar o olhar carinhoso para Rachel. — Estou tão aliviado de ver você tão bem. Sinto muito que essa viagem tenha se tornado algo tão ruim para você. Realmente não era o que eu tinha em mente quando a convidei para vir à China. Não estou falando apenas do seu, hã, incidente. Estou falando de mim também, e de todas as complicações que me impediram de passar mais tempo com você.

— Está tudo bem, pai. Não me arrependo de ter vindo... gostei muito de conhecer o Carlton.

— Sei que ele sente o mesmo. Aliás, devo agradecer-lhe o que fez por Carlton em Paris.

— Não foi nada — respondeu Rachel, com modéstia.

— O que me traz ao assunto pelo qual estou realmente aqui. Veja, eu sei que essa é uma situação estranha para vocês dois. Tive muitas reuniões nos últimos dias com o comissário de polícia em Hangzhou e acabei de me encontrar com o seu equivalente em Hong Kong, o comandante Kwok. Agora, acredito com todo meu coração que minha mulher não tem ligação nenhuma com o seu envenenamento. Acho que não é surpresa nenhuma para você que Shaoyen tem enfrentado alguns problemas com sua a visita, e eu só posso culpar a mim mesmo por isso. Não lidei bem com as coisas. Mas ela não é o tipo de pessoa que machucaria alguém.

Rachel concordou, balançando a cabeça diplomaticamente.

Gaoliang suspirou.

— Farei tudo que estiver ao meu alcance para ajudar a descobrir quem foi o responsável por esse terrível crime. Eu sei que a polícia de Pequim tem vigiado Richie Yang 24 horas por dia, e Hangzhou inteira foi revirada na investigação. Tenho certeza de que a polícia está mais perto da verdade a cada hora que passa.

Todos permaneceram em silêncio, sem saber ao certo como agir após o monólogo de Gaoliang, e foi justamente naquele instante que Li Jing decidiu entrar na sala de estar empurrando um carrinho de prata com o caviar. Eddie percebeu, irritado, que o fundo estava preenchido com cubos de gelo em vez do gelo triturado que ele havia pedido. A tigela de vidro acabou ficando um pouco desalinhada em cima dos cubos, e ele tentou não se distrair com isso. Charity seguia com uma garrafa recém-aberta de Krug Clos d'Ambonnay e quatro taças de champanhe. Mas que merda! Ele havia dito para as criadas pegarem as taças vintage Venini, e não as Baccarat de sempre!

— Aceita caviar e champanhe? — ofereceu Eddie, tentando aliviar a tensão, ao mesmo tempo que olhava de forma fulminante para Charity, que se perguntava por que ele estava tão chateado. Teria ela trazido o champanhe cedo demais? Eddie dissera para servi-lo oito minutos depois que o importante convidado chegasse, e ela havia controlado o tempo precisamente no relógio carrilhão. O patrão estava olhando para as taças de champanhe. Ah, merda, ela havia apanhado as taças erradas.

Rachel e Nick se serviram de um pouco de caviar e champanhe, mas, quando ofereceram a Gaoliang uma taça, ele fez que não educadamente.

— Não vai querer champanhe, Bao *Buzhang*? — perguntou Eddie, um tanto decepcionado. Ele teria servido apenas o Dom, se fosse só para Nick e Rachel.

— Não, mas aceitaria um copo de água quente.

Esses continentais e essa mania de tomar água quente!

— Charity, por favor, traga um copo de água quente para o Sr. Bao imediatamente.

Gaoliang olhou para Nick e Rachel.

— Quero que ambos saibam que Shaoyen tem cooperado cem por cento com os investigadores. Ela passou por incontáveis horas de interrogatório e entregou todos os vídeos de segurança da nossa fábrica em Shenzhen, onde os medicamentos são fabricados, para que a polícia possa analisar tudo.

— Obrigada por vir até aqui me contar tudo isso, pai. Sei que deve ser muito difícil para você — disse Rachel.

— Mas isso não é nada comparado a tudo pelo que você passou!

Charity entrou na sala trazendo uma bandeja com uma garrafa de cristal com água quente e uma das antigas taças Venini. Ela colocou a bandeja ao lado de Bao Gaoliang, e, antes que Eddie pudesse processar completamente o que estava acontecendo, começou a despejar a água fervente no antigo vidro veneziano de 80 anos. Um estilhaçar agudo foi ouvido quando o vidro começou a trincar.

— Nãooooooo! — gritou Eddie de repente, pulando do sofá e derrubando o carrinho com o caviar. Um milhão de pequeninas ovas de peixe saíram voando pelo antigo e desbotado tapete Savonnerie, e, quando as outras criadas correram para ver o que estava acontecendo, Eddie olhou para baixo em pânico e começou a bufar.

— Não se mexam! Esse tapete me custou 950 mil euros num leilão! Ninguém se mexa!

Rachel se virou para Laarni e perguntou com calma:

— Você tem um aspirador de pó Dustbuster?

Depois que o incidente com o caviar foi resolvido sem causar danos ao tapete, o grupo levou seus drinques para o terraço, para aproveitar o pôr do sol. Agora que Gaoliang havia dito tudo que precisava dizer, a tensão se aliviara consideravelmente. Eddie estava parado ao lado de Gaoliang, mostrando as casas de todos os famosos magnatas que moravam em Victoria Peak e estimando o valor de suas propriedades, enquanto Rachel e Nick ficaram acomodados a um canto, observando a vista.

— Como está se sentindo, querida? — perguntou Nick, ainda preocupado com ela.

— Bem. Estou contente de ter conversado com o meu pai. Só que estou pronta para voltar para casa, agora.

— Bem, o comandante Kwok disse que poderíamos ir embora no fim da semana, se nada novo surgir. Eu prometo que iremos para casa o mais rápido possível — disse Nick, abraçando-a, enquanto eles observavam as luzes se acendendo pela cidade.

Mais tarde, naquela mesma noite, enquanto Nick, Rachel e Gaoliang estavam na metade do jantar com Eddie e sua mãe, Alix, no Locke Club, o celular de Gaoliang começou a tocar. Vendo que era o chefe de polícia de Xangai, ele se desculpou, levantou-se da mesa e foi até o saguão para atender a ligação. Alguns instantes depois, voltou para a mesa com um olhar desesperado.

— Houve um grande avanço no caso, e uma pessoa foi presa. Eles querem que a gente volte para Xangai imediatamente.

Rachel sentiu o estômago se contrair.

— Eu realmente preciso estar lá?

— Ao que tudo indica, eles querem que você identifique alguém — respondeu Gaoliang de forma séria.

Cerca de três horas depois, Rachel, Nick e Gaoliang estavam de volta a Xangai, seguindo a toda a velocidade na direção da Delegacia Central de Polícia em Fuzhou Lu, num Audi com chofer.

— Ainda sem notícias do Carlton? — perguntou Rachel.

— Hum, sim — respondeu Gaoliang, de forma sucinta. Ele estivera tentando entrar em contato com Carlton e Shaoyen antes mesmo que o jato fretado partisse para Hong Kong, mas as ligações para ambos caíam direto na caixa postal. Agora ele estava apertando sem parar o botão redial, sem sucesso.

Eles chegaram à delegacia e foram acompanhados até o andar superior, onde havia uma recepção iluminada por luzes fluorescentes. Um oficial com uma papada magnífica entrou na sala e se curvou diante do pai de Rachel.

— Bao *Buzhang*, obrigado por retornar tão rapidamente. Essa é a Sra. Chu?

— Sim — respondeu Rachel.

— Sou o inspetor Zhang. Vamos levá-la até uma sala de interrogatório. Gostaríamos que nos dissesse se a pessoa que prendemos parece familiar a você. Você a verá por um espelho falso, e ela não poderá vê-la nem ouvi-la, então, por favor, não tenha receio de falar. Está claro?

— Sim. Meu marido pode vir comigo?

— Não, sinto muito. Isso não será possível. Mas não se preocupe, você estará comigo e com vários outros policiais. Nada irá acontecer.

— Nós vamos estar aqui, Rachel — Nick apertou a mão dela, encorajando-a.

Rachel concordou, assentindo, e acompanhou o policial. Já havia dois outros detetives na primeira sala onde entraram. Um deles puxou uma corda, e as cortinas de uma janela de observação se ergueram.

— Você reconhece essa pessoa? — perguntou o inspetor Zhang.

Rachel sentiu seu coração pulsando furiosamente na garganta.

— Sim. Sim, reconheço. Ele foi o nosso barqueiro em West Lake em Hangzhou.

— Ele não é um barqueiro de verdade. Ele subornou o verdadeiro barqueiro para que ele próprio pudesse envenenar o seu chá enquanto estava no passeio de barco.

— Meu Deus! Eu me esqueci completamente daquele chá Longjing! — comentou Rachel, atônita. — Mas quem é ele? Por que ele teria interesse em me envenenar?

— Ainda não terminamos, senhorita. Por favor, siga para a sala seguinte.

Rachel caminhou até a sala seguinte, e o oficial abriu outra cortina. Os olhos dela se arregalaram. Ela não conseguia acreditar.

— Não estou entendendo. O que ela está fazendo aqui?

— Você a conhece?

— É a... — Rachel gaguejou. — É Roxanne Ma... a assistente pessoal da Colette Bing.

14

Delegacia Central de Polícia

•

FUZHOU LU, XANGAI

Nick e Gaoliang receberam permissão para se juntarem a Rachel na sala de observação, enquanto Roxanne passava por um interrogatório oficial.

— Pela milionésima vez, estou dizendo que foi um terrível engano. Eu só estava tentando mandar um recadinho para a Rachel, só isso — disse Roxanne, cansada.

— Você pensou que envenenar uma mulher com uma droga bastante potente que faz os rins pararem de funcionar e que poderia tê-la matado seria uma forma de *mandar um recadinho*? — perguntou o inspetor Zhang, incrédulo.

— Não era para ter sido assim. A droga só deveria tê-la feito vomitar e ter dores de estômago por algum tempo. Ela faz com que você tenha a sensação de que está morrendo, mas não é nada disso. O plano era mandar flores para Rachel junto com o bilhete assim que ela desse entrada no hospital em Hangzhou. Mas, antes que eu conseguisse mandar os lírios, ela já tinha ido para Hong Kong. Como é que eu ia saber que isso ia acontecer?

— Então por que você esperou tanto tempo para mandar o bilhete sendo que você já sabia que ela tinha dado entrada no Queen Mary Hospital em Hong Kong?

— Eu não fazia ideia de onde ela tinha ido parar. Ela simplesmente desapareceu! Estávamos procurando por ela em todos os lugares...

Mandei pessoas para Xangai, Pequim, para todos os maiores hospitais regionais atrás dela. Mas tivemos que esperar até que o registro de admissão aparecesse em algum lugar. Nunca foi minha intenção deixar que as coisas chegassem a esse ponto. Eu só queria assustá-la e tirá-la do país. O plano deu completamente errado.

— Mas por que você queria assustar Rachel Chu, em primeiro lugar?

— Já expliquei isso. A Colette estava extremamente angustiada, com medo de que Carlton Bao pudesse perder parte de sua herança para Rachel.

O queixo de Gaoliang caiu ao ouvir isso. Rachel e Nick se entreolharam, confusos.

— Por que isso iria acontecer? — continuou o inspetor Zhang.

— Bao Gaoling e a esposa dele ficaram furiosos quando descobriram todas as coisas inconsequentes que o filho fez em Paris.

— Coisas inconsequentes que foram discutidas durante o jantar no Imperial Treasure?

— Sim, os Baos brigaram por causa do Carlton, e Bao Gaoliang ameaçou deserdá-lo.

— Essa briga aconteceu na sua presença e na de Colette Bing?

— Não, a briga aconteceu depois que saímos do salão. Eu deixei o iPhone da Colette lá de propósito, com o gravador de áudio ligado, e depois voltei para pegá-lo.

Gaoliang colocou as mãos na testa, balançando a cabeça em desgosto.

— E foi assim que você descobriu que os Baos queriam deserdar Carlton?

— Sim. Foi um choque imenso para a Colette. Ela achou que estava ajudando o Carlton a fazer as pazes com os pais, mas, em vez disso, tinha piorado ainda mais as coisas. Veja, eu disse para ela que nenhuma boa ação fica impune!

— Por que Colette Bing se importaria se Carlton Bao fosse deserdado?

— Não é óbvio? Ela está completamente apaixonada por ele.

— Então Colette Bing orquestrou isso tudo?

— Não, ela não fez nada! Volto a insistir que ela não fez nada disso. A Colette só ficou muito chateada quando percebeu que havia colocado Carlton em risco. Ela não conseguia parar de chorar e não parava de xingar a Rachel Chu, então eu falei com ela que daria um jeito em tudo.

— Então ela *sabia* do seu plano de envenenar Rachel.

— Não! A Colette nunca soube o que eu planejava fazer. Eu só disse a ela para deixar a situação comigo.

— Foi uma missão muito importante... e Colette não teve nada a ver com isso?

— NADA MESMO! E não foi uma "missão importante".

— Pare de tentar proteger Colette Bing! Ela *mandou* você fazer isso, não foi? Era o plano dela desde o início, e você foi só a subordinada que fez todo o trabalho sujo.

— Não sou uma subordinada dela. Sou a assistente pessoal dela! O senhor sabe o que isso significa? Eu comando uma equipe de 42 funcionários e outra equipe auxiliar de vários outros subordinados. Ganho 650 mil dólares por ano.

— Colette Bing paga esse dinheiro todo a você e ainda assim não sabe tudo o que você faz? Acho muito difícil acreditar nisso.

Roxanne fuzilou o inspetor com o olhar.

— O que o senhor sabe sobre bilionários? Conhece um pelo menos? Faz ideia de como é a vida deles? A Colette Bing é uma das mulheres mais ricas do mundo, e é uma pessoa extremamente ocupada e influente. O blog de moda dela tem mais de 35 milhões de seguidores, e ela está prestes a se tornar a embaixadora internacional de uma das maiores companhias de moda do mundo. A agenda dela está abarrotada... ela vai a pelo menos três ou quatro eventos sociais por noite. Tem seis casas, três aviões, dez carros, e toda semana viaja para algum lugar. Você acha que ela presta atenção em tudo que acontece o tempo todo? Ela está ocupada demais em reuniões importantes com pessoas internacionalmente famosas, como Ai Weiwei e Pan TingTing! Minha função é fazer com que tudo em sua vida profissional e pessoal saia da melhor maneira. Eu posto todas as fotos no blog dela! Eu negocio todos os contratos dela! Eu é que garanto que as fezes dos cachorros dela tenham a coloração certa! Eu é que garanto que todos os arranjos de flores das seis casas e dos três aviões estejam impecáveis o tempo todo! O senhor sequer sabe quantos designers de flores temos em nossa folha de pagamento, e os dramas que *eles* inventam? Aqueles malditos poderiam ter seu próprio *reality show* com todas as intrigas e traições que acontecem só para conseguirem um elogio da Colette sobre umas merdas de umas plantas! Todos os dias, tenho que resolver um milhão de probleminhas que ela nem sabe que existem!

— Então Rachel Chu era apenas um probleminha que você precisava resolver?

Roxanne olhou para o inspetor Zhang de forma indignada.

— Só estava fazendo o meu serviço.

Nick se virou para Rachel. Ele se sentia enojado.

— Vamos sair daqui. Já ouvi mais do que queria.

Os três saíram da delegacia e, enquanto a SUV os levava pelas ruas escuras de Huangpu, eles permaneciam sentados em silêncio, refletindo sobre tudo o que havia acontecido. Sentando no banco da frente, Bao Gaoliang sentia um misto de emoções. Ele tinha nojo de Roxanne e Colette, mas estava ainda mais bravo com ele mesmo e envergonhado com a própria postura. Era tudo culpa dele. Ele havia deixado as coisas saírem do controle com Shaoyen, e, enquanto Carlton se enrolava em uma teia perigosa de mentiras e segredos, Rachel foi a vítima inocente que acabou presa nela. Rachel, que não queria nada dele a não ser conhecê-lo. Ela merecia muito mais do que isso. Ela não merecia ser exposta a uma família tão doentia quanto a sua.

Nick parecia plácido sentado no banco de trás, com um dos braços ao redor de Rachel, mas, por dentro, ele fervia de raiva. Aquela Colette maldita. *Ela* era a verdadeira culpada por causar a Rachel tanta dor, e ele queria que ela fosse punida junto com Roxanne. Era uma afronta que Roxanne fosse para a prisão enquanto Colette saía ilesa. Os ricos e bem relacionados sempre permaneciam intocáveis, ele sabia muito bem disso. Se Rachel não estivesse sentada a seu lado naquele momento, ele teria corrido até a casa de Colette e enfiado a cara dela naquele ridículo espelho d'água, com Celine Dion tocando em alto e bom som.

Com a cabeça apoiada no ombro largo de Nick, Rachel era a mais calma dos três. Assim que Roxanne começou a falar, ela sentiu um tremendo alívio. Aquela confusão tinha acabado. Não havia nenhum louco por trás daquilo. Era só a doida da assistente pessoal da namorada de seu irmão, alguém de quem ela agora só sentia uma imensa pena. Tudo o que ela queria naquele momento era chegar ao hotel, se deitar naquela cama luxuosa com os travesseiros de pena e com lençóis de seda Frette e dormir.

Assim que o Audi virou na Henan South Road, Nick percebeu que estavam indo na direção oposta à do hotel deles.

— Não estamos nos distanciando do Bund? — perguntou ele a Gaoliang.

— Sim, estamos. Não vou levar vocês para o Peninsula. Vocês vão ficar na minha casa hoje... onde deveriam ter ficado esse tempo todo.

Eles adentraram uma área residencial silenciosa rodeada de plátanos cujos galhos formavam um arco coberto de folhas acima das ruas, e o carro parou em frente a uma portaria ao lado de uma parede alta de pedra. O portão de ferro escuro foi aberto por um guarda, e o carro continuou por uma pequena estrada sinuosa até uma bela casa em estilo solar francês bastante iluminada. Assim que a SUV chegou à entrada da casa, as altas portas de carvalho se abriram e três mulheres desceram rapidamente pela escadaria.

— Olá, Ah Ting. Minha esposa está em casa? — perguntou Gaoliang para sua empregada-chefe.

— Sim, ela já se retirou para seus aposentos essa noite.

— Essa é a minha filha e o marido dela. Você poderia, por favor, ligar para o Peninsula e pedir a eles que mandem as malas dos dois para cá imediatamente? E organize os preparativos para um jantar. Sopa com macarrão e bolinhos de peixe cairia bem, não?

Ah Ting permaneceu boquiaberta diante de Rachel, em choque. *Filha dele?*

— Por favor, prepare o quarto azul para eles — instruiu Gaoliang.

— O quarto *azul*? — perguntou Ah Ting. Aquele quarto era usado apenas para os mais honrados hóspedes.

— Foi o que eu disse — respondeu Gaoliang, com firmeza, olhando para o segundo andar e notando a silhueta de sua esposa pela janela.

Ah Ting hesitou por um momento, como se fosse dizer algo, mas então se virou e vociferou ordens para as duas empregadas mais novas.

Gaoliang sorriu para Rachel e Nick.

— Foi um longo dia. Espero que não se importem se eu lhes desejar boa-noite agora. Vejo vocês pela manhã.

— Boa noite — responderam Rachel e Nick em uníssono, observando Gaoliang desaparecer dentro da casa.

Rachel acordou com um trinar agudo do lado de fora de sua janela. Os raios de luz entravam pela cortina, formando sombras translúcidas nas paredes de um tom azul-claro puxado para o lilás. Levantando-se da cama de dossel, ela caminhou até a janela e viu um ninho de pássaros escondido dentro do beiral do telhado. Três filhotes famintos arqueavam seus bicos para cima, ansiosos para serem alimentados pela mãe, que voava ao redor do ninho de forma protetora. Rachel correu para pegar seu iPhone e, inclinando-se perigosamente na janela, tentou registrar uma boa imagem da mamãe-pássaro, que tinha cabeça preta, corpo cinza e uma pincelada de azul nas asas. Rachel tirou algumas fotos e, ao baixar o celular, ela se assustou com a visão de uma mulher usando um vestido amarelo-claro em estilo chinês, parada no meio do jardim, olhando intensamente para ela. Devia ser a mãe de Carlton.

Pega de surpresa, Rachel apenas falou:

— Bom dia.

— Bom dia — respondeu a senhora, de forma um pouco ríspida. Então ela continuou em um tom mais relaxado. — Você encontrou os pega-rabudas.

— Sim. Tirei umas fotos — disse Rachel, imediatamente se sentindo um pouco tola ao dizer o óbvio.

— Café? — perguntou a mulher.

— Obrigada. Vou descer daqui a pouco — respondeu Rachel. Ela andou pelo quarto na ponta dos pés por alguns minutos, tentando não acordar Nick ao escovar os dentes, prender o cabelo num rabo de cavalo e tentar se decidir sobre o que deveria vestir. Ah, aquilo era ridículo... ela já tinha visto Rachel usando um moletom gigantesco dos Knicks e cuecas velhas de Nick. Então um pensamento lhe ocorreu: seria aquela mulher a mãe de Carlton? Ela escolheu um vestido simples de algodão branco bordado e desceu cuidadosamente pela graciosa escada sinuosa. Por que de repente estava nervosa? Ela saiba que os Baos haviam conversado até altas horas... ouvira o som abafado de suas vozes ecoando pelo corredor.

Onde ela deveria se encontrar com aquela senhora? Ao andar pelos majestosos cômodos no térreo, que estavam repletos de antiguidades elegantes de origem mista chinesa e francesa, Rachel se perguntou o que a mãe de Carlton diria para ela agora, depois de tudo o que aconteceu. As palavras do irmão em Paris de repente ecoaram em sua mente: *Minha mãe prefere morrer a deixar você pôr os pés na casa dela!*

Uma criada que passava pelo corredor com um bule de prata de café parou ao ver Rachel andando pela casa.

— Por aqui, senhora — disse ela, seguindo em direção a uma porta francesa que dava para um terraço de lajotas, onde a senhora do jardim estava sentada a uma mesa de bistrô de pau-rosa em tom escuro. Rachel caminhou em sua direção vagarosamente, com a garganta de repente seca.

A senhora observou a moça andar pelo terraço. *Então essa é a filha do meu marido. A garota que quase morreu por causa do Carlton.* E, ao vê-la mais de perto, teve uma revelação: *Meu Deus, ela é a cara dele. Ela é irmã dele.* E, então, todos os terríveis medos que ela havia sentido, todos os pensamentos que a estavam consumindo por dentro instantaneamente se mostraram sem sentido.

Rachel se aproximou da mesa, e a senhora se levantou e estendeu a mão para ela.

— Sou Bao Shaoyen. Bem-vinda à minha casa.

— Sou Rachel Chu. É um prazer estar aqui.

15

Ridout Road

•

CINGAPURA

Quando Astrid retornou de um jantar de sexta-feira em Tyersall Park, ouviu o som de Led Zeppelin saindo do aparelho de som do escritório de Michael tão alto que poderia estourar os tímpanos de uma pessoa. Ela carregou Cassian, sonolento, até seu quarto no andar de cima, e o entregou à babá.

— Há quanto tempo isso está tocando? — perguntou ela.

— Eu cheguei faz uma hora, senhora. Estava tocando Metallica — respondeu Ludivine, obedientemente. Astrid fechou a porta do quarto de Cassian com firmeza e voltou para o térreo. Ela deu uma olhada para o escritório e viu Michael sentado no escuro em sua poltrona Arne Jacobsen.

— Você se importa de abaixar um pouco o volume? O Cassian está dormindo e já passa da meia-noite.

Michael desligou o som com um clique e permaneceu imóvel na poltrona. Ela podia ver que ele estava bebendo e, sem vontade de começar uma briga, disse em tom alegre:

— Você perdeu hoje. O tio Alfred teve um desejo repentino de comer durian, então todos corremos para o 717 Trading na Upper Serangoon Road para comprar. Queria que estivesse lá... todos sabem que você escolhe os melhores durians!

Michael bufou, cheio de desdém.

— Se você acha que ficar sentado lá jogando conversa fora com o tio Alfred e seu pai sobre durians...

Astrid entrou no escritório, acendeu um abajur e sentou-se na otomana de frente para ele.

— Olhe, você não pode continuar evitando o meu pai assim. Mais cedo ou mais tarde você terá que fazer as pazes com ele.

— Por que eu deveria fazer as pazes quando foi ele quem começou a guerra?

— Que guerra? Já discutimos isso tantas vezes, e já expliquei que tenho certeza absoluta de que o meu pai não comprou a sua empresa. Mas vamos dizer que, por acaso, ele tenha feito isso. Que diferença isso faria a essa altura? Você pegou o dinheiro e multiplicou tudo por quatro. E já provou para todos... para o meu pai, para a minha família, para o mundo... que é um gênio. Não consegue ficar satisfeito com isso?

— Você não estava lá naquela manhã no campo de golfe. Não ouviu as coisas que o seu pai falou para mim, o desprezo na voz dele. Ele me menospreza desde o início e nunca vai parar.

Astrid suspirou.

— Meu pai menospreza *todo mundo*. Até mesmo os filhos dele. É o jeito dele, e, se você não percebeu isso até agora, não sei mais o que dizer.

— Quero que você pare de ir aos jantares de sexta-feira. Quero que você pare de visitar os seus pais toda merda de semana.

Astrid ficou em silêncio por um instante.

— Sabe, eu faria isso se achasse que pudesse fazer alguma diferença. Eu sei que você está infeliz, Michael, mas eu também sei que a sua infelicidade tem muito pouco a ver com minha família.

— Você tem razão quanto a isso. Acho que ficaria mais feliz se você também parasse de me trair.

Astrid riu.

— Você está mesmo bêbado.

— Não estou nem um pouco bêbado. Só tomei quatro uísques. De qualquer forma, não estou bêbado o suficiente para ignorar a verdade quando a vejo.

Astrid o encarou, perguntando-se se o marido estava falando sério ou não.

— Sabe, Michael, estou tentando ser paciente com você, pelo nosso casamento, mas você realmente não está facilitando as coisas.

— Então você está fodendo com o Charlie Wu pelo nosso casamento?

— *Charlie Wu?* O que fez você pensar que eu estaria traindo você com o Charlie? — perguntou Astrid, pensando se ele de alguma forma havia descoberto a verdade sobre a empresa.

— Sei sobre você e o Charlie desde o início.

— Se você está falando daquele fim de semana em que viajamos para a Califórnia com o Alistair, está sendo ridículo, Michael. Sabe que somos apenas velhos amigos.

— Apenas velhos amigos? *"Ah, Charlie, você é a única pessoa que realmente me entende"* — disse Michael, em tom zombeteiro, imitando a voz de uma menininha.

Astrid sentiu um calafrio correr pelas suas costas.

— Desde quando você tem escutado meus telefonemas?

— Desde o início, Astrid. E os seus e-mails também. Li todos os e-mails que você trocou com ele.

— Como? *Por quê?*

— Minha esposa passou duas semanas em Hong Kong com um dos meus maiores concorrentes em 2010. Você acha que eu não iria investigar isso? Eu trabalhei como especialista em investigação para o governo... tenho todos os recursos à minha disposição — vangloriou-se Michael, com frieza.

Por um longo momento, Astrid ficou chocada e indignada demais para se mexer. Ela encarou Michael, perguntando-se quem era aquele homem à sua frente. Ela costumava achá-lo o homem mais lindo do mundo, mas agora ele parecia quase demoníaco. Naquele momento, Astrid percebeu que não poderia mais viver sob o mesmo teto que ele. Ela se levantou, caminhou pelo corredor, passando pelo espelho d'água, e foi até a escada que dava para o quarto de Cassian. Subiu correndo as escadas e bateu à porta do quarto de Ludivine.

— Sim? Pode entrar.

Astrid abriu a porta e viu Ludivine deitada em sua cama conversando com um surfista pelo FaceTime.

— Ludivine, por favor, arrume uma mala pequena para você e para o Cassian. Vamos para a casa da minha mãe.

— Quando?

— Nesse minuto.

Então Astrid correu até seu quarto e pegou sua carteira e as chaves do carro. Ao descer com Ludivine e Cassian, viu Michael parado no meio da grande entrada olhando para eles com um olhar malicioso. Ela entregou as chaves do carro para Ludivine e sussurrou:

— Vá para o carro com o Cassian. Se eu não chegar em cinco minutos, dirija direto para Nassim Road.

— Ludivine, não ouse se mexer, ou eu quebro a merda do seu pescoço! — gritou Michael. A babá congelou, e Cassian encarou o pai com os olhos arregalados.

Astrid olhou para ele com fúria.

— Que belo linguajar na frente do seu filho, Michael. Sabe... por muito tempo eu tentei, eu realmente tentei. Achei que podíamos salvar o nosso casamento, pelo nosso filho. Mas saber que você invadiu minha privacidade dessa forma me mostrou o quanto nosso casamento realmente está despedaçado. Você não me respeita, e, o pior, não confia em mim. Nunca confiou! Então por que não quer que a gente vá embora agora? Bem no fundo, você sabe que eu não sou mais a esposa que você quer. Só não consegue admitir isso para si mesmo.

Michael correu para a porta e a bloqueou. Ele pegou da parede uma acha de armas bávara do século XV e a brandiu de forma ameaçadora na direção de Astrid.

— Você pode ir para o inferno, pouco me importa, mas não vai levar o meu filho! Se sair dessa casa agora, eu vou chamar a polícia e falar que você sequestrou o Cassian. Cassian, venha até aqui!

Cassian começou a chorar, e Ludivine o segurou com força, sussurrando para si mesma:

— *C'est des putains de conneries!**

— Pare com isso! Você está assustando a criança! — retrucou Astrid, com raiva.

---

* "Isso aqui é uma grande merda!" (Soa tão civilizado em francês, não é?)

— Eu vou acabar com você e com a sua família inteira! Você vai se ver na capa do *The Straits Time*! Eu vou te processar por adultério e abandono... tenho todos os e-mails e as gravações telefônicas para provar isso! — vociferou Michael.

— Se você leu todos os meus e-mails, sabe que eu não enviei nada inapropriado para o Charlie. Nem uma única palavra! Ele não tem sido nada além de um ótimo amigo para mim. Ele foi um amigo melhor do que eu jamais poderia imaginar — disse Astrid, a voz falhando com a emoção.

— Sim, eu sei que você tem sido muito cuidadosa cobrindo seus rastros. Mas o Charlie, o destruidor de lares, não foi.

— O que está dizendo?

— Está na cara, Astrid. O cara está tão apaixonado por você que é até triste. Todas as merdas dos e-mails dele soam como cartas de amor patéticas.

Em um piscar de olhos, Astrid percebeu que o que Michael dizia era verdade. Todos os e-mails casuais, as mensagens de texto que Charlie havia mandado para ela, eram testemunho de seu amor. Ele nunca havia quebrado sua promessa. Desde aquele dia no túmulo de Abelardo e Heloísa, em Paris. De repente, Astrid se encheu de um poder que a tornou mais corajosa do que antes.

— Michael, se você não sair da frente dessa porta imediatamente, eu juro por Deus que eu mesma vou chamar a polícia!

— Vá em frente! Podemos os dois aparecer na merda do jornal amanhã de manhã! — gritou ele.

Astrid pegou seu celular e ligou para a polícia, o tempo todo sorrindo calmamente.

— Michael, você ainda não percebeu que a minha avó e o tio Alfred são os maiores acionistas da Cingapura Press Holdings? Não aparecemos no jornal. Nós *nunca* iremos aparecer no jornal.

16

Taiyuan Road, n. 188

•

XANGAI

— Por que tive que descobrir por Eleanor Young que minha própria filha quase morreu? — perguntou Kerry Chu pelo telefone.

— Eu não quase morri, mãe — falou Rachel, deitada em uma *chaise longue* em seu quarto na residência dos Baos.

— *Hiyah!* A Eleanor disse que você estava à beira da morte! Vou pegar o primeiro voo para Xangai amanhã!

— Não precisa vir, mãe. Posso garantir que nunca estive em perigo, estou perfeitamente bem agora. — Rachel riu, tentando minimizar a situação.

— Por que o Nick não me ligou antes? Por que sou sempre a última a saber das coisas?

— Fiquei internada no hospital por alguns dias e, como me recuperei rápido, realmente não vejo razão para você se preocupar. E desde quando você acredita em tudo que a Eleanor diz? Vocês são tipo melhores amigas agora?

— Não somos nada disso. Mas ela me liga várias vezes na semana, e eu não tenho escolha a não ser conversar com ela.

— Espere um minuto, por que ela está ligando várias vezes na semana para você?

— *Hiyah!* Desde que ela ficou sabendo que eu vendo casas para todas as pessoas na área de tecnologia em Cupertino e Palo Alto, tem me ligado querendo dicas quentes sobre as ações de tecnologia. E fica me perturbando para saber notícias de vocês. Aí, depois de alguns dias, ela liga querendo saber novidades.

— Notícias sobre a nossa viagem?

— Não, ela não liga nem um pouco para a viagem. Ela quer saber se você engravidou, claro!

— Ah, Deus! Vai começar com isso agora — reclamou Rachel, falando baixinho.

— Sério, não seria legal você dizer que concebeu um bebê em Xangai? Espero que você e o Nick estejam se esforçando.

Rachel fez um som de quem parecia estar se engasgando.

— Ah! Pare, pare! Não quero ter essa conversa com você, mãe. Por favor. Limites!

— O que você quer dizer com "limites"? Você saiu da minha vagina. Que tipo de limites nós temos? Você já tem 32 anos. Se você não começar a ter filhos agora, quando vai ser?

— Recado recebido, mãe. Recado recebido.

Kerry suspirou.

— Então o que aconteceu com a moça que tentou envenenar você? Eles vão enforcá-la?

— Ah, Deus, não tenho ideia. Espero que não.

— O que quer dizer com isso? Ela tentou matar você!

Rachel suspirou.

— É mais complicado do que isso. Não dá para explicar pelo telefone, mãe. É uma longa história, que só poderia acontecer na China.

— Parece que você vive se esquecendo de que eu *sou* da China, filha! Sei muito mais sobre esse país do que você — falou Kerry, com irritação.

— Claro, mãe, não foi isso que eu quis dizer. Mas você não conhece as pessoas e as circunstâncias às quais eu fui exposta desde que cheguei — explicou Rachel, sentindo uma tristeza tomar conta de si ao se lembrar de seu encontro com Colette no início daquela semana.

Na manhã seguinte à viagem de volta para Xangai, Rachel havia recebido infinitas de mensagens de áudio de Colette.

— Ai, meu Deus, Rachel, eu sinto muito, muito mesmo. Não sei o que dizer. Eu acabei de descobrir sobre a Roxanne e tudo mais. Por favor, ligue para mim. — Seguido rapidamente por: — Rachel, onde você está? Posso ver você? Por favor? Eu liguei para o Peninsula e disseram que você não fez o check out. Você está com os Baos? Por favor, ligue para mim.

E meia hora depois:

— Oi, sou eu de novo, a Colette. O Carlton está com você? Estou muito preocupada com ele. Ele sumiu e não está retornando minhas mensagens ou ligações. Por favor, ligue para mim.

E então, à tarde, uma mensagem com voz de quem estava chorando:

— Rachel, realmente espero que você saiba que eu não tive NADA a ver com isso. Nada mesmo. Rezo para isso. Por favor, acredite em mim. Isso tudo é horrível. Por favor, me deixe explicar.

Nick era da firme opinião de que Rachel não deveria retornar nenhuma das ligações de Colette.

— Sabe, eu realmente não acredito que ela seja tão inocente como a Roxanne diz. A responsabilidade final pelo que aconteceu é dela, e eu preferiria nunca mais ter que ver ou falar com ela de novo.

Rachel era mais compreensiva.

— Diga o que quiser sobre ela ser uma princesinha extremamente mimada, mas não podemos negar que ela foi legal com a gente.

— Só não quero ver você se machucar de novo, é isso — disse Nick, com a testa franzida em preocupação.

— Eu sei. Mas eu não acredito que a Colette teve a intenção de me machucar de verdade, e certamente não acho que ela vai me ferir agora. Sinto que devo pelo menos escutá-la.

Às cinco horas da tarde seguinte, Rachel entrou no Waldorf Astoria Hotel no Bund, seguida discretamente por dois seguranças de Bao Gaoliang que Nick havia insistido que a acompanhassem. Ela caminhou até a Grand Brasserie, um espaço magnificamente emoldurado por um mezanino elíptico, por altas colunas de mármore que chegavam ao segundo andar, e com um pátio interno extraordinariamente ajardinado. Colette se levantou de seu assento e correu até Rachel no minuto em que a viu.

— Fico tão feliz que você tenha vindo! Eu não sabia se viria — disse Colette, abraçando-a com força.

— É claro que eu viria — disse Rachel.

— Tem um chá da tarde fabuloso aqui. Você precisa experimentar os *scones*... são iguais ao de Claridges. Agora, qual chá você prefere tomar hoje? Acho que vou escolher o Darjeeling, é sempre o melhor. — Colette vibrava de ansiedade.

— Vou tomar o que você escolher — respondeu Rachel, tentando acalmá-la. Ela percebeu que Colette estava vestida de maneira completamente diferente... ela usava um vestido austero e elegante cinza e branco, com apenas um acessório, uma cruz de malta de antigas esmeraldas em cabochão. Ela usava menos maquiagem do que de costume, e seus olhos pareciam inchados de tanto chorar.

— Rachel, você precisa acreditar quando digo que não tinha a menor ideia de que a Roxanne ia fazer o que fez. Foi um choque enorme tanto para mim como deve ter sido para você. Eu nunca, nunca pedi a ela que fizesse algo que pudesse machucar você. Nunca mesmo. Você acredita em mim, não é? Por favor, diga que sim.

— Eu acredito em você.

— Ah, graças a Deus. Graças a Deus. — Colette suspirou. — Por um momento achei que você ia me odiar para sempre.

— Eu nunca conseguiria odiar você — falou Rachel, gentilmente, colocando uma das mãos sobre a de Colette.

Foram colocados na mesa dois bules de chá fumegantes, junto com um alto suporte de prata repleto de delicados sanduíches cortados em formato de triângulo, *scones*, e uma seleção maravilhosa de doces. Enquanto Colette colocava alguns docinhos brilhantes e uns *scones* macios e quentes no prato de Rachel, ela continuava com sua explicação:

— Foi a Roxanne quem teve a ideia de espiar os Baos depois que saímos... foi tudo ideia dela. Mas, aí, quando escutamos o que eles tinham falado, eu fiquei chocada, foi só isso. Eu só conseguia pensar que tinha machucado o Carlton, que tinha tornado as coisas muito piores para ele. Então, naquele momento, só por um instante, fiquei muito chateada... não com você, mas com a situação toda... e a Roxanne interpretou errado meus sentimentos.

— Nossa, ela interpretou errado *mesmo* — comentou Rachel.
— Sim, de fato. Roxanne e eu... temos um relacionamento complicado. Ela trabalha para mim já faz cinco anos... foi um presente de 18 anos do meu pai... e ela me conhece muito bem. Antes de vir trabalhar para mim, tinha um emprego miserável na P.J. Whitney, então ela é muito grata a mim; ela não tem mais nada... sou toda a vida dela. Ela é igual à personagem da Helen Mirren em *Assassinato em Gosford Park*, a melhor empregada... ela é capaz de prever minhas necessidades antes mesmo que eu saiba quais são, e faz coisas que acha que são boas para mim, mesmo quando eu não peço. Mas dessa vez ela passou dos limites, ela realmente passou dos limites. Quero que você saiba que eu a demiti. Eu mandei uma mensagem para ela dizendo que ela estava demitida assim que descobri tudo.

É, tenho certeza de que o wi-fi pega muito bem na cela dela, pensou Rachel.

— O que eu não entendo é por que você ficou tão chateada com a possibilidade do Carlton perder uma parte da herança. Por que isso é tão importante para você?

Colette olhou para seu prato e começou a tirar as uvas-passas de um *scone*.

— Acho que você não entende o tipo de pressão que sofro. Eu sei que tenho muita sorte, acredite, mas, com essa fortuna vem um baita ônus. Sou filha única e, desde que nasci, meus pais têm grandes expectativas para mim. Eles me deram o melhor dos mundos, estudei nas melhores escolas, fui aos melhores médicos... sabia que minha mãe me levou para fazer cirurgia nas pálpebras quando eu tinha 6 anos? Na minha adolescência, todo ano eu passava por uma nova cirurgia para ficar mais bonita. Só que, em troca, eu sempre sofria a cobrança de ser a melhor, para ter as notas mais altas na escola, ser a melhor em tudo. Eu achei que eles estavam me treinando para tomar conta dos negócios, mas, no fim das contas, tudo que eles esperam de mim é que eu me case e dê netos a eles. Para eles, eu sou uma princesa, e eles só querem que eu me case com um príncipe. A principal escolha deles era o Richie Yang, e eles ficaram furiosos quando eu o dispensei. Mas eu não amo o Richie, Rachel. Eu amo o

Carlton... tenho certeza de que você sempre soube disso... e, embora eu não esteja pronta para me casar, acho que o Carlton vai ser o cara certo para mim quando eu estiver. Consigo me ver com ele... ele tem aquele sotaque maravilhoso, é alto, lindo... nossos filhos seriam as crianças mais bonitas do mundo. Mas o meu pai não vê nada disso. Ele não entende um cara como o Carlton, ele só entende os tipos tradicionais tipo o Richie. Percebe que o Carlton já está numa posição ruim... Se ele perdesse a fortuna então... até mesmo uma pequena parte dela... isso o diminuiria na visão do meu pai. E seria ainda mais difícil eu me casar com ele um dia.

— Mas a sua família já tem tanto dinheiro. Muito mais do que o necessário para sustentar cem pessoas.

— Sei que isso não faz sentido para você... vindo de onde vem... mas acredite, meu pai não acha que tem o suficiente. Nem um pouco.

Rachel balançou a cabeça, enojada.

— Espero que entenda que, em algum momento, você terá que enfrentar o seu pai.

— Eu sei disso. Já tenho feito isso... eu falei não para o Richie, lembra? E agora estou tentando provar para o meu pai que consigo viver muito bem sem o dinheiro dele. Sei que ele está me testando... ele sempre faz essas coisas... e sei que esse castigo dele não vai durar muito tempo. Quero dizer, não é como se ele fosse mesmo parar de pagar o arquiteto da minha casa de campo. Mas eu preciso da sua ajuda.

— O que eu posso fazer?

Os olhos de Colette se encheram de lágrimas.

— O Carlton finalmente atendeu o telefone. Ele me pediu que parasse de ligar. Ele disse um monte de coisas horríveis, que eu nem quero contar para você. E disse que nunca mais quer me ver! Você acredita nisso? Eu sei que ele está só chateado com o que aconteceu com você. Sei que ele está se sentindo culpado, achando que foi responsável por isso de alguma forma. Por favor, você tem que convencê-lo de que está tudo bem, e que somos amigas, que ele não precisa mais ficar bravo comigo. Tenho uma coisa muito importante para falar com ele, e preciso vê-lo o mais rápido possível. Você poderia, por favor, me ajudar?

Rachel permaneceu sentada, quieta, observando as lágrimas escorrerem pelas bochechas de Colette.

— Sabe, eu não vi o Carlton desde que voltei para Xangai. Ele não tem falado com os pais nem comigo. Acho que ele não está pronto para conversar com ninguém ainda.

— Ele vai conversar com você, Rachel, e eu sei onde ele está. Ele está na suíte presidencial do Portman Ritz-Carlton... é lá que ele sempre se esconde. Você poderia ir até lá falar com ele por mim? Por favor?

— Não posso fazer isso, Colette. Não quero forçar o Carlton a falar comigo sem que ele esteja pronto. E realmente não acho que devo me meter no seu relacionamento. Nada que eu possa dizer vai fazer com que ele pare de sentir o que está sentindo. Você precisa dar espaço para ele se recuperar, e ele precisa descobrir sozinho o que quer.

— Mas ele nunca sabe o que quer! Você tem que dizer a ele! — implorou Colette. — Acho que quanto mais ele ficar pensando nisso, pior ele vai se sentir... como aconteceu quando ele sofreu o acidente. Ele já estava tão confuso na época... Não quero que ele fique mais perdido ainda.

— Não sei o que dizer, Colette. As pessoas são confusas. A vida é confusa. As coisas nem sempre vão se resolver da forma perfeita só porque nós queremos que isso aconteça.

— Isso não é verdade. As coisas sempre acabam dando certo para mim — retrucou Colette, de forma impetuosa.

— Então acho que você deve ter fé de que que as coisas vão se resolver.

— Então você não vai até o Portman?

— Simplesmente não vejo por que fazer isso.

Os olhos de Colette se estreitaram por um momento.

— Ah, entendo. Você não quer que eu faça as pazes com o Carlton, não é?

— Isso não é verdade.

— Sim, estou vendo agora. Você quer me punir, não é?

— Não estou entendendo...

— Você ainda está brava por causa do que aconteceu com você.

Rachel lançou um olhar de frustração na direção de Colette.

— Não estou brava com você. Eu sinto pena de você, talvez, mas nunca fiquei brava.

— Você sente *pena* de mim?

— Sim, sinto muito por essa situação toda. Sinto muito que as coisas tenham chegado a tal ponto que Roxanne sentiu que deveria...

Colette de repente bateu com o punho na mesa.

— Como você ousa sentir pena de mim! Quem você pensa que é?

Rachel se afastou, assustada.

— Hum, não quis insultar você, Colette, só pensei...

— Eu fiquei com pena de você, Rachel Chu! Eu pensei, aqui está essa pobretona, essa ridícula órfã americana. Eu paguei suas refeições, convidei você para ficar na minha casa, você voou no meu avião, paguei toda a merda da viagem para Paris. Dei a você acesso aos lugares mais exclusivos no mundo e te apresentei a todos os meus amigos importantes, e você não pode fazer um pequeno favor para mim?

Meu Deus, ela perdeu a cabeça. Rachel tentou permanecer calma.

— Colette, acho que você está sendo pouco razoável. Eu agradeço muito toda a generosidade que você demonstrou em relação a mim e ao Nick, mas acho que não cabe a mim dizer ao Carlton o que fazer, especialmente se for a respeito do relacionamento dele com você.

— Você nunca foi minha amiga, não é? Vejo você com clareza agora, com essas roupas americanas baratas e suas joias baratas! — retrucou Colette desdenhosa.

Rachel a encarou, em choque. *Isso realmente está acontecendo?* Ela podia ver todas as outras mulheres bem-arrumadas no salão de jantar boquiabertas, observando-as. Os dois seguranças correram para trás da cadeira de Rachel.

— Está tudo bem, senhorita?

— Você trouxe *seguranças*? Quem você pensa que é? Ah, isso é muito engraçado, você está tentando me intimidar agora? Bem, eu tenho o *dobro* de seguranças que você tem! Roxanne tinha razão sobre você o tempo todo... você teve inveja de mim desde o início e estava planejando separar o Carlton de mim e da família dele. Tudo aconteceu da forma perfeita para você, não foi? Você quer todo o dinheiro deles só para você. Bem, pode ficar com o patético um ponto cinco bilhão deles, não estou nem aí... isso não é nada comparado ao que a minha família tem! Nunca na sua vida você chegará aos meus pés! Nem com todo o dinheiro do mundo você vai comprar o meu estilo ou o meu bom gosto, porque você sempre será comum. Você não é nada além de uma bastardinha ordinária!

Rachel permaneceu imóvel por um momento, sentindo seu rosto queimar. Então decidiu que não precisava suportar um segundo sequer daquele discurso descontrolado de Colette. Ela empurrou a cadeira para trás e se levantou.

— Sabe, isso é um absurdo. Por um momento eu realmente me senti mal por você, embora tenha ficado muito doente por causa de suas ações. Mas agora não sinto nada além de pena. Você tem razão, eu nunca serei como você... muito obrigada pelo elogio! Você não é nada além de uma merdinha mimada e arrogante. E, ao contrário de você, eu tenho *orgulho* da minha origem... não estou falando do meu pai biológico, não. Estou falando da mãe honesta e trabalhadora que me criou, e da família maravilhosa que a ajudou. Não conseguimos uma fortuna enorme do dia para a noite, e nunca vamos precisar contratar um mordomo elegante para nos ensinar etiqueta. Você não vive no mundo real, nunca viveu, então nem vou me dar ao trabalho de discutir com você... está muito abaixo de mim fazer isso. Você fica aí na sua perfeita bolha de ecoluxúria, enquanto as empresas do seu pai são as que mais poluem a China. Você pode ter todo o dinheiro do mundo, mas é a *criança* mais moralmente pobre que eu já conheci! Cresça, Colette, e apareça!

Com isso, Rachel saiu do hotel e foi até o Bund, acompanhada pelos dois seguranças.

— Devemos chamar o carro, senhorita? — perguntou um deles.

— Se não se importarem, eu gostaria de tomar um pouco de ar fresco. Acho que vou ficar bem sozinha agora... vejo vocês em casa.

Rachel começou a caminhar pelo famoso bulevar sinuoso, observando os reluzentes prédios em estilo *art déco* e as bandeiras chinesas vermelhas flamejando acima deles. Ao passar por um feliz casal de noivo e noiva que estava tentando tirar uma foto na frente do hotel Peace, seu celular começou a tocar. Era Carlton.

— Rachel! Você está bem? — perguntou ele, parecendo ansioso e eufórico ao mesmo tempo.
— Claro. Por quê?
— A briga que acabou de ter com a Colette...
— Como você ficou sabendo disso? — arfou Rachel.
— Alguém gravou tudo do mezanino logo acima da sua mesa. Já viralizou no WeChat! "Garota mimada recebe troco épico" foi o que deram como título. Meu Deus... nove milhões de visualizações já!

17

Jornais ao redor do mundo

LOS ANGELES DAILY NEWS

CRIANÇA DE MAR VISTA É SEQUESTRADA EM AVIÃO PARTICULAR

Últimas notícias — O aeroporto de Van Nuys foi o cenário de uma fuga em alta velocidade ontem à noite, por volta das nove e cinquenta, quando os policiais da LAPD perseguiram um avião particular, no qual estava uma menina de 2 anos e meio que havia sido sequestrada, correndo pela pista 16R. Pelo menos quatro viaturas estiveram envolvidas na perseguição do jato, mas não foram capazes de impedi-lo de decolar e sair do espaço aéreo dos EUA.

Minutos antes, o pai da criança, Bernard Tai, fez uma ligação para a polícia relatando que sua filha, Gisele, fora sequestrada em sua casa no n. 11950 da Victoria Avenue, em Mar Vista. A babá de Gisele permitiu que uma mulher não identificada entrasse na casa enquanto Tai estava fora, e a mulher levou a criança. Até a polícia descobrir que Gisele estava no aeroporto de Van Nuys, ela já havia sido embarcada no avião particular.

Tai, que é um cidadão de Cingapura, mas reside em Los Angeles, declarou-se como desempregado e disse à polícia de Los Angeles que era o responsável em tempo integral por Gisele. Não foi possível entrar em contato com Tai para mais informações. A polícia de Los Angeles só irá divulgar qualquer outra informação sobre o jato quando as investigações forem concluídas.

HERDEIRA SEQUESTRADA PELA MÃE

Los Angeles — Estarrecedora descoberta do *Los Angeles Times* sobre o misterioso caso do "sequestro em avião particular" da criança de Mar Vista dois dias atrás: Gisele Tai, foi levada por sua mãe, a ex-atriz de novelas de Hong Kong, Kitty Pong. Gisele é a única herdeira e única filha de Bernard Tai, o presidente e vice-presidente não executivo da TTL Holdings, cuja sede é em Hong Kong.

Tai, que disse à polícia de Los Angeles ser "desempregado", tem fortuna estimada em mais de US$ 4 bilhões e é dono de luxuosas propriedades espalhadas no mundo todo. Ele também possui um megaiate de 388 pés, o *Kitty's Galore*. No entanto, nos últimos dois anos, Tai e sua família estavam morando no bairro de classe média alta de Mar Vista. "Sempre suspeitei que Bernard tivesse dinheiro, mas nunca poderia desconfiar de que ele tinha *tanto* dinheiro assim. Eu sabia que ele havia se mudado para Mar Vista porque queria criar a filha do modo mais consciente possível. Ele é um excelente pai. Nunca conheci a esposa dele", disse Linda C. Scout, que frequentava aulas de aeróbica Nia com Tai.

Duas noites antes, a chef particular de Tai, Milla Lignel, que reside na mesma casa e estava cuidando da criança naquela noite, permitiu que a mãe da menina, Kitty Pong, entrasse. Pong, que atualmente está separada do marido e mora em Hong Kong, retirou a criança da casa. "A senhora me pediu que fizesse um omelete para ela, e eu levei apenas *cinq* minutos, mas, quando o omelete ficou pronto, a senhora e Gisele já tinham desaparecido," explicou Lignel, em prantos.

Tai soube que havia algo de errado assim que recebeu os papéis do divórcio no meio de um curso sobre cura por meio de banhos de som em Santa Mônica. Depois de conversar com a senhorita Lignel, ele imediatamente suspeitou de que sua esposa tinha a intenção de deixar o país com a filha deles. A polícia de Los Angeles confirmou que Tai ativou um GPS secreto que havia nos sapatos TOMS de Gisele, o que também alertou a polícia. A polícia correu atrás da criança até o aeroporto de Van Nuys, mas chegou tarde demais para impedir o Boeing 747-8i particular de decolar.

O oficial Scot Ishihara, que estava no local, explicou calmamente: "Nós perseguimos o avião, mas é difícil impedir um *jump jet* de 450 toneladas de decolar, se ele quiser."

Tai, que denunciou a esposa por sequestro em Los Angeles, aparentemente saiu do país. Ligações para a sede da TLL em Hong Kong não foram retornadas.

SOUTH CHINA MORNING POST

KITTY TAI ESCAPA COM FILHA EM AVIÃO DE BILIONÁRIO CHINÊS

Hong Kong — O departamento de polícia de Los Angeles, junto com os oficiais do aeroporto de Van Nuys em Los Angeles, podem agora confirmar que o Boeing 747-8i usado no alegado "sequestro" da herdeira Gisele Tai por sua mãe, Kitty Tai, pertencia ao industrialista chinês Jack Bing.

O Sr. Bing, que tem uma fortuna estimada em mais de 21 bilhões de dólares, aparentemente emprestou seu jato de 350 milhões de dólares a pedido de um amigo em comum com Kitty Tai. O porta-voz do Sr. Bing fez hoje este anúncio: "O Sr. Bing empresta seus aviões de tempos em tempos para vários indivíduos e organizações em ações humanitárias. O Sr. Bing não conhece a Sra. Tai, mas foi encorajado a fornecer o avião para o que entendeu ser uma missão humanitária de resgate. Nem o Sr. Bing nem sua família tiveram qualquer participação nessa situação privada entre os Tais."

Depois de uma breve parada em Xangai para abastecer, o jato de Bing aterrissou em Cingapura, onde os representantes da Sra. Tai dizem que ela pretende se divorciar de Bernard Tai e pedir a guarda conjunta da filha deles. Tai, que chegou hoje mais cedo a Cingapura, já iniciou um contra-ataque e entrou com uma denúncia de sequestro em Los Angeles e Cingapura.

Em um breve anúncio ao embarcar no aeroporto Changi, Tai, cujo rosto parece ter sido bastante alterado por uma cirurgia plástica, disse: "Minha mulher nunca participou ativamente da criação da nossa filha, e isso é um fato bem documentado que pode ser confirmado apenas lendo qualquer coluna social, que registra todos os momentos em que minha esposa esteve na Ásia enquanto nossa filha estava em Los Angeles. Gisele passou a maior parte da vida consciente em Los Angeles e está perdendo valiosas oportunidades de aprendizado e desenvolvimento. Essa é uma tragédia de proporções épicas, e Gisele precisa retornar imediatamente para o convívio com aqueles que realmente a amam e se importam com ela."

A Sra. Tai não foi localizada para comentários.

NOBLESTMAGANIZE.COM.CN
Os furos de reportagem mais recentes, pela colunista social mais confiável da China, Honey Chai

Estão todos sentados? Porque tenho tantos furos que poderíamos fazer uma peneira! Primeiro furo, e você ficou sabendo aqui PRIMEIRO: a Sra. Bernard Tai, ou seja, Kitty Pong, é a amante de Jack Bing! Fontes extremamente confiáveis me informaram que Pong e Bing estão juntos faz um bom tempo; eles se conheceram há dois anos — veja só —, no *enterro do sogro de Kitty*, **Dato' Tai Toh Lui**! Tai foi um grande mentor para Bing, e aparentemente o fogo *realmente* acendeu no crematório quando Jack conheceu Kitty. Enquanto isso, há relatos de uma devastada Sra. Bing dando entrada em um spa do Brenners Park-Hotel, em Baden-Baden, na Alemanha. **Colette Bing**, que ao que tudo indica está furiosa com o pai, também deixou Xangai e foi vista pela última vez com um famoso playboy em um clube em Ibiza.

O que me leva ao meu próximo furo: todos no planeta já devem ter visto o vídeo do confronto épico entre Colette e uma mulher não identificada. É o vídeo que levou a Prêt-à-Couture a cancelar o contrato multimilionário com Colette. Eu posso agora revelar que essa mulher, cujo monólogo se tornou o grito de guerra de todos os não bilionários na China (e, infelizmente, ainda há muitos de nós que não entraram na lista do *Heron Wealth List*!), não é nada menos que **Rachel Chu**, a *irmã* do ex-amante de Colette, **Carlton Bao**. (Ainda estão todos comigo?) De qualquer forma, o vídeo também levou ao rompimento do relacionamento entre Carlton e Colette, e, quando perguntei a Carlton como ele se sentia, certa noite no DR Bar, ele franziu a testa e respondeu com a pergunta: "Que rompimento? Nunca falei que Colette era minha namorada. Mas ela foi uma boa amiga quando realmente precisei, e desejo a ela o melhor." Foi uma resposta de classe, a meu ver.

Falando em classe, os pais de Carlton, **Bao Gaoliang** e sua esposa, **Bao Shaoyen**, organizaram um jantar de despedida em Yongfoo Elite para a filha, Rachel Chu, e seu marido, **o professor Nicholas Young**, que devem retornar em breve para Nova York. Não havia um rosto sem lágrimas no esplendoroso salão *art déco* quando Bao fez um discurso emocionado para sua filha "perdida", contando as dificuldades de sua juventude e como ele salvou sua filha pequena e a mãe dela das garras de uma família abusiva. A multidão com as maiores e mais poderosas famílias do mundo político e financeiro da China aplaudiram de pé o discurso, incluindo o titã tecnológico de Hong Kong, **Charles Wu**. Wu, que chocou *le tout* Hong Kong ao anunciar que estava se separando da esposa, Isabel, há apenas algumas semanas, passou a noite inteira ao lado de uma bela mulher que usava um vestido branco plissado de matar. Muitos na festa pareciam conhecê-la, mas não consegui descobrir o nome dela.

Quando posso mencionar o restaurante Yongfoo Elite, famílias abastadas e garotas em vestidos brancos em um só fôlego, sei que é hora de encerrar minha coluna. Enquanto isso, fiquem atentos para mais novidades sobre o drama Bing-Pong. Estou certa de que haverá mais bombas caindo por aí assim que os advogados entrarem na jogada!

— Mas o você está fazendo, em nome de Deus? — berrou Corinna quando finalmente conseguiu falar com Kitty.

— Presumo que você leu o jornal de hoje cedo, não? Ou leu o último post de Honey Chai? — perguntou Kitty, rindo.

— Parece que você está até orgulhosa!

— *Estou* orgulhosa de mim, sim! Finalmente consegui separar a Gisele do Bernard.

— Mas você estragou completamente tudo o que nós tínhamos feito! Esse escândalo vai criar danos irreparáveis para sua reputação em Hong Kong! — resmungou Corinna.

— Sabe de uma coisa? Não estou ligando mais para isso. Ada Poon pode ficar com Hong Kong inteira para ela... estou em Cingapura agora, e aqui há todas essas pessoas internacionais que se divertem muito e não estão nem aí para a sociedade local. E eu acabei de me mudar para uma casa nova e fabulosa em Cluny Park Road. Na verdade, é uma casa bem antiga, mas você entendeu o que eu quis dizer.

— Ai, meu Deus... você é a misteriosa compradora da casa Frank Brewer?

— Haha. Sim, embora... só entre nós duas... tenha sido um presente do Jack.

— Então Honey Chai não estava inventando isso. Você *é* amante do Jack!

— Não sou amante dele, sou *namorada* dele. O Jack tem sido ótimo comigo. Ele me deu muitas coisas adoráveis e nos resgatou do inferno que era Mar Vista. Engraçado que o bairro seja chamado assim... sugere uma "vista do mar", mas a única vista que eu tinha ali era daquela maldita estrada 405.

Corinna suspirou.

— Acho que não posso culpar você por querer fugir de lá. E como a Gisele está?

— Ela está tão feliz quanto qualquer garotinha estaria. Está no jardim brincando no balanço com a avó dela. E descobrindo coisas maravilhosas, como tarteletes de abacaxi e bonecas Barbie.

— Bem, espero que você não se arrependa das suas ações — disse Corinna, preocupada.

— Mais alto, eu acho. Perdão, o que você disse, Corinna? — perguntou Kitty, momentaneamente distraída.

— Eu disse... ah, deixe para lá. Espero que você consiga resolver as coisas de forma amigável com o Bernard.

— O que significa "amigável"?

— De maneira tranquila, sem conflitos.

— Não quero entrar em guerra com o Bernard. Só quero que ele possa dividir a Gisele comigo, só isso.

— Esse é o espírito. Bom, boa sorte. E não se esqueça de me ligar da próxima vez que estiver em Hong Kong.

— Vamos levar a Gisele para o chá da tarde no Four Seasons!

— Não, no Mandarin. Sempre no Mandarin. E não diga "chá da tarde"... quem fala assim é o proletariado. Diga, "chá das cinco".

— Claro. Como você quiser, Corinna.

Kitty desligou o telefone e deu alguns passos para trás.

— Sabe, Oliver, você tinha razão. Não precisa ficar mais no alto. Vamos colocar de volta onde você tinha colocado primeiro.

Oliver T'sien piscou na direção dela.

— Eu tinha razão quando disse para você comprar essa casa, e eu tinha razão quando falei para comprar o quadro, não foi? Eu sempre o imaginei pendurado lindamente nessa bela parede. Tudo graças à forma como a luz passa por essas antigas janelas de vidro.

— Você tem razão, vai ficar lindíssimo — concordou Kitty, olhando pela janela enquanto os trabalhadores começavam a rearranjar O *Palácio das Dezoito Perfeições* na parede de sua sala de estar.

Agradecimentos

Eu não teria conseguido escrever este livro sem a ajuda, a inspiração, a expertise, a paciência, o apoio, o talento e o bom humor destas extraordinárias pessoas:

Alan Bienstock
Ryan Matthew Chan
Lacy Crawford
Cleo Davis-Urman
David Elliott
Simone Gers
Aaron Goldberg
Jeffrey Hang
Daniel K. Isaac
Jenny Jackson
Jeanne Lawrence
Baptiste Lignel
Wah Guan Lim
Carmen Loke
Alexandra Machinist
Pang Lee Ting
David Sangalli
Jeannette Watson Sanger
Sandi Tan
Jackie Zirkman

Este livro foi composto na tipografia Sabon
LT Std em corpo 11,5/15, e impresso em
papel off-white no Sistema Cameron da
Divisão Gráfica da Distribuidora Record.